KB087139

거짓말의
거짓말의
거짓말

거짓말의 거짓말의 거짓말 1

ⓒ류다현 2020

초판1쇄 인쇄	2020년 7월 3일
·초판1쇄 발행	2020년 7월 21일

지은이	류다현

펴낸이	박대일
편집	이문영 · 박지해 · 임유리 · 신지연 · 곽현주
교정	박준용
마케팅	임유미 · 손태석
표지디자인	스튜디오 미인
본문디자인	박현주

펴낸곳	파란미디어
출판등록	2004년 9월 14일 제313—2004—00214호

주소	03992 서울시 마포구 동교로23길 14 국제빌딩 6층
전화	02.3141.5589 영업부 070.4616.2012 편집부
팩스	02.3141.5590
전자우편	paranbook@gmail.com
카페	http://cafe.naver.com/paranmedia
페이스북	http://www.facebook.com/paranbook

ISBN	978—89—6371—768—5(04810)
	978—89—6371—767—8(전2권)

류다현 장편소설

거짓말의 거짓말의 거짓말 1

파란

차
례

꿈에서 소녀는 유리창 앞에 서 있었다.

소녀는 오빠를 기다리고 있었다. 유리창에는 하얀 성에가 끼어서 바깥 풍경이 조금도 보이지 않았다. 소녀는 유리창에 더듬더듬 글씨를 썼다.

오빠, 빨리 와. 여기는 너무 춥고 무서워.

소녀는 얼른 그 글씨를 손바닥으로 지웠다. 마녀가 그 글씨를 본다면 또 때릴 것이다.

소녀는 성에가 사라진 곳을 통해 밖을 바라보았다. 바깥 풍경은 성에 낀 창처럼 하얬다. 소녀는 한참 후에야 그것이 눈이라는 것을 깨달았다.

유리창에 비친 자기 얼굴을 멍하니 바라보던 소녀는 흠칫 놀라 뒤로 두어 발짝 물러섰다. 유리창에 비친 자기 얼굴이 다른 사람의 얼굴로 바뀌어 있었다. 소녀와 똑같은 옷을 입고 있는 그 아이의 얼굴엔 푸른색 멍이 들어 있었다.

소녀는 마치 자신이 그곳을 얻어맞은 것처럼, 얼굴이 욱신거렸다.

"너는 누구니?"

소녀는 소리 내어 물었다.

"나는 너야. 그리고 너는 나지."

"아니야. 너는 내가 아니야. 나는……."

그렇지만 소녀는 말을 끝맺지 못했다.

'내가 누구지? 내가 누구였더라?'

유리창의 소녀가 말했다.

"도망쳐. 그 사람들은 너도 죽일 거야."

'도망치라고? 그렇지만 어디로?'

소녀는 멍하니 있었다.

"어서!"

유리창의 소녀는 소리를 질렀고, 마치 풍선이 터지듯 소녀의 모습은 사라져 버렸다.

소녀는 놀라서 잠에서 깼다.

잠에서 깬 소녀는 침대에서 내려와 창문을 가린 커튼을 열었다. 온 세상이 하얗게 변해 있었다. 소녀는 여전히 꿈을 꾸는 것 같았다. 소녀는 유리창을 한참 동안 바라보았지만, 유리창에 비친 모습은 자기 자신이었다. 그렇지만 여전히 귓가엔 유리창 소녀의 목소리가 생생했다.

문득 소녀는 주변이 지나치게 조용하다는 것을 깨달았다. 소녀는 시계를 보았다. 아침 8시가 넘은 시간이었다. 보통 7시 반이면 집에서 일하는 사람이 소녀를 깨우러 왔다.

소녀는 가만히 바깥 소리에 귀를 기울였다. 아무 소리도 나지 않았다. 마치 이 커다란 집에 소녀 혼자 남은 것 같았다.

소녀는 조심스럽게 방문을 열었다.

'다들 어디 간 거지?'

소녀를 감시하던 사람들이 보이지 않았다. 잠옷 차림으로 방에서 나온 소녀는 계단을 내려가 긴 복도를 지나 거실과 작은 거실, 주방과 식당, 대식당을 돌아보았다.

소녀는 잔뜩 겁먹은 얼굴로 그 여자의 방문을 열었다. 그 방엔 아무도 없었다. 침대는 잘 정리되어 있었고, 은은한 꽃향기가 감돌았다. 그렇지만 그 여자를 처음 만났을 때 맡았던 지독한 냄새가 여전히 나는 것 같았다. 그 여자에게선 시큼한 땀내와 지린내, 독한 술 냄새가 났다.

소녀가 남자에게 끌려가다시피 해서 그 방에 들어가자, 침대에 누워 있던 여자가 몸을 일으켰다. 소녀는 침대에 있는 여자를 바라보았다. 멍하니 허공을 응시하던 여자와 눈이 마주쳤다. 소녀와 눈이 마주치자 여자의 눈에서 갑자기 번쩍 빛이 났다. 선잠을 자고 있던 괴물이 먹이를 발견하고 눈을 반짝이는 것 같았다. 방 안은 땀이 날 정도로 따뜻했지만, 소녀는 몸이 떨렸다. 소녀는 괴물의 먹잇감으로 그 방에 던져진 것 같았다.

"주윤아."

낯선 이름이었다. 소녀는 우두커니 서 있었다.

"주윤아, 이리 와. 엄마한테 와."

여자의 목소리에는 짜증이 가득했다.

"엄마한테 오라니까. 넌 왜 매일 엄마를 슬프게 하니. 착한 아이가 되어야지."

그제야 소녀는 그 여자가 부르는 주윤이 자신임을 깨달았다.

소녀는 어렸지만 죽은 부모를 기억하지 못할 만큼 어리진 않았다. 소녀는 주윤이 아니었고, 그 여자는 엄마가 아니었다. 소녀의 엄마는 얼굴이 하얬고, 검은 머리를 길게 기르고 있었다. 늘 웃는 얼굴이었으며, 달콤한 냄새가 났다. 달리기를 좋아했고, 피아노 치는 것도 좋아했다. 손재주가 좋아서 늘 소녀의 머리카락을 예쁘게 땋아 주었다.

여자가 침대에서 내려왔다. 눈앞이 번쩍했다. 태어나서 누군가에게 한 번도 맞아 본 적 없는 소녀는, 아픔보다는 놀람이 더 컸다.

여자가 소녀의 뺨을 다시 세게 갈겼다. 소녀는 겁에 질렸다. 또다시 여자는 소녀의 뺨을 때렸다. 입 안이 찢어졌는지 피 맛이 났다. 살기 위해서 소녀는 그 여자가 원하는 말을 했다.

"엄마."

여자는 펑펑 울면서 벌벌 떨고 있는 소녀를 안았다.

"엄마가 미안해. 다시는 우리 주윤이 혼자 아프게 하지 않을

게. 엄마한테는 주윤이밖에 없어.”

그날부터 소녀는 그 집에서 살았다.

보호소로 돌아가기 위해, 오빠에게 돌아가기 위해, 소녀는 그 여자가 원하는 대로 해 주었다.

‘엄마, 사랑해요.’라고 말해 달라고 하면 그렇게 말해 주었다. 그 여자와 재미없는 소꿉장난도 했고, 그 여자가 소녀를 인형 취급하며 하루에도 서너 번씩 옷을 갈아입히고 머리를 묶고 땋는 것도 참았다.

여자는 변덕스러웠다. 어떤 날은 소녀와 온종일 함께 있으면서 눈을 떼지 않았지만, 며칠 동안 얼굴 한번 비치지 않는 날도 있었다. 사랑한다며 다정하게 입 맞춰 주고 품에 끌어안고 자는 날도 있었지만, 무언가 심사가 뒤틀리면 소녀에게 모진 매질을 했다. 소녀가 비명을 질렀지만 아무도 도와주러 오지 않았다. 다들 맞고 있는 소녀가 보이지 않는 것처럼 굴었다.

소녀가 맞는 이유는 단 한 가지였다. 소녀가 소녀라는 사실 때문이었다. 소녀가 그 여자의 딸인 주윤이 아니어서였고, 주윤은 죽었는데 소녀는 살아 있어서였으며, 주윤이 결코 누리지 못할 내일이 소녀의 것이기 때문이었다.

소녀는 그랜드피아노가 있는 커다란 거실에 서서 금빛으로 화려하게 장식된 크리스마스트리를 바라보았다.

오늘은 크리스마스이브. 밤엔 파티가 있을 거라고 그 여자가 며칠 전에 말했었다.

“주윤이 너를 위해 여는 파티야.”

여자는 신이 나서 초록색 레이스 드레스를 소녀에게 입혔다. 목 부분의 빳빳한 레이스 때문에 소녀의 연한 피부가 발갛게 부었다. 옷은 너무 꽉 끼어서 움직이기 불편했다. 보기에만 예쁜 옷이었다. 소녀는 커다란 인형처럼 가만히 서 있었다.

"주윤이는 엄마를 닮아서 초록색이 잘 어울려."

소녀는 여자의 가슴 언저리에서 반짝이는 커다란 에메랄드 브로치를 바라보았다. 소녀의 눈에는 초록빛 에메랄드가 파충류의 눈처럼 보였다.

크리스마스트리 아래에는 색색의 포장지로 싼 크고 작은 상자들이 잔뜩 쌓여 있었다. 12월 1일부터 매일 하나씩 트리 밑에 놓아둔 것이었다. 소녀에게 줄 크리스마스 선물이었다.

"크리스마스이브에 파티를 하고 선물도 같이 뜯어 보자."

여자는 신이 나서 말했다.

소녀는 유령처럼 아무 소리도 내지 않고 집 구석구석을 살폈다. 30분 넘게 돌아다닌 끝에 소녀는 집이 텅 비어 있다는 사실을 깨달았다. 도망치려면 지금밖에 기회가 없다. 멍하니 있던 소녀의 눈에 처음으로 생기가 돌았다.

소녀는 방으로 달려가 옷장에서 두툼한 코트를 꺼내 입고, 목도리를 두르고 장갑을 챙겼다. 놀이방에 있는 인형의 옷 속에 숨겨 둔 로켓 목걸이를 주머니에 넣었다.

대문을 나온 뒤에도 소녀는 숨도 크게 쉬지 못했다. 누군가 뒤에서 소녀의 어깨나 팔을 홱 잡아당길 것만 같았다.

길은 새하얗고 폭신한 눈으로 덮여 있었다. 소녀는 떨리는 마음으로 눈길에 작은 발자국을 새겼다. 그 집에서 점점 멀어질수록 두려움도 옅어졌다. 오랜만에 소녀의 마음에 기쁨이 고였다.

큰길에 나간 순간 소녀는 막막해졌다. 그렇지만 곧 소녀는 목에 건 목걸이를 떠올렸다.

소녀는 어린아이들이 있는 보호소로 가야 했고, 오빠는 큰 아이들이 있는 보호소로 가야 했다. 그때 오빠가 로켓 목걸이를 목에 걸어 주며 소녀에게 말했었다. 무슨 일이 생기면 로켓에 있는 쪽지를 어른에게 보여 주고 그곳에 데려다 달라고 부탁하라고.

소녀는 로켓을 열어 보았다. 로켓 안에는 만 원짜리 지폐와 돌돌 말린 메모지가 들어 있었다. 메모지에는 '한빛 어린이 보호소'라고 쓰여 있었고, 그 밑에 주소와 전화번호가 작은 글씨로 덧붙여져 있었다.

'어떻게 하지?'

누군가의 도움을 받아야 했다. 하지만 어른은 믿을 수가 없었다. 어른들이 마녀의 집으로 소녀를 데려갔었다.

'누구를 믿어야 하지? 누구에게 도와 달라고 해야 하지?'

소녀는 생각하면서 걷느라 제대로 앞을 살피지 않았다. 갑자기 뒤에서 나타난 자전거의 '차링' 하는 소리에 놀라 옆으로 피하다 다리가 꼬였다. 소녀는 눈밭에 세게 넘어졌다. 자전거는 넘어진 소녀에 아랑곳하지 않고 제 갈 길을 갔다. 소녀는 멍하니 자전거와 자전거가 남긴 바퀴 자국을 바라보았다.

"괜찮니?"

누군가가 소녀에게 다가왔다. 걱정스러운 눈으로 소녀를 바라보았다.

"다쳤어?"

오빠 또래의 소년이었다. 소년은 소녀를 찬찬히 살폈다. 두꺼운 겨울옷을 입은 터라 큰 상처는 없었다. 옷에 눈과 진흙이 묻은 것이 다였다.

"어디 아픈 데 없어?"

소녀는 그저 눈만 깜빡거렸다. 많이 놀라서 멍한 상태였다.

"너 말을 못하는 거니, 아니면 내 말이 안 들리니?"

소년은 답답한 얼굴이었다.

"그럼 괜찮은 거 같으니까 난 갈게."

소년은 가볍게 손을 흔들고 몸을 돌렸다. 소년이 스무 걸음 정도 걸었을 때, 소녀가 소년을 향해 달려갔다. 소년의 팔을 잡고 소녀는 말했다.

"도와줘."

눈이 와서 길이 많이 막혔다. 소녀는 부적이라도 되는 듯 보호소 주소가 적힌 쪽지와 만 원짜리 지폐를 꼭 쥐고 있었다.

소년은 어린 소녀를 혼자 놔둘 수가 없었다. 자신이 거절하면 소녀는 다른 사람에게 부탁할 것이다. 소년도 어렸지만, 세상엔 어린 소녀에게 나쁜 짓을 하는 악인이 존재한다는 것은 알았다.

택시는 보호소 건물 앞에 멈춰 섰다. 소년은 마음을 단단히 먹고 보호소 안으로 들어갔다.

"여긴 무슨 일로 왔니?"

"친구를 찾아왔는데요."

보육교사는 소년을 신기하다는 눈으로 바라보았다. 보호가 필요한 아이들의 임시 쉼터인 이곳에 친구가 찾아오는 일은 드물었다.

"친구 이름이 뭐니?"

"윤명진이요."

"윤명진?"

보육교사는 고개를 갸웃거렸다. 이곳은 단기 보호를 하는 곳이라 많은 아이가 들락날락해서 이름이 기억날 듯 말 듯 했다.

"잠깐만 기다려 줄래? 알아보고 올게."

보육교사는 방문자를 위한 응접실에 소년과 소녀를 안내했다. 또 다른 보육교사가 소년과 소녀에게 마시멜로를 넣은 따뜻한 코코아를 가져다주었다. 소녀는 긴장해서 코코아에 손도 대지 않았다. 소년은 뜨거운 코코아를 후후 불며 마셨다.

소녀의 코코아가 차갑게 식었을 때, 보육교사가 곤란한 얼굴로 들어왔다.

"일부러 찾아왔는데 어떡하니. 친구는 입양이 돼서 지금 여기에 없어."

"입양이요?"

"응. 2주 전에 미국으로 갔단다."

두 사람이 나누는 대화를 잠자코 듣고만 있던 소녀가 끼어들었다.

"입양이 뭐야?"

소년은 소녀에게 입양을 어떻게 설명해야 할지 난감했다. 다행히 소년이 입을 열기 전에 친절한 보육교사가 소녀와 눈높이를 맞추기 위해 쭈그려 앉아 대답해 주었다.

"오빠 친구한테 새로 엄마랑 아빠가 생겼어. 엄마하고 아빠뿐 아니라, 누나하고 형이랑, 장난꾸러기 강아지 동생도 생겼단다. 정말 잘됐지?"

보육교사는 소녀의 얼굴이 처참하게 일그러지는 것을 보지 못하고 몸을 일으켰다.

소년은 어찌할 바를 몰랐다. 소녀를 위해 뭔가를 하긴 해야 했다. 소년은 겨우 머리를 짜냈다.

"명진이 주소를 알 수 있을까요? 편지를 쓰고 싶어요."

보육교사는 난처한 얼굴을 했다.

소년은 떼를 썼다.

"명진이도 저랑 연락하고 싶을 거예요."

여기까지, 그것도 크리스마스이브에 찾아온 걸 보면 정말 친한 친구인 것 같았다.

"명진이가 너한테 편지를 보내지 않을까?"

소년의 입에서 마치 기다렸다는 듯 거짓말이 술술 나왔다.

"제가 이사를 해서 주소가 바뀌었어요. 명진이는 새 주소를 몰라요."

조금 고민하던 보육교사는 '잠깐만.'이라고 말한 후 메모지와 볼펜을 들고 왔다.

"여기에다 네 주소랑 전화번호를 써 줄래? 그럼 선생님이 친구한테 전해 줄게."

소년은 볼펜을 꾹꾹 눌러 자기 이름을 쓰고 더 큰 글씨로 주소와 전화번호를 썼다. 소년은 '꼭 연락해 줘. 여동생이 널 많이 보고 싶어 해.'라는 글씨를 덧붙여 썼다.

소년과 소녀는 힘없이 보호소를 나왔다.

소년은 길게 한숨을 내쉬었다. 어찌해야 좋을지 몰랐다. 이름만 아는 윤명진이라는 아이가 미워졌다. 이렇게 어린 동생만 두고 어떻게 혼자 멀리 입양을 갔을까?

"참 나쁜 오빠다."

자기도 모르게 생각이 입 밖으로 소리가 되어 나와 버렸다.

어쨌든 소녀를 원래 있던 곳으로 데려다줘야 할 것 같았다. 소년은 지갑을 확인했다. 다행히 택시비는 넉넉했다. 이번에는 안도의 한숨을 내쉬었다.

소녀는 소년에게 아무 말도 하지 않고 앞으로 터벅터벅 걸어 갔다. 어디로 가야 하는지도 모르면서 무턱대고 걷는 것 같았다.

"얘."

소년이 소녀를 불렀지만, 소녀는 계속 앞으로 걸어갔다.

"얘, 거기 서! 너 어디로 가는 거야?"

소년의 부름에도 소녀는 고장 난 인형처럼 계속 터벅터벅 앞으로 걸어갔다. 소년은 달려가 소녀를 잡았다. 소녀의 얼굴은 눈물로 엉망이었다. 그런 아이에게 해 줄 수 있는 건 품에 안아 주는 것밖에 없었다. 소년은 소녀를 꽉 안아 주었다.

소녀는 세상이 끝난 것처럼 서럽게 울었다. 지나가던 사람들은 우는 소녀를 힐끗 바라보았다. 그렇지만 그 누구도 왜 우냐고 묻는 사람이 없었다. 세상은 우는 아이에겐, 그것도 모두가 행복한 크리스마스이브엔 더더욱 관심이 없어 보였다.

소년은 그런 세상으로부터 소녀를 지켜 주듯 꽉 안았다. 울음은 전염이 됐다. 어느샌가 소년도 울기 시작했다. 세상엔 슬픔이 너무 많았다. 모두가 행복해 보이는 크리스마스이브에 두 아이는 세상이 끝나기라도 한 것처럼 울었다.

두 사람의 울음은 결국 멈췄다. 세상이 끝난 것 같았지만 세상은 그 정도 일로 끝나지 않았다.

어디선가 맛있는 냄새가 났다. 그러고 보니 점심시간이었다.

소년은 겨우 입을 열었다.

"배고프다. 넌 배 안 고파?"

소년의 말에 소녀는 갑자기 극심한 허기가 밀려왔다. 어제 점심부터 지금까지 소녀가 먹은 건 쿠키 몇 개와 물 한 잔이 고작이었다. 어제 아침에 무슨 이유에선지 잔뜩 화가 난 그 여자가 소녀에게 분풀이로 매질을 하더니, 밥도 굶기고 방에 가둬 버렸기 때문이다. 그나마 소녀를 불쌍하게 생각하는 도우미 아주머니가 방 청소를 하는 척 와서 소녀의 옷 주머니에 쿠키 몇 개를 넣어 주었다. 부스러기를 흘리지 말고 먹으라고, 만약에 들키면 자신이 이 집에서 쫓겨난다고 신신당부를 했었다.

소녀의 배에서 개구리 우는 소리가 났다. 소년의 배에서도 꾸르륵 소리가 났다.

"우리 뭐 먹으러 가자."

소년은 대답을 기다리지 않고 소녀의 손을 꽉 잡고 걸었다. 어린 두 사람이 들어갈 만한 식당은 별로 없었다. 소년은 낯선 거리에서 친구들과 몇 번 간 적이 있는 프랜차이즈 햄버거 가게 간판을 발견했다.

소년은 햄버거를 주문했다. 자신은 빅맥을, 소녀를 위해서는 어린이 세트를 주문했다. 직원이 내년이 양의 해라며 펠트로 만든 양 인형을 선물로 줬다. 어린이 세트에 딸린 인형이라고 했다.

소녀는 햄버거를 먹었다. 소년은 햄버거를 반쯤 먹다가 쟁반에 내려놓았다. 소녀가 목도리를 했을 때는 몰랐는데, 목도리를 벗고 목이 드러나자 얼룩덜룩한 자국이 보였다. 누군가에게 심하게 맞은 자국이었다. 소년의 심장이 기분 나쁜 소리를 내며 뛰었다. 소녀는 멍이 보이는 것도 모르는 눈치였다.

소년은 애써 아무렇지 않은 목소리로 물었다.

"덥지 않니?"

매장은 난방을 세게 해서 따뜻하다 못해 더웠다. 소녀는 고개를 끄덕였다.

"콘수프 먹다가 흘릴 수도 있으니까 코트 벗지 않을래?"

소녀는 또다시 고개를 끄덕였다. 소년은 소녀가 코트를 벗도록 도와주었다. 소년은 목덜미를 유심히 살폈다. 잘못 본 게 아니었다. 멍이 맞았다. 소년은 심장이 바닥에 툭 떨어지는 느낌이었다.

"햄버거 소스가 묻을 수 있으니까 우리 소매도 좀 걷을까?"

소녀는 소년이 하는 대로 가만히 있었다. 소녀의 가늘고 하얀 팔뚝에 결코 있어서는 안 되는 다양한 색깔의 멍들이 있었다. 한두 번 때린 것이 아니었다.

소년은 울지 않으려고 주먹을 꽉 쥐고 이를 악물었다. 겨우 울음을 참고 소년은 소녀에게 물었다.

"꼬마야, 넌 이름이 뭐니?"

"윤다은."

소녀는 오랫동안 입 밖에 내지 않았던 그 이름을 말했다.

"다은아."

소년은 소녀의 손을 꽉 쥐면서 말했다.

"네 오빠가 올 때까지 내가 오빠가 되어 줄게. 그러니까 아무 걱정도 하지 마."

울리지 않으려고 했는데 소녀는 또 울고 말았다.

소리 내지 않고 우는 소녀를 바라보던 소년은 소녀를 품에 꼭 안으며 말했다.

"걱정 마. 내가 있잖아. 내가 널 지켜 줄게."

그것이 얼마나 터무니없는 약속인지 소년은 그때 알지 못했다.

소녀를 울지 않게 하기 위해선 무슨 말이든, 그것이 지키지 못할 약속이든, 거짓말이든 다 할 수 있었다.

일어난 지 한참이 지났지만 주윤은 침대에서 꼼짝도 하지 않았다. 온몸이 납으로 된 듯 무거웠고 감각이 무뎠다.

어젯밤에도 기억나지 않는 악몽에 시달렸다. 그렇지만 주윤은 잠에서 깨려고 하지 않았다. 잠에서 깬다 해도 그리 다를 것 없는 현실이었다. 눈을 떠도 악몽, 감아도 악몽. 어느 쪽이든 상관없었다.

주윤의 기상 시간에 맞춰 열리는 커튼 사이로 화창한 5월의 햇살이 쏟아져 들어왔다. 주윤은 천장을 바라보았다. 이곳에서 산 지 햇수로 3년째. 이제 친근해질 법도 한데, 매번 눈을 뜰 때마다 주윤은 몇 초 동안 '여기가 어디지?'라는 생각을 했다.

원래 호텔이라는 곳은 그런 공간이다. 수많은 사람이 오가지만, 마치 단 한 사람도 이 방에 묵은 적 없다는 듯 깔끔하고 청결했다.

휴대전화가 울렸다. 주윤은 스피커폰 버튼을 누르고 멍하니 천장을 보며 연 비서가 일정을 읊어 주는 것을 들었다. 몇 분 후, 손 이사가 전화를 했다. 주윤은 평소처럼 가만히 듣고만 있었다.

주윤은 연 비서가 알려 준 일정과 손 이사가 보고한 내용을 모두 다 정확하게 기억하고 있었다. 어딘지 멍해 보이고 나른해 보이는 건 겉모습뿐이었다. 침대에서 꼼지락거리며 주윤은 오늘 해야 할 일, 지시해야 할 일, 알아봐야 할 일에 대한 정리를 마쳤다.

침대에서 일어나야 하는 마지막 알람을 주윤이 막 껐을 때 전화가 왔다. 스타일리스트팀이 15분 후에 도착한다는 전화였다.

주윤은 미지근한 물로 샤워를 하고, 머리를 대충 말렸다. 목욕 가운을 걸친 주윤이 거실로 나오자 스타일리스트팀의 팀장 민정이 밝은 얼굴로 인사를 했다.

"이사장님, 좋은 아침입니다."

헤어와 메이크업이 끝난 가운 차림의 주윤이 거울에 비친 자신의 모습을 바라보았다. 평소의 무표정한 얼굴과 달리 조금 언짢은 듯한 얼굴이었다. 당황한 헤어 담당 스태프가 조심스럽게 물었다.

"머리가 마음에 안 드세요? 다시 해 드릴까요?"

주윤은 고개를 짧게 가로저었다. 그렇지만 짜증스러워 보이는 얼굴은 여전했다.

'오늘 맞선이라더니, 좀 예민한가 보네.'

그렇지만 그것도 별일이었다. 지금까지 적어도 여섯 번이 넘는 맞선이 있었는데, 그때마다 주윤의 얼굴에서 지루함 이외의 다른 표정은 찾아보기 힘들었다.

민정이 옷이 걸린, 바퀴 달린 행거를 주윤 앞으로 밀고 왔다.

"초여름이고 토요일이기도 해, 캐주얼한 느낌을 주는 옷으로 골라 봤습니다."

주윤은 세 벌의 옷 중 대충 하나를 골랐다. 심플한 느낌의 린넨 블라우스와 바지였다. 주윤이 가림막 뒤로 가 옷을 갈아입는 동안 민정은 주윤을 장식할 액세서리를 골라 왔다. 주윤의 의상이 심플해서, 액세서리는 화려하고 강렬한 느낌을 주는 유색 보석으로 골랐다.

치장을 마친 주윤이 드레스룸을 나가자 민정은 자기도 모르게 큰 한숨을 내쉬었다. '오늘도 무사히.'라는 상투적인 문구가 머릿속에서 떠올랐다 사라졌다. 이렇게 보수도 좋은 자리를 왜 다들 1년도 못 버티는지 알 것 같았다. 자기도 모르게 불평을 하려는 찰나 드레스룸 문이 다시 열렸다. 주윤이었다.

"네, 이사장님."

놀란 척하지 않으려고 애썼지만, 민정의 목소리는 떨리고 있었다. 하지도 않은 불평을 주윤이 들은 듯한 기분이었다.

"웨딩드레스를 준비해 주세요. 한 달 안에, 늦어도 두 달 안에는 입을 수 있게요."

디자이너에게 웨딩드레스를 맡기려면 최소한 석 달은 있어야 했다. 머릿속에서 소방차 열 대가 지나가는 듯한 사이렌 소리가 울렸다.

"결혼식 날짜가 정해진 건가요?"

"날짜는 정해지지 않았지만, 두 달 안에 할 겁니다."

"그럼 신랑 되시는 분 것은……."

"그건 그쪽이 알아서 하겠죠."

냉랭한 말투였다. 주윤이 할 말을 다 했다는 듯 몸을 돌리자 민정은 황급히 주윤에게 물었다.

"드레스는 어떤 스타일로……."

"알아서 준비하세요. 사이즈만 맞으면 되니까."

주윤은 드레스룸을 나섰다. 손 이사가 기다리고 있는 작은 방쪽으로 가다가 주윤은 발걸음을 멈췄다. 귓불이 너무 아팠다.

손 이사가 주윤을 보고 소파에서 일어나려고 하자 주윤이 손을 들어 그대로 앉아 있게 했다.

"잠시만 기다려 주세요."

드레스룸으로 되돌아 걸어가면서 주윤은 귀걸이를 뺐다. 어머니 혜선이 즐겨 했던 카르티에의 에메랄드 귀걸이였다. 생일이 5월인 혜선은 보석 중 에메랄드를 제일 좋아해 즐겨 했다. 귀걸이, 반지, 목걸이, 브로치, 팔찌……. 혜선의 몸 어딘가에서는 에메랄드가 적어도 하나는 반짝거렸다.

주윤은 에메랄드도 초록색도 끔찍하게 싫어했다.

주윤은 드레스룸으로 들어가려다 문 앞에서 멈칫했다.

"알렉사나 시리도 저 여자보단 더 감정이 풍부할걸. 시체에 옷을 입히는 게 더 낫겠다."

주윤은 귀걸이를 든 채 험담이 끝나길 기다렸다. 시간 차를 둔 후, 주윤은 드레스룸 문을 열었다. 스타일리스트팀 팀원들은 주윤을 보고 벼락이라도 맞은 듯 시퍼렇게 질린 얼굴로 굳어 버렸다.

민정에게 다가간 주윤이 손을 올리자 드레스룸에 있던 모든 사람은 주윤이 민정의 뺨을 후려칠 거라고 예상했다.

"귀걸이가 별로네요."

주윤은 민정에게 귀걸이를 내밀었다.

"다른 거로 가져와요."

민정은 허둥거리며 귀걸이가 든 보석함을 들고 왔다. 주윤은 오닉스 귀걸이를 골라 직접 귀에 끼우고는, 아무 일 없다는 듯 드레스룸을 나갔다.

민정은 주윤이 나가고 한참 후에야 겨우 입을 열었다.

"모, 못 들었나?"

여전히 심장은 미친 듯이 두근거렸다.

"그, 그렇겠죠."

그런 소리를 듣고 가만있을 것 같진 않았다. 그렇지만 찜찜한 기분이 사라지지 않았다. 주윤은 말이 끝나고 얼마 지나지 않아 문을 열고 들어왔다. 민정은 그때 살짝 목소리가 컸다. 못 들었을 리 없을 텐데 조금도 내색하지 않았다. 민정은 그래서 더 두려웠다. 대놓고 갑질을 하는 사람보다 저렇게 조용한 사람이 더 무섭다는 건 경험으로 알았다.

민정은 길게 한숨을 내쉬었다.

'웨딩드레스 얘기 꺼내기 전에 그만둔다고 할걸.'

이 업계는 평판이 중요했다. 지금 그만둬 버리면 주윤의 웨딩 준비를 하다가 깽판 치고 나간 스타일리스트로 소문날 게 뻔했다. 어쩌면 주윤이 바라는 것도 그것일지 모른다. 오늘 일을 만회하기 위해서는 무슨 일이 있어도 웨딩드레스는 최고로 구해 와야 했다.

민정은 한숨을 쉬며 휴대전화의 전화번호부를 열었다.

손병규 이사는 일주일에 한 번씩 매주 토요일마다 주윤에게 회사 일을 보고하기 위해 찾아왔다. 손 이사는 올가을에 론칭할 라렌느의 시그니처 향수인 미라쥬의 뒤를 이을 새로운 시그니처 향수 시라쥬의 광고 건에 대한 이야기를 마치고, 미래사업본부에서 가장 공을 들이고 있는 줄기세포 배양액 관련 특허를 가진 바이오 벤처그룹인 패닝 래버토리 인수 건, 미국의 메이크업 아티스트 제임스 블런드가 만든 코스메틱 브랜드와의 제휴 건에 대한 보고를 마쳤다.

"강 본부장이 애를 많이 썼습니다."

손 이사는 실무자에 대한 칭찬을 빼놓지 않았다.

주윤은 무표정한 얼굴로 손 이사의 말을 듣고만 있었다.

"강지형 본부장의 개인 인맥이 꽤 넓더군요. 동창 중에 패닝 래버토리 쪽을 아는 사람이 있어서 일이 예상보다 빨리 매듭지어졌습니다. 미국에서도 패닝 래버토리의 기술을 탐내는 회사가 많아서 물밑 접촉이 치열했는데, 강지형 본부장이 협상을 잘했습니다. 우리 쪽에 꽤 유리하게 협상을 마쳤습니다."

손 이사는 보고할 때 특별한 경우가 아니면 부하 직원의 풀 네임을 말하지 않았다. 손 이사가 풀 네임을 말하는 것은 기억할 가치가 있는, 기억해 두는 게 좋을 사람이라는 뜻이었다.

강지형. 주윤은 그 이름을 지난 3년 동안 꽤 많이 들었다.

사내에서 손 이사가 이끄는 미래사업본부와 이효관 회장 라인의 사람이 이끄는 기획전략본부가 경쟁하고 있었는데, 최근 2, 3년 동안은 미래사업본부가 압도적인 우위를 점하고 있었다. 미래사업본부장 강지형은 도깨비방망이라도 가진 듯 굵직한 프로젝트를 모조리 성공으로 이끌어, 미래사업본부를 그룹 내 핵심으로 만들었다.

회사 일에 대한 보고가 끝나자 손 이사는 개인적인 보고를 이어 갔다. 오늘 주윤과 맞선을 볼 조철훈에 대한 보고였다.

주윤은 손 이사가 건네준 파일을 열었다.

"도박, 폭력, 음주운전……. 3관왕이네요."

"아버지가 무마해서 전과 기록은 없습니다."

"지난번 남자는 5관왕이었는데, 이 회장님의 안목이 좀 나아진 건가요?"

"혼사가 성사되면, 조철훈 씨 아버지 회사에 100억 원을 투자하겠다고 약속하셨답니다."

그 말은 양가에선 이 결혼을 기정사실로 받아들이고 있다는 의미였고, 오늘 선은 그저 요식행위에 불과하다는 뜻이기도 했다.

"이 회장님은 여전히 제 돈으로 인심을 쓰고 다니시네요."

주윤의 어조는 무심하기 그지없었다.

지난 3년 동안 주윤은 효관이 회사 일을 제멋대로 하게 내버려 뒀다. 그러면서 손 이사를 통해 조용히 미래사업본부의 힘을 키웠다. 이제 주윤이 전면에 나서야 할 시기가 점점 다가오고 있었다.

"제가 꼭 결혼을 해야 하나요?"

"이사장님이 계속 미혼이시면 사내에서 딴생각을 하는 세력들이 싹을 틔우기 마련입니다. 돌아가신 회장님이 평생 결혼생활을 유지한 것도 그런 이유 때문입니다. 대한민국 현실이 그렇습니다. 여성 CEO를 못 미더워하지요."

"게다가 나는 정신병원이나 들락날락하는 사람이니 더욱 못 미더워하겠죠."

"공격의 빌미가 되기 쉽죠. 그렇지만 이 바닥에 있는 사람 중에 제정신인 사람이 과연 몇이나 되겠습니까."

손 이사는 가방에서 파일들을 꺼냈다. 손 이사가 뽑은 주윤의 신랑감 후보 리스트였다.

"복잡하게 생각하실 것 없습니다. 라렌느의 오너로서 차기 CEO를 뽑는다고 생각하시면 됩니다. 그럼 저는 조철훈 씨를 마중하러 나가 보겠습니다."

주윤은 천천히 파일을 넘겼다. 무심히 파일을 넘기던 손길이 우뚝 멈췄다. 주윤은 한참 동안 파일에 붙어 있는 사진을 바라보았다. 강지형, 그 남자였다. 주윤은 나지막한 한숨을 내쉬며 파일을 덮었다.

　차는 라렌느호텔의 입구를 지나쳐 뒤쪽으로 한참 올라갔다. 거대한 호텔 건물 뒤편에는 작은 담장을 사이에 두고 일반 손님들은 출입할 수 없는, 아델린하우스라는 이름의 2층짜리 별관이 있었다.

　키 큰 나무들이 정원을 빙 두르고 있어서 프라이버시가 보장됐기에, 한혜선 회장이 살아 있을 때는 결혼식이나 자선 공연, 음악 모임 같은 행사를 열거나 회사의 중요한 손님들을 접대했었다. 혜선의 사후 주윤은 아델린하우스를 혜선의 수집품을 전시하는 공간으로 만들었다.

　철훈이 차에서 내리자 앞 좌석에 타고 있던 호텔 직원이 아델린하우스 입구로 안내했다. 아델린하우스 입구에 서 있던 손 이사가 가볍게 묵례를 한 후 철훈에게 명함을 건넸다. 철훈은 자기가 뭐라도 된 듯 손 이사의 명함을 제대로 보지도 않고 주머니에 쑤셔 넣었다. 역시 이효관 회장의 안목은 손 이사를 실망시키지 않았다.

　결혼을 통해 라렌느그룹을 통째로 손에 넣을 수 있다는 매력적인 조건에도 주윤의 결혼은 지금껏 성사되지 않았다. 모두 남자 쪽에서 정중하게 거절 의사를 밝혔다. 철훈은 주윤의 일곱 번째 맞선남이었다.

　"이쪽으로 모시겠습니다."

자신을 안내하는 손 이사의 뒤통수를 보면서 철훈은 어머니가 한 말을 떠올렸다.

"돈 좀 있다고 유세 떨지 못하게 잘해. 부모가 누군지도 모르는 계집애를 며느리로 들이려는 가문이 어디 있는 줄 알아? 게다가 정신이라도 온전해?"

차에서 내려 아델린하우스까지 걸어가는 동안 철훈은 맞선 상대가 가진 부의 냄새를 실컷 맡았다. 이주윤이 '미친년'이라고 해도 이것들이 제 것이 된다면 충분히 참아 낼 수 있을 것 같았다.

효관은 철훈 부친의 회사에 100억 원 상당의 투자를 약속했다. 자금 사정이 좋지 않은 부친에게는 가뭄의 단비보다 더 좋은 소식이었다. 철훈의 부모는 변변치 못한 아들을 이렇게 비싼 값에 팔 수 있다는 것에 흡족해했다.

설경그룹 조성호 회장의 맏손자로 태어났을 때가 철훈 인생의 절정이었다. 아버지가 맏아들임에도 계열사 중 가장 가치가 낮은 식품 회사 하나만 겨우 상속받았을 때 그의 인생은 아래로 크게 주저앉았다. 그 식품 회사의 후계자 자리도 세 살 아래의 남동생 철희에게 빼앗겼다.

지금까지의 인생을 그래프로 그린다면, 철훈의 인생은 하락 일변도였고 주윤의 인생은 상승 일변도였다.

'더럽게 운 좋은 계집애.'

고아 계집애가 지난 40년간 재계 순위 20위권 밖으로 내려간 적 없는 라렌느그룹의 이효관, 한혜선 부부에게 입양되는 벼락

출세를 했다. 주윤의 행운은 거기에서 끝나지 않았다. 3년 전 세상을 떠난 라렌느그룹의 회장인 양모 혜선은 전 재산을 주윤에게 물려주었다. 상속을 얼마나 치밀하게 준비했는지, 남편이자 주윤의 양부인 효관은 땡전 한 푼 받지 못했다. 회사 경영에서 밀려나면 효관은 사실상 알거지나 다름없었다.

철훈은 회사 경영에는 관심이 없었다. 주윤의 막대한 부에 무임승차하기만을 바랐다. 그렇게만 할 수 있다면, 주윤이 소문대로 학교보다 정신병원을 더 자주 들락날락했다고 해도 상관없었다.

"날씨가 좋아서 장미정원에 자리를 마련해 두었습니다."

"덥군."

철훈은 가볍게 손으로 부채질을 했다. 차에서 내려 스무 걸음도 걷지 않았지만, 철훈은 괜한 꼬투리를 잡았다.

"그럼 실내로 모시겠습니다."

실내 쪽도 이미 준비를 해 둔 것 같았다. 철훈을 안내하는 손 이사의 발걸음에 거침이 없었다.

긴 복도 끝에 있는 응접실의 문을 열었다. 양쪽으로 열리는 금빛 문이 아델린하우스의 많은 공간 중 이곳 응접실의 위상을 짐작하게 했다. 여러 응접실 중 가장 넓고 화려한 곳으로 귀빈을 맞이할 때나 쓰는 특별한 공간이었다.

철훈은 자기도 모르게 우쭐했다.

"안에서 잠시만 기다리십시오. 이사장님은 곧 내려오실 겁니다."

철훈은 푹신해 보이는 소파에 엉덩이를 깊게 묻었다. 곧 호텔 직원으로 보이는 여자가 응접실로 들어왔다.

"마실 것은 뭐로 준비해 드릴까요?"

"위스키소다."

"원하시는 위스키가 있으신가요?"

"라프로익."

"예. 곧 준비해 드리겠습니다."

위스키소다를 다 마신 철훈은 심심한 듯 자리에서 일어나 응접실을 거닐었다. 초록색과 흰색을 메인 색조로 해 꾸민 응접실은 소녀의 여름 원피스처럼 산뜻하고 화사했다.

철훈은 벽에 걸린 그림을 바라보았다. 벽에 걸린 두 점의 그림 중 하나는 미술에 문외한인 철훈도 잘 아는 샤갈의 그림이었고, 그 옆에 걸린 그림은 화가가 누군지 모르는, 어떤 여성의 초상화였다. 머리카락과 눈동자가 숯처럼 검은 여자가 한쪽 어깨와 가슴을 드러낸 채 긴 의자에 등을 기대고 있었다. 창백한 얼굴, 긴 목, 연약한 팔과 손, 무엇을 보는지 알 수 없는 멍한 눈동자를 한 중년 여인의 초상화였다. 철훈의 취향은 어리고 예쁜 여자였다. 그렇지만 그림 속 여자는 시선을 잡아끄는 뭔가가 있었다. 철훈은 그 그림에서 시선을 뗄 수가 없었다.

"마리 로랑생을 좋아하시나 봐요."

뒤에서 들리는 목소리에 철훈은 흠칫 놀랐다. 문소리도 발소리도 나지 않았는데, 주름 하나 없는 흰색 린넨 민소매 블라우스와 같은 소재의 바지를 산뜻하게 차려입은 여자가 그의 바로 등 뒤에 서 있었다.

"코코 샤넬의 초상화예요."

철훈은 고개를 갸웃거렸다. 그가 알고 있는 샤넬의 얼굴과 사뭇 달랐다.

"별로 닮진 않았네요."

"네. 그래서 샤넬도 이 그림을 거절했다고 해요. 자기 모습이 아니라고. 그런데 어머니는 이 그림을 아주 좋아하셔서 평생 곁에 두셨어요."

주윤은 그림을 바라보았다.

"어떤 아름다운 여자도 자신의 진짜 모습은 추하다고 진심으로 믿고 있다고, 어머니는 그렇게 생각하셨어요. 여자의 마음엔 자신을 비추는 일그러진 거울이 있다고요. 샤넬이 이 그림을 거절한 건 자신을 닮지 않아서가 아니라, 자신이 생각하는 진짜 자신의 모습과 너무 닮아서일지도 모른다는 말씀을 자주 하셨어요."

철훈은 놀랐다. 예상보다 서른 배는 더 멀쩡한 여자가 나타났기 때문이었다.

"예술에 조예가 깊으시군요."

"돌아가신 어머니가 조예가 깊으셨죠. 저는 어깨너머로 배운 겉핥기 수준이라."

"한 회장님의 예술 사랑은 워낙 유명하셨죠."

예술 사랑보다는 예술품을 사들이는 재력이 더 유명했다.

"어머님이 미대를 졸업하셨다고 들었습니다."

"네. 하지만 회사를 경영하셔야 해서 그림은 포기하셨어요. 예술가가 되는 대신 예술가의 후원자가 되셨죠."

"여기 있는 그림들도 한 회장님이 직접 구입하신 것들인가요?"

예상한 대로 천박한 남자였다. 이 남자는 이곳에 있는 예술품들의 가격 말고는 궁금한 것이 없어 보였다.

"네. 어머니는 20세기 초반의 파리를 아주 사랑하셨어요. 그래서 아델린하우스를 아르누보 스타일로 꾸미셨지요. 이 응접실에 있는 가구, 벽지, 조명, 꽃병 같은 작은 소품들도 다 어머니의 손을 거친 것들이에요."

"대단하시군요."

20세기 초반의 아르누보에 대한 지식이 없는 철훈은 그저 그렇게 대답할 수밖에 없었다. 그때 한 가지 정보가 철훈의 머릿속을 스쳐 지나갔다. 주윤의 전공은 미학과 예술사였다.

아까 철훈에게 위스키소다를 가져다준 여자가 응접실로 들어왔다.

"식사가 준비되었습니다."

식사는 응접실 옆에 있는 선룸에 준비되어 있었다.

철훈은 맞은편에 앉은 주윤을 불쾌하리만큼 훑어보았다. 그렇지만 주윤은 태연했다. 꽤 예쁜 얼굴이었고, 나이를 미리 듣지 않았다면 스물서넛으로 볼 만큼 얼굴이 앳됐다.

애피타이저를 다 먹을 때쯤 철훈은 주윤의 전공을 화제로 올렸다. 맞선을 보는 사람이 나눌 법한, 지루하지만 무리 없이 대화를 이어 나갈 수 있는 화제였다.

"주윤 씨도 어머님처럼 예술에 관심이 많으시겠죠? 전공도 그쪽이시고요."

"아뇨. 별로 관심 없어요. 어머니께선 전공을 예술 쪽으로 하길 원했는데, 그림도 악기도 무용도 뭐 하나 재능이 있는 게 없어서요. 차선으로 선택한 게 미학과 예술사였죠."

"문화재단 쪽 일은 재미있으십니까?"

"서른이 가까운데 아무런 직책 없이 있는 게 보기 뭐해서 직함만 달고 있는 것뿐이에요. 재단 직원들은 아마 제 얼굴도 모를걸요."

어쩐지 대화가 묘하게 어긋나기 시작한 것 같았다. 철훈이 뭔가 더 말하려는 순간 문 열리는 소리가 났다. 서버가 양고기 스테이크를 들고 선룸 안으로 들어왔다.

"헤드셰프님이 직접 구우셨습니다."

겉은 익었지만 속은 생고기에 가까운 붉은빛이었다.

"역시 조 셰프님 솜씨네요. 맛있게 먹겠다고 전해 주세요."

서버는 안도의 한숨을 내쉬었다.

"디저트 먹을 때까지는 안 들어오셔도 돼요."

주윤은 와인 서빙을 하는 서버에게 말했다. 방해받지 않고 대화를 나누고 싶다는 뜻이었다.

서버는 리커 트롤리에 와인을 올려놓고 선룸을 나갔다. 철훈은 다시 대화를 이어 갔다.

"회사를 경영하실 생각은 없으십니까?"

"아뇨. 그 귀찮은 걸 왜 해요. 세상에 똑똑하고 유능한 사람들이 얼마나 많은데."

주윤은 심드렁하게 대답했다.

"돌아가신 어머님은 하나뿐인 따님인 주윤 씨가 회사를 맡아주길 바라지 않으셨을까요?"

"제가 친딸도 아닌데요, 뭐."

"친딸이 아니어도 전 재산을 물려주신 걸 보면 주윤 씨를 각별하게 생각하신 게 분명합니다."

주윤은 피식 웃으며 와인을 한 모금 마셨다.

"이 회장님에 대한 복수였죠. 이 회장님보다는 절 덜 미워하셨거든요."

주윤은 철훈을 보며 입을 열었다.

"라렌느 경영에 관심이 있으신가요?"

본론으로 바로 들어가자 철훈은 당황했다.

"아, 예. 제가 도울 수 있다면 뭐든 할 생각입니다."

또다시 주윤은 피식 웃었다. 철훈은 주윤의 웃음소리가 거슬렸다. 그건 명백한 비웃음이었다.

"이 회장님이 철훈 씨 부친 회사에 100억 원을 투자하기로 했다고요."

"아, 그, 그건…… 어른들끼리 하신 말씀이라 잘……."

"철훈 씨가 100억 원 정도의 가치가 있다고 생각해요?"

"……."

"양심이 없진 않나 보네요. 대답 못 하는 걸 보니."

주윤은 미리 준비해 둔 봉투를 철훈 쪽으로 밀었다. 봉투 안에는 수표가 들어 있었다.

'나를 어떻게 보고.'라는 생각이 든 것도 잠시. 수표에 적힌 액수를 확인한 순간 철훈은 흠칫 놀랐다. 아직 아버지가 모르는 도박 빚의 이자까지 포함된 금액이었다. 만 원 단위까지 정확했다.

"여기까지 왔는데 빈손으로 보내긴 뭐해서 준비했어요."

철훈은 최근 사설 도박장을 드나들면서 감당 못 할 빚을 지고 말았다. 한 번만 더 돈으로 사고를 치면 아예 없는 자식으로 칠 거라고 아버지가 이미 경고한 터였다. 요 몇 달, 빚 독촉이 심해서 정말 죽을 맛이었다.

당황을 감추기 위해 철훈은 봉투를 내려놓고 팔짱을 꼈다. 그러고는 부러 센 척을 했다.

"내가 100억 원짜리는 아니지만, 이런 싸구려도 아니지 않나?"

주윤은 피식 웃었다.

"받고 안 받고는 그쪽 마음이니까요."

주윤은 봉투를 자기 쪽으로 조금 당겼다. 봉투를 손가락으로 만지작거리며 주윤이 말했다.

"이래 봬도 난 철훈 씨한테 꽤 관심이 많은 사람이에요. 예컨대, 석 달 전에 홍콩에서 있었던 일 같은 거요."

철훈은 입 안이 바짝 말랐다.

"아니면 반년 전에 마카오에서 있었던 일 같은 거……."

마치 입술에 풀이라도 바른 듯 철훈의 입술은 떨어지질 않았다.

주윤이 봉투에서 손을 떼고 철훈을 똑바로 응시하며 물었다.

"더 이야기해요? 다 얘기하려면 하루 종일 해도 시간이 모자랄 텐데."

철훈은 팔짱을 풀었다. 항복이라는 뜻이었다. 맞선을 거절하면 아버지는 철훈을 죽일지도 모른다. 하지만 그 빚을 들키면 정말 죽었다.

"마음먹기에 따라서 우리 만남이 서로에게 생산적이 될 수도 있을 것 같은데요. 물론 부모님들께는 아니겠지만."

아버지 회사에 100억 원의 투자금이 들어오는 것보다는 자신의 주머니에 돈이 들어오는 게 이득이었다. 게다가 주윤은 결코 만만한 여자가 아니었다. 양부인 효관은 주윤에 대해 아무것도 모르는 것 같았다.

철훈은 봉투를 주머니에 넣었다.

"가실 때는 바래다 드리지 못할 것 같아서 준비했어요."

주윤은 자동차 키를 테이블 위에 놓았다. 키홀더가 낯익었다. 가죽 키홀더에 새겨진 이니셜을 보니 확실했다. 두 달 전에 빚쟁이한테 헐값에 넘긴 페라리의 키였다.

차를 되찾는다면 아버지에게 골프채로 몇 대 맞는 것도 달콤할 것 같았다. 그로선 꽤 괜찮은 거래였다. 철훈은 혹시 주윤의 마음이 바뀔까 봐 얼른 자동차 키를 챙겨 들고 밖으로 나갔다.

주윤은 천천히 식사를 계속했다.

"디저트는 응접실에서 먹을게요."

주윤은 의자에서 몸을 일으켰다. 응접실로 간 주윤은 좀 전에 철훈이 앉았던 소파에 등을 기댔다.

　디저트를 다 먹자 서버가 달콤한 포트와인을 잔에 따르고 나갔다. 주윤은 천천히 포트와인을 마시며 샤넬의 초상화를 바라보았다.

　'처음부터 꼴 보기 싫은 그림이었어.'

　보면 볼수록 그림 속 여자와 혜선이 닮아 보였다. 특히 멍한 눈빛이 더 그랬다.

　주윤은 와인 잔을 집어 들어 그림을 향해 던졌다. 와인 잔은 정확히 여자의 얼굴을 맞혔다. 여자의 흰 얼굴이 검붉은 와인으로 얼룩지고 와인 잔의 잔해가 바닥에 뒹굴었다.

　앤티크 와인 잔은 갈레의 작품으로 혜선이 프랑스의 수집가에게 비싼 값을 주고 샀었다. 하긴 이 응접실에 있는 물건 중 의미가 없고 가격이 비싸지 않은 것은 없었다. 딱 한 점만 남아 값을 매길 수 없는 것도 많았다. 완벽하게 아름다운 이 응접실은 혜선의 자랑이었다.

　주윤은 내키는 대로 응접실의 물건들을 망가뜨리고 부쉈다. 혜선의 눈앞에서 그러지 못했던 게 안타까울 뿐이었다. 혜선이 평생에 걸쳐 구입한 수집품으로 꾸민, 20세기 초 파리의 어느 살롱을 재현했다는 응접실은 10분도 되지 않아 폭탄이라도 맞은 듯 폐허가 됐다.

　주윤은 마치 혜선을 노려보듯 그림 속 여자를 노려보았다.

　'다 부숴 버리고 망가뜨릴 거예요. 기대해요, 어머니.'

양부 효관에게 하는 말이기도 했다. 그에게 남은 시간은 길지 않겠지만, 그 시간 동안 살아 있는 것이 저주스러울 정도로 고통스럽게 살게 할 생각이었다.

주윤은 손 이사에게 문자를 보냈다.

강지형 씨 상세 자료 보내 주세요.

잠시 후 주윤의 휴대전화에 메일이 왔다는 알림 소리가 났다. 주윤은 심각한 얼굴로 자료를 읽기 시작했다.

아침 8시. 지형은 손 이사의 사무실 문을 열고 들어갔다. 지형은 손 이사의 비서에게 살짝 눈인사를 건넸다.

"기다리고 계십니다. 들어가세요."

손 이사는 소파에 편한 자세로 앉아 서류를 읽고 있었다. 손 이사는 전형적인 아침형 인간이라, 새벽같이 일어나고 아침 일찍 출근해서 일하는 것을 선호했다. 상사인 손 이사에게 맞춰 지형 역시 아침 일찍 회사에 출근해 중요한 보고를 하고, 현안을 의논했다.

"식사는 했나? 안 했으면 적당히 들게."

테이블 위에는 손 이사가 직접 사 온 두 사람 몫의 샌드위치와 아이스커피가 놓여 있었다. 지형은 샌드위치는 사양하고 커피만 마셨다.

"지난달 중국 쪽 결산 보고서와 면세점 매출 보고서입니다."

손 이사는 흐뭇한 미소를 지으며 보고서를 펼쳤다.

한혜선 회장이 경영 일선에서 물러나고 남편인 이효관이 라렌느의 회장이 된 후, 라렌느는 하락 일변도였다. 30년 넘게 국내 화장품 업계에서 굳건하게 지켰던 1위 자리를 2위 업체에 위협받고 있었고, 새롭게 론칭한 제품들도 실패했다. 해외 시장에서의 판매도 예전만 못했는데, 가장 심각한 건 중국 시장에서의 부진이었다.

그런 라렌느를 다시 확고한 업계 1위로 만든 것이 미래사업본부의 강지형 본부장이었다.

지형의 활약은 거기서 그치지 않았다. 철수 직전이었던 중국 시장에서 20, 30대를 대상으로 하는 럭셔리 에스테틱을 론칭하고, 에스테틱 회원에게만 판매하는 초고가 라인의 스페셜 화장품으로 엄청난 성공을 거두었다. 중국 시장에서의 성공은 국내뿐 아니라 아시아와 미국 시장에까지 영향을 미쳤다. 전 세계적인 불황에도 럭셔리 화장품 시장은 호황이었다.

"그래. 지금처럼만 하면 되겠군."

손 이사는 만족스러운 미소를 지었다. 무엇보다 20대를 주 대상으로 한 새 브랜드의 성공이 만족스러웠다.

지형은 손 이사 쪽 테이블에 쌓인 서류를 힐끗 보면서 물었다.

"새로운 사업본부를 준비 중이십니까?"

"아, 이거? 아닐세. 회사 일이 아니야."

일단 부정한 손 이사는 말을 바꿨다.

"아니지. 회사에 큰 영향을 미칠 일이니 넓은 의미에선 회사 일이기도 하지.”

손 이사는 한숨을 내쉬었다.

“안 좋은 일인가요?”

“일이란 건 끝나 봐야 그 일이 좋은 건지 나쁜 건지 아는 거 아닌가?”

“설마 P사를 인수하실 생각입니까?”

홍삼 추출물과 관련한 특허를 여러 개 가진 화장품 회사인 P사이 은밀하게 매수자를 찾고 있었다.

“이런. P사 소문이 자네 귀에까지 들어갔나?”

“지켜보고 있는 회사 중 하나라서요. 그렇지만 저라면 사지 않을 겁니다. 중국 쪽 기업 여러 곳이 붙어서 가격이 너무 올랐거든요. 게다가 그 특허도 과평가된 것이고요. 저라면 S사를 노리고 싶습니다. S사는 국내 자생 식물에서 추출한 피부 재생 성분에 대한 특허를 많이 가지고 있습니다. 그리고 회사가 젊습니다. 자본과 영업력만 뒷받침된다면 엄청나게 성장할 동력이 있는 회사입니다. 유럽과 미국 시장을 공략할 만한 기술을 가진 회사지요.”

손 이사는 속으로 웃음을 삼켰다. 지형에게 오늘 P사와의 M&A에 대해 알아보라고 할 참이었다. 그런데 이미 지형은 기업 평가까지 다 마치고 대안까지 준비해 둔 상태였다. 도대체 하루에 몇 시간을 일하는 걸까 싶었다.

“예리한 분석이군. 그렇지만 이 서류는 회사와 관련된 게 아니라 이사장님에 대한 거네. 아마 올해 안에 결혼하실 것 같네.”

지형이 놀란 얼굴을 했다. 주윤이 계속 맞선을 보고 있다는 것은 지형도 알고 있었다. 그리고 그 맞선이 매번 깨진다는 것도. 거기까진 라렌느그룹에서 어느 정도 위치에 있는 사람은 다 알고 있는 이야기였다.

"설마 설경그룹 쪽과 얘기가 오간다는 게……."

지형의 입에서 설경그룹 이야기가 나오자 손 이사는 조금 놀랐다.

"벌써 소문이 돌고 있나?"

"결혼 소문을 들은 건 아니고요. 설경그룹 장남이 경영하는 식품 회사에 라렌느가 100억 원가량을 투자한다는 소문이 돌아서요. 기술을 보나 실적을 보나 100억 원이나 투자받을 만한 회사가 아니어서, 제가 모르는 다른 것이 있나 주시하고 있었습니다."

손 이사는 지형이 그런 일들까지 세밀하게 기억하고 있다는 것에 놀랐다.

'이렇게 회사 일에 열정적인 건, 역시 위를 노리고 있는 거겠지.'

실력 있는 사람이 야심을 가지는 것을 손 이사는 나쁘게 생각하지 않았다. 일에 대한 지형의 능력과 열정을 조심스럽게 평가해 보면 10년쯤 후, 자신이 지금 있는 이사 자리보다 더 높은 곳을 노려도 될 만하다는 생각이었다. 회사 일에 대한 지형의 헌신은 혀를 내두를 정도였다.

지형은 손 이사에게 주윤의 결혼 일정과 결혼 상대에 대해 더 묻고 싶었지만 차마 묻지 못했다. 손 이사가 자신을 이상하게 생각할 것 같아서였다. 지형의 표정이 어두워졌다.

'정말 그 형편없는 남자와 결혼할 생각인 건가?'

설경그룹 회장의 손자 중 미혼은 맏손자 하나였다. 소문이 많이 안 좋은 사내였다.

지형은 손 이사가 눈치채지 않게 한숨을 살짝 내쉬었다. 지형과 손 이사가 각자 생각을 하느라 짧은 침묵이 이어졌다.

지형은 서류를 챙기고 자리에서 일어났다.

"이만 가 보겠습니다."

나가려는 지형을 손 이사가 붙잡았다.

"사적인 질문인데, 대답하기 싫으면 하지 않아도 되네."

"네."

"자네 목표는 어디인가?"

"네?"

"라렌느에서의 자네 목표 말일세. 라렌느는 거쳐 가는 회사인가, 아니면 끝까지 승부를 볼 목적지인가?"

지형은 바로 대답했다.

"목적지입니다."

손 이사는 그 말의 진의를 판별하려는 듯 지형을 빤히 바라보았다. 지형의 눈빛은 조금도 흔들리지 않았다.

잠시 후 손 이사는 웃으면서 입을 열었다.

"실없는 걸 물어봐서 미안하네."

"아닙니다."

지형은 가볍게 묵례를 하고 손 이사의 사무실을 나왔다.

'결혼이라…….'

주윤의 옆에 다른 남자가 서 있는 것을 상상하는 것만으로도 숨 쉬기가 힘들었다. 라렌느에 입사한 순간부터 이런 날이 오리라는 것을 알았지만 오지 않기를 간절히 바랐다.

'나한테 아무런 자격이 없다는 건 이미 오래전부터 알고 있었던 거잖아.'

그랬다. 주윤의 결혼은 라렌느에 들어오는 순간부터 각오했던 일이었다.

지형은 심호흡을 한 후 엘리베이터를 향해 걸어갔다.

새벽 6시 반. 회사에 도착한 지형은 지하 주차장에 차를 주차한 후 로비로 올라갔다. 지형은 사무실에 들어가는 대신 건물 밖으로 나갔다. 지형의 발소리를 듣고, 화단 속 덤불에 몸을 숨기고 있던 치즈태비 한 마리가 빼꼼 얼굴을 내밀었다. 다른 고양이와 영역 싸움이라도 했는지, 귀가 찢겨 있고 못 봤던 상처도 있었다.

지형이 매일 새벽같이 출근하는 것은 일을 하기 위해서도 있지만, 다른 사람들에게 방해받지 않고 길고양이들에게 밥을 주기 위해서이기도 했다. 지형은 고양이를 못 본 척하면서, 늘 가지고 다니는 그릇에 건식 사료와 습식 사료를 섞어서 화단 속 덤불에 놓아두었다.

잠시 후, 허겁지겁 사료 먹는 소리가 들렸다. 지형은 화단 앞에 서서, 집에서 가져온 커피를 홀짝거렸다. 라렌느에 입사한 후, 지형의 아침 식사는 늘 이렇게 동네 길고양이들과 함께였다. 다른 날 같으면 사료 냄새를 맡고 서너 마리가 더 찾아오곤 했는데, 오늘 손님은 이 한 마리뿐인 듯했다.

지형은 화단 앞에 꽂혀 있는 팻말을 못마땅한 눈으로 바라보았다.

고양이에게 먹을 것을 주지 마세요.

지난달부터 꽂혀 있는 것이었다.

사원 중에 고양이를 예뻐하는 사람들이 사료나 물, 간식을 챙겨 주면서 근처에 있던 고양이들이 몰려왔고, 민원이 들어갔던 모양이다. 그래서인지 최근 들어 사료와 물을 먹으러 오는 고양이가 확 줄어들었다. 사료를 주는 사람이 줄어서 고양이들이 오지 않는 거면 다행이지만, 고양이를 싫어하는 사람에게 해코지를 당한 게 아닌가 걱정이 되었다.

사료를 다 먹은 고양이는 덤불 속에서 고개를 쏘옥 내밀고 지형을 빤히 쳐다보았다. 지형은 고양이의 시선이 느껴졌지만 모른 척했다. 사람하고 친해져 봤자 길고양이에게 좋을 일은 아무것도 없었다.

고양이는 '냥.' 하고 짧게 울음소리를 내고 덤불 속으로 사라졌다. 그것은 '나 간다.'일 수도, '밥 줘서 고마워.'일 수도, '내일도 부탁해.'일 수도 있는, 지형이 마음대로 해석할 수 있는 짧은 울음소리였다. 지형은 고양이가 먹은 흔적이 남지 않게 주변을 깨끗이 치웠다.

미래사업본부의 본부장 지형이 매일 아침 길고양이에게 사료를 준다는 것을 아는 사람은 아무도 없었다. 그의 서류 가방 속에 고양이 건식 사료와 습식 사료 캔이 들어 있을 거라고는 아마 상상도 하지 못할 것이다.

처음엔 충동적으로 시작한 일이었다. 출근하는 길에 고양이가 쓰레기통의 담배꽁초를 먹으려고 하는 것을 보고 지형은 편의점으로 달려갔다. 편의점에서는 고양이 사료를 팔지 않았다.

"오빠, 참치 캔은 고양이한테 안 좋지만, 급할 때는 줘도 돼."

다은이 예전에 했던 말이 생각나 참치 캔과 일회용 그릇을 사서 고양이가 있던 곳으로 달려갔다. 고양이는 다행히 그 자리에 계속 있었다. 길에 살면서 자기한테 잘해 줄 사람을 본능적으로 파악한 것일 수도 있다. 참치 캔을 그릇에 붓자 어딘가에서 고양이 두 마리가 더 나타났다.

"난 길고양이를 보면 꼭 나 같아 보여."

언젠가 다은이 그렇게 말한 적이 있었다.

"언제나 겁에 질려 있고, 늘 배가 고프고, 그러면서도 누군가의 따뜻한 손길이 너무 그립고……. 사람이 밉지만, 그 미운 사람한테 의지해서 살 수밖에 없고……."

다은은 절대 고양이를 어루만지지 않았다.

"사람의 체온을 모르는 게 더 나을 거야. 알고 나면 원할 테고, 얻을 수 없다는 걸 알면 더 괴로울 테니까."

혹시라도 만질까 봐 다은은 항상 주머니에 손을 넣고 있었다. 지형은 주머니에 넣은 다은의 손을 꽉 잡으며 말했었다.

"나중에 길고양이 중에서 우리랑 살고 싶어 하는 아이가 있으면 함께 살래?"

미래에 대해 이야기했던 건 그때가 처음이었다. 너무 놀라 눈만 깜빡이던 다은이 고개를 끄덕였다. 처음엔 아주 약하다가 점점 더 세게. 그러다 다은이 세게 지형을 껴안았다.

'넌 그때 내가 한 말이 모두 다 거짓말이라고 믿고 있겠지.'

그때부터 고양이 사료를 가방 안에 챙겨 다녔다.

다은도 예전에 늘 가방 속에 고양이 사료와 간식을 챙겨서 다녔었다. 고양이에게 밥을 줄 때마다 매번 다은이 생각났다. 다은이 그를 보고 다정하게 웃어 주던 때를 떠올릴 수 있었다. 그 모든 게 다은은 다 거짓말이라고 믿고 있을 것이다.

'그날 널 그 집에 다시 데려다주는 게 아니었어. 차라리 그 어린이 보호소에 널 맡길걸. 그랬다면 거짓말 같은 건 안 해도 됐을 텐데.'

지형은 길게 한숨을 내쉬었다.

"안녕. 우리 내일도 꼭 또 보자."

지형은 이미 사라진 고양이를 향해 인사를 하고는 건물 안으로 들어갔다.

점심시간 30분 전. 손 이사가 아무런 연락 없이 미래사업본부 사무실을 방문했다.

"바쁜가?"

"아뇨. 괜찮습니다."

"오늘 점심에 혹시 시간 좀 낼 수 있나?"

지형은 난처한 얼굴을 했다.

"선약이 있습니다. 이번 패닝 래버토리 건을 도와준 친구에게 점심을 사기로 해서요."

공적인 일이라고 하기에도 애매했고, 사적인 일이라고 하기에도 애매했다.

손 이사는 난처한 얼굴을 했다.

"별일 없으면 전시회 오프닝 파티에 함께 갈까 했지. 오늘 점심인 거 잊었나?"

"그게 오늘이었습니까?"

손 이사는 내심 아쉬웠다. 단둘이 만나는 것보다 여러 사람과 함께 있을 때 인사를 하고 안면을 익히는 게 자연스러울 것 같았는데…….

"파티 초대장을 받지 못했나?"

지형은 서랍에서 보라색 봉투를 꺼냈다. 봉투 안에는 전시회 티켓과 파티 초대장이 같이 들어 있었다.

"전시회 티켓만 들어 있는 줄 알았습니다. 제 불찰입니다."

"불찰은 무슨. 꼭 가야 하는 행사도 아닌데. 시간이 맞으면 같이 파티에 갔다가, 사람들하고 점심이나 함께 먹으면서 인사라도 하려고 했지. 자네 좀 소개시켜 달라는 사람이 많아서 말이야."

손 이사는 사람 좋은 웃음을 지었다.

라렌느 본사 1층에 있는 미술관에서는 1년에 한 번 대형 기획전을 열었다. 매년 미공개 걸작을 전시하는 것으로 유명했다. 이번 전시는 문화재단이 개인 수집가에게 구입한 피에르 보나르의 미공개 걸작 세 점이 최초로 공개될 예정이었다.

그룹 사람들에게 오프닝 파티의 주인공은 보나르의 그림이 아니라 이주윤이었다. 공식 석상에서도 얼굴을 보기 힘든 주윤을 직접 만날 수 있는 몇 안 되는 행사였다. 주윤에게 얼굴도장을 찍기 위해 오프닝 파티 초대장을 구해 달라는 사람이 한둘이 아니었다.

"오늘 만나는 친구, 이름이 뭔가?"

"윤승혜입니다. 댈럭 앤 해넌에서 아시아 담당으로 일하고 있습니다."

댈럭 앤 해넌은 지형의 전 직장이었다.

"이전 회사 동료였군."

"그렇기도 하고, 학교 동창이기도 합니다."

"그래. 그럼 식사 잘하고."

손 이사는 사무실을 나갔다.

지형은 하던 일을 마무리하고 사무실을 나갔다. 로비를 가로질러 가려던 지형은 발걸음을 멈췄다. 두 발이 얼어붙은 것처럼 꼼짝도 할 수 없었다. 저 멀리서, 주윤이 손 이사와 뭔가 이야기를 하고 있었다. 빨리 여기를 벗어나야 하는데 발걸음이 떨어지지 않았다. 쇠붙이를 끌어당기는 자석처럼 지형의 시선은 주윤에게서 떨어지질 않았다.

거의 회시에 나오지 않는 주윤이라 먼발치에서나마 얼굴을 볼 수 있는 일도 드물었다. 라렌느에 입사하고 주윤의 얼굴을 본 건 겨우 세 번. 그것도 지금보다 훨씬 더 먼 곳에서 본 것이었다. 목마른 사람이 물을 볼 때 더한 갈증을 느끼듯, 지형도 주윤을 볼 때 더한 그리움에 시달렸다.

갑자기 로비가 시끄러웠다. 급하게 호출을 받고 내려온 빌딩 관리팀의 팀장이 뛰어가는 소리였다. 주윤은 비서의 안내를 받으며 미술관으로 들어갔고, 손 이사는 빌딩관리팀 팀장과 이야기를 나누었다. 지형이 손 이사에게 갔을 때는 이야기가 끝난 뒤로, 관리팀 팀장은 벌게진 얼굴로 연신 고개를 숙이며 '죄송합니다. 시정하겠습니다.'라고 반복해서 말했다.

"이사님."

"아, 자네. 이제 나가나?"

"네. 무슨 일 있습니까?"

"이사장님이 화단에 꽂혀 있는 팻말을 보고 화가 많이 나셨더라고. 고양이한테 먹이 주지 말라는 팻말 말이야."

"아, 그거요."

"자네는 알고 있었나 보지? 언제부터 꽂혀 있었나?"

"지나가면서 봤습니다. 한 달 정도 된 것 같은데요."

손 이사가 쯧쯧 혀를 찼다.

"이사장님이 동물 보호 단체에 매년 비공개로 수억 원씩 기부하시는데, 정작 본인 소유 회사에 그런 팻말이 꽂혀 있으니

화가 나셨겠지. 이사장님은 동물 보호에 관심이 많으시거든."

"그렇군요. 앞으로 일할 때 참고해야겠습니다."

손 이사는 너털웃음을 지었다.

"자네는 정말 일밖에 모르는군. 그렇게 일만 하면 연애는 언제 하나?"

"일만 해도 시간이 모자라서요."

지형은 딱 잘라 말했다.

미술관 입구 쪽에서 누군가 손 이사를 알아보고 인사를 했다.

"들어가 보셔야지요."

"그래. 자네도 어서 가게."

손 이사가 미술관에 들어가는 것을 보고 지형도 발걸음을 뗐다. 로비를 나오려다 지형은 몸을 돌려 미술관 입구를 바라보았다. 아무런 표정 없는 얼굴의 주윤이 기계적으로 사람들과 악수를 하고 있었다.

겨우 이만큼 가까이 왔구나. 먼발치에서 얼굴은 볼 수 있을 만큼. 여전히 손에 닿진 않지만.

"어, 여기."

먼저 와 있던 승혜가 손짓하며 불렀다.

"접대하는 자리에 지각하는 사람이 어디 있냐?"

"접대는 무슨. 서울 온 친구한테 밥 한 끼 사는 거지."

지형은 무뚝뚝하게 응수하며 맞은편에 앉았다.

"이 자식 봐라. 계약 성사됐다 이거지? 나 오늘 너 아주 제대로 벗겨 먹을 거야. 법인 카드 가져온 거면 당장 집어넣어. 네 개인 카드로 먹어야 제맛이지. 여기 메뉴판에 있는 거 다 시킬 거야."

지형은 피식 웃으며 말했다.

"윤승혜, 너 사람 벗겨 먹을 줄 모르는구나? 원래 진짜 비싼 건 메뉴판에 없다고. 여기 셰프님 송로버섯 요리 잘하는 거로 유명하거든. 송로버섯 풀코스로 부탁했어."

몇 년 전에 '송로버섯오믈렛 먹어 봤는데 정말 맛있더라. 한 번 원 없이 먹어 보고 싶다.'라고 말한 걸 지형이 기억하는 게 분명했다. 그저 기억력이 좋은 것뿐인데 심장이 쿵쾅거리는 건 어쩔 수 없었다.

두 사람의 담당 서버가 다가와 지형의 잔에 물을 따랐다.

"마실 건 뭐로 준비해 드릴까요?"

"샴페인 괜찮지?"

승혜는 고개를 끄덕했다.

"뵈브 클리코로 주세요."

지형은 승혜가 제일 좋아하는 샴페인으로 주문했다.

"더 비싼 거로 시켜?"

지형은 싱글싱글 웃으며 물었다.

"돔 페리뇽으로 할까? 아니면 아르망디 시켜 줄까?"

"됐어. 뵈브 클리코로 주세요."

뵈브 클리코의 맛을 좋아하는 건 아니었다. 유학 시절부터 뭔가 좋은 일이 있을 때마다 지형과 함께 마셨던 샴페인이라서 좋아하게 된 것이다. 그 시절, 주머니를 탈탈 털어 살 수 있었던 가장 좋은 샴페인이 뵈브 클리코였다. 이젠 더 비싼 샴페인을 마실 만큼 돈을 벌지만, 승혜에게 제일 좋은 술은 지형과 함께 설레는 마음으로 마셨던 뵈브 클리코였다.

"아버님은 좀 어떠셔?"

3년 전, 승혜의 아버지는 아내를 암으로 먼저 떠나보내고 건강 문제가 생겨 실버타운에 입주했다.

"상태가 갑자기 안 좋아지신 거야?"

"아냐, 그런 거. 죽을 날 얼마 안 남았다고 울고불고 난리를 쳐서 휴가 내 들어왔더니, 선 자리를 잡아 두셨더라."

승혜는 한숨을 푹 내쉬었다.

"수척한 모습 보면 마음이 찡하다가도, 잔소리하는 거 들으면 심박 수가 올라. 아버지랑 나는 멀리 떨어져 있어야 해. 멀리 있으면 서로 애틋해서 어쩔 줄 모르다가, 가까이 있으면 피차 복장 터지고……. 우리 부녀는 전생에 사이좋게 손잡고 나라를 팔아먹었을 거야. 근데 너 가끔 우리 아버지 뵙고 간다며?"

"자주 가는 건 아니야. 시간 날 때 잠깐 가서 말동무해 드리는 것뿐이야."

"고마워. 딸자식보다 네가 더 낫다."

"어머니 편찮으셨을 때 네가 나한테 해 준 것과 비교하면 아무것도 아니야. 네 정성의 반의반도 못 따라가."

승혜는 양심이 찔렸다. 순수한 선의는 결코 아니었다. 지형의 어머니에게 잘하면 혹시 지형의 마음을 얻을 수 있을지도 모른다는 얄팍한 기대에서 한 일이었다.

"어머니 임종도 네 덕에 지킬 수 있었고……."

지형은 담담한 목소리로 말했다.

"너한테는 늘 신세만 졌어. 그걸 어떻게 다 갚아야 할지 모르겠다."

승혜는 불쑥 말했다.

"그럼 결혼이라도 해 줄래?"

"뭐?"

"평생을 책임져 주는 거잖아. 그것만큼 신세를 확실히 갚는 법이 어디 있냐?"

지형은 당황한 기색이 역력했다. 승혜는 웃음을 터뜨렸다.

"야, 너 왜 농담을 다큐로 받아. 너 꼭 나하고 결혼 생각해 본 적 있는 거 같다. 너 혹시 나 좋아하냐?"

"좋아하지."

승혜의 심장이 쿵 소리를 냈다.

"친구로 말이야."

이번에도 심장이 쿵 소리를 냈다. 승혜는 하늘 높이 날아올랐다가 바닥으로 내동댕이쳐진 것 같았다.

잠시 후, 서버가 뵈브 클리코와 샴페인 잔을 가져왔다. 두 사람은 가볍게 잔을 부딪쳤다.

"인수 축하해."

"네 덕 많이 봤다. 고마워."

승혜는 래리 패닝의 부인인 미셸과 개인적인 친분이 있었다.

그 덕에 지형은 래리 패닝을 직접 만날 수 있었다.

"난 소개만 했을 뿐이야. 래리 패닝이 와이프 친구라는 이유로 인수 계약을 했을 리 없잖아. 그건 그렇고, 이제 슬슬 다음 직장을 생각해 봐야지. 내가 알아봐 줘? 요즘 한국 코스메틱 인기가 미국에서 꽤 높거든. 그쪽에서 일했다고 하면 관심 보일 회사들 여럿 있어."

"아니. 괜찮아."

승혜는 지형의 말을 '아직은 괜찮아.'로 받아들였다.

"라렌느에는 얼마나 더 있을 거야?"

"가능한 한 오래. 잘리지 않는 한 계속."

예상치 못한 지형의 대답에 당황한 승혜는 잠시 아무 말도 못 했다. 승혜는 지형에게 라렌느가 이력서의 일부분이라고만 여겼다. 지형이 조만간 미국으로 돌아올 거라는 생각에 승혜는 보스턴에 계속 있었다. 지형이 미국으로 돌아올 때 힘이 되어 주고 싶어서였다.

"한국 회사, 조직 문화가 갑갑해서 싫다고 했잖아."

"돈 받으면서 마음 편하면 그게 이상한 거지. 미국 회사도 갑갑한 건 마찬가지야."

지형은 덤덤하게 말했다.

"라렌느가 마음에 들었나 봐?"

"응. 할 수 있다면 꼭대기까지 올라가고 싶어."

승혜는 지형이 그런 생각을 하고 있을 줄은 꿈에도 몰랐다. 승혜가 아는 지형은 어떤 조직의 톱을 좇는 사람이 아니었다.

오히려 그런 야망을 촌스럽다고 치부하는 사람이었다.

　사실 지형의 능력이라면 어느 조직에서든 톱이 될 수 있었다. 그래서 그런 것이 지형에게 있어 삶의 목표가 될 수 없을 거라고 승혜는 생각했다. 자신이 할 수 있는 것을 목표나 꿈으로 삼는 사람은 없기 때문이었다.

　"너, 내가 아는 강지형이 아닌 거 같아."

　"그냥 속물 같다고 해."

　"성공하고 싶다는 게 왜 속물이야. 그치만 너다운 건 아닌 것 같다."

　"아니, 나한텐 꽤 절박한 목표야. 라렌느의 톱이 되는 것."

　"절박해?"

　"나는 속물만도 못한 사람이거든. 그래서 속물이 돼 보려고 노력 중이야."

　"강지형, 난 지금 네가 무슨 말을 하는 건지 전혀 모르겠어."

　지형은 승혜를 똑바로 보며 또박또박 말했다.

　"난 라렌느가 갖고 싶어. 아니, 가져야 해. 그게 내 인생의 목표야."

　도저히 이해가 되지 않았다. 라렌느가 도대체 뭐길래? 고작해야 화장품 회사 아닌가. 그 화장품 회사 어디에 지형이 인생을 걸고 싶은 구석이 있는 걸까?

　지형은 화제를 돌렸다. 속내를 털어놓는 친한 친구라도 지나치게 솔직했던 것 같았다.

　"브린은 잘 있어? 저번에 셋째 임신했다는 소식 들었는데,

이제 태어났나?"

"어. 딸이야. 요즘은 재택근무를 하고 있어."

"로런스는 아직도 댈럭 앤 해넌에 있어?"

"아니. 반년 전에 일본 회사에 스카우트돼서 지금은 교토에 있어."

그렇게 두 사람은 공통된 지인들의 근황에 관해 이야기를 나누며 점심을 먹었다.

식사가 끝날 때까지 승혜는 왜 라렌느가 갖고 싶은지 지형에게 물을 기회가 없었다. 지형은 교묘하게 화제가 그쪽으로 흐르지 못하게 대화를 끌어갔다.

승혜는 지형이 자신에게 벽을 치고 있다는 느낌이 들었다. 예전에 한 번 느낀 적 있던 그것과 너무도 똑같았다. 절대 잊을 수 없는 이름이 떠올랐다.

윤다은. 개인적인 치부도 솔직하게 드러냈던 지형이 승혜에게 이름조차 가르쳐 주지 않았던 그 여자.

그렇게 먹고 싶었던 송로버섯이었건만, 승혜는 아무 맛도 느낄 수 없었다.

식사를 마친 승혜와 지형은 레스토랑 앞에서 헤어졌다.

호텔에 도착할 즈음, 승혜는 버스 정류장 광고판에 붙어 있는 전시회 포스터를 보고 발걸음을 멈췄다. 피에르 보나르의 전시회를 홍보하는 포스터였다. 특별히 좋아하는 화가는 아니었지만, 대표작 〈빛을 등진 누드〉를 좋아해서 작품을 직접 보고 싶다는 생각을 오래전에 했었다.

날짜를 보니 오늘이 시작이었다. 저녁때까지 일정이 없는 승혜는 그림이나 보고 가야겠다고 마음먹었다. 장소를 확인하니 공교롭게도 라렌느 본사 1층에 있는 미술관이었다. 전시회도 전시회였지만, 지형이 일하는 회사가 어떤 곳인지도 궁금했다.

15분 정도를 걸어서 승혜는 라렌느 본사 건물에 도착했다. 건물 안으로 들어간 승혜는 미술관 입구에서 티켓을 끊으려고 매표소를 찾았다.

"성인 한 사람이요."

"일반 관람은 2시부터인데 괜찮으시겠어요?"

"네?"

"지금은 오프닝 파티 중이라 초대받은 분만 들어갈 수 있습니다. 일반 관람객은 2시부터 입장 가능합니다."

승혜는 시간을 확인했다. 오후 1시 40분. 20분 정도면 충분히 기다릴 만했다.

"괜찮아요."

티켓을 끊은 승혜는 건물을 슬슬 둘러보았다. 유럽의 어느 유명한 건축가가 설계했다는 라렌느의 본사 건물은 건물만으로도 볼 만한 가치가 있었다. 로비 여기저기에 무심히 놓여 있는 그림과 조각 작품은 다 진품으로, 그것만으로도 작은 미술관이라고 할 만했다. 거대한 부를 예술로 세련되게 과시하고 있었다.

승혜는 양모 한혜선에게 보통 사람은 꿈도 꾸지 못할 어마어마한 부를 상속받은 '이주윤'이 어떤 사람인지 궁금했다.

외부에 공개된 이주윤의 사진은 어머니의 장례식에서 찍힌 것이 전부였고, 그 속의 이주윤은 검은 베일로 얼굴을 반이나 가리고 있었다. 있으나 마나 한 사진이었다.

소문은 믿을 게 못 되지만 '정신적으로 문제가 있어서 그룹 경영이 불가능한 상태'라는 말이 돌고 있었다. 그래서 죽은 한 회장의 남편인 이효관이 계속 그룹을 장악하는 거 아니냐는 관측이 지배적이었다. 유일한 변수는 이주윤이 누구와 결혼하냐였다.

로비를 둘러본 승혜는 시간을 확인했다. 2시 5분이었다. 승혜는 미술관 입구로 걸어가다가 발걸음을 멈췄다. 푸른색 정장에 흰 스카프를 한 여자가 미술관에서 사람들에게 둘러싸인 채 나오고 있었다.

'윤다은?'

승혜는 처음엔 자기가 잘못 본 거라고 생각했다. 자신이 다은을 마지막으로 본 건 거의 10년 전이었다. 그저 닮은 사람이라고 여겼다. 그렇지만 뭔가 마음에 걸렸다. 윤다은이 아니라는 것을 확인하고 싶었다.

승혜가 로비 밖으로 나갔을 때, 그 여자는 본관 바로 앞에 세워진 흰색 롤스로이스에 막 타려고 하고 있었다. 승혜는 그 여자와 눈이 마주쳤다. 순간, 승혜는 온몸에 소름이 돋았다. 잠시 후, 여자는 흰색 롤스로이스를 탔고, 차는 곧 승혜의 시야에서 사라졌다.

승혜는 전시회를 보지 않은 채, 그대로 택시를 타고 호텔로 돌아왔다.

'윤다은이야. 윤다은이 맞아.'

승혜는 옷도 갈아입지 않고 침대에 털썩 몸을 눕혔다. 딱 두 번 봤을 뿐이지만 윤다은은 선명하게 기억에 남아 있었다. 처음엔 우연히 길에서 만났다. 두 번째는 지형이 보스턴으로 유학을 떠난 지 2주 정도 지났을 때 다은이 그녀를 찾아왔었다. 다은은 그녀를 학교 도서관 앞에서 무작정 기다린 것 같았다.

그때까지 승혜는 다은의 이름을 몰랐고, 다은도 승혜의 이름을 몰랐다.

"저, 전에 영화관 앞에서 지형 오빠랑 같이 계셨죠?"

"네?"

"명동에서요."

"아……."

승혜는 다은을 알아보았다. 지형이 '아는 동생'이라고 말했던 여자였다. 딱 한 번 만났을 뿐이지만 얼굴을 선명하게 기억했다. 지형의 태도가 너무 이상했기 때문이다. 승혜는 아무렇지 않은 듯 전에 영화관 앞에서 만났던 동생이 누구냐고, 어떻게 아는 사이냐고 몇 번이나 물었지만, 지형은 그때마다 구렁이 담 넘어가듯 대답을 피했다. 어느 학교에 다니는지도, 이름이 뭔지도 알려 주지 않았다.

승혜는 아는 동생이 아니라, 그것보다는 더 친밀하고 복잡한 사이라고 느꼈다. 좋아하는 남자에 대한 여자의 직감이었다.

"그런데 여긴 어쩐 일이에요?"

"오빠한테 연락이 안 돼서요. 핸드폰도 안 받고, 이메일도 확인하지 않고……. 무슨 일이 있나요?"

이 말만 듣자면 지형이 다은에게 연락을 끊고 잠수를 탄 모양새였다. 승혜는 놀랐다. 지형이 그런 짓을 했다는 것이 믿어지지 않았다.

"지형이 지금 보스턴에 있어요. 지난주에 출국했는데……."

"보스턴이요? 여행이라도 간 건가요?"

"유학이요. 꽤 오래전부터 계획된 거였는데 몰랐나 봐요?"

"오빠가 유학을 준비했다고요?"

다은은 상당히 충격을 받은 얼굴이었다.

"지형이 어머니가 보스턴에 계시거든요."

"오빠 어머니가 보스턴에 계신다고요?"

다은은 혼란스러운 표정이었다. 마치 전혀 모르는 사람 이야기를 듣는 것 같았다. 지형의 어머니가 보스턴에 계신다는 건 지형과 친한 친구들이라면 다 아는 사실이었다. 그런데 다은은 지형에 대해 아는 것이 거의 없는 것 같았다.

승혜가 느끼기에 지형에게 다은은 분명 특별한 사람이었다. 그런데도 다은이 지형에 대해 아무것도 모르는 게 이상했다.

"지형이 지금 아는 분 댁에 임시로 있는데, 괜찮다면 거기 연락처라도 알려 줄까요?"

한참 동안 아무 말도 하지 않던 다은이 힘겹게 입을 열었다.

"필요 없어요."

승혜는 마음을 진정시키기 위해 찬물을 한 잔 마셨다.

'말하지 않은 것도 거짓말일까?'

승혜는 다은이 학교에 찾아온 것을 지형에게 말하지 않았다. 말하고 싶지 않았다. 그때는 무슨 마음으로 그랬는지 몰랐지만 이젠 자신의 마음을 선명히 볼 수 있었다. 혹시라도 두 사람이 다시 이어지는 게 싫었던 것이다.

망설이던 승혜는 지형에게 전화를 걸었다.

— 무슨 일이야?

최대한 아무렇지 않은 목소리로 승혜는 말했다.

"너 혹시 윤다은 기억하니?"

제발 아무렇지 않은 목소리로 말해 줘. 기억조차 잘 안 나면 더 좋고.

윤다은? 이렇게 되물어 주면 좋을 것 같았다.

지형은 아무 말도 하지 않았다. 숨 쉬는 것도 잊었는지 숨소리도 나지 않았다. 침묵에도 빛깔과 무게가 있다. 지형의 침묵은 커다란 납덩어리 같았다.

침묵을 견디다 못한 승혜가 입을 열었다. 정말 있는 힘을 다 짜내, 성격 좋은 여사친 목소리를 냈다.

"너랑 밥 먹고 호텔로 오다가 그 사람을 우연히 길에서 봤어. 스치듯 지나갔는데 한 번에 딱 알아보겠더라. 10년 만에 본 건데, 정말 신기하지 않니?"

— 네가 그 사람 이름을 어떻게 알아?

승혜는 취조라도 당하는 기분이었다.

"너 보스턴으로 간 지 얼마 안 돼서 학교에 왔어. 내 얼굴을 아니까 붙잡고 네 소식을 묻더라. 그래서 너 보스턴으로 유학 갔다고 했지."

— 그게 다야?

지형의 목소리는 차가웠다. 승혜는 이렇게 날카롭게 반응하는 지형을 대한 적이 없었다.

"그럼 뭘 더 얘기해야 하는데?"

대답은 돌아오지 않았다. 지형이 그냥 전화를 끊어 버린 것이다.

승혜는 황당해서 한동안 전화기를 들고 멍하니 서 있었다.

'도대체 뭐야? 윤다은 그 여자가 너한테 뭐길래 이렇게 순식간에 다른 사람이 돼 버리는 거야?'

화풀이라도 하듯 승혜는 휴대전화를 침대로 집어 던졌다.

당신은 날 어떤 눈으로 볼까?

—

지형은 전화를 끊고 한동안 멍하니 창밖을 바라보았다.

'내가 보스턴으로 가지 않았다면 우린 어땠을까?'

부질없는 상상이었다.

궁금했지만 결코 알고 싶지 않은 것들이 있었다. 주윤이 어떻게 그가 보스턴으로 간 것을 알았는지 이제야 알게 됐다.

숨 쉬기가 힘들 만큼 괴로웠다. 승혜에게 자신이 말도 없이 보스턴으로 갔다는 것을 들었을 때 주윤이 얼마나 고통스러웠을지 상상이 되지 않았다.

'다은아, 근데 그거 아니? 겨우 한 달이었어. 너 없이 내가 버틸 수 있었던 시간은…….'

그 시간 동안 지형이 뼈저리게 깨달은 것은, 주윤이 그를 의지했던 것보다 그가 주윤을 더 많이 의지했다는 것이다.

보스턴에 오고 거의 한 달 동안 지형은 아무것도 하지 못했다. 매일 아침 눈을 뜰 때마다 이제 그의 인생에 주윤이 없다는 사실이 날카로운 칼이 되어 심장을 찔렀다.

그의 오판은 그것 하나가 아니었다. 더 치명적인 오판은 주윤이 자신을 언제든 받아 줄 거라고 믿어 의심치 않았던 것이다.

'바보 같았지. 난 언제든 네게 용서받을 수 있다고 여겼으니까……'

한 달 후 그는 조심스럽게 주윤에게 전화를 걸었다. 주윤은 전화를 받지 않았다. 당연하다고 생각했다. 화가 나서 그의 목소리조차 듣고 싶지 않을 거라고 생각했다.

며칠 후 그는 다시 전화를 걸었다. 또 전화를 받지 않았다. 그 후 보름 동안 매일 서너 번씩 전화를 했다.

어느 날, 낯선 사람이 짜증스러운 목소리로 전화를 받았다. 이 번호로 바꾼 지 한 달이 채 안 됐다고 했다. 주윤이 휴대전화 번호를 바꾼 것이다.

이제 주윤과 연락할 수 있는 수단은 이메일밖에 없었다. 그러나 이메일 역시 닿지 않았다. 주윤은 이메일 계정도 없애 버렸다.

그렇게 한 달, 두 달이 흐르고 지형은 서서히 깨달았다. 주윤은 그를 평생 용서하지 않을 생각이고, 평생 그를 볼 생각이 없다는 것을. 주윤이 그를 만나겠다는 마음이 들지 않는 한 그는 무슨 수를 써도 주윤을 볼 수 없었다.

목표를 이렇게 쉽게 달성할 줄은 몰랐다. 주윤이 그를 완벽하게 잊게 하는 것. 그를 증오해서 죽을 때까지 보고 싶지 않게 하는 것.

주윤과 지형은 서 있는 위치가 달랐다. 만나는 동안은 그걸 의식한 적이 없었지만, 떨어지고 나니 두 사람의 거리는 멀고도 멀었다. 결코 손 닿을 수 없는 곳, 바라볼 수도 없는 높고 먼 곳에 주윤이 있었다. 그는 주윤이 사는 세상에서 흘러나오는 소식조차 들을 수 없었다.

주윤이 보고 싶었다. 주윤에게 돌아가고 싶었다. 그렇지만 주윤이 살고 있는 세계의 벽은 높고 견고했다. 무슨 수를 써도 지형의 힘만으로는 그 세계에 들어갈 수 없었다. 딱 한 가지 방법을 빼고는…….

주윤을 다시 볼 수 있다면 악마에게 영혼이라도 팔 수 있었다. 옆에서 지켜볼 수만 있어도, 그리고 지킬 수만 있어도 괜찮았다.

라렌느에 들어온 후 지형은 물불 가리지 않고 일만 했다. 라렌느에서 입지를 다지는 것, 라렌느에서 그 누구도 무시할 수 없는 실적과 능력을 갖춘 사람이 되는 것 말고 주윤의 곁에 있을 수 있는 방법이 없었다.

주윤에게 필요한 사람이 되는 것. 그것이 지형의 유일한 목표였다.

소용돌이치던 감정이 가라앉았다. 지형은 노트북으로 시선을 돌렸다. 사랑받는 존재가 될 수 없다면 필요한 존재가 되어야 했다. 필요한 존재가 되면 주윤은 결코 그를 밀어내지도, 버리지도 못할 테니까. 그래서 그는 라렌느의 톱이 되어야 했다.

지형은 심호흡을 했다. 오늘 중으로 처리해야 할 일이 많았다.

8시 이후에는 야근 금지라서 모두 하던 일을 정리하고 컴퓨터를 끄기 시작했다.

라렌느에 입사한 이후, 지형은 항상 사무실에 제일 먼저 출근했고 제일 나중에 퇴근했다. 지형 역시 노트북을 껐다. 지형은 집으로 돌아가 해야 할 일을 머릿속으로 정리하면서 노트북을 가방에 넣었다.

지형이 막 사무실을 나서려는데 손 이사가 사무실에 들어왔다.

"약속이 있나?"

"아뇨, 없습니다."

"저녁은?"

"간단하게 먹었습니다."

"그럼 술이나 한잔하지."

회사에서 킹스맨이라는 별명으로 불릴 만큼 세련된 스타일의 손 이사였지만, 겉모습과는 달리 입맛은 소탈했다. 손 이사는 지형과 몇 번 간 적이 있는 순대국밥집으로 갔다. 손 이사는 지형에게 물어보지도 않고, 순대국밥 두 그릇에 소주와 맥주, 모둠편육을 시켰다.

토렴한 순대국밥을 빠르게 비운 두 사람은 편육을 안주 삼아 손 이사가 직접 제조한 소맥을 마셨다. 손 이사가 제일 좋아하는 비율은 소주 3에 맥주 1이라, 독한 편이었다.

손 이사는 시선을 텔레비전으로 돌렸다. 방송국에서 개최하는 국제 포럼에 강연자로 초대되어 한국을 방문한 이든 메이어에 대한 보도를 하고 있었다. 이든 메이어는 유어블루버드라는 소셜 네트워크 서비스를 창업해, 제2의 저커버그라고 불리는 사람이었다.

"한국계지? 교포인가?"

"입양아라고 들었습니다."

"그렇다면 제2의 저커버그가 아니라 제2의 스티브 잡스인가? 잡스도 입양아 출신이지?"

지형은 고개를 끄덕였다.

"그렇죠. 분야는 좀 다르지만."

"대단한 사람이군."

그저 감탄밖에 안 나오는 사람이었다.

손 이사가 소맥을 제조하려고 하자 지형이 말렸다.

"이번엔 제가 만들겠습니다."

지형은 능숙한 손길로 소맥 두 잔을 만들었다. 손목 스냅에 절도가 있었다.

손 이사는 자기도 모르게 피식 웃음을 터뜨렸다. 도대체 이 사람은 못 하는 게 뭔가 싶었다.

한 기업에서 30년을 일하면서 손 이사는 수많은 사람을 상사로, 동료로, 부하 직원으로 겪었다. 그런데 강지형이라는 사람은 겪으면 겪을수록 잘 모르겠다는 느낌이었다. 몰라서 기분이 나쁜 게 아니라, 공적인 얼굴에 가려진 사적인 영역에 인간적인 호기심이 생겼다.

"잘하는군."

"연습했거든요."

지형은 정말 진지한 목소리로 말했다. 농담이 아니라는 뜻이었다.

소맥을 마시다가 손 이사는 뿜을 뻔했다. 그런 걸 연습하는 사람이 있나? 정말 의외의 면이 많은 사람이었다. 심지어 지형이 제조한 소맥은 정말 맛있었다.

손 이사는 텔레비전 화면으로 다시 시선을 돌렸다. 도대체 몇 꼭지나 나오는 거야? 아무리 대단한 사람 이야기도 서너 꼭지가 넘어가자 슬슬 지루해졌다.

"스무 살이나 서른 살 즈음에는 나와 동년배인 사람이 잘나가는 걸 보면 질투 비슷한 것을 하고 그랬는데, 마흔이 넘어가니 질투할 힘도 나지 않더군. 자네는 어떤가? 저만큼 성공하고 싶다는 생각이 있나?"

지형은 텔레비전 화면을 힐끗 본 후 말했다.

"성공에는 별 욕심 없습니다."

지형의 대답은 담백했다.

사생활도 없을 만큼 일에 몰두하면서 성공에는 별 욕심이 없다니. 그럼 무엇 때문에 그렇게 열심히 일에 매달린단 말인가.

"성공에는 별 욕심이 없다? 그 말은 원하면 얼마든지 성공할 수 있다는 소리로 들리는데?"

"제가 못 할 것 같습니까?"

손 이사는 피식 웃음이 나왔다.

"자네 실력이야 내가 인정하지. 그런 뛰어난 능력이 있는데 욕심을 좀 내지 그러나."

"성공에 욕심이 없을 뿐, 다른 욕심은 저도 넘칠 만큼 많습니다. 이룰 수 없어서 그렇지⋯⋯."

손 이사는 지형의 말을 끊지 않았다. 속 이야기를 들어 보려고 마련한 자리였다. 지형은 마치 손 이사의 속내를 읽기라도 한 듯, 평소에는 전혀 입에 올리지 않던 이야기를 했다.

이렇게 쉽게 마음속 이야기를 털어놓을 사람 같진 않았는데⋯⋯.

적어도 서너 번은 더 만나야 속 이야기를 들을 수 있지 않을까 생각했었다. 사생활 관리가 워낙 철저한 데다, 개인적인 이야기는 술김에도 하지 않는 사람이었다. 나쁘게 말하면 타인에게 벽을 세우고 거리를 두는 타입이었다. 인간미가 부족하다는 것이 강지형이 받은, 유일한 부정적 평가였다. 그러나 관점에 따라선 대단한 장점이 될 수도 있었다.

소맥 잔을 만지작거리며 지형이 말했다.

"이룰 수 있는 욕심에 매달려 살 수 있는 사람이 저는 부럽기만 합니다. 행복한 사람, 신에게 사랑받는 존재들이죠."

"도대체 자네가 원하는 게 뭐길래 그런 선문답 같은 소릴 하는가?"

손 이사는 진심으로 궁금했다. 사람은 겉만 보고 모른다는 말이 진리이지만, 그가 본 지형은 별다른 콤플렉스도, 약점도, 그늘도 없는 사람이었다.

"제가 인생에서 원하는 건……."

뭐라고 말하려던 지형은 망설이듯 입을 다물었다. 잠시 후, 말 대신 한숨이 쏟아졌다.

지형은 남은 소맥을 단숨에 마신 후 다시 입을 열었다.

"누군가의 가족이 되고 싶습니다. 그 사람을 지켜 주고 보호해 줄 당연한 권리를 가진, 그런 가족 말입니다. 어떤 사람은 태어나는 순간 그런 존재가 되죠. 더 운이 좋다면 자신이 사랑하는 사람에게 그런 존재가 되기도 하고요."

술기운이 갑자기 훅 올라오는지 지형은 몸속 깊은 곳에서 솟구치는 뜨거운 숨을 토해 냈다.

"누군가의 가족이 되는 것, 대부분의 사람은 그걸 당연하다고 생각하죠. 태어나는 순간, 대부분의 사람은 누군가의 가족이 되니까요. 그런데 그렇지 않은 사람도 있어요. 가진 사람만이 그걸 당연한 거라고 생각할 뿐이죠."

지형도 그랬다. 당연하다고 생각했던 것이 모래처럼 손가락 사이로 흘러내리고 흔적도 없이 사라졌다.

"사랑받지 못하고 자란 사람들의 가장 가여운 점이 뭔지 아세요? 사랑을 받아 본 적 없어서 누군가가 그 사랑을 줘도, 그게 얼마나 소중한 건지 모르고 너무 쉽게 잃어버린다는 거예요. 잃어버린 후에야 그게 사랑이라는 걸 깨닫는 거죠."

손 이사가 조사한 바에 따르면 지형의 가정환경은 평범함 이상이었다. 넉넉한 중산층 가정의 늦둥이 아들로 태어나 엘리트 코스만 밟았다. 성 알렉시오 고등학교, 서울대학교, 하버드대학교, 스탠포드 비즈니스대학원……. 그야말로 꽃길만 걸은 듯한 강지형에게 이런 그늘이 드리워져 있을 줄은 몰랐다.

자신이 사랑받지 못하고 자란 사람이라고 누군가에게 털어놓는 것이 놀라운 건 아니었다. 모든 것을 다 가진 것처럼 보이는 사람 중에 의외로 부모에게 정서적 지지를 받지 못한 결핍이 있는 사람이 많았다. 아주 가까이에는, 그가 오랫동안 모셨던 상사 혜선이 그러했다.

"더 가여운 건 뭔지 아세요? 깨달은 후에는 그 사랑 없이 살 수가 없게 된다는 거죠. 너무 잔인하지 않은가요. 아예 깨닫지라도 못하게 하지……."

"사랑받지 못하고 자란 아이에게 신은 두 번의 기회를 선물로 주지. 배우자와 자신의 아이 말일세."

"저는 그 기회를 놓친 것 같은데요."

아주 아픈 사랑의 경험이 있는 듯했다.

"많이 좋아했나 보지?"

지형은 대답하지 않았다.

"위로가 될지 모르겠지만, 시간이 지나면 모두 희미해지더군."

지형은 깊게 한숨을 내쉬었다.

"그랬으면 좋겠지만 10년이 지나도 잊히지 않는다면 그 사람이 제 유일한 운명이라는 뜻 아닐까요?"

"그런 사람이라면 설사 헤어졌더라도 다시 한번, 아니, 수백 번이라도 부딪쳐 보면 되지 않나."

지형은 쓸쓸하게 웃었다.

"가망이 없어서요. 단 1퍼센트도. 이 세상에 남자가 저 한 사람이라도 그 사람은 절 선택하지 않을 겁니다. 아니, 선택하지 않게 할 거예요, 제가."

뭐 그런 슬픈 일이 다 있나 싶었다.

"그럼 자네는 결혼은 생각이 없나?"

손 이사는 가장 중요한 질문을 던졌다.

"없습니다."

"가망이 없다며?"

"가망이 없는데, 없는 줄 아는데……."

그가 아는 지형은 말끝을 흐리는 사람이 아니었다. 그런데 끝내 지형은 말을 맺지 못했다.

"그럼 너무 외롭지 않겠나?"

"괜찮습니다. 몰두할 일이 있으니까요."

"성공에 욕심이 없다며, 그렇게 열심히 일할 필요가 있나?"

손 이사로서는 당연한 의문이었다.

지형은 거기에 대해선 답하지 않았다. 그건 그 누구에게도 말할 수 없는 대답이었다.

그날 손 이사와 지형은 둘 다 평소 주량을 훌쩍 넘겨 과음을 하고 말았다.

여느 때처럼 메이크업과 머리 손질을 끝낸 후에 민정은 옷을 건 행거를 밀고 드레스룸으로 왔다. 민정은 주윤이 평상시처럼 대충 옷을 고를 거라고 생각했다. 그런데 뜻밖에도 주윤은 몸을 일으켜 행거로 걸어와 가까이에서 옷을 만지며 자세히 살폈다.

"너무 포멀하네요. 나이 들어 보여요."

주윤이 옷에 대해 뭔가 말한 건 민정이 이 일을 맡은 후 처음 있는 일이었다. 한 번도 이런 일이 없어서 민정은 당황했다.

"차에 몇 벌 더 있습니다. 바로 가져오겠습니다."

"비슷한 톤으로 골라 오셨을 테니 굳이 볼 필요 없을 것 같네요. 오늘은 제가 알아서 입고 나갈게요."

이 역시 처음 있는 일이었다. 민정은 불현듯 지난번에 자신이 험담했던 것을 마음에 두고 이러나 싶었지만, 이 정도는 괴롭힘 축에도 끼지 못하는 일이었다.

"죄, 죄송합니다."

민정은 주윤이 그다지 반응이 없는 고객이라 자신이 너무 편하게 일을 했다고 자책했다. 주윤의 반응이 물에 물 탄 듯 술에 술 탄 듯 두루뭉술했기에, 옷을 고를 때 신경을 덜 썼던 것도 사실이었다.

"아니에요. 그런 날도 있는 거죠. 웨딩드레스는 잘 진행되고 있나요?"

"네? 아, 네."

"정말요? 드레스 구하기가 쉽지 않을 텐데요?"

"일단 기성품으로 알아보고 있습니다."

아무리 생각해도 기성품 말고는 답이 없었다. 민정은 황급히 덧붙였다.

"다음 시즌에 나올 드레스 중에서 고르고 있습니다."

"그래요. 어느 정도 추려지면 보여 주시고요."

"예. 알겠습니다."

"그럼 그만 나가 주시겠어요?"

스타일리스트팀 팀원들이 나가자, 주윤은 드레스룸 한구석에 쌓아 놓은 쇼핑백을 열어서 옷들을 소파에 늘어놓았다. 옷을 직접 산 것이 너무 오랜만이라 무엇을 사야 할지 몰라 되는 대로 사 왔다. 아니, 쇼핑을 한 것 자체가 오랜만이었다.

옷들을 펼쳐 놓고 주윤은 망연자실했다. 도대체 뭘 입어야 할지 알 수가 없었다.

옷더미 사이에서 한참을 고민하던 주윤은 드디어 하나를 골랐다. 옅은 하늘색 드레스였다. 가슴 부분에 여러 겹으로 레이스를 겹친 뒤 그 위에 크리스털로 장식을 해서 몸을 움직일 때마다 반짝반짝 빛났는데, 주윤의 얼굴이 더 환하게 보이는 효과도 있었다.

약속 시간은 한 시간 가까이 남았지만 주윤의 발걸음은 아델린하우스로 향했다. 지난번 맞선 때 주윤이 엉망으로 만들어 놓은 응접실을 쓸 수가 없어서, 브렉퍼스트룸을 급하게 응접실로 꾸몄다.

주윤은 프렌치도어 너머로 펼쳐진 장미정원을 멍하니 바라보았다. 사계절 내내 장미가 피도록 정교하게 설계되어 있어 언제라도 활짝 핀 장미를 볼 수 있지만, 그중 5월이 장미정원의 절정이었다.

주윤은 프렌치도어를 밀었다. 마카롱 같은 달콤한 향기가 파도처럼 밀려왔다. 주윤은 깊게 심호흡을 했다. 장미 향기가 몸속 깊은 곳까지 들어오는 기분이었다. 부드럽고 달콤한, 인생의 행복만을 약속할 것 같은 향기였다.

주윤은 천천히 정원으로 나가 활짝 핀 장미를 천천히 손가락으로 매만지며 거닐었다.

지형이 다녔던 성 알렉시오 고등학교에서는 성 알렉시오 축일에 개교 기념 축제가 열렸는데, 그 축제의 하이라이트는 재학생과 졸업생이 함께 어우러지는 파트너 동반 댄스파티였다.

크림색 초대장에서는 장미 향기가 났다. 얼마나 설렜던가. 얼마나 행복했던가.

지형은 주윤을 장미정원으로 데려갔다. 학교에서 가장 예쁜 곳이라며, 늘 그곳을 주윤에게 보여 주고 싶었다고 했다.

멀리서 왈츠 음악이 들려왔다. 두 사람은 신발을 벗고 서늘한 잔디를 밟으며 서툰 왈츠를 췄다. 지형은 절망적일 정도로 박치라, 리듬에 맞춰 몸을 매끄럽게 움직이지 못했다. 삐걱거리는 나무 로봇과 춤을 추는 기분이어서 춤을 마치고 나서 주윤은 그만 깔깔 웃음을 터뜨렸다. 땀에 흠뻑 젖은 얼굴로 지형도 웃었다. 서로가 서로를 사랑스러운 눈으로 바라보았다. 그때는 눈빛만으로도 충분했다. 사랑하고 있었고, 사랑받고 있었다.

12시를 알리는 종이 울린 뒤 마지막 댄스곡이 연주되기 시작했다. 댄스파티의 마지막 곡은, 성 알렉시오가 오스트리아 사람인 것을 기려 전통적으로 〈아름답고 푸른 도나우강〉이었다. 그 곡이 끝나고 〈라데츠키 행진곡〉이 연주되면 모두 박자를 맞춰 박수를 치며 파티가 끝났다.

"다은아, 그거 아니? 성 알렉시오 고등학교의 유명한 전설. 성 알렉시오 축일에 마지막 댄스를 함께 추면, 그 연인은 영원히 헤어지지 않는다는 전설이 있어."

지형과 영원히 헤어지지 않을 수 있다면 얼마나 좋을까?

지형은 손을 내밀었다.

"한번 시험해 볼래?"

주윤은 기뻤다. 지형과 영원히 헤어지지 않는 것도 좋았지만, 지형이 자신과 같은 것을 바라고 있다는 것이 더 기뻤다.

주윤은 망설이며 지형의 손을 잡았다. 지형의 손이 뜨거웠다.

지형은 춤을 추는 대신 주윤을 꼭 안았다. 거칠게 뛰는 지형의 심장 소리가 들렸다.

"네가 스무 살이 되기만을 얼마나 기다린 줄 아니? 이제 넌 이주윤으로 살 필요 없어. 널 윤다은으로 살게 해 줄게."

주윤은 지형의 얼굴을 가만히 보다가 입을 맞췄다. 두 사람은 마지막 음악이 끝날 때까지 계속 키스했다. 음악이 끝났지만 두 사람은 포옹을 풀지 못했다.

'나를 지옥에서 구해 주겠다던 당신이 나를 더한 지옥으로 밀어 넣었지.'

버려졌다는 분노보다 홀로 남겨진 외로움이 더 고통스러웠다. 사람을 괴물로 만드는 것은 분노가 아니었다. 외로움이었다.

주윤은 무심한 얼굴로 가장 화려하게 핀 장미 꽃송이를 손으로 뜯어 바닥에 버렸다.

이제 윤다은은 더 이상 없었다. 이주윤만이 있을 뿐.

땅바닥에 나뒹구는 장미를 힐끗 보다가 주윤은 꽃송이를 지르밟았다. 장미 향기가 더 짙어졌다.

"손님이 도착하셨습니다."

강지형, 당신은 과연 어떤 얼굴로 나를 볼까?

하나, 둘, 셋. 숫자를 센 후 주윤은 몸을 돌렸다.

토요일 점심. 지형은 라렌느호텔의 회전문을 열고 로비로 들어갔다.

"그냥 밥만 한 끼 먹고 온다고 생각하게."

손 이사는 정말 난처하다는 얼굴로 말했다. 맞선 부탁이었다.

"도저히 거절할 수 없는 분 부탁이라서 말이야. 자네가 요즘 이런저런 프로젝트로 업계 사람들 입에 자주 오르내리다 보니 눈여겨본 분들이 꽤 많이 있다네. 웬만하면 내 선에서 거절을 할 텐데, 내가 이분께 신세 진 게 워낙 많아서 말이야. 자네한테 결혼 생각이 없다는 걸 몇 번이나 말씀드렸는데도, 일단 한 번 만나게만 해 달라고 하셔서 말이야."

손 이사는 '하아.' 하고 한숨을 내쉬었다.

"나이가 들면서 역정과 고집만 느셔서……."

지형은 직장 상사를 난처하게 만들고 싶지 않았다.

"괜찮습니다."

그런데 손 이사는 맞선 볼 상대의 프로필은 고사하고 이름도 알려 주지 않았다. 서로 선입견 없이 보는 게 좋지 않겠냐며, 맞선 상대에게도 지형의 정보는 알리지 않았다고 했다. 그러면서 그쪽의 요청이었다고 덧붙였다.

"저와 맞선을 보게 하는 이유가 뭔가요?"

적어도 그 정도는 알아야 했다.

"회사 경영을 맡길 사람을 찾고 있네. 그 댁 따님은 경영 쪽에 전혀 흥미가 없어서 말이야."

맞선이라기보다는 블라인드 데이트 같았다. 그렇지만 상대에 대한 궁금증은 전혀 없었다. 그저 상사의 부탁인 만큼 예의 바르게 식사 한 끼를 하면 그뿐이라는 생각이었다. 그쪽에서 거절할 가능성도 있었고, 지형에게 결혼 생각이 없다는 것을 상대가 이미 알고 있는 터라, 부담도 없었다.

약속 장소인 2층 이탈리안 레스토랑에 도착해 지형은 이름을 말했다.

"잠시만 기다려 주십시오."

잠시 후, 호텔 직원이 지형에게 다가왔다.

"강지형 님이시죠? 기다리고 있었습니다."

레스토랑 안으로 들어갈 줄 알았는데 직원은 지형을 다른 곳으로 안내했다.

"약속 장소가 변경되었습니다. 저를 따라오시지요."

지형은 직원의 뒤를 따라 나갔다. 호텔 본관을 빠져나와 뒤쪽 정원을 가로질러 걸어갔다. 아담한 건물이 눈앞에 나타났다. 일 때문에 라렌느호텔에 몇 번 와 본 적 있는 지형이었지만 이런 별관이 있다는 건 전혀 몰랐었다.

"여기가 어디죠?"

"아델린하우스입니다. 다른 손님분은 먼저 와서 기다리고 계십니다."

직원은 문을 열었다. 지형은 안에서 기다리고 있던 직원의 뒤를 따라 걸어갔다.

호텔이라기보다는 유서 깊은 유럽 귀족 가문의 여름 별장에 들어온 기분이었다. 벽에 걸린 그림들만 봐도 예사롭지 않았다. 특별한 손님들을 위해서만 개방하는 곳인가 보다고 지형은 생각했다. 그건 오늘 지형이 만날 사람이 예사 사람이 아니라는 뜻이었다.

아델린하우스. 분명 어디서 이름을 들어 본 적 있었다.

'아델린? 아델린이라면……'

지형은 발걸음을 멈췄다. 자신의 멍청함에 어이가 없었다. 아델린은 라렌느의 전 회장이었던 한혜선이 어머니 밑에서 경영 수업을 할 때 처음으로 히트시킨 화장품 브랜드 이름이었다. 10년 정도 판매되다가 단종되었지만, 한혜선이 가장 애착을 가진 브랜드였다.

앞서가던 직원이 갑자기 발걸음을 멈춘 지형을 돌아보며 의아해하는 눈빛을 띠었다.

"저어, 손님?"

그 좋은 지형의 머리로도 지금 이 자리에서 갑작스럽게 나갈 수 있는 핑계를 꾸며 낼 수가 없었다.

"아닙니다."

아델린하우스에서 누가 그를 기다리고 있는지 지형은 알 것 같았다.

직원이 문을 열자, 장미 향기가 지형에게 파도처럼 밀려왔다. 장미정원에 옅은 하늘색 드레스를 입은 여자가 뒤돌아 서 있었다. 손님이 도착했다는 말에 여자가 몸을 돌렸다.

이주윤이었다.

주윤과 눈이 마주친 순간 지형은 머릿속이 텅 비는 기분이었다.

두 사람은 조금 떨어진 곳에서 서로를 응시했다. 눈을 돌린 건 지형이었다. 지형은 아무 말도 하지 않고 몸을 돌려 브렉퍼스트룸을 나왔다.

그래도 돌아왔으면 좋겠다

—

지형이 아무 말도 하지 않고 나가자 직원은 당황해서 어쩔 줄 몰랐다. 지형을 붙잡아야 할까 아니면 가만있어야 할까 결정을 내리지 못하고, 그저 서 있는 주윤과 지형이 나간 문 쪽을 번갈아 가며 바라보았다.

주윤은 브렉퍼스트룸으로 천천히 걸어 들어왔다.

"별일 아니니까 그만 나가 보세요."

"저, 손님은……."

"가게 내버려 둬요. 급한 일이라도 생긴 거겠죠."

주윤의 말에 직원은 살았다는 표정을 지었다.

"식사는 취소할까요?"

"그래야겠죠? 홍차가 마시고 싶어요. 준비해 주세요."

"네, 알겠습니다."

직원은 문을 닫고 나갔다.

잠시 후, 직원이 홍차를 가져왔다. 주윤은 차 우리는 시간을 알려 주는 모래시계를 바라보았다. 붉은 모래가 가느다란 유리관을 통과해 아래로 천천히 떨어졌다.

나는 그 사람이 돌아오기를 바라는 걸까, 아니면 다시는 내 눈앞에 나타나지 않기를 바라는 걸까?

꽃잎 점을 치는 사람처럼, 주윤은 마음속으로 천천히 읊조렸다.

돌아온다.

돌아오지 않는다.

돌아온다.

돌아오지 않는다.

당신을 위해선 돌아오지 않는 게 좋겠지.

마지막 모래알이 떨어지려고 할 때 주윤은 생각했다.

그래도 돌아왔으면 좋겠다.

하지만 문 열리는 소리는 들리지 않았다. 그때처럼 아주 멀리멀리 도망쳐 버린 것 같았다.

주윤은 나지막하게 한숨을 내쉰 후, 의자에서 몸을 일으켜 문 쪽으로 걸어갔다. 주윤이 막 문손잡이에 손을 대려고 할 때 문이 벌컥 열렸다. 얼굴이 벌겋게 상기된 것을 보니 달려온 것 같았다. 주윤은 아무 말도 하지 않고 지형을 빤히 바라보았다.

지형은 할 말을 찾지 못했는지 입을 열지 않았다.

"나가야 하니 그만 비켜 주시죠."

그렇지만 지형은 꿈쩍도 하지 않았다. 나지막한 숨소리가 들렸다. 심호흡이라도 하는 듯했다.

지형은 잠시 후 한 발짝 뒤로 물러났다. 기다렸다는 듯 주윤이 한 걸음 내딛으려 할 때 지형이 입을 열었다.

"제가 이사장님께 결례를 저질렀습니다."

이사장님. 참 멀게만 느껴지는 호칭이었다. 혹시라도 '다은아.'라고 불러 줄지도 모른다고 생각한 자신이 바보 같았다.

주윤의 입술이 뒤틀렸다.

"난 줄 몰랐어요?"

"몰랐습니다."

"오늘 맞선 상대가 나인 줄 몰랐냐고 묻는 게 아니라, 내가 라렌느의 오너라는 걸 몰랐냐고 묻는 거예요."

지형은 잠시 멈칫했지만 태연한 얼굴로 대답했다.

"몰랐습니다."

그래, 계속 거짓말을 해. 나도 그럴 테니. 당신이 거짓말을 해야 나도 거짓말을 할 수 있잖아.

지형은 다시 심호흡을 하고 입을 열었다.

"그때 일은……."

주윤이 말을 끊었다.

"계속 서서 이야기할 건가요?"

"죄, 죄송합니다."

주윤은 다시 브렉퍼스트룸으로 들어갔다.

지형이 의자를 빼 주려고 했지만 주윤이 손을 들어 못 하게 했다. 주윤은 스스로 의자를 빼고 앉았다. 머쓱해진 지형은 주윤의 맞은편 의자에 엉덩이를 묻었다.

주윤은 호출용 유리종을 흔들었다. 맑은 종소리가 끝나기도 전에 직원이 나타났다.

"여기 치우고, 새로 홍차를 준비해 주세요."

"애프터눈 티로 준비할까요?"

직원은 식사 시간임을 고려해서 물었다.

"아뇨, 차만 가져와요."

"네, 이사장님."

직원은 황급히 테이블을 치우고 밖으로 나갔다.

잠시 침묵이 흘렀다. 두 사람 다 어디를 봐야 할지 몰라 어색해했다. 주윤은 장미정원으로 시선을 돌렸다. 지형은 자기도 모르게 시선을 그쪽으로 향했다가 고개를 돌렸다. 고개를 돌려도 향기는 피할 수 없었다. 짙은 장미 향기에 마음이 면도날로 저며지듯 아팠다.

널 윤다은으로 살게 해 주고 싶었는데…….

다은아.

이렇게 널 부르면 안 되겠지?

지형은 주윤의 옆모습을 살며시 바라보았다. 무슨 생각을 하는지 알 수 없는, 무표정한 얼굴이었다.

하얀 뺨을 쓰다듬어 주고 싶었다. 손을 잡고 싶었고, 입을 맞추고 싶었다.

만나면 할 말이 많을 것 같았는데, 아주 많을 것 같았는데,

여전히 머릿속은 텅 비어 있었다.

그렇지만 주윤을 이렇게 가까이에서 보고 목소리를 들을 수 있으니 잔인할 만큼 행복했다.

지형의 시선을 느꼈는지 주윤이 고개를 살짝 돌렸다. 주윤과 눈이 마주친 지형은 화들짝 놀라서 시선을 내리깔았다.

주윤은 시선을 돌리지 않았다. 아무 말 없이 지형을 빤히 바라보았다. 주윤의 시선이 느껴지자 심장은 빨리 뛰었고, 손바닥엔 차가운 땀이 배어났고, 입술이 바짝바짝 말랐다. 자꾸 기침이 나올 것 같아 지형은 테이블보에 흰 실로 수놓인 장미꽃을 셌다. 모두 열다섯 송이였다.

밖으로 나가 겨우 정신을 차린 지형은 손 이사에게 이게 무슨 일이냐고 전화로 물었다. 지형의 격앙된 목소리를 듣고 손 이사는 놀란 듯했지만, 곧 이해했다. 자기 회사의 오너를 맞선 자리에서 만났는데 놀라지 않는 게 더 이상한 일이었다.

— 미안하게 됐네. 그렇지만 누군지 밝히면 자네가 죽어도 선을 보러 나갈 것 같지 않아서 말이야. 어디까지나 자네 선택을 존중할 테니, 일단 만나서 이사장님 이야기라도 들어 보게.

"아니, 그래도……."

— 결혼 생각이 없다고 하지 않았나. 그래서 주선한 걸세. 혹시 결혼에 대한 생각이 그 짧은 사이에 바뀐 건가?

"예? 무슨 그런 말씀을……."

— 어차피 결혼하지 않을 거면, 누구와 결혼해도 상관없는 것 아닌가?

지형은 한동안 할 말을 찾지 못했다.

— 자네가 손해 보는 일은 아니야.

"이사장님은 맞선 상대가 저인 걸 알고 나왔습니까?"

— 알고 나오셨네.

뜻밖이었다.

나라는 걸 알면서 왜 나온 걸까? 그러고 보니 주윤은 전혀 놀란 얼굴이 아니었다.

문이 열리는 소리가 나자 주윤의 시선이 그쪽으로 향했다. 그제야 지형은 겨우 숨이라도 쉴 것 같았다. 차를 가져온 직원 이었다.

차를 한 모금 마신 후 주윤이 입을 열었다.

"라렌느엔 왜 들어온 건가요?"

마치 면접이라도 보는 듯한 건조한 말투였다. 주윤은 모르는 사람을 보는 듯한 눈으로 지형을 바라보고 있었다.

지형 역시 건조한 목소리로 대답했다.

"서치펌 컨설턴트로부터 스카우트 제의를 받았습니다."

"내가 이 회사의 오너라는 걸 몰랐나요?"

"이사장님은 대외적으로 얼굴이 알려지지 않으셨죠."

"지금도 계속 라렌느에 있고 싶나요? 내가 이 회사의 오너인 데?"

"있고 싶습니다. 허락해 주신다면요."

주윤은 피식 웃었다.

"라렌느가 꽤 괜찮은 회사인가 보네요. 구차한 소리를 하면서까지 붙어 있고 싶다니."

지형은 단도직입적으로 물었다.

"저를 해고하실 겁니까?"

대답을 기다리는 동안 심장이 미치도록 빠르게 뛰었다.

"그게 제일 궁금한 거예요?"

"전 이사장님처럼 먹고살 걱정이 없는 사람이 아니니까요."

"회사 오너한테 과거에 잠수 이별을 했다는 이유로 사람을 자를 순 없죠. 손 이사가 남편감 후보로 뽑은 걸 보면 일을 꽤 잘하시나 보네요."

빈정거리는 말투였지만 지형이 원했던 대답이었다. 지형은 안도의 한숨이 터져 나오는 것을 억지로 참았다.

이번엔 지형이 주윤에게 물었다.

"이사장님은 왜 이 자리에 나오신 겁니까? 저는 맞선 상대가 이사장님이란 걸 몰랐지만, 이사장님은 상대가 저란 걸 알고 나오셨다고, 손 이사님에게 들었습니다."

주윤은 지형을 똑바로 바라보며 물었다.

"해명할 기회를 주죠. 도대체 그때 왜 그렇게 내 곁을 떠난 거예요? 무슨 일이 있었던 거예요?"

아무 대답도 할 수 없었다. 지형은 눈을 내리깔아 홍차 잔을 바라보았다. 옅은 주홍빛 차에서는 오렌지 향기가 났다.

진실을 말하는 순간, 주윤의 세계엔 영원히 발끝도 댈 수 없게 된다. 그럴 바엔 차라리 죽는 게 나았고, 파렴치한으로 남는 게 나았다. 지금 지형의 목적은 단 하나, 어떻게 해서든 라렌느에 남는 것이었다.

지형은 고개를 들었다.

"그 나이 때는 변덕스러우니까요. 좋았다가 싫어지는 것, 그 것보다 더 흔한 일이 있던가요?"

"내가 싫어졌다고요? 왜요?"

"지금 말하려면 꾸며 내는 수밖에 없는데, 그런 변명을 듣고 싶으신가요?"

비참할 정도로 뻔뻔했다. 주윤이 지금 당장 찻잔을 던진다고 해도 이해가 될 정도였다. 그러나 주윤은 그를 그저 빤히 보고 만 있을 뿐이었다.

지형은 쐐기를 박듯 말했다.

"마음이라는 건 정말 사소한 이유에서 식어 버리죠."

주윤의 입술이 가늘게 떨린 건, 어쩌면 지형이 잘못 본 것 인지 모른다.

"그럼 용건만 빨리 이야기하죠. 오늘 만남이 무슨 만남인지 는 알지요?"

"맞선이라고 들었습니다."

"그래요. 난 두 달 안에 결혼이라는 걸 할 작정이에요. 이제 더는 미룰 수 없게 되었거든요."

지형은 주윤이 효관이 주선한 선을 보고 있고, 그 남자들이 형편없는 수준이라는 것도 알고 있었다.

"이 회장이 내 법적인 보호자 역할을 못 하게 할 생각이에요. 그래서 남편이 필요해요."

"이사장님은 성인이십니다. 보호자가 필요한 나이는 아니죠."

"내가 정신병원에 들락날락했다는 건 꽤 유명한 이야기죠."

언제든 정신병력을 핑계로 강제 입원을 시킬 수도 있다는 뜻이었다.

"조건은 두 가지예요. 첫 번째 조건은 나 대신 회사를 경영할 것. 회사 경영만 문제없이 한다면, 밖에서 아이를 낳아 와도, 다른 여자와 살림을 차려도 괜찮아요. 회사 일에 지장을 주지 않는다면 말이죠. 나도 간섭 같은 건 받지 않을 거예요. 굳이 같이 살 필요도 없어요. 법적인 남편 노릇만 해 주면 충분합니다."

"두 번째 조건은 뭡니까?"

"이효관을 회사에서 쫓아내고 감옥으로 보내는 것. 그 사람이 죽을 때까지 감옥에서 나오지 못하게 하면 좋겠고, 죄명은 모든 사람이 경멸하고 침을 뱉을 만한 것이었으면 좋겠네요. 그 인간을 죽여 버리고 싶지만, 그럴 순 없으니까 사회적으로 사망 선고를 내리고 싶어요."

"이사장님은 이미 이 회장님을 심판할 힘을 가지고 계십니다. 회사에서 쫓아내는 걸 원한다면 얼마든지 그러실 수 있을 텐데요."

"내가 그 사람에게 복수를 한다면 겨우 그 정도로 끝날 것 같아요?"

지형은 처음 주윤을 만났던 날 보았던 멍 자국들을 떠올렸다. 색깔이 달랐던 멍들.

"그렇지만 그건 내 인생도 망가뜨리는 복수죠. 죄인이 감옥에 가는 걸 사람들은 정의라고 하죠. 난 복수가 아니라 정의를 선택한 거예요.”

나를 그 이상한 감옥에 가둔 당신도 감옥에 갇혀 살아 봐야 해. 그래도 그 감옥에는 매질하는 마녀, 정신병원에 보내는 악마는 없을 테지.

“그 사람을 법정에 세우고 심판을 받게 해 준다면 라렌느를 드리죠.”

“라렌느를 준다니요?”

“일개 경영자가 아니라 오너로 만들어 드리겠다는 거예요. 그 정도면 보수는 충분하지 않나요?”

라렌느의 오너. 효관이 평생 바라던 꿈이 바로 그것이었다. 혜선과 결혼했을 때부터 그의 꿈은 한결같았다. 지금은 주윤을 허수아비로 만들어 라렌느를 좌지우지할 꿈에 부풀어 있었다.

그래, 꿈이라도 실컷 꿔. 그 꿈이 거창할수록 깨어날 때 더 비참할 테니까.

당신은 라렌느에서 한 푼도 받지 못하고 쫓겨나는 것이 최악의 미래라고 생각하겠지? 당신이 꿈도 꾸지 못한 미래를 내가 선물할게.

주윤은 어금니를 사리물었다.

“라렌느가 탐나시면 도전해 보세요.”

할 말을 마친 주윤이 자리에서 일어나려고 할 때 지형이 입을 열었다.

“이사장님은 저와 결혼하고 싶으십니까?”

"그래요."

"이유를 물어도 되겠습니까?"

"능력이 되니까요."

"과거에 그런 일이 있었는데도요?"

"그런 일이 있었으니까요."

지형은 잘 이해되지 않는다는 표정을 지었다.

"내게 그런 짓을 한 사람을 사랑할 일은 결코 없을 테니까요."

또다시 심장이 파열음을 냈다.

주윤은 몸을 일으켰다.

"대답은 손 이사님께 하면 됩니다."

사흘 후, 손 이사를 통해 지형은 대답을 전했다.

거절이었다.

토요일이 아니었지만, 손 이사는 지형의 말을 전하기 위해 주윤이 있는 호텔로 찾아왔다.

주윤은 손 이사의 표정만으로도 거절을 예감했다.

"자신은 적임자가 아닌 것 같다고 하더군요. 자기 그릇이 라렌느를 짊어지기엔 많이 부족하다고도 했습니다."

주윤은 손 이사가 하는 말을 덤덤한 표정으로 듣고 있었다. 하지만 마음속에서는 지진이 일어나고 쓰나미가 몰려왔다.

"바로 다음 맞선 약속을 잡을까요?"

"그래야겠죠."

얼굴은 무표정했지만, 목소리에 기운이 없어 보였다. 마음이 좋지 않은 건 손 이사도 마찬가지였다.

"이사장님하고 잘됐으면 좋겠다고 생각했는데, 아쉽네요."

"설득할 여지는 없고요?"

"아마도 그럴 것 같습니다."

거절하는 지형의 목소리가 강경했다. 왜 자신을 이런 이상한 맞선 자리에 끌어들여 당황하게 했는지, 화가 난 것 같았다. 다시는 그와 비슷한 이야기를 꺼낼 수 없을 정도로 단호하게 거절했다.

"실제로 만나 보니 어떠셨습니까?"

"괜찮아 보이더군요. 손 이사님이 고르셨는데 어련하려고요."

"능력도 능력이지만 사람도 정말 괜찮고, 다른 조건들로도 이만한 사람을 찾기 어렵더군요. 그래서 성사됐으면 했는데 아쉽습니다."

주윤의 맞선 상대를 고르면서 두 번째로 눈여겨본 것이 가족 관계였다. 지형의 부모님은 두 분 다 돌아가셨고, 나이 차이가 많이 나는 누나는 결혼을 해서 현재 싱가포르에 살고 있었다. 그래서 지형의 가족이 주윤과의 결혼 생활과 회사 일에 간섭할 여지가 없었다.

"그런데 도대체 왜 결혼을 안 하겠다는 건가요?"

"꽤 깊이 사랑한 사람이 있었는데, 그 사람과 안 좋게 헤어진 모양입니다."

주윤은 싸늘한 목소리로 말했다.

"시시한 이유네요."

손 이사는 웃으면서 말했다.

"남자 중엔 의외로 그런 사람이 꽤 많습니다. 보스턴을 떠난 이유도 그것 때문이라고 하더군요."

"실연 때문에요?"

"일에 몰두하는 것도 그 때문인 것 같더군요."

주윤의 표정이 이해하기 힘들 정도로 싸늘해 손 이사는 조금 당황했다.

손 이사는 화제를 돌렸다.

"어떤 분이 이사장님의 친언니라고 주장하면서 비서실로 계속 전화를 한다는데요."

1년에 몇 번, 자신이 주윤의 가족이라고 주장하는 사람이 나타나곤 했다. 혜선이 살아 있던 시절부터 그런 일은 일괄적으로 비서실 선에서 커트를 했다.

"앞으로는 굳이 보고하실 필요 없습니다. 한 회장님 때처럼 비서실에서 커트하세요."

손 이사는 망설이다 물었다.

"혹시 친오빠분을 찾을 생각은 없으신가요?"

손 이사는 주윤에게 오빠가 있다는 것을 아는 몇 안 되는 사람이었다.

"없습니다. 제겐 아무 의미가 없는 사람이니까요."

"그래도 핏줄인데 궁금하지 않으십니까? 저라면 궁금할 것 같은데요."

그건 비교적 평범하게 자란 사람들에게나 있을 궁금증이었다. 삶이 생존 투쟁과 비슷했던 주윤에겐 그런 여유 따윈 없었다. 그래서 핏줄이라는 이유로 당연히 사랑하고 그리워하는 것이 신기하다 못해 이상했다.

"아니요. 잘살고 있으면 다행이고, 그렇지 않더라도 나와는 상관없는 일이죠."

주윤의 목소리는 건조하기 그지없었다.

"그런 사이를 보통 남이라고 하죠."

"남이라니요."

"원래 핏줄은 남보다 못할 때가 많다던데요. 그러니 남이 나아요."

주윤의 말에 손 이사는 마음이 아팠다.

손 이사는 주윤을 단순히 상사로 대할 수만은 없었다. 주윤의 입양을 적극적으로 말리지 못했다는 죄책감이 있었다. 주윤이 혜선 부부에게 학대받는 것을 가장 가까이에서 지켜보면서 도와줄 방법을 찾지 못한 것도 마음 아팠다.

"손 이사님 같은 분의 자식으로 태어난다면 정말 행복하겠죠."

주윤이 한 뜻밖의 말에 손 이사는 당황했다.

"아, 아닙니다. 저야말로 나쁜 아빠죠. 애들보다 일을 우선시한 대가를 톡톡히 치르고 있답니다. 집에 들어가면 강아지만 저를 반겨 주고, 애들은 방에서 나오지도 않아요."

손 이사는 농담조로 말했다.

"그래도 자녀분들은 손 이사님이 집에 오는 게 무섭진 않겠죠?"

손 이사는 하필 이 순간에 효관 이야기를 꺼내야 한다는 게 너무 싫었다.

"이 회장님이 이사장님을 뵙자고 하십니다."

"이번엔 또 어떤 쓰레기를 들이미시려나요?"

"한마디 하시려고 부르시는 것 같습니다. 불편하시면 제가 핑계를 만들어 약속을 취소할까요?"

"아뇨. 매도 먼저 맞는 게 낫죠. 어차피 한 번은 부딪쳐야 할 일이잖아요."

결혼 전에 크게 부딪칠 것을 주윤도 손 이사도 각오한 터였다.

"그날 저 죽으면 안 되니까, 밖에 꼭 계셔야 해요."

농담처럼 말했지만 손 이사의 표정이 심각해졌다.

주윤은 잠시 후 입을 열었다.

"부탁이 있는데, 강 본부장을 해외로 발령해 주세요. 제가 결혼하기 전에 발령이 났으면 좋겠습니다. 적어도 10년 정도는 라렌느 본사로 오지 않게 해 주세요."

"네? 해외로요?"

"미국이나 유럽 쪽이 좋겠네요."

좌천시키라는 말과 다름없었다.

"강 본부장이 메인인 프로젝트가 여럿입니다. 게다가 강 본부장도 이런 급작스러운 발령을 받아들이지 않을 거고요."

지형이 그만두면 프로젝트 자체가 공중분해 될 처지였다. 게다가 정기 인사 시즌도 아니었다. 지형을 해외로 보내는 건 명분을 찾기 어려웠다. 그건 대놓고 회사에서 나가라는 것과 다름없는 소리였다.

"인사에 불만을 가지고 그만둔다면 어쩔 수 없죠. 강 본부장이 회사에 도움이 되는 인재라는 건 분명하지만, 회사라는 게 그렇죠. 꼭 있어야 할 사람은 없잖아요. 대체하지 못할 사람은 없어요."

"이유를 여쭈어봐도 되겠습니까?"

"저와 결혼할 사람은 강 본부장의 존재가 불편할 테니까요. 뛰어난 사람이 있는 곳에는 항상 갈등이 있다지요. 너무 뛰어난 사람은 조직에 독이 될 수도 있어요."

주윤의 배우자가 지형을 라이벌로 여길 수 있었고, 그러면 갈등이 생길 수 있었다. 쓸데없는 데 조직의 힘이 소모될 수 있다는 주윤의 지적은 일견 타당했다.

그렇지만 그런 이유로 지형을 잃는다는 게 손 이사는 매우 아까웠다. 지형을 잃게 되면 미래사업본부가 표류할 텐데, 주윤이 그것을 모를 리 없었다.

"이사장님 말씀이 틀린 것은 없습니다. 그렇지만 그 정도 이유로 강 본부장 같은 인재를 좌천시키는 것은 옳지 않습니다."

"나는 옳은 일을 하려고 라렌느의 오너가 된 게 아니니까요."

주윤의 뜻은 굳어 보였다.

"혹시 맞선을 거절해서 그러시는 겁니까?"

주윤은 부정하지 않았다.

"네. 개인적인 감정 때문에 그러는 건 아니에요. 소문이라는 것은 어떻게든 나기 마련이고, 사람은 절대 이성으로만 움직이지 않으니까요. 강 본부장은 맞선을 본 뒤 절 거절했는데, 그 사람이 회사에서 계속 중요한 역할을 담당하고 있다면 저와 결혼할 사람이 유쾌할 리 없겠죠. 강 본부장이 거절한 여자와 자신이 결혼했다고 생각하면, 자존심도 상할 테고요. 업무적으로 강 본부장과 부딪치게 된다면, 더 골치 아픈 일이 생길 겁니다."

손 이사는 묵묵히 주윤의 말을 듣고만 있었다.

"사람의 마음이라는 것은 변하기 마련이니까요."

"그게 무슨 말씀이신지……."

"만약 강 본부장이 제 남편 자리를 탐낸다면요?"

"예? 설마 그러겠습니까?"

"지금은 본부장에 만족하지만, 5년 후, 10년 후에 최고 경영자 자리를 바라지 않는다고 장담할 수 있을까요? 오너로서의 결정이니 따라 주세요. 제가 회사 인사에 이런 식으로 손대는 일은 앞으로 없을 겁니다."

주윤의 생각은 확고해 보였다.

손 이사는 괜히 맞선을 주선했다는 생각이 들었다. 일 잘하는 직원을 회사에서 내보내게 될 줄 알았다면 맞선을 주선하지 않았을 것이다.

손 이사가 나가고 난 뒤 주윤은 일급 기밀문서만 보관하는 금고를 열었다. 주윤의 생체 정보로만 열 수 있는, 가장 보안이 뛰어난 금고였다. 그 금고에는 손 이사도 모르는 기밀들이 보관되어 있었다.

주윤은 가장 깊은 곳에 둔 두툼한 서류 봉투를 꺼냈다. 봉투

안에는 자필 각서가 들어 있었다.

주윤은 수없이 읽어 외울 정도였지만 다시 각서를 읽었다. 주윤이 윤다은이라는 사실을 누구에게도 발설하지 않을 것이라는 내용이었다. 이 각서를 쓴 대가로 그 사람은 엄청난 돈을 챙겼다.

자신을 둘러싼 인간관계는 하나같이 이 모양이었다. 비밀과 거짓말투성이였다.

주윤은 쓴웃음을 지으며 서류를 다시 봉투에 넣고 비교적 최근에 넣어 둔 서류를 꺼냈다. 보스턴에 있는 탐정이 3년 전에 보내온 서류였다.

지형을 라렌느에 소개한 곳은 피어슨이라는 유명한 서치펌 회사였다. 주윤은 탐정에게 피어슨의 내부 문건을 가져다 달라고 요구했다. 물론 합법적인 일이 아니었다. 하지만 꼭 확인하고 싶은 것이 있었다. 어떻게 지형이 라렌느에 오게 되었는지 알아야 했다.

보고서와 서류는 주윤이 예상한 대로였다. 입사한 후 맞선까지의 모든 것은 주윤이 계획한 대로 진행되었다. 그런데 마지막 순간에 지형은 주윤의 제안을 거부했다.

'왜 거절했지? 당신 목적은 라렌느가 아니었나? 라렌느를 갖기 위해 온 거 아니었어?'

주윤은 침대로 가 몸을 눕혔다. 갈래갈래 찢어진 건 마음인데, 온몸이 욱신욱신 아팠다.

'그래, 가 버려. 내 앞에 다신 나타나지 마. 아니, 다신 나타

나지 않게 할 거야.'

지옥엔 나 혼자 가면 되니까. 당신은 괴물 같은 거 될 수 없는 사람이니까.

나는 돌아갈 수 없지만, 당신은 돌아갈 수 있겠지.

당신이 나처럼 돼 버린다면 슬플 거야.

어째서 눈물이 나오는 건지 주윤은 알 수 없었다. 지독하게 외로웠다. 심장을 쪼아 먹는 독수리라도 곁에 있어 줬으면 좋겠다 싶을 만큼 외로웠다. 자신이 그런 감정을 느끼는 것이 주윤은 놀라웠다.

어제처럼 외롭고, 그제와 같이 외로울 뿐이었다. 달라진 건 아무것도 없었다. 어제의 외로움은 무색무취의 공기 같았는데, 오늘의 외로움은 둘러싼 공기가 얼음 바늘이 된 것 같았다. 숨을 쉴 때마다 바늘 같은 얼음 조각이 폐에 박혀 피를 토할 만큼 고통스러웠다.

'강지형, 도대체 왜 돌아온 거야?'

주윤은 문득 자신이 잘못 생각하고 있음을 깨달았다. 지형은 자신에게 돌아온 게 아니었다. 효관에게 돌아온 것이었다. 라렌느를 물려받기 위해서.

서글픈 착각을 깨달은 주윤은 메마른 웃음을 터뜨렸다.

회장실로 가는 엘리베이터를 탈 때부터 주윤은 긴장이 됐다. 예전에는 효관을 만나러 가기 전날부터 편두통에 시달렸다. 하지만 오늘은 좀 달랐다.

오늘은 선전포고를 하기 위한 날이었다.

"기다리고 계십니다."

주윤이 회장실로 들어가 문을 닫기도 전에 무언가 와장창 깨지는 소리가 났다. 효관이 던진 녹차 잔이 바닥으로 떨어져 파편이 튀었다. 얼굴이 쓰라린 것을 보니 파편에 베인 것 같았다. 주윤은 가만히 서 있었다.

"어서 들어와! 뭘 꾸물거리고 있어!"

효관의 거친 목소리에 사람들이 술렁였다. 주윤은 아무렇지 않은 듯 조용히 문을 닫았다. 문을 닫는 손이 조금 떨렸지만 두려움 때문은 아니었다.

"얼마나 못나게 굴었길래 조철훈 같은 새끼한테도 거절당해?"

효관의 얼굴이 붉게 상기되어 있었다.

어렸을 때 주윤은 화가 난 효관의 얼굴이 일본 옛이야기에 나오는 사악한 빨간 도깨비 같다는 생각을 했다. 그땐 효관이 언성을 높이는 것만으로도 무서워서 어쩔 줄 몰랐는데, 언젠가부터는 아무렇지 않았다. 소중한 것이 모두 사라졌기에 두려운 것도 없어졌다.

주윤은 묵묵히 효관이 소리를 지르는 것을 듣고만 있었다.

미친 듯이 소리를 지르던 효관은 갑자기 입을 다물고 주윤을 바라보았다. 주윤의 눈빛이 마음에 들지 않았다. 그 눈빛은 마치 그를 비웃는 것처럼 보였다.

효관은 주윤에게 성큼성큼 다가가 대뜸 뺨을 때렸다. 짝 하는 소리가 회장실을 울릴 정도로 컸다. 분명 밖에까지 들렸을 거라고 주윤은 생각했다.

"건방지게······."

주윤의 눈빛은 여전했다. 효관은 또다시 뺨을 세게 쳤다. 입술이 터져 피가 흘렀다. 주윤이 다시 피식 웃었다.

평소와 달라도 너무 달랐다. 효관이 손만 들어도 움츠러들던 주윤이었다. 효관은 더 때릴 엄두가 나지 않았다. 뭔가 느낌이 좋지 않았다.

주윤은 핸드백에서 손수건을 꺼내 피를 닦은 후 천천히 말했다.

"제 결혼은 제가 알아서 할 테니, 회장님은 퇴직 후 일자리나 알아보시죠. 곧 회장실을 비우셔야 할 테니까요."

"뭐라고?"

"저 곧 결혼합니다."

효관의 얼굴에서 핏기가 사라졌다.

"누, 누구와 결혼을 한다는 거냐. 누구 허락을 받고 결혼을 해!"

"제가 누군가의 허락을 받아야만 결혼할 수 있는 나이는 아니지요."

효관은 살벌한 눈으로 주윤을 노려보았다.

"왜요? 또 정신병원에 가두시게요?"

주윤은 더 살벌한 눈으로 효관을 노려보았다. 움찔한 건 효관이었다. 주윤의 눈빛에서 살기가 느껴졌다.

"미, 미친년이 어디서……."

주윤의 귀에는 효관의 말이 싸움에서 진 개가 깨갱거리는 소리로 들렸다.

주윤은 피식 웃었다.

"회장님, 정말 미친 사람은 정신병원에 절대 안 가더군요. 회장님처럼요."

주윤은 회장실 문을 잠갔다. 찰칵하고 문이 잠기는 소리에 효관이 움찔했다.

"제가 드디어 미쳐 버린 것 같아요, 아버지. 무슨 짓을 할지 정말 모르겠어요."

주윤은 효관이 있는 책상 쪽으로 다가갔다.

"회장실에는 왜 CCTV를 안 다셨어요?"

주윤은 효관의 바로 코앞에 서서 나지막한 목소리로 말했다.

"제가 여기서 아버지를 죽여도, 저는 미친년이니까 큰 벌은 받지 않을 거예요. 아버지가 저에게 온갖 병명을 다 붙여 정신병원에 입원시켰잖아요. 그래서 사람들은 제가 정말 미친년인 줄 알아요. 그렇지만 저도 알고 아버지도 알죠. 진짜 미친 사람은 당신이라는 걸."

효관은 뒷걸음질 쳤다. 그렇지만 책상 뒤의 공간은 그리 넓지 않아 금방 벽에 등이 부딪혔다.

"아버지, 잘못했어요. 제발, 아버지!"

효관은 어리둥절한 눈으로 비명을 지르는 주윤을 바라보았다.

"다음에는 잘할게요. 그러니까 아버지, 제발 용서해 주세요!"

무표정한 얼굴에서 쏟아지는 비명에 효관은 온몸에 소름이 돋았다. 밖에서 지금 이 상황을 어떻게 볼 건지, 효관은 그제야 깨달았다. 이건 주윤이 판 함정이었다.

예전이라면 무슨 일이 있어도 아무도 들어오지 않을 거였다. 그러나 지금은 상황이 달라졌다. 주윤은 이제 라렌느의 오너였다. 효관이 양부이긴 하지만, 오너가 비명을 지르면서 맞고 있는 상황에 가만히 있을 수는 없을 터였다. 지금까지 있었던 일이 있으니, 다들 효관이 주윤에게 폭력을 행사했다고 여길 것이다. 게다가 뺨을 때린 건 사실이었다.

주윤은 책상 위에 있는 물건들을 바닥에 내던졌다. 그가 하던 대로.

주윤은 퍼팅 연습을 위해 놓아둔 골프채를 손에 쥐고 소파를 세게 쳤다. 꼭 사람을 때리는 것처럼 퍽, 퍽 하는 소리가 났다. 주윤은 골프채로 책장의 유리문을 쳤다. 유리 조각이 폭포처럼 쏟아졌다.

효관은 주윤을 말릴 수가 없었다. 말렸다가는 골프채에 맞아서 죽을지도 모른다는 공포를 느꼈다. 그만큼 주윤의 분노는 살벌했다.

주윤은 골프채로 장식장 위에 놓인 커다란 크리스털 화병을 밀어 바닥에 떨어뜨렸다. 대리석 바닥에 부딪힌 화병은 산산조각이 났다. 깨진 화병 조각이 유난히 날카로워 보였다.

그는 주윤의 머리채를 잡아 흔들다가 꼭 유리 파편이 있는 곳에 넘어뜨리고, 구둣발로 밟았었다. 그래 놓고 주윤이 자해를 했다며 정신병원에 가둬 버렸다.

문을 두들기는 소리가 났다.

"회장님, 회장님!"

밖에서 다급하게 효관을 부르는 소리를 들으며 주윤은 싸늘한 미소를 지었다. 효관은 얼어붙은 듯 아무 소리도 내지 못했다.

"살려 주세요, 아버지! 아악!"

주윤의 처절한 비명 소리에 문을 두드리는 소리가 더 커졌다.

"회장님, 제발 문을 여세요! 회장님!"

그러나 효관은 꼼짝도 할 수 없었다. 골프채를 쥔 주윤의 눈이 무섭게 번들거렸다. 조금이라도 움직이면 골프채로 두들겨 맞을 것 같았다.

이제 사람들은 문을 흔들기 시작했다. 육중해 보이는 회장실 문은 보이는 것만큼 단단하지 않았다. 힘을 주면 부서져 버리는 약한 문이었다.

'당신이 앉아 있는 자리도 그래. 몇 번 흔들면 부서질, 그런 장난감 의자 같은 자리지.'

문이 부서질 것 같은 타이밍에 주윤은 골프채를 효관 쪽으로 던졌다. 효관은 놀란 닭처럼 뒤로 펄쩍 물러났다.

주윤은 기절한 듯 바닥에 쓰러졌다. 유리 파편이 몸을 찔러 피가 나왔고, 머리는 산발이었다. 누가 봐도 효관에게 폭행당한 것으로 보일 것이다.

문이 요란한 소리를 내며 부서졌고, 사람들이 우르르 안으로 들어왔다. 사람들은 바닥에 쓰러진 주윤을 보고 경악했다. '세상에…….' 하는 소리가 났다. 눈앞에 펼쳐진 엄청난 광경에 다들 뭘 해야 할지 몰라 우왕좌왕했다. 효관 역시 얼빠진 얼굴로 서 있었다. 무어라 말해도 믿어 주지 않을 것이기에 입을 열 수 없었다.

"뭐 하고 있습니까. 어서 빨리 병원에 연락하세요. 이사장님 모실 차 준비하고요."

손 이사의 목소리가 들렸다. 주윤은 눈을 감은 채로 누군가의 등에 업혀 회장실을 나왔다.

하얗게 질린 지형이 업혀 나가는 주윤을 참담한 눈으로 바라보는 것을, 주윤은 보지 못했다.

공범들

"본부장님?"

우 부장이 지형을 조심스럽게 불렀다.

"아, 어디까지 이야기했죠?"

"CRC와의 협력 건까지 이야기했습니다."

지형이 전혀 듣지 않고 있다는 것을, 우 부장뿐만 아니라 회의에 참석한 미래사업본부 부원 전체가 느끼고 있었다. 지형은 회의 때 발언하는 사람들의 목소리가 고막에 닿지 않는 듯, 그저 멍하니 노트북 화면만 응시하고 있다가 뭔가 생각난 듯 시간을 확인했다.

미래사업본부의 초창기 멤버인 우 부장은 생전 처음 보는 지형의 모습에 조금 놀랐다. 하지만 이해할 수 없는 건 아니었다. 우 부장 역시 회의에 집중할 수 없었기 때문이다.

지형의 휴대전화에서 알람 소리가 났다. 지형은 휴대전화를 열고 일정을 확인했다. 손 이사와의 저녁 식사 약속이었다. 지형은 노트북을 닫았다. 알람 소리가 구원의 종소리처럼 들렸다.

"회의 계속하시고, 우 부장이 내용 정리해서 전체 메일로 보내 주세요."

지형이 자리를 뜨자 다들 기지개를 켰다. 미래사업본부의 회의는 매번 토 나올 정도로 힘들었지만, 오늘 난생처음 경험한 지형의 느슨함이 사람들을 더 긴장하게 했다. 다들 허리와 목이 아플 정도였다.

우 부장은 시간을 확인했다. 얼추 6시 반을 지나고 있었다. 지금 이 상태로는 뭔가 생산적인 것이 나오기 힘들 것 같아 우 부장은 분위기 전환을 시도했다.

"저녁 먹고 다시 하지. 임 대리, 도시락집에 주문 좀 해."

"부장님, 도시락 말고 피자 먹어요."

"그럴까? 그럼 피자 시켜."

피자를 기다리며 사람들은 수다를 떨었다.

"오늘 본부장님 좀 이상하셨죠? 오후에 회장실 다녀온 후에 내내 그러셨어요."

"나한텐 메일을 잘못 참조해서 보내셨더라고."

"회장실 가서 시라쥬 건으로 엄청 깨지고 온 거예요?"

"깨지긴……. 보고도 못 했어."

"설마 회장님이 본부장님한테 의자라도 집어 던지셨어요?"

마음에 안 드는 직원에게 일단 물건부터 던지는 효관의 버릇은 사원들에게 유명했다.

회장 비서실에 동기가 있는 홍 대리가 조심스럽게 입을 열었다.

"부장님, 혹시 그 일 때문에 보고 못 하신 거예요? 이사장님이요."

"이 사장님이라니요?"

임 대리가 어리둥절해하며 물었다.

"이 사장님이 아니라 회장님 따님, 이주윤 이사장님을 말하는 거야."

홍 대리는 휴대전화의 카톡 창을 힐끗거리면서 뭔가 말하고 싶어 죽겠다는 얼굴을 했다.

피투성이가 된 주윤이 업혀 나가는 것을 본 사람이 한둘이 아니었다. 그렇지만 우 부장이 거기에 말을 보탤 이유는 없었다.

"글쎄. 난 홍 대리가 무슨 말을 하는지 모르겠는데?"

"이사장님이 회장님한테 맞아서 피투성이가 돼서 실려 나갔대요."

다들 놀라서 한동안 말을 잇지 못했다.

"에이, 설마요."

"내 동기가 비서실에 있잖아. 좀 전에 톡 했는데, 회장실이 장난 아니게 부서졌대. 이사장님은 병원에 실려 갔는데 아직 의식이 없으시다고 하고. 회장님이 골프채로 이사장님을 폭행했다는데……."

"에엣!"

다들 일제히 놀라는 소리를 냈다. 우 부장도 의식이 없다는 말에 자기도 모르게 놀란 소리를 냈다.

"소문이⋯⋯, 사실이었네."

정 과장이 나지막하게 중얼거렸다.

"무슨 소문이요?"

막내인 임 대리가 물었다. 임 대리는 자기만 빼고 나머지 직원들은 모두 알고 있는 눈치라 안달이 났다.

"뭐 좋은 얘기라고. 그만하지."

우 부장이 말을 끊었다.

그 소문은 우 부장도 익히 들었지만, 헛소문이거나 과장되었을 거라고 생각했다. 보지 않았다면 우 부장도 믿지 못했을 것이다.

살려 달라는 비명 소리, 물건이 부서지고 깨지는 소리가 아직도 귀에 선했다. 효관의 손버릇이 나쁜 줄은 알았지만, 그렇게 대놓고 사람들 앞에서 폭력을 행사할 줄은 꿈에도 생각 못했다. 자신이 몸담고 있는 조직의 수장이 그렇게 질 나쁜 사람일 줄은 몰랐다.

우 부장은 길게 한숨을 내쉬었다. 하필 흰옷을 입고 있어 핏자국이 생생했다. 평소 폭력하고는 거리가 멀었지만, 피투성이가 된 채로 바닥에 쓰러져 있는 주윤을 보고 있자니 자기도 모르게 주먹에 힘이 들어갔다.

우 부장은 미래사업본부에서 준비한 라렌느의 두 번째 시그니처 향수, 시라쥬 론칭에 대한 중간보고를 하기 위해 지형과 동행했다. 첫 번째 시그니처 향수 미라쥬에 이어, 30년 만에 내는 두 번째 시그니처 향수인 시라쥬에 대해 효관은 진척 상황을 대면 보고로 전해 듣길 원했다.

비서실에는 기다리는 사람이 많았는데, 다들 지형과 우 부장보다 직급이 높은 분들이라 두 사람은 밖으로 나와 기다렸다. 극비 프로젝트인 시라쥬에 관해 물어보는 것을 피하기 위함도 있었다. 그러다 회장실에 일이 있어 온 손 이사에게 이끌려 지형과 우 부장은 다시 안으로 들어갔다.

"왜 이렇게 사람이 많지?"

비서실에 들어간 손 이사가 의아하다는 듯, 지 비서실장에게 물었다.

"지 실장, 안에 누굽니까? 내가 좀 급하게 회장님을 뵐 일이 있는데요."

지 비서실장은 벽에 걸린 시계를 힐끔 보며 말했다.

"이사장님이 오시기로 했는데, 좀 늦으시나 봅니다."

"아, 그렇군요. 그럼 기다려야죠."

손 이사는 우 부장이 있는 곳으로 왔다.

"강 본부장은?"

"화장실에 가셨습니다."

얼마 후, 주윤이 비서실로 들어와 곧장 회장실로 들어갔다.

주윤이 회장실 문을 닫기도 전에 와장창 깨지는 소리가 났다. 이런 장면을 난생처음 목격한 우 부장은 깜짝 놀라 몸을 일으켰다. 그런데 다들 움찔한 것도 잠시, 마치 아무 소리도 듣지 못한 깃처럼 자기 할 일만 했다. 서류를 보던 사람은 다시 서류로 눈을 돌렸고, 대화를 나누던 사람은 다시 대화를 나눴다. 비서실 직원도 컴퓨터에서 시선을 떼지 않았다.

어찌할 바를 모르던 우 부장은 다시 자리에 앉을 수밖에 없었다. 딱히 할 수 있는 일이 없었기 때문이다.

지형이 비서실로 들어오자마자 회장실 밖으로 효관의 격노한 음성이 흘러나왔다. 지형은 손 이사를 바라보았다. 손 이사는 차분한 얼굴이었다.

손 이사는 지형을 보며 말했다.

"앉게. 좀 오래 기다려야 할 것 같군."

우 부장처럼 지형도 자리에 앉을 수밖에 없었다. 지형은 굳게 닫힌 회장실을 노려보았다.

또다시 회장실 안에서 요란한 소리가 났다. 지형은 흠칫 몸을 떨며 다시 손 이사를 바라보았다. 굳은 얼굴의 손 이사는 무언가 생각에 잠긴 듯했는데, 입술을 꽉 다물고 있었다.

지형은 사방을 둘러보았다. 아무도 저 안에서 벌어지는 일에 관심이 없는 듯했다. 다들 아무 소리도 들리지 않는다는 듯 굴었다.

지형은 회장실에서 나는 소리를 듣기 위해 집중했다. 한동안 별다른 소리가 들리지 않았다. 그렇지만 마음을 놓을 수 없었다.

찰칵 소리가 났다. 회장실 문이 잠기는 소리였다. 비서실 안이 일순 고요해졌다. 다들 소화가 안 되는 듯한 불편한 얼굴을 하고 있었다.

여기 있는 사람들은, 모두 저 안에서 무슨 일이 있는 건지 알고 있었다. 여기 앉아 있는 사람들은 모두 공범이었다.

얼마나 오래전부터 이런 일이 있었던 걸까? 얼마나 자주 이런 일이 있었던 걸까?

지형은 다은의 멍 자국을 떠올렸다.

설마 그때부터 지금까지 계속 폭력이 이어졌던 걸까? 회사에서 저렇게 폭력을 행사했다면 집에서는 어땠을까?

지형은 이제 숨도 쉴 수 없었다.

저 문을 부수고서라도 안으로 들어가야 했다. 지형은 벌떡 일어나 회장실 문 쪽으로 걸어갔다. 그런 지형의 앞을 지 비서실장이 막아섰다.

"기다리셔야 합니다."

지형은 태연한 얼굴의 그 사내를 당장 목 졸라 죽이고 싶었다.

저 안에서 사람이 맞고 있다고. 당신은 양심이 없어? 사람이 사람을 때리고 있다고! 아무리 밥벌이가 중해도 그렇지, 사람이 사람을 짐승처럼 때리고 있는데, 사람이 저 안에서 살려 달라고 울고 있는데 어떻게 당신은 표정 하나 변하지 않을 수 있냐고!

지형은 그렇게 소리 지르는 대신 지 비서실장을 노려보았다.

"방해하지 말라는 지시를 받았습니다."

지 비서실장은 꿈쩍도 하지 않았다.

주윤은 이런 지옥에서 살았다.

안에서 나는 소리가 점점 더 커졌다. 더 이상 안에서 나는 소리를 모른 척할 수가 없었다.

사람들은 자리에서 일어나 웅성거렸다. '들어가 봐야 하는 거 아닌가.' 하는 소리가 흘러나왔고, 젊은 비서들이 동요하는 눈치가 역력했다.

손 이사가 몸을 일으켰다. 이제 그가 개입해야 할 시점 같았다.

"지 실장, 무슨 일이 있는 것 같습니다. 들어가 보겠습니다."

문 앞에서는 방 안의 소리가 또렷하게 들렸다.

"아버지, 잘못했어요. 다음엔 잘할게요."

"아버지, 때리지 마세요. 아버지, 아파요. 아버지, 살려 주세요. 아버지!"

주윤의 목소리가 마치 창처럼 지형의 심장에 박혔다.

'그때 보스턴으로 가는 게 아니라 널 데리고 도망쳤어야 했어. 아무도 우리를 못 찾는 곳에 숨어 버려야 했어.'

그때가 주윤에게 용서받을 수 있었던 마지막 기회였음을 지형은 이제야 깨달았다.

울부짖는 소리가 너무 처절해서 사람들은 모두 다 자리에서 일어나 회장실 문 앞으로 다가왔다.

그래도 지 실장은 꿈쩍도 하지 않았다. 주윤이 라렌느의 오너라고는 해도, 멀리 있는 임금보다 내가 사는 고을의 사또가 더 무섭기 마련이었다.

소리만으로도 회장실 안의 모습이 눈에 보이는 듯했다. 그것을 다른 사람에게 보일 순 없었다. 그런데 하필 오늘따라 구경꾼이 많아도 너무 많았다. 죽은 한 회장의 최측근이었던 손 이사까지 와 있었다. 손 이사가 효관과 대립각을 세우고 있다는 것은 사내에서 모르는 사람이 없었다.

손 이사는 결국 지 실장을 힘으로 밀어내고 문을 두드렸다.

"회장님, 회장님!"

손 이사는 문을 흔들면서 말했다.

"회장님, 제발 문을 여세요! 회장님!"

갑자기 회장실 안에서 아무 소리도 나지 않았다. 주윤의 비명 소리가 뚝 끊겨 버렸다. 고요함이 불길했다.

지형의 인내가 완전히 바닥났고, 이성 역시 완전히 증발해 버렸다. 지형은 사람들의 이목 따윈 조금도 신경 쓰지 않고 문으로 돌진했다.

안의 광경은 모두가 숨을 멈출 만큼 끔찍했다. 회장실 안에는 멀쩡해 보이는 기물이 하나도 없었다. 지형의 눈에 우두커니 서 있는 효관의 모습이 들어왔다. 그의 발치에 샤프트가 휜 골프채가 뒹굴고 있었다.

유리 파편투성이 바닥에 주윤이 피를 흘리며 쓰러져 있었다. 정신을 잃은 듯 보였다. 지형은 안으로 들어갈 엄두도 내지 못했다. 안으로 들어간 순간, 저 남자를 죽여 버릴 것 같아서였다.

손 이사가 예약한 식당은 회사 근처에 있는 한정식집이었다. 홀 없이 독립된 룸만 있고, 음식이 정갈해서 중요한 손님을 접대할 때 손 이사가 주로 방문하는 단골집이었다. 지형 역시 몇 번 방문한 적 있는 곳이기도 했다.

상사가 비싼 밥을 사는 건 별로 좋은 징조가 아니었다.

"바쁜 사람을 불러 미안하군."

먼저 도착한 손 이사가 식전주로 안동소주를 마시고 있었다.

"자네도 마실 텐가?"

"내일 일찍 출근해야 해서요. 차도 가지고 왔습니다."

"그래, 그럼 나도 이만하지."

직원이 조용히 문을 노크한 후 안으로 들어왔다.

"두 분이 함께 오신 건 정말 오랜만이네요."

룸 담당 직원이 과하지 않게 반가워했다.

"상은 어떻게 차릴까요?"

"술은 이걸로 됐고, 식사 간단히 부탁해요."

'간단히'라고 말했지만, 상에 빈자리가 없을 정도로 음식이 차려졌다.

두 사람은 오늘 오후에 있었던 일을 기억에서 아예 지운 듯, 그와 비슷한 이야기조차 꺼내지 않았고, 미래사업본부의 현안에 대해서만 이야기를 주고받았다.

식사 뒤, 디저트로 한과와 녹차를 가져온 직원에게 손 이사는 5만 원짜리 지폐를 팁으로 건네며 말했다.

"오늘 수고했어요."

직원은 조용히 방문을 닫고 나갔다.

"이제 말씀하시죠. 일거리를 많이 남겨 놓고 퇴근한 거라, 집에 가서 일해야 합니다."

"밥 잘 먹고 무슨 소린가?"

손 이사는 짐짓 딴청을 피웠다.

지형은 제일 궁금한 것을 물었다.

"이사장님은 괜찮으십니까?"

"병원에 입원하셨네."

"의식이 없다는 말이 돌던데……."

"단순 기절이고, 병원에 도착하기 전에 깨어나셨네."

"그런 일이 자주 있었습니까?"

손 이사는 아무 대답도 하지 않았다. 지형은 애가 탔다.

한참 후 손 이사가 말했다.

"그건 이사장님의 사적인 이야기지. 자네는 알 필요도, 알 자격도 없는 거고."

"……."

"결혼을 고려 중이라면 이야기해 줄 수도 있고."

"왜 그렇게까지 결혼을 하셔야 되는 겁니까?"

손 이사는 지형의 태도가 좀 달라졌다는 느낌이 들었다. 이전까지는 절대로 결혼은 안 된다는 강한 거절의 기운이 느껴졌지만, 지금은 설득의 여지가 있어 보였다.

손 이사는 지형이 결혼을 거절했기에 되레 더 호감이 생겼다. 그런 이상한 결혼 조건을 듣고도, 아무 망설임 없이 좋다고 달려드는 사람은 신뢰할 수 없을 것 같았다.

손 이사는 조금 더 설득해 보기로 마음먹었다.

"보호자가 필요하네."

"이사장님도 그렇게 말씀하시더군요. 법적인 보호자가 필요하다고요. 법적인 보호자가 필요한 만큼 이사장님이 정신적으로 뭔가 문제가 있는 겁니까?"

아, 그게 걸렸던 건가?

손 이사는 왜 지형이 그렇게 완강하게 거절했는지 이해가 됐다. 아무리 라렌느를 보상으로 받는다고 해도, 정신적으로 문제가 있는 배우자와 산다는 것은 내키지 않는 일일 터였다.

"내가 아는 정신과 의사가 이런 말을 한 게 기억나네. 진짜 와야 할 사람은 안 오고, 그 사람 때문에 상처받고 병든 사람만 병원에 온다고. 이사장님은 최악의 환경에서 자랐다고 보면 되네. 정신이 온전하면 그게 더 이상한 일이지. 치료 목적으로 병원에 입원하는 게 뭐가 문제겠나. 그러나 이 회장님과 한 회장님은, 이사장님을 자기 뜻대로 움직이기 위해 정신병원을 이용했네. 애초에 사랑을 주기 위해 입양한 아이가 아니었으니, 거추장스러울 때가 많았겠지."

지형의 얼굴에서 핏기가 사라졌다.

예전에 짧게는 일주일, 길게는 한 달 이상 주윤과 연락이 안 될 때가 있었다. 주윤은 여행을 다녀왔다는 식으로 이야기를 했고, 지형은 별다른 의심을 하지 않았다. 여행을 다녀온 사람의 얼굴이 창백할 만큼 하얬다는 것을 눈치채지 못했다. 그때 주윤이 어디에 있었는지 이제야 알 것 같았다.

"두 분이 원해서 입양을 한 게 아니었습니까?"

손 이사는 깊은 한숨을 내쉬었다.

"두 분 사이에 주윤이라는 따님이 있었던 걸 알고 있나?"

한 회장과 이 회장 사이에 딸이 있었다는 것은 지형도 알았다. 그 딸이 여섯 살 때 갑자기 죽었다는 것도. 그런데 이름이 주윤이었다는 건 몰랐다.

"주윤이요? 죽은 따님 이름이 주윤이었습니까?"

한 회장 부부는 태어난 것이 기적인 그 아이를 허망하게 잃었다. 그 둘은 부모가 될 자격이 없는 사람들이었다.

"한 회장님은 아이가 죽었다는 것을 인정하지 않았네. 그것을 인정하느니 미쳐 버리는 것을 선택했지. 이 회장님은 죽은 딸을 대체하려고 이사장님을 데려온 거네. 물론 한 회장님을 위해서는 아니었네. 자기 자신을 위해서였지."

지형은 의아한 얼굴로 물었다.

"한 회장님이 입양하신 게 아니었습니까?"

"남들 보기에 그게 좋으니까 그렇게 알린 거지. 딸을 잃은 어머니가 부모를 잃은 가여운 아이를 입양했다, 꽤 좋은 기삿거리 아닌가?"

잠시 쉰 후 손 이사는 말을 이었다.

"이혼 직전에 한 회장님이 따님을 임신했고, 따님 덕에 최악이었던 부부 관계가 그럭저럭 봉합됐지. 그런데 그 따님이 갑작스럽게 세상을 떠났고, 한 회장님은 정신 줄을 놓아 버렸지. 정신이 이상해진 한 회장님은 딸이 죽은 게 아니라 어디서 잃어버렸다고 굳게 믿었고, 이 회장님에게 아이를 찾아오라고 매일 닦달을 했지. 못 찾아오면 이혼할 거라고 하면서 말이야. 그때나 지금이나 라렌느에 이 회장님은 아무런 지분이 없었거든. 이 회장님은 어디서 아이 하나를 데려왔네. 그 두 분을 유일하게 이어 주던 끈이 죽은 따님이었고, 이 회장님은 결혼 생활을 다시 이어 줄 매개가 절실하게 필요했지."

"아이는 다시 낳으면 되지 않습니까."

지형은 한 회장의 나이를 떠올렸다. 노산이긴 해도 아이를 낳을 수 없는 나이는 아니었다.

이것까지 이야기해야 하나 손 이사는 잠깐 고민했다.

"내가 아까 말하지 않았나. 그 아이는 기적이었다고. 한 회장님은 원래 아이를 가질 수 없는 몸이었는데, 기적적으로 임신을 해서 딸을 낳은 거네. 그 후, 임신이 불가능한 몸이 됐지. 한 회장님은 출산 후 이 회장님에게 정관수술을 하게 했다네."

지형은 놀란 얼굴을 했다.

"이쪽 사람들의 재산에 대한 집착은 평범한 사람들이 결코 이해할 수 없는 거네. 이해하려고 하지 말게. 상식이 전혀 통하지 않는 사람이니까. 한 회장님은 평생 이 회장님의 혼외자를 걱정했다네. 자신이 피땀 흘려 키운 라렌느가 이 회장님의 혼외자에게 넘어가지 않을까 걱정했어. 본인이 아이를 낳을 수 없다는 것에 평생 주변 사람이 이해할 수 없을 만큼 깊은 콤플렉스를 가지고 있었지. 그래서 피임 수술을 하게 했네."

"비참하네요. 그렇게까지 해야 합니까?"

"그게 공짜였다고는 생각하지 말게. 이쪽 사람들은 채찍만큼 당근도 유용하게 휘두르니까. 이 회장님도 자네의 상식으로 이해하려 해서는 안 될 걸세."

손 이사는 다시 이전에 하던 이야기로 돌아갔다.

"가여운 건 입양된 아이였지. 게다가⋯⋯."

손 이사는 이 말을 해야 할까 말아야 할까 망설이다가 결국 차를 마시며 하려던 이야기를 꿀꺽 삼켜 버렸다.

"한 회장님은 죽는 순간까지 이 회장님을 믿지 않았고, 또 용서하지도 않았지. 재산을 이사장님에게 상속한 것은 이 회장님에 대한 복수라고 생각하네. 그렇지만 이사장님을 생각하면, 차라리 재산 같은 것은 상속받지 않는 게 더 나을 뻔했지. 재산이 없었다면 이 회장님의 손에서 벗어날 수 있었을 테니까."

지형은 온몸에 탁한 소용돌이가 치는 것 같았다.

손 이사는 거짓말을 할 이유가 없었다. 한혜선 회장의 최측근으로, 혜선의 가정사에까지 어느 정도 관여하고 있는 사람이니 그의 말은 신빙성이 있었다.

그런데 그의 이야기는 지형이 지금까지 알고 있는 것과 너무 달랐다. 지금까지 지형은 혜선이 주윤을 데려온 줄 알았다. 효관을 괴롭히기 위해서, 효관을 붙잡기 위해서 혜선이 주윤을 입양했다고 알고 있었다. 그 모든 게 다 거짓말이었다.

지형은 머리가 깨질 듯이 아팠다.

제일 가여운 사람은 죽은 어머니일까, 아니면 살아 있는 나일까?

아니, 제일 가여운 사람은 다은이였다.

지형은 속이 울렁거렸다. 위장 속에 있는 것을 다 토해 버리고 싶었다. 토기를 참기 위해 지형은 이를 악물었다.

"내가 이렇게까지 솔직하게 이야기하는 건, 자네 마음을 혹시 돌릴 수 있을까 해서네. 이사장님, 정말 가여운 분이시네. 적어도 남편이라도 제대로 된 사람을 만나야 하지 않겠나."

"그렇죠. 남편이라도 제대로 된 사람을 만나셔야죠."

지형은 작은 목소리로 중얼거렸다.

지형은 자신이 아직 본론을 듣지도 못했다는 것을 몰랐다. 손 이사는 마음을 다잡았다. 마음이 불편했지만 해야 할 일은 해야 했다. 자신이 라렌느로부터 엄청난 연봉을 받는 건, 이런 껄끄러운 일을 하기 위해서였다.

"오늘 자네를 보자고 한 건 말일세."

지형은 조금 놀란 얼굴을 했다. 지금까지 손 이사가 한 말이 본론일 줄 알았다.

"이사장님은 자네가 가급적 빠른 시일 내에 해외로 나가길 바라시네."

"해외로 나가다니요?"

"두 달 안에 미국이나 유럽 쪽 지사나 자회사 쪽으로 발령이 날 걸세. 그 전에 그만두겠다고 하면 자네 뜻을 존중하겠네. 다음 회사에서 자네 평판 조사를 의뢰하면, 최선을 다해 잘 써 주겠네."

지형은 손 이사를 똑바로 바라보았다. 손 이사도 지형의 시선을 피하지 않았다.

"제가 이사장님을 거절해서 이런 말도 안 되는 인사 발령을 내리시는 겁니까?"

"부정하지 않겠네."

지형은 오늘 손 이사가 비싼 밥을 산 이유를 깨달았다.

지형은 마음을 가라앉히려고 애쓰며 말했다.

"인사 명령, 따르도록 하겠습니다."

손 이사는 놀란 얼굴을 했다. 지형이 단번에 회사를 그만둘 거라고 예상했었기 때문이다.

"조직 생활을 하면서 어떻게 입에 맞는 인사만 받아들일 수 있겠습니까. 가라면 가야지요. 유럽이든 미국이든 상관없습니다. 다만 시간을 조금만 주십시오. 지금 진행 중인 프로젝트 인수인계만 잘 마무리하고 갈 수 있게, 그것만 부탁드립니다."

지형은 술을 마신 손 이사를 주윤이 있는 병원까지 차로 데려다줬다.

차에서 내리면서 손 이사가 말했다.

"나는 여전히 자네 대답을 기다리고 있네. 마음이 바뀐다면 알려 주게."

지형은 아무 말도 하지 않고, 그저 고개를 꾸벅 숙여 인사한 후 차를 움직였다.

주윤은 손 이사 말고는 면회를 다 거절한 채 병실에 틀어박혔다. 원한다면 바로 퇴원해도 된다고 병원에서 말했지만, 주윤은 입원을 요구했다. 어차피 호텔이나 병실이나 주윤에겐 크게 다를 게 없었다.

밤늦은 시간, 손 이사가 주윤을 보러 왔다. 주윤의 모습은 보기 안쓰러웠다.

"죄송합니다. 제가 좀 늦었습니다. 언론 쪽은 잘 막았습니다만, 본 사람이 많아서 인터넷을 통해 산발적으로 이야기가 퍼져 나간 것 같습니다. 기자 몇 명이 취재는 아니고 물어보는 선에서 접촉을 했던 것 같은데, 기사로 쓰지 않는 조건으로 마무리했습니다. 그리고 강 본부장 만나서 인사이동 건 전했습니다."

"뭐라던가요?"

"가겠다고 합니다."

"가겠다고요?"

"예."

주윤은 잠시 아무 말도 하지 않았다. 한참 후 주윤이 입을 열었다.

"퇴원하면 바로 맞선 볼 수 있게 해 주세요."

"강 본부장, 조금 더 기다려 보면 어떨까요?"

"설득의 여지가 없다고 하시지 않았나요?"

"오늘 잠깐 이야기를 나눴는데, 어쩌면 생각이 바뀔지도 모르겠다 싶어서요."

"며칠 동안 무슨 일이 있었길래 마음을 손바닥 뒤집듯 바꾸나요?"

"오늘 이사장님이 회장실에 계실 때 강 본부장이 저와 함께 있었습니다."

"그게 무슨……."

"회장실 문을 부순 게 강 본부장이었습니다."

주윤의 입술이 살짝 떨렸다.

"강 본부장이 그걸 다 봤나요?"

"이사장님께 보호자가 필요하다는 게 무슨 의미인지 알았을 겁니다."

주윤은 고개를 돌려 창밖을 보았다.

"동정이나 연민에서 시작되는 관계도 있는 겁니다. 오직 돈이 목적인 계약 결혼보다는 차라리 나은 시작 아닐까요?"

주윤은 몸을 홱 돌려 손 이사를 바라보며 말했다.

"맞선, 예정대로 진행해 주세요. 퇴원하면 바로 다음 사람 만나겠습니다. 더 이상 강지형 본부장 이야기 안 꺼내셨으면 좋겠습니다."

주윤은 더 이상 이야기하고 싶지 않다는 얼굴로 덧붙였다.

"이제 좀 쉬어야겠어요. 할 이야기 더 있으면 내일 해요."

때마침 간호사가 혈압을 체크하러 들어와서 손 이사는 병실을 나갈 수밖에 없었다.

주윤은 멍하니 유리창에 비친 자신의 얼굴을 바라보았다. 퍼렇게 멍든 뺨, 핏줄이 터진 눈, 찢어진 입술.

웃는 건지 우는 건지 알 수 없는 얼굴로 주윤은 중얼거렸다.

"잘 알죠. 동정이나 연민에서 시작되는 관계가 어떤 건지요. 너무 잘 알죠."

너무 늦게 온 편지

—

집에 도착한 지형은 샤워를 하고 편한 옷으로 갈아입었다.

평소 같으면 책상으로 가 노트북을 펴고 회사와 별 차이 없
는 강도로 일했겠지만, 오늘은 침대로 가 누웠다. 아무것도 눈
에 들어오지 않았고, 아무것도 손에 잡히지 않았다.

'어떻게 그렇게 뻔뻔한 얼굴로 거짓말을 할 수 있지?'

너무 놀라면 충격은 한참 후에 해일처럼 밀려온다. 인생 대
부분의 시간 동안 진실이라고 믿었던 것이 다 거짓이었다.

지형이 딛고 있던 땅이 지진이 난 듯 흔들렸다. 하나씩 하나
씩 그동안 자신이 믿고 있던 것들이 부서져 내렸다.

'당신의 말 중에 진실이라는 게 있었던 건가? 아니, 당신 삶
에 진실이라는 게 있었어?'

진실은 정말 뜻밖의 순간 폭탄처럼 지형의 삶에 던져졌다.

지형은 그동안 수없이 자신의 생부가 효관이라는 것을 저주했지만, 자신이 태어난 것을 저주했지만, 오늘처럼 지독하게 저주한 적은 없었다.

문희는 지형을 스물네 살에 낳았다. 꽤 유복한 집안의 막내로 음대에서 피아노를 전공한 문희는 임신을 하면 효관을 붙잡을 수 있을 거라 여겼다. 하지만 혜선과의 결혼을 통해 단숨에 사다리 꼭대기까지 올라갈 꿈에 부푼 효관에게 문희의 임신이 눈에 들어올 리 만무했다.

어리고 세상 물정을 몰랐던 문희는 어리석게도 아이를 낳고, 지형은 외삼촌 부부의 아이로 호적에 올랐다. 외조부는 미혼모가 된 딸을 용납할 수 없었고, 며느리가 손자를 낳지 못했기 때문이다.

어쨌든 지형은 그의 핏줄이었고, 또 아들이었다. 그는 자신의 독단이 다른 가족들에게 어떤 상처를 남길지 조금도 고려하지 않았다.

지형에겐 가족이 없었다. 외숙모는 죽을 때까지 지형을 받아들이지 못했다. 자신이 단지 딸이라는 이유로 존재를 부정당했다고 여긴 외사촌 누나 역시 마찬가지였다. 외삼촌은 그저 방관하기만 했다. 지형은 핏줄 중 그 누구의 사랑도 받지 못했다.

지형이 일곱 살이 되었을 때 뜻밖의 손님이 찾아왔다. 효관의 모친이었다. 지형을 보자마자 그녀는 대뜸 눈물을 흘리며 와락 껴안았다.

"세상에 우리 집안 자손이 여기 있는 것도 모르고……. 네 애비는 이런 잘난 아들이 있는데 어찌 그걸 어미한테도 숨겼을까. 아이고."

외삼촌 부부는 지형과 효관이 만나는 것을 반대했다. 그렇지만 문희는 여전히 효관에 대해 미련이 남아 있었다.

효관은 문희를 보자마자 무릎을 꿇고 빌었다.

"미안하다. 내가 정말 너한테 잘못했어. 한 번만 더 내게 기회를 주면 안 되겠니? 내 결혼 생활은 정말 끔찍해. 아이 때문에 살고 있는 것뿐이야."

가정 있는 남자의 뻔한 변명이었다. 바보 같은 문희는 효관을 용서했다. 효관의 잘못이 아니라, 혜선이 나쁜 여자라고 스스로를 세뇌시켰다.

문희는 조금만 더 기다리면 아버지와 셋이서 살 수 있다고 말했고, 지형은 그 말을 믿을 수밖에 없었다.

효관 또한 지형에게 말했다. 내 자식은 이 세상에 오직 너 하나라고. 내 모든 것을 물려받을 사람도 너 하나라고.

문희가 지형을 혜선의 집에 데려간 적이 있었다. 그때는 그 집이 아버지의 집이라고 믿었다. 어린 지형의 눈에 그 집은 궁이나 성처럼 크고 화려해 보였다. 그런 집에 사는 아버지가 대단한 사람 같았다. 자신은 그런 대단한 사람의 아들이었다.

"저 집은 네 집이 될 거야. 넌 네 아버지처럼 라렌느의 주인이 될 거라고. 넌 그 사람의 유일한 아들이니까. 그 여자는 죽었다 깨어나도 네 아버지에게 너처럼 듬직한 아들을 낳아 주지 못해."

어릴 때는 보고 싶은 것만 보았지만 자라면서 지형은 자신을 둘러싼 이야기를 들으면서 현실을 깨달았다. 나이가 두 자리를 넘어서자 지형은 문희의 말을 더 이상 믿지 않았다. 아버지는 라렌느의 주인도, 성처럼 으리으리한 집의 주인도 아니었다. 그 사실을 깨달았을 때 효관은 지형에게 대단한 사람이 아니라 불쌍한 사람이 되어 버렸다.

그러던 어느 날, 문희는 기쁜 얼굴로 지형에게 이렇게 말했다.

"이제 우리 진짜로 같이 살 수 있어. 그 마녀 같은 여자 딸이 죽었어."

누군가의 죽음을 기뻐하는 것에 죄책감을 느꼈지만, 지형은 정말 행복했다. 신이 자신의 소원을 들어줬다고 믿었다. 평범한 사람들처럼, 이제 엄마 아빠와 함께 살 수 있다는 게 너무나도 기뻤다. 강지형이 아니라 이지형으로 살 수 있다는 것만으로도 행복했다.

"네 아버지는 이제 자유의 몸이야. 이제 우리 셋이서 행복하게 사는 거야. 올해 크리스마스에는 우리 가족 세 사람이 함께 파티를 할 거야."

문희는 지형을 꼭 껴안고 울먹이며 말했다.

"마음고생 많았지? 지금껏 못 했던 것까지 다 합쳐서 엄마 노릇 제대로 하게."

그러던 어느 날, 효관의 모친이 두 사람을 찾아왔다. 문희는 효관의 모친을 반갑게 맞이했다. 그런데 효관의 모친은 지형을 보며 통곡을 했다.

"이렇게 훤칠한 아들이 있는데 왜 피 한 방울 안 섞인 애를 입양한다는 거냐."

"어머니, 그게 무슨 말씀이세요. 입양이라니요?"

"그 미친년이 어디서 부모도 모르는 계집애 하나를 데려왔단다. 아이고, 내 팔자야."

효관의 모친은 가슴을 세게 쳤다.

모친은 일이 이렇게 되었으니 차라리 혜선에게 지형 이야기를 하는 게 어떻겠냐고 효관에게 말했다. 효관은 모자 인연 끊기 싫으면 그런 건 생각도 하지 말라고 난리를 쳤다.

"누구 자식인지도 모르는 새끼 때문에 왜 내 손주가 애비랑 떨어져서 살아야 한단 말이냐. 애고, 내 손주 불쌍해서 어쩌누."

"어머니, 뭘 잘못 아신 거겠죠. 도대체 그 사람이 왜 피 한 방울 안 섞인 애를 입양해요? 지형이가 있는데요?"

문희는 정녕 이해가 되지 않았다. 그 대단한 집안에서 피 한 방울 안 섞인 애를 입양해서 재산을 물려준다는 것이 말이 안 된다고 생각했다.

"벌써 호적에 올렸단다. 애비가 어디 그 미친년 고집을 꺾을 수나 있더냐."

지형은 지금껏 혜선이 주윤을 입양했다고 믿고 있었다. 나쁜 사람은 언제나 혜선이었다. 그 여자는 마녀였고 악마였다. 지형과 문희, 그리고 효관의 불행은 그 여자 탓이었다.

지형은 쓰게 웃었다.

다은을 입양한 사람이 혜선이 아니라 효관이라니.

혜선이 효관을 붙잡았던 게 아니라 효관이 구차하게 붙어 있었던 것이다.

분을 참지 못한 문희는 밤새도록 술을 마시다 효관에게 전화를 걸어, 더 이상은 못 참겠다고, 안 참겠다고 울부짖었다. 지형은 방에서 이불을 뒤집어쓰고 숨죽인 채 그 모든 이야기를 다 들었다. 그러다 깜빡 잠이 들었는데, 아침에 지형이 일어났을 때 집에는 아무도 없었다.

지형은 더럭 겁이 났다.

만약에 문희도 자신을 버리면 어떻게 될까?

자신은 이 세상에 혼자 남겨진다. 미덥지 못했지만 자신을 지켜 줄 존재는 문희뿐이었다. 문희가 없다면 외삼촌 부부는 자신을 고아원에 데리고 갈 것이다. 외삼촌 부부에게 자신은 군식구도 아닌, 그들 가족의 행복을 갉아먹는 기생충이었다.

밤새 눈이 내려 마당에 흰 눈이 융단처럼 깔려 있었고, 그 위에 문희의 발자국이 찍혀 있었다. 그 발자국을 따라 걷던 지형의 머릿속에 언젠가 문희와 함께 갔던 그 저택이 떠올랐다.

'어쩌면 엄마는 거기 갔을지도 몰라.'

지형은 서둘러 버스 정류장으로 달려가다시피 했다. 크리스마스이브라 온 세상이 크리스마스트리처럼 반짝반짝 예쁘게 빛나는데, 지형의 세상은 어둡고 쓸쓸한 회색으로 칠해져 있었다. 흥겨운 캐럴도, 선물을 들고 어디론가 바삐 걸어가는 사람도, 세상에 두 사람밖에 없다는 듯 손을 꼭 잡고 걸어가는 연인도, 가게에서 엄마 아빠와 함께 장난감을 고르는 아이도 지형의 마음을 행복과 기쁨으로 물들이지 못했다. 마치 창밖에서 따뜻한 방과 행복한 사람들의 크리스마스 파티를 바라보는 성냥팔이 소녀가 된 것 같았다.

지형은 한혜선이, 아버지를 붙잡고 놓아주지 않는 그 여자가 미웠다. 아버지를 빼앗아 간 그 조그만 아이도 미웠다. 자신이 불행한 건 그 둘 때문이었다.

버스를 한 시간이나 타고 가서 또 한참을 걸어서 그 집에 도착했다. 딱 한 번밖에 간 적이 없었지만, 지형은 가는 길을 정확히 기억하고 있었다.

그 집은 언제나처럼 굳게 닫혀 있었다. 마치 아무도 살고 있지 않은 듯 기분 나쁘게 고요했다. 문희가 그 집에 간 것 같진 않았다.

그렇지만 지형은 발걸음을 돌리지 않았다. 지형은 그 집을 한참 동안 노려보았다. 담은 여전히 높았고, 문은 여전히 견고해 보였다. 마치 지형에게 '넌 절대로 이곳에 못 들어와.'라고 말하는 듯했다.

'저 안에 아버지가 있겠지?'

지형은 대문의 벨을 누르고 안으로 들어가 아버지를 보러 왔다고 말하는 상상을 했다.

한 번도 얼굴을 본 적 없는 그 여자는 지형을 보고 어떤 얼굴을 할까?

그런 상상에 빠져 있는데 문 열리는 소리가 났다. 지형보다 한참 어려 보이는 아이가 문밖으로 나왔다.

화들짝 놀란 지형은 전봇대 근처에 있는 커다란 재활용 의류함 뒤로 몸을 숨겼다. 아이가 나온 후 곧 어른들도 뒤따라 나올 거라고 생각했다. 그렇지만 아이 혼자였다. 사방을 두리번거리던 아이는 빠른 걸음으로 걸어갔다. 걸으면서도 가끔 뒤를 힐끔힐끔 돌아보면서 누가 쫓아오지 않나 경계하고 있었다.

자기도 모르게 지형은 소녀의 뒤를 밟았다. 소녀와 어느 정도 거리를 두고 걸으면서 지형은 자기도 모르게 나쁜 생각을 하고 말았다.

'저 아이가 사라지면 아버지와 함께 살 수 있을지도 몰라.'

치졸한 생각이었지만, 지형에겐 그만큼 아버지가 절실했다. 자신도 남들처럼 아버지와 함께 살고 싶었다. 어째서 자신의 아버지가 저 소녀의 아버지가 되어야 하는지 지형은 이해할 수도 없었고, 이해하고 싶지도 않았다.

흉포한 감정이 잡초처럼 마음을 덮었다. 세상 모든 게 미웠고, 미움의 초점은 저 작은 여자아이에게로 향했다. 소녀가 아버지를 뺏은 것 같았다.

'너만 없으면……'

마음이 어둠 속으로 자꾸 빠져들려고 하는 지형의 귀에 큰 소리가 들렸다. 지형은 화들짝 놀랐다.

뒤에서 오던 자전거를 피하려다 아이가 호되게 넘어졌다. 눈밭에 넘어진 소녀는 일어나지 않았다. 마치 자신이 저주라도 걸어 소녀를 넘어지게 한 것만 같았다.

지형은 소녀에게 달려갔다.

"괜찮니?"

가까이에서 본 소녀는 여섯 살이나 되었을까 싶은 작은 어린아이였다. 소녀는 잔뜩 겁에 질린 얼굴로 지형을 보고 있었다. 소녀의 얼굴은 어디가 아픈 것처럼 창백했다.

이상했다. 그렇게 미워했던 아이였는데 얼굴을 본 순간 미움은 온데간데없이 사라졌다. 세상에서 자신이 가장 슬프고 비참한 줄 알았는데 그 소녀는 지형보다 더 가여운 아이였다.

지형은 주윤을 처음 만난 날 보았던, 색깔이 다른 멍 자국을 떠올렸다. 지금까지 지형은 그 멍 자국이 혜선이 만든 것이라고만 생각했다. 악독한 여자니까, 당연히 그런 짓을 하고도 남을 거라고 여겼다. 아버지가 그 어린 소녀에게 손찌검을 했다는 건 상상도 할 수 없었다.

얼마나 오랜 시간 주윤은 효관의 폭력을 견뎌야 했을까?

아버지를 부정하는 것도 힘들었고, 아버지가 나쁜 사람이라고 인정하는 것도 힘들었다.

지형은 모든 부정적인 것들은 혜선에게 뒤집어씌웠다. 지형의 상상 속에서 혜선은 암거미였고, 효관과 주윤은 거미줄에 걸린 가여운 벌레였다.

귓가에 주윤의 비명 소리와 효관에게 용서를 비는 목소리가 진흙처럼 찰싹 붙어 있었다.

'다은아, 내가 어떻게 해야 하니? 나는 네 앞에 설 자격조차 없는데……'

지형은 침대에서 벌떡 일어났다. 주차장으로 내려간 지형은 주윤이 입원한 병원으로 차를 몰았다.

병원 건물에도 들어가지 못하고 지형은 주차장에 서서 환히 불을 밝힌 병원 건물을 올려다보았다.

이 병원 어딘가에 주윤이 있었다.

잠을 자고 있을까? 많이 다치진 않았겠지?

지형은 밤새도록 주차장을 떠나지 못했다.

맞선 약속은 토요일 점심으로 잡혔다.

주윤은 손 이사가 가져온 자료를 별생각 없이 읽었다. 주윤의 정신이 딴 데 있다는 것을 느낀 손 이사는 직접 브리핑을 했다.

"나이는 서른네 살이고, 기경고, 서울대, 와튼스쿨 출신입니다. 성격은 차분한 편인데 업무 스타일은 저돌적이라는 평가를 받고 있습니다. 가족은 어머니와 형 둘인데, 두 살 위인 형은 현직 판사로, 결혼해서 아들 하나를 두고 있습니다. 아버지는 3년 전에 지병으로 타계하셨는데, 판사로 일하시다가 법대 교수로 정년퇴직하셨습니다. 친가는 판사 집안이고 외가는 율사 집안입니다."

법조계 쪽 인맥을 기대하고 뽑은 사람 같았다.

주윤은 탁자에 놓인 사진을 힐끗 봤다. 꽤 준수한 외모였다.

"왜 이런 이상한 결혼을 하겠다는 건가요?"

"만나는 여자가 있습니다. 그런데 그 여자분이⋯⋯."

손 이사는 잠시 말을 고르기 위해 말을 멈췄다.

"⋯⋯청담동의 유흥업소에서 일한 과거가 있습니다. 텐프로라고 불리는 곳에서요. 유흥을 좋아하는 사람은 아닙니다. 대학교 때 첫사랑이라고 하더군요. 모친이 집안에 대한 프라이드가 대단해서, 죽으면 죽었지 절대로 술집 여자를 가족으로 받아들이지 않겠다고 선언했답니다."

"어머니 허락 없이 그 여자와 결혼할 배짱은 없었나 보죠?"

"남자들, 어머니 못 이깁니다. 나중에는 마누라한테 못 이기고요."

"이분은 마마보이 순정파이신가요? 그럼 결혼 생활 동안 그 여자와의 만남을 모른 체해 달라, 뭐 그런 건가요?"

"아마 그럴 겁니다. 추진력이 좋은 사람이라 신사업을 잘 이끌어 갈 겁니다. 서류상만이라도 상관없으니까 어머니가 돌아가실 때까지 결혼 생활을 유지하고 싶다는군요."

"어머님 연세가 어떻게 되시죠?"

"아직 일흔은 되지 않으셨습니다."

"요즘 100세도 흔한데요. 저 그렇게 그 사람하고 오래 결혼 생활을 할 생각은 없는데……. 결혼 연차가 길어지면 재산 분할 때문에 골치 아파요."

주윤은 피식 웃으며 덧붙였다.

"만약 결혼이 성사되면 저는 이 사람의 세 번째 여자가 되는 건가요?"

이걸 농담으로 받아야 하나 손 이사가 고민하는 찰나, 연 비서가 스타일리스트팀이 도착했다는 연락을 했다.

"그럼 저는 이만 가 보겠습니다."

손 이사는 스타일리스트팀이 오기 전에 자리를 떴다.

메이크업과 머리 손질을 받은 주윤은 스타일리스트팀의 민정이 가져온 옷 중 아무거나 대충 손가락으로 가리켰다.

옷을 갈아입은 주윤은 멍하니 거울을 바라보았다. 흐릿하게 남은 멍 자국과 옷 밖으로 보이는 상처를 메이크업으로 가려 멀쩡해 보였다.

그런데 주윤은 자신의 모습이 보기 싫었다. 할 수 있다면 거울을 깨 버리고 싶었다. 주윤은 한숨을 내쉬고 몸을 일으켰다. 오늘은 정말 맞선을 보기 싫었다. 잠시라도 혼자 있고 싶었다.

"다들 그만 퇴근하세요. 김 기사님은 언제 오신다고 했죠?"

"15분 후면 도착할 것 같습니다."

"시간 맞춰 내려갈 테니까 그만 가 보세요."

혼자 있고 싶어 하는 것을 눈치챈 연 비서와 스타일리스트팀은 빠르게 병실을 나갔다.

다시 병실은 고요해졌다. 주윤은 손 이사가 주고 간 파일을 읽으려고 했지만 한 글자도 눈에 들어오지 않았다. 갑자기 욕지기가 밀려와서 주윤은 급하게 화장실로 뛰어갔다. 그렇지만 아무것도 먹은 것이 없어 헛구역질만 몇 번 했을 뿐이다.

갑자기 심장이 빠르게 뛰기 시작했다. 식은땀이 흐르고, 아주 작은 상자에 갇힌 기분이 들었다. 공황 발작이었다. 숨이 쉬어지지 않았다. 온몸이 벌벌 떨렸다. 이 끔찍한 공포에서 벗어날 수 있다면 차라리 죽어 버리는 게 나을 것 같았다.

주윤은 겨우 가방에서 약을 꺼내 먹고, 병실 한 귀퉁이에 몸을 웅크리고 있었다. 한참 후 겨우 숨을 편하게 쉴 수 있었다.

주윤은 흐트러진 머리와 옷을 정리하면서 이를 악물었다.

그 사람을 감옥에 처넣기 전까지 난 안 죽어.

하지만 언제까지 버틸 수 있을지 알 수가 없었다.

주윤은 주차장으로 내려갔다. 이미 도착해 있던 김 기사가 주윤을 보고 차를 몰고 왔다. 막 차를 타려던 주윤이 차 문을 잡은 채로 주차장 한쪽을 바라보았다.

주윤은 믿을 수 없다는 얼굴을 했다.

지형이 서 있었다.

처음에는 눈을 의심했다. 그렇지만 강지형이 맞았다.

주윤이 자신을 보는 것을 느낀 지형이 살짝 손을 들었다.

"이사장님?"

운전석에서 김 기사가 주윤을 불렀다.

"먼저 가세요."

"네?"

주윤은 김 기사를 보고 말했다.

"그냥 퇴근하세요."

그러고는 차 문을 닫았다.

차가 떠나고 한참 후에도 지형은 움직이질 못했다. 주윤 역시 꼼짝도 하지 않았다.

마침내 지형이 움직였다. 주윤 앞에 온 지형은 주윤의 손을 꽉 잡고, 자기 차가 있는 곳으로 갔다. 지형의 손은 뜨거웠다. 손에 힘이 잔뜩 들어가 있어 주윤은 손이 아팠다.

손을 놓은 지형이 조수석 문을 열었다. 주윤은 아무 말 하지 않고 조수석에 앉아 안전벨트를 맸다.

주윤은 그저 정면을 바라보았다. 어디로 가는지도 묻지 않았다. 목적지 따윈 중요하지 않았다.

손님이 문을 닫고 나가는 소리가 들렸다.

침실에서 자고 있던 맨디는 그 소리에 잠깐 잠이 깼다. 이제 7개월에 접어들면서 몸이 무거워져 쉽게 피곤해졌다. 맨디는 침대에서 몸을 일으켰다. 잠을 자도 피곤이 풀리지 않았다.

"맨디, 일어났어?"

조심스럽게 침실 문을 열고 들어오던 이든과 눈이 마주쳤다.

"응, 좀 전에 깼어."

"뭐라도 먹을래?"

식욕은 거의 없었지만 맨디는 이든을 기쁘게 해 주고 싶어서, 그리고 이든도 뭘 먹게 하려고 요거트와 과일이 먹고 싶다고 말했다.

"당신도 시켜."

이든도 간단한 샌드위치와 마실 것을 주문했다.

"괜히 따라와서 고생이네."

이든은 맨디의 부른 배를 부드럽게 쓸었다.

첫째 현호 때 함께 있어 주지 못한 것을 벌충이라도 하듯 이든은 맨디를 공주처럼 대접했다.

이든의 얼굴만 봐도 맨디는 이번에도 아무 소득이 없었다는 것을 짐작할 수 있었다. 그래서 굳이 묻지 않았다. 티 나지 않게 한숨을 쉬었을 뿐이다.

"여기 누워."

맨디는 침대 옆자리에 이든을 눕게 하고, 가만히 머리를 쓰다듬어 주었다.

이든이 유명한 사람이 된 후 다은을 찾는 일을 더 조심스럽게 진행할 수밖에 없었다.

"공개적으로 찾아야 할까? 언론이나 미디어를 이용하는 게 나은 것일까?"

벌써 몇 번이나 한 이야기였지만 모두가 이든을 말렸다.

"이든, 당신이 유어블루버드의 이든 메이어가 아니면 그렇게 하라고 할 거야. 그렇지만 당신은 너무 유명하고, 너무 돈이 많아. 경솔하게 정보를 공개했다간, 여동생이 위험해질 수 있다고."

보호시설에 있다가 다은이 실종되었다. 그게 이든이 알고 있는 전부였다. 혹시 몰라 이든은 DNA 등록까지 했다. 하지만 여전히 아무런 연락도 받지 못했다.

이든은 개인적으로 사람을 고용해 윤다은의 행방을 찾게 했지만, 소득이 없었다. 비슷한 상황의 사람을 여럿 만났지만, 모두 다은이 아니었다.

이든은 다은의 나이를 꼽아 보고 긴 한숨을 내쉬었다. 길에서 다은을 마주쳐도 모르고 지나칠까 봐 겁이 났다.

사람들이 많은 곳, 역이나 공항에 갈 때 이든은 자기도 모르게 사방을 두리번거렸다. 다은이 또래의 여자를 하염없이 바라보다가, 이상한 사람으로 의심받기도 했다.

어렸을 때 다은의 모습이 머릿속에서 희미해졌다. 사진이 없었다면 얼굴도 잊어버렸을 것이다.

이든은 늘 지갑 속에 넣고 다니는 가족사진을 꺼냈다. 자신의 손을 꼭 잡고 해맑게 웃고 있는 여섯 살 다은은 건강하고 행복해 보였다. 다은만 그랬던 것은 아니다. 아버지 어머니도 밝게 웃고 있었고, 가장 크게 웃고 있는 사람은 바로 이든 자신이었다. 뒤이어 닥칠 불행 따윈 전혀 모르고 있어 그 웃음이 더 슬펐다.

'엄마 아빠 걱정 마세요. 제가 무슨 일이 있어도 다은이 찾을 거예요.'

이든은 다은이 죽지 않았을 거라고 확신했다.

'다은이가 죽었으면 엄마 아빠한테 갔을 거야. 그럼 엄마 아빠가 꿈에서 내게 말해 줬겠지, 다은이 여기 도착했다고, 우리랑 잘 있으니까 걱정 말라고. 그렇지만 한 번도 그런 적이 없었어.'

그렇지만 이렇게 오래 걸릴 줄은 꿈에도 몰랐다. 보호시설에 있으니까 분명 추적할 수 있다고 생각했다.

자신을 입양해 준 션에겐 고마움이 컸지만, 말하지 못한 서운함도 있었다.

친구의 아들이라는 이유로 선뜻 자신을 입양해서 최고의 교육을 받게 해 준 건, 평생을 갚아도 갚지 못할 은혜임이 분명했다. 그렇지만 어쩐 일인지 션은 다은을 찾는 일에는 소극적이었다. 다은이 있는 곳에 연락해 달라고 부탁했지만, 그때마다 션은 다은이 다른 시설로 옮겨 갔는데 그곳이 어디인지 알 수 없다는 말만 되풀이했다.

사실을 알게 된 건, 이든이 만 열여덟 살이 되어 아르바이트로 모은 돈으로 비행기 표를 사 한국으로 가겠다고 했을 때였다. 션은 죄책감 가득한 얼굴로 '다은이 실종되었다.'라고 말해 주었다.

"널 입양하고 바로 다은이 그 아이를 입양하려고 절차를 밟았는데, 아이가 실종되었다는 연락을 받았단다. 보호하고 있는 곳에서 소풍을 갔는데, 그때 아이가 사라졌다고……. 그때 너는 입양 와서 한창 영어를 배우고 이곳 생활에 적응하고 있었을 때였는데, 네가 받을 충격이 너무 클 것 같아서 차일피일 미루다 보니 이제야 말하는구나. 미안하다."

그때부터 모래밭에서 한 알의 모래를 찾는 것과 같은 일이 시작되었다.

"찾을 수 있을 거야."

맨디는 그 말 말고는 해 줄 수 있는 게 없었다.

두 사람이 간단한 식사를 마쳤을 때, 두 사람의 친구이면서 한국에서 이든의 일을 봐주는 제현이 다소 상기된 얼굴로 찾아왔다.

"이든, 너 혹시 강지형이라는 사람 아니?"

강지형?

이든은 전혀 모르겠다는 얼굴로 고개를 저었다.

"잘 기억해 봐. 어렸을 때 친구 중에 없어?"

이든은 제현의 말대로 꼼꼼히 기억을 더듬었다. 그러나 전혀 기억에 없는 이름이었다.

이든은 고개를 가로저었다.

제현은 낙담한 얼굴을 하며 서류 가방에서 종이를 한 장 꺼냈다. 오래된 메모를 복사한 듯한 종이였다.

"이게 뭐야?"

"네가 예전에 있었던 보호소에 기부 관련해서 어제 방문했거든. 그냥 갑자기 네 서류가 아직 보관되어 있나 궁금해서, 네 대리인 자격으로 너와 관련된 서류가 있다면 열람하고 싶다고 했어. 그런데 네 파일에 이 메모가 들어 있더라. 정말 운이 좋았어. 이렇게 오래된 자료를 보관하는 일은 드물거든. 그쪽에서도 네 파일에 이 메모가 있는 줄 지금껏 몰랐대."

맨디가 이든에게 종이를 받아서 소리 내어 읽었다.

"꼭 연락해 줘. 여동생이 널 많이 보고 싶어 해."

하지만 이든은 여전히 전혀 모르겠다는 얼굴이었다. 이름도 주소도 전화번호도 낯설었다.

"우이동? 전혀 모르는 동네야. 한 번도 가 본 적 없어. 강지형이라는 이름도 모르겠고."

이든은 다른 사람의 메모가 자기 파일에 보관된 것이 아닐까 생각했다.

"그런데 강지형은 왜 보호소까지 찾아와 너한테 이 쪽지를 남겼을까?"

"보호소까지 찾아왔다고?"

이든은 어리둥절했다.

제현은 흥분한 목소리로 말했다.

"내가 이 메모에서 주목한 건, 여동생이라는 부분이야. 여기 쓰여 있는 여동생이 네 여동생 다은이를 의미하는 거라면?"

"뭐?"

10년 넘게 이 일에 매달렸지만 뭔가 눈에 보이는 실마리가 나타난 건 처음이었다.

"정말 운이 좋았어. 네가 입양 갔을 때 근무하셨던 분이 아직 거기 계셨어. 그분이 이 메모를 보자마자 바로 날짜까지 정확하게 기억하시더라. 크리스마스이브였는데, 임시 보호소인 그곳까지 친구가 찾아오는 일은 거의 없어서 기억에 남았다고 해. 너한테 이 메모를 보내려고 했는데 어쩌다 보니 잊어버리셨다고 미안해하시더라. 그런데 말이야, 여기서 더 놀랄 이야기가 하나 있어."

말을 많이 해서 목이 말랐는지 제현은 탁자 위에 놓인 물병에서 물을 따라 마셨다. 이든은 제현이 물을 마시는 그 짧은 시간도 기다리기가 힘들었다. 맨디 역시 마찬가지였다.

"강지형이 여동생이랑 같이 왔대. 여러 상황이 특이해서 오래된 일인데도 자세하게 기억하고 계시더라고. 그 여동생이 여섯 살? 일곱 살? 아무튼 초등학생보다는 확실히 어려 보였대."

다은이 나이였다.

맨디도 흥분했다. 내일 미국으로 가야 하는 게 안타까울 지경이었다.

제현은 자신의 추리를 말했다.

"네 여동생이 입양을 간 게 아니었을까? 네 동생은 어린 데다 또 여자아이였으니, 입양될 가능성이 높았잖아."

"다은이가 실종된 게 아니라고?"

이든의 목소리가 커졌다.

다은이 어딘가에서 자기가 누군지도 모르고 고통스럽게 살고 있는 건 아닐까 하는 것은 이든의 오래된 악몽이었다. 그렇지만 한 가정에 입양이 되었다면, 적어도 길에서 헤매진 않았을 것이다.

"뭔가 잘못되어 실종된 것으로 기록되었지만 사실은 입양을 간 거지. 그때는 기록이 전산화되기 전이라 서류상의 오류도 있을 수 있고, 서류 자체가 사라질 수도 있지. 션이 다은이를 찾는 일에 열성적이지 않아서 얻을 수 있는 정보도 제한적이었을 테고. 아마 그때 힘들더라도 다은이가 있던 곳을 찾아갔다면, 좀 더 빨리 실수를 바로잡았을 수도 있었을지 몰라."

안타까운 일이었다. 그렇지만 션을 원망할 수는 없었다. 핏줄도 외면한 이든을 구해 준 건 션이었다.

"입양 간 곳에서 만난, 자기보다 나이가 많은 아이에게, 그러니까 양오빠일 수도 있겠다, 그런 사람에게 널 만나게 해 달라고 도움을 청한 게 아니었을까?"

"그런데 어떻게 그 보호소에 이든이 있는 줄 알았지? 그때 고작 여섯 살이었잖아."

맨디가 합리적인 의심을 제기했다.

"로켓……."

"이든, 뭐라고?"

"다은이랑 헤어질 때 어머니의 유품인 로켓 목걸이에 내가 있는 곳을 적은 쪽지를 넣어 주었어."

다은은 어린아이를 보호하는 곳으로, 이든은 그보다 더 자란 아이들을 보호하는 곳으로 가게 돼 둘은 헤어져야 했다.

임시라고 해서 몇 밤만 자면 다시 다은과 만날 줄 알았다. 선도 손가락을 걸고 약속을 했었다. 꼭 다은이를 미국으로 데려오겠다고.

"정말 날 찾아왔구나."

이든의 얼굴이 붉게 달아올랐다. 맨디는 눈물까지 글썽글썽했다. 드디어 기도가 응답받은 기분마저 들었다.

제현이 말했다.

"강지형이라는 사람을 추적해 보면, 분명 네 여동생에 대한 정보를 얻을 수 있을 거야."

제현이 나가고 난 뒤 맨디는 흥분을 가라앉히려고 애썼다. 낙관적인 태도로 결코 희망을 잃지 않으려 했지만, 기대만은 낮게 잡았다. 다은과 비슷한 사람을 찾아낼 때마다 매번 깨진 기대 때문에 너무 아팠기 때문이다.

"이든, 울어?"

맨디는 깜짝 놀랐다. 이든이 입술을 꽉 깨문 채로 눈물을 흘리고 있었다.

"이든……."

"내가 버렸다고 생각하겠지? 힘들게 나를 찾아왔는데 나는 이미 미국으로 입양된 후였으니, 그 소식을 듣고 얼마나 놀랐을까? 얼마나 슬펐을까? 가지 말았어야 했어."

"이든, 그땐 당신도 어렸어. 고작 열두 살이었다고. 열두 살은 뭔가를 결정하고 책임질 수 있는 나이가 아니야."

"그때 다은이는 지금 현호랑 같은 나이였어."

현호와 대비하자 맨디는 이든의 아픔에 몸서리치게 공감할 수 있었다. 현호가 이 세상에 홀로 남겨졌다고 생각하니, 맨디는 상상만으로도 심장이 산산조각 나는 것 같았다.

"당신 부모님이 하늘에서 다은 씨를 지켜 주고 계실 거야. 분명히 누군가가 다은 씨를 잘 보살펴 줬을 거야. 우리 그렇게 믿자."

결혼하자, 다은아

—

지형의 집에 도착한 주윤이 한 첫말은 '자고 싶어.'였다. 주윤은 정말 당장이라도 쓰러질 것같이 피곤해 보였다. 지형은 곧바로 자기 침실을 내주었다.

주윤은 지형의 파자마로 갈아입고 이불 속으로 파고들었다. 방의 모든 것에 지형의 체취가 깊이 배어 있었다. 숨을 쉬는 것만으로도 마음이 편안했다. 몸에 있는 모든 스위치가 다 꺼진 것처럼 주윤은 깊은 잠을 잤다.

거실에 노트북을 펴 놓고 일을 하면서 지형은 때때로 침실에 들어갔다. 주윤은 지형이 들어오는 소리도 듣지 못한 듯, 몸을 웅크리고 고른 숨소리를 내며 편히 자고 있었다.

이 집에 주윤이 와 있다는 게 지형은 믿어지지 않았다. 그토록 바라던 일이 너무도 쉽게 이루어졌다.

이 집은 주윤을 위해 마련한 곳이었다. 대학생이 된 후, 지형은 제일 먼저 청약저축을 들었다. 많지 않은 액수였지만, 그 누구의 도움도 받지 않고 집을 사고 싶었다. 주윤에게 당당하게 '내 집'이라고 말할 수 있는 그런 집이어야 했다. 아무리 힘들어도 청약저축은 빼먹지 않았다.

외삼촌이 돌아가셨을 때 지형은 외숙모의 요구로 상속 포기를 했다. 그때 지형은 겨우 대학교 2학년이었다. 그때부터 지형은 자기 힘으로 돈을 벌어서 학비와 생활비를 댔다. 몸은 고단했지만, 마음은 편했다. 외가와의 인연은 외삼촌 부부가 세상을 떠나면서 자연스럽게 정리가 되었고, 친가와의 인연은 이미 오래전에 고인이 된 조모만이 지형의 존재를 알고 있었기에 끊고 말고 할 것이 없었다.

그렇지만 효관과의 인연은 그렇게 쉽게 끊을 수가 없었다. 피의 인연보다 더 지긋지긋한 것이 돈의 인연이었다.

중학교에 입학한 후 거의 얼굴을 보지 못했던 효관이 지형을 찾아와 라렌느에 입사하라고 했다.

"그 여자, 완치된 줄 알았던 폐암이 전이돼서 이제 몇 년 못 산다. 어차피 회사는 내 손에 떨어질 테니, 학교 마치는 대로 라렌느에 입사해서 회사 일 좀 배우고 있거라."

지형은 당연히 거부했다. 대학을 졸업하고 직장을 구하면 그 끔찍한 집에서 주윤을 데리고 나와, 어디든 그의 부모가 찾을 수 없는 곳으로 도망쳐서 살 생각이었다.

지형이 효관의 제안을 거절했다는 것을 안 문희는 길길이 날 뛰었다.

"미쳤어? 네 아버지가 드디어 널 아들로 인정하는데 그걸 거절해?"

"그 사람이 왜 내 아버지예요! 무슨 자격으로?"

"네 외삼촌이 널 무슨 돈으로 키웠을 것 같니? 호적에 올려줬다고 평생 생색내던 오빠가 한 해 학비가 몇천이 넘는 그 비싼 사립학교에 보내 줬을 거 같아? 네 입에 밥 한술 더 들어가는 것도 아까워했던 사람들이야! 교육비가 많이 들어갈까 봐 네가 똑똑한 것조차 불만이었던 사람들이었다고. 네가 방학 때마다 해외에 나가는 그 비용은 누가 댔을 거 같니? 네가 잘난 부모를 둔 네 친구들과 돈 걱정 없이 어떻게 어울릴 수 있었을 거 같아? 숨 쉬는 공기 빼고 다 네 아버지가 준 돈으로 한 거라고! 네 아버지가 왜 너한테 그렇게 큰돈을 들여 교육을 시켰겠니? 다 너에게 라렌느를 물려주기 위해서야!"

지형은 효관이 자신의 양육비를 대고 있을 줄은 꿈에도 몰랐다. 지금까지 지형은 외삼촌 부부가 그 돈을 낸 것으로 알고 있었다. 양육비만 댄 것이 아니라 문희의 생활비까지 다 효관이 대고 있었다.

"네 아버지가 그 미친 여자 밑에서 온갖 수모를 다 겪으면서 버티는 이유가 뭔지 모르겠어?"

지형은 대답하지 않았다. 그러자 문희가 지형 대신 대답했다.

"다 널 위해서, 우리를 위해서야!"

"저는 라렌느를 원하지 않아요. 아버진 오래전부터 저와 상관없는 사람이에요."

문희의 눈빛이 갑자기 차분해졌다. 지형은 오싹 소름이 끼쳤다.

"그 계집애 때문이니?"

"네?"

"그 계집애 때문이냐고! 이주윤, 아니, 윤다은 말이다."

지형은 심장이 멈출 듯 놀랐다. 문희가 다은의 존재를 알고 있을 줄은 꿈에도 몰랐다.

눈앞이 번쩍했다.

"어떻게 네가 나를 배신해! 세상에 여자가 그 계집애 하나만 있대도 네가 나한테 이러면 안 되지! 나는 너 하나 잘되는 거 보자고 미국에서 숨죽이며 살고 있는데! 내가 누구 때문에 이렇게 살고 있는데!"

따귀를 때린 것으로 분노가 풀리지 않는지 문희는 주먹으로 지형의 등짝을 세게 쳤다.

"그 계집애를 데리고 어디 도망이라도 가서 숨어 살기라도 하려고 했니? 네 애비도 어미도 모르는 곳에서?"

"……그렇게 못 할 것도 없죠."

아버지도 어머니도 다 지긋지긋했다. 문희는 기가 막힌다는 얼굴을 했다.

"그 계집애는 네가 누구 아들인지 아니?"

지형은 대답하지 못했다.

"네가 누구 아들인지 알아도 너랑 함께하겠대?"

지형은 여전히 대답하지 못했다.

"그 계집애가 그걸 안다면 어떨 거 같니? 네가 이효관의 아들이라는 것을 알면 어떨 거 같아?"

지형의 눈빛이 흔들렸다. 그렇지만 지형은 마음을 진정시키려고 이를 악물었다.

"상관없어요."

다은이 자신을 증오하고 원망하더라도 상관없었다. 다은이 곁에 있는 것이 지형에겐 더 중요했다.

문희는 헛웃음을 지었다. 미쳐도 단단히 미쳤구나 싶었다.

"그래? 그럼 어쩔 수 없구나."

뜻밖의 말에 지형이 어리둥절한 것도 잠시였다.

"네 아버지에게 말하는 수밖에."

"어머니!"

"네 아버지가 그 계집앨 가만히 둘까?"

"……그렇게 하기만 해요. 다은이 잘못되면 나도 가만있지 않을 거예요. 한혜선 회장한테 가서 제가 누군지 말할 거예요."

또다시 눈앞이 번쩍했다. 이번엔 좀 전보다 더 세게 때려서 입술이 터지고 입 안이 찢어졌다.

"그래! 가서 다 말해! 그 미친년한테 네가 누구 아들인지 말하라고! 네 아버지가 세운 30년 공든 탑, 그냥 이대로 무너뜨리면 돼! 30년 동안 그 미친 여자 밑에서, 핏줄도 아닌 계집애한테 발목 잡혀, 지 새끼도 못 보고, 개보다 못한 대접을 받고 산 네 아버지, 이제 겨우 자기 날개를 펼치고 살고 있는데, 뭐 어쩌겠니. 그렇지만 혼자 죽진 않을 거다. 네 아버지가 라렌느에서 쫓겨나면 그 계집애, 내가 가만 안 둬!"

지형은 아버지의 인생을 망가뜨릴 수 없었다. 다은이 다치는 것도 원하지 않았다. 그래서 한국을 떠날 수밖에 없었다.

그리고 지금 주윤은 그의 침대에서 잠을 자고 있었다.

지형은 침대 끝에 모로 누웠다. 주윤의 숨소리가 들렸다. 침대 안이 주윤의 체온으로 따스하게 데워져 있었다.

'모르겠다. 이제 아무것도 모르겠어. 너 말고는 아무것도, 아무것도 느껴지지 않아.'

평소대로 알람 소리가 울리기 전에 지형은 눈을 떴다. 주윤은 지형 옆에서 여전히 고른 숨소리를 내며 자고 있었다.

알람을 끄고 지형은 다시 침대에 누웠다. 주윤이 계속 이렇게 잠만 잤으면 좋겠다는 터무니없는 상상을 했다. 주윤이 눈을 뜨는 순간 지형 역시 보기 싫은 현실을 보아야 했기 때문이다.

'내가 눈을 감고 너도 눈을 감는다면, 우린 함께할 수 있을 텐데.'

시선이 닿는 곳에 주윤이 있고, 숨을 쉴 때마다 주윤의 체취가 코끝을 간지럽혔다. 손을 뻗으면 주윤의 말랑한 볼과 매끈한 이마, 푸딩처럼 탱글탱글한 입술을 만질 수 있었다.

한참 동안 주윤을 바라보고 있던 지형은 어쩔 수 없이 자리에서 일어났다. 주윤을 깨울까 봐 조심조심 갈아입을 옷을 꺼내 침실 밖으로 나갔다.

지형은 냉장고를 열었다. 집에선 거의 식사를 하지 않아 먹을 만한 게 없었다.

'오늘 퇴근할 때 장을 봐 와야겠다.'

그러고 보니 주윤이 갈아입을 옷도 없었다. 잠에서 깨면 당장 가 버릴 수도 있겠지만 지형은 그런 생각을 안 하려고 애썼다. 그냥 내일까지만 여기 있어 줬으면 좋겠다고 생각했다.

지형은 있는 재료를 활용해서 계란죽을 끓이고 곁들일 간단한 반찬도 그릇에 담았다.

지형의 옷 중 주윤이 입을 만한 건 파자마밖에 없었다. 지형은 세탁해 둔 파자마를 꺼내 침대 옆에 있는 소파에 두고 나왔다. 주윤은 여전히 꼼짝도 하지 않고 자고 있었다.

평소와 달리 지형은 6시가 되자마자 퇴근을 했다. 집 근처에 있는 백화점에 들러 주윤이 입을 옷을 사고, 주윤이 먹을 음식을 샀다.

집으로 돌아오는 길에 꽃집이 보였다. 지형은 꽃집 앞에 차를 세우고 들어갔다.

지형은 집을 거의 숙소로 써서 집 분위기가 삭막했다. 주윤이 좋아하는 꽃을 골라 꽃다발을 만들고 싶었지만, 마음이 급해서 이미 만들어진 꽃다발 중에 제일 마음에 드는 것을 골라 집으로 돌아왔다.

엘리베이터 안에서 지형은 거울에 비친 자신의 모습을 보았다. 양손엔 주윤에게 줄 쇼핑백과 꽃다발을 들고 있었고, 얼굴은 상기되어 있었다. 행복해 보이는 얼굴이었다.

아파트 문 앞에 서서 지형은 긴장된 마음으로 번호 키를 눌렀다. 현관에 주윤의 신발이 없었다.

아파트 안은 어두웠고 조용했다. 지형이 들고 있는 쇼핑백에서 나는 부스럭거리는 소리밖에 들리지 않았다.

지형은 쇼핑백들을 거실 소파 위에 올려놓고 주방으로 갔다. 식탁 위는 깨끗했고, 개수대 옆 건조대에 설거지를 한 그릇들이 놓여 있었다.

공기의 냄새가 익숙했다. 매일 밤, 그가 퇴근할 때마다 맡는 외로움의 냄새였다.

'갔나?'

맥이 풀려서 지형은 불도 켜지 않은 채 소파에 잠시 앉아 있었다. 냉장고 돌아가는 소리가 유난히 시끄럽게 들렸다.

한참 후, 지형은 긴 한숨을 내쉬고 옷을 갈아입기 위해 몸을 일으켰다. 지형은 침실 문을 열다 말고 멈칫했다. 침대에 주윤이 있었다. 여전히 자고 있는 것 같았다.

지형은 침대로 가 몸을 웅크린 채 자고 있는 주윤을 한참 동안 내려다보았다. 지형은 주윤을 살며시 흔들어 깨웠다.

주윤의 눈이 살짝 열렸다. 주윤은 눈을 몇 번 깜빡이다가 다시 눈을 감아 버렸다.

지형은 주윤의 몸을 일으켜 앉게 했다.

주윤은 멍한 눈으로 지형을 바라보다가, 아주 작은 목소리로 '졸려.'라고 중얼거렸다.

'어디 아픈 건가.'

지형은 주윤의 이마에 손을 댔다. 열은 없는 것 같았다. 하루 종일 잠만 잔 것 같은데 계속 졸려하는 것 같아 걱정됐다.

주윤이 지형의 품에 허물어지듯 몸을 기댔다. 쓰러지지 않게 하려고 지형은 두 팔로 주윤을 안을 수밖에 없었다. 안쓰러울 정도로 주윤의 몸은 가볍고 여렸다. 몸에 힘이라곤 하나도 없었다.

"졸려. 자고 싶어."

주윤은 어린아이처럼 칭얼거렸다.

지형은 주윤을 다시 침대에 눕히고, 이불을 덮어 주었다. 주윤은 금방 잠이 들었다.

지형은 망설이다가 주윤의 얼굴을 부드럽게 어루만졌다. 주윤과 이어져 있는 느낌이 너무 좋아 손을 뗄 수가 없었다. 주윤이 깰까 봐 겁이 나서 지형은 억지로 손을 뗐다.

그런데 갑자기 주윤이 지형의 손을 잡고 중얼거렸다.

"오빠, 가지 마."

지형은 흠칫 놀랐다. 잠꼬대인 것 같았다.

생각할 겨를도 없이 지형은 주윤의 손을 맞잡아 주었다. 지형은 주윤의 손을 잡은 채로 한참 동안 곁에 있었다. 잠시 뒤, 주윤의 손에서 힘이 빠지자 지형은 주윤의 손을 이불 속에 넣어 주었다.

지형이 침실 밖으로 나오려고 할 때 문자 수신 신호음이 났다. 주윤의 휴대전화에서 나는 소리였다.

지형은 화들짝 놀라 주윤을 바라보았다. 주윤은 깊이 잠들었는지 신호음을 못 들은 것 같았다.

지형은 침실 한쪽에 놓인 주윤의 가방을 열었다. 어두운 방 안에서 휴대전화의 불빛은 눈이 시릴 만큼 밝았다.

손 이사였다. 문자가 짧아서 휴대전화 암호를 넣지 않아도 미리 보기로 전체 내용을 다 읽을 수 있었다.

어디 계신가요? 연락이 안 돼서 걱정하고 있습니다.

또다시 문자가 왔다. 손 이사였다.

이 회장 측 움직임이 심상치 않습니다.

곧이어 또 문자가 왔다.

혹시 거기 계신 거면, 제가 모시러 가겠습니다.

'거기? 거기가 도대체 어디를 말하는 걸까?'
주윤이 묵고 있는 호텔을 말하는 건 아닌 것 같았다.
또다시 문자가 왔다.

이사장님, 지금 호텔입니다. 괜찮은 것만 확인하고 가겠습니다.

손 이사의 문자에는 걱정이 가득했다. 진심으로 주윤이 걱정

되어서 한밤중에 달려온 것 같았다.

'어쩌지?'

호텔방 문을 열고 주윤이 없다는 것을 알게 되면 일이 더 복잡해진다. 그렇다고 주윤이 여기에 있는 것을 알리고 싶지도 않았다.

'깨워야 할까?'

그것도 싫었다.

혹시 몰라서 지형은 주윤의 휴대번호의 암호로 주윤의 생일 여섯 자리를 눌렀다.

아니었다.

주윤의 휴대전화는 암호를 세 번 이상 잘못 넣으면 휴대전화가 초기화돼 버리는 기종이었다. 지형은 주윤에게 의미 있는 숫자를 떠올려 보았다. 생일 정도밖에 기억나지 않았는데, 그것은 이미 아니었다.

지형은 주윤의 프로필상의 생일을 넣어 보았다. 윤다은이 아닌 이주윤의 공식적인 생년월일이었다. 역시 그것도 아니었다.

이제 기회는 한 번뿐이었다.

머릿속에 떠오른 숫자는 딱 하나였다. 그렇지만 그 숫자가 여전히 주윤에게 의미가 있는 건지 확신할 수 없었다. 지형은 떨리는 손가락으로 그 숫자를 눌렀다. 주윤과 처음 만났던 날의 날짜를.

숫자가 입력되자 화면이 열렸다.

지형은 놀라서 잠시 멍하니 있다가 정신을 차리고 손 이사에게 문자를 보냈다.

전 괜찮습니다. 잠시 다른 곳에 있어요.

적어도 거짓말을 하지는 않았다고 지형은 생각했다. 잠시 후 답문자가 왔다.

네, 알겠습니다.

망설이다가 지형은 손 이사와 주고받은 문자를 모두 지워 버리고 주윤의 휴대전화를 껐다. 땅이 꺼질 듯이 긴 한숨을 내쉬었다.

미쳤다, 강지형. 너 정말 미쳤다.

"본부장님, 무슨 일이라도 생기셨어요?"

노트북을 닫고 퇴근 준비를 하는 지형을 보고 우 부장이 물었다.

다른 직원들도 다들 의아하다는 얼굴로 지형을 보고 있었다. 지형은 그제야 오늘 저녁에 회식이 예정되어 있다는 것을 깨달았다. 2주 전에 잡은 일정인데, 그만 까맣게 잊고 있었다.

회식은 보통 시간을 맞춰 동시에 퇴근해서 식당으로 이동을 했다. 다들 업무가 바빠 날짜를 잡기 어려워 석 달 만에 있는 회식 자리였다. 우 부장이 다른 직원들에게 오랜만의 회식이니

다들 약속 잡지 말라고 성화를 부렸던 게 지형의 머리에 떠올랐다.

최대한 아무렇지도 않은 얼굴로 지형은 말했다.

"대학 때 친한 동기가 아버님이 돌아가셨다고 연락해 와서요. 집에 가서 옷 갈아입고 가 봐야 할 것 같습니다."

"아, 예. 그러시군요."

부서 사람들도 지형의 갑작스러운 불참을 이해하는 눈치였다.

"몇 달 만에 하는 회식인데 미안합니다."

"아, 아닙니다. 결혼식에는 못 가도 초상집에는 가라고 하지 않습니까. 친한 동기분 아버님이면 꼭 가야 할 자리지요."

"밤은 못 새울 거 같고, 문상이라도 다녀와야 할 것 같아서요."

"예. 그럼 내일 뵙겠습니다."

우 부장은 시원스럽게 말했다.

"본부장님 없는 틈을 타서 뒷담화 실컷 하겠습니다."

"하하."

지형은 마음에도 없는 웃음을 짓고는 서둘러 사무실 밖으로 나왔다. 엘리베이터를 타기 전부터 지형의 머릿속에는 회식 같은 건 들어 있지도 않았다. 오직 주윤만 생각했다.

집에 도착한 지형은 아파트 문 앞에서 심호흡을 했다. 아파트 입구에 도착할 때부터 심장이 오그라들어 숨을 쉬기 힘들었다.

'문을 열었는데 네가 없으면 나는 어떻게 할까?'

번호 키를 누르기 전 지형은 집 현관문에 귀를 댔다. 희미한 소리가 났다. 텔레비전 소리 같았다.

지형은 자기도 모르게 안도의 한숨을 길게 내쉬었다. 그러고는 아무렇지 않은 얼굴로 문을 열고 집에 들어갔다.

지형이 들어오는 소리를 분명 들었음에도 주윤은 소파에 앉아 꼼짝하지 않고 텔레비전 화면에만 시선을 고정하고 있었다. 주윤은 지형이 어제 사 와서 빨아 둔 옷을 입고 있었다. 마치 자기 집처럼 편하게 앉아서 텔레비전을 보는 모습이 보기 좋았다.

심심해서 책을 읽었는지, 탁자에는 책 몇 권이 흐트러져 있었다.

지형은 퇴근길에 산 식재료들을 냉장고에 넣고 나서 방에 들어가 편한 옷으로 갈아입고 나왔다.

아무 말 하지 않고 지형은 주윤과 조금 떨어진 곳에 앉았다. 샤워를 했는지 익숙한 민트 향이 났다. 지형이 쓰는 샤워 제품에서 나는 냄새였다.

주윤은 힐끗 지형을 보고는 다시 텔레비전 화면에 시선을 고정했다. 아이슬란드가 배경인 형사물 시리즈였다. 지형도 좋아해서 챙겨 보는 작품이었다.

주윤은 몸을 둥글게 말아 두 팔로 무릎을 껴안고 있었다. 뭔가 불편하거나 긴장할 때 하는 행동이었다.

사실 긴장되고 어색한 건 지형도 마찬가지였다. 뭐라고 입을 떼야 할지 알 수 없었다. 호칭조차도 고민스러웠다. 이사장님이라고 불러야 하는 건지, 아니면 다은이라고 불러야 하는 건지 알 수가 없었다.

어색함을 깬 건 주윤의 배에서 난 꼬르륵 소리였다. 한 번으로 그치지 않고 개구리가 합창을 하듯 꼬르륵꼬르륵하는 소리가 이어졌다.

지형이 차려 놓은 것만 먹었다면 배가 고플 시간이었다. 지형 역시 점심을 먹는 둥 마는 둥 했다. 주윤의 꼬르륵 소리를 듣자 지형도 배가 고파졌다.

소리가 멈추지 않자 주윤의 얼굴이 발갛게 달아올랐다. 그 모습은 지형이 아는 주윤이었다. 처음으로 이주윤이라는 가면 밑에 있는 다은의 얼굴을 보는 듯했다.

지형은 자기도 모르게 입을 열었다.

"다은아."

주윤이 천천히 지형 쪽으로 고개를 돌렸다.

"간짜장 먹으러 갈래?"

한참 후 주윤이 작게 고개를 끄덕였다.

지형이 주윤을 데리고 간 중국집은 동네 중국집보다 조금 규모가 큰 식당이었다. 짬뽕으로 해장을 하러 들어갔다가 단골이 된 집이었다. 짜장면도 짬뽕도 탕수육도 맛있어서 깜짝 놀랐었다. 그중 제일 맛있는 건 간짜장이었다.

맛있다고 입소문 난 집이라, 방송에도 안 나오고 배달도 하지 않고 동네 장사만 하는데도 늘 손님이 많았다. 저녁 시간을 살짝 지났는데도 자리가 없어 잠깐 기다려야 했다.

"탕수육이랑 간짜장 둘이요."

"술은?"

"맥주로 한 병 주세요."

지형은 주윤의 잔에 맥주를 먼저 따르고 자신의 잔에 맥주를 따랐다. 지형은 벽에 붙어 있는 메뉴판을 보는 척했고, 주윤은 고개를 숙인 채 식탁에 시선을 고정했다.

하고 싶은 말도 물어보고 싶은 말도 산더미처럼 있었지만, 둘 다 아무 말도 할 수가 없었다.

주윤은 묻고 싶었다. 왜 나를 데리러 왔는지.

지형은 묻고 싶었다. 왜 나를 따라왔는지.

탕수육이 먼저 나오고 짜장면도 뒤따라 나왔다. 주윤은 탕수육에는 눈길도 주지 않고 간짜장만 뚫어져라 바라보았다. 간짜장이 마음에 드는지 주윤의 입가에 살짝 미소가 어렸다.

이 집은 간짜장에 기름에 튀기듯이 익힌 반숙 계란프라이를 하나 얹어 줬다. 흰자의 끝부분은 바삭하고, 노른자는 반만 익어서 터뜨리면 노른자가 부드럽게 흘러내리는, 제대로 만든 중국집 계란프라이였다.

주윤은 탕수육에는 손도 대지 않고 간짜장을 비볐다. 그 모습을 보는 지형의 입가에 희미한 미소가 걸렸다. 짜장면 먹기 전에 단무지도 안 먹는 건 여전했다.

주윤은 처음엔 눈치라도 보듯 천천히 먹다가 나중엔 지형의 얼굴도 보지 않고 짜장면을 먹었다. 지형은 주윤이 먹는 것을 보는 것만으로도 기분이 좋았다. 지형은 공기밥 하나를 시켰다. 그게 두 사람이 먹는 방식이었다.

밥 절반을 자기 그릇에 던 지형은 공기째로 주윤에게 넘겼다. 주윤도 익숙하게 밥을 그릇에 넣고는 남은 짜장에 비벼서 먹었다.

그릇을 깨끗이 비운 후 휴지로 입가를 닦으며 주윤이 말했다.

"맛있네."

식당에 와서 주윤은 겨우 한마디를 했다.

"그렇지?"

지형은 미소를 지었다.

여기서 간짜장을 먹을 때마다 네 생각을 했어.

언젠가.

그게 너랑 헤어지고 내 인생의 단어가 되었어. 너를 보지 못하게 된 다음부터, 난 좋은 것을 볼 때마다 '언젠가'라는 말을 되뇌었어.

언젠가 너와 함께 꼭.

버킷 리스트를 쓰는 마음이 무엇인지도 알게 됐고, 희망을 품고 사는 삶이 얼마나 절망적인 것인지도 알게 됐어.

"다음에 난자완스 먹으러 오자. 여기 그거 진짜 맛있어."

'다음에'라는 말이 유리 조각처럼 주윤의 심장에 박혔다. 주윤은 고개를 숙인 채 탕수육을 고르는 척했다.

지형 역시 자기가 말한 '다음에'라는 말에 화들짝 놀랐다.

또다시 어색한 공기가 흘렀다.

계산을 하고 두 사람은 식당 밖으로 나왔다. 배도 꺼뜨릴 겸, 주윤과 지형은 아파트 근처에 있는 공원으로 산책을 갔다.

늦은 시간인데도 공원에는 사람이 많았다. 유모차를 밀고 나온 젊은 부부도 있었고, 앞뒤로 멀찌감치 떨어져서 산책을 즐기는 노부부도 있었고, 개를 산책시키는 사람도 있었고, 아이들과 함께 나와 배드민턴을 치거나 캐치볼을 하는 가족도 있었다.

주윤과 지형은 벤치에 앉아 사람 구경을 했다.

문득 지형은 그런 생각을 했다.

어쩌면 저 사람들 눈엔 우리도 평범하게 행복한 사람으로 보일지도 모른다고.

지형은 가만히 상상의 나래를 폈다.

몇 년 동안 알콩달콩 연애를 하고, 양가 부모님에게 축복을 받으며 식을 올리고, 대출을 받아 20평대 아파트를 구하고, 앞으로 몇 년은 대출 갚느라 정신없이 살아야 하는 맞벌이 신혼부부.

퇴근 후엔 둘이서 동네 맛집에 가 외식을 하고, 커피를 마시며 산책을 하고, 밤에 잘 때면 깨끗이 잊어버릴 시시한 잡담을 나누는 그런 삶.

갑자기 문자 신호음이 들렸다. 주윤의 휴대전화였다. 지형의 상상을 산산이 부수는 현실의 소리였다.

지형은 힐끗 주윤의 휴대전화 화면을 보았다. 연락해 달라는 손 이사의 문자였다.

"전화 좀 걸고 올게."

"그래."

멀찌감치 떨어져 전화를 하는 주윤의 모습을 보면서 지형은 생각했다.

그렇지만 너와 나에겐 너무 어려운, 그런 삶.

주윤은 심각한 얼굴로 전화를 하고 있었다. 지형은 애써 고개를 돌려 그 모습을 보지 않으려 했다.

집에 온 뒤 주윤은 샤워를 하고 바로 침실로 들어갔다.

지형은 거실에서 평소처럼 밀린 일을 마치고 소파 한쪽에 둔 이불을 펼치며 잘 준비를 했다.

자기 전, 지형은 조용히 침실 문을 열고 들어갔다. 주윤의 자는 모습이나마 한 번 더 보려는 마음이었다. 문이 열리는 소리를 듣고 잠이 깼는지 주윤이 침대에서 몸을 일으켰다.

"미안, 내가 깨웠나 보다."

"아니야."

어색한 침묵이 이어졌다.

"소파에서 자지 말고 여기서 자."

"응? 아냐. 괜찮아."

"여기서 같이 안 잘 거면 내가 소파에서 자고."

"괜찮다니까."

주윤이 바닥에 베개를 내려놓으며 말했다.

"아니면 나 바닥에서 잘래."

지형은 주윤의 뜻대로 하는 수밖에 없었다.

"베개 가져올게."

지형은 거실에서 베개를 가져와 침대 한쪽 끝에 몸을 눕혔다. 피곤했지만 잠이 오지 않았다. 주윤의 작은 움직임에도 깜짝깜짝 놀랐다.

"내가 불편해? 옆에 있는 게 싫어?"

침대 저편에서 주윤의 목소리가 들렸다.

"아, 아니야."

"그런데 왜 잠을 못 자?"

거기엔 지형이 대답하지 못했다.

주윤이 작게 한숨을 내쉰 후 몸을 일으켰다.

"내가 소파에 가서 잘게."

"아, 아니야."

지형은 침대에서 내려가는 주윤의 팔을 급하게 잡아끌었다. 그 서슬에 두 사람은 균형을 잃었고, 지형의 가슴 위로 주윤이 포개졌다.

"미, 미안……."

익숙한 무게감과 익숙한 체온, 그리고 익숙한 체취가 지형의 몸에 스며들었다. 지형은 두 팔로 주윤을 안지 않으려고 안간힘을 썼다. 미치도록 그리웠지만, 결코 안아서는 안 됐다.

그런 지형의 마음을 아는지 모르는지 주윤은 지형의 몸 위에 계속 있었다. 주윤의 얼굴이 가슴에 닿았다. 주윤과 지형 사이에 있는 것은 얇은 파자마 두 겹뿐이었다.

지형은 온몸이 굳었고, 긴장해서 침도 삼킬 수 없었다. 몸이 마치 증기 기관차가 된 것처럼, 심장 근처가 고장 난 피스톤처럼 빠르게 뛰었다.

잠시 후 주윤은 상반신을 살짝 일으켰다. 그렇지만 지형의 몸에서 내려가진 않았다. 주윤은 지형을 빤히 내려다보았다. 지형은 주윤의 시선을 피했다.

주윤이 지형의 뺨을 쓰다듬었다. 지형은 어찌할 바를 몰랐다. 주윤의 손에 닿은 곳은 불이 붙은 듯 쓰라릴 만큼 뜨거웠다.

주윤의 두 손이 지형의 얼굴을 감싸고, 주윤이 천천히 지형에게 다가왔다. 주윤의 입술이 지형의 입술에 가까이 다가붙었다. 주윤의 숨결이 지형의 입술을 간지럽혔다.

지형은 미칠 것 같았다. 자제력이 바닥났다.

조금만 더, 조금만 더 가까이 와 줘.

그러나 주윤은 꼼짝도 하지 않았다. 지형의 입에서 억눌린 한숨이 토해졌다. 머릿속이 텅 빈 것처럼 아무 생각이 나지 않았다.

지형은 주윤을 자기 쪽으로 당겼다. 입술과 입술이 닿았다. 입이 맞닿은 순간, 지형은 마치 얼음이 된 듯 꼼짝도 할 수 없었다. 주윤의 뜨거운 체온을 입술로 느낄 수 있었다. 지형의 체온이 주윤과 같아졌을 때, 지형은 천천히 혀를 내밀어 주윤의 입술을 핥고 깊은 키스를 했다.

지형의 손은 조급하게 주윤의 파자마 단추를 풀었다. 지형의 입술이 목덜미에서 쇄골, 가슴으로 흘렀고, 손은 파자마 바지를 내렸다. 주윤은 그저 지형의 입술과 손에 몸을 맡긴 채 눈을 감고 있었다.

지형이 주윤의 허벅지를 쓰다듬자 주윤은 움찔 몸을 떨었다.

지형의 손이 그곳에 닿았다. 주윤은 하지 말라고 몸을 틀었지만, 지형은 손을 뗄 수 없었다.

"하, 하지 마. 싫어. 하지 말라고!"

주윤은 소리를 질렀다. 지형은 무엇에 홀린 듯 상처를 손가락으로 어루만졌다. 팬티 라인과 가까운 허벅지에 나무의 나이테 같은 것이 있었다. 예리한 무언가로 여러 번 얕게 그은 상처가 남긴 흉터였다.

왜 주윤의 몸에 이런 흉터가 있는 거지?

아무리 생각해도 이건 다른 사람이 만든 상처가 아니었다. 지형의 머리에 한 단어가 떠올랐다.

자해.

커터 칼이 심장을 그어 대는 듯 아팠다.

지형은 주윤의 상처를 보려고 했지만 주윤이 소리를 질렀다.

"보지 마!"

"다은아."

괜찮다는 말을 하고 싶었지만 주윤의 손이 지형의 얼굴에 날아왔다. 눈앞에 번쩍 번개가 쳤다.

"보지 말라고."

주윤은 흐느껴 울었다. 울음소리가 악문 입술 사이에서 흘러나왔다.

"보, 보지 말라고! 보지 마!"

주윤은 이성을 잃고 악을 썼다. 진정시키려고 지형은 주윤을 꽉 안았다.

"괜찮아. 안 볼게. 미안해. 미안해, 다은아."

주윤의 울음은 잦아들지 않았다. 주윤은 지형의 품에서 벗어나려고 버둥거렸다.

"놔. 이거 놔."

지형은 주윤을 놓아주지 않았다. 온 힘을 다해 주윤을 꽉 안았다. 주윤을 자기 품에 가두다 못해 자기 안에 넣어 버리려는 듯 세게 안았다.

이제 절대로 널 놓지 않을게. 그러니까 울지만 말아 줘.

"괜찮아. 다은아, 괜찮아."

내가 널 지켜 줄 테니까. 그 누구도 네 머리카락 한 올 건드리지 못하게 할 거야. 너에게 손을 대려면 날 죽여야 할 거야.

주윤의 떨림은 잦아들 기미가 없었다. 지형은 주윤의 이마에 연신 입을 맞췄다.

제발. 제발. 괜찮아. 울지마, 다은아. 네가 울면 난 정말 뭘 해야 할지 모르겠거든. 머릿속이 텅 비어 버려. 세상에서 제일 못나고 무능한 사람이 된 것 같아. 네 살에 아주 작은 상처가 나는 것보다 그냥 내 팔 하나를 잘라 버리는 게 나을 것 같아.

언제가부터 지형도 울고 있었다. 아주 오래전부터 울고 싶었는데 이제야 눈물을 흘릴 수 있었다. 지형의 눈에서 눈물이 흘러 주윤의 얼굴과 몸에 떨어졌다.

제발, 날 좀 용서해 주면 안 되니?

내가 그 사람의 아들이란 것을 평생 몰라 주면 안 되니?

지형은 주윤을 바라보며 말했다.

"다은아, 널 원해."

사랑한다는 말은 차마 할 수 없었다.

너도 날 원해 주면 안 되니?

네가 날 좋아해 주는 것은 바라지도 않아. 그냥 네 옆에서 숨만 쉬고 살게.

제발 허락해 줘.

주윤이 나지막한 목소리로 말했다.

"키스해 줘."

지형은 땀에 흠뻑 젖은 주윤의 머리카락과 이마를 손으로 쓸었다. 좀 전의 흥분이 몸에 남아 있는 듯 지형의 손길에 주윤은 몸을 바르르 떨었다. 거친 숨을 애써 진정시키려고 했다.

한 몸으로 이어졌다는 것, 그것은 정말 비유적인 표현이 아니라 실제적인 것이었다. 물리적인 연결이 아니라 감정과 감각이 연결된 것 같았다. 두 사람의 몸에 같은 피가 흐르는 기분이었다.

내게서 흐른 것이 너에게로, 너에게서 흐른 것이 나에게로 오고 간다.

지형이 주윤을 품으로 당겨 꼬옥 안았다.

"다은아."

나지막한 목소리로 불러 보았다. '응.' 하는 소리가 심장 근처로 흘러내렸다. 지형은 또다시 '다은아.' 하고 불러 보았다. 그러자 또 '응.' 하는 대답이 돌아왔다.

주윤을 품에 안은 채, 지형은 오랜만에 깊게 잠이 들었다.

지형이 깊게 잠든 것을 확인한 주윤은 침실에서 나왔다. 욕실로 들어가 샤워를 했다. 몸에 남아 있던 지형의 흔적이 사라지고, 청결한 비누 냄새만 났다.

주윤은 침실로 들어가지 않고 소파에 앉아 휴대전화를 확인했다. 텔레그램 메시지가 와 있었다.

서수진입니다. 만나 뵙고 이야기를 나누고 싶습니다.

주윤은 문자를 한참 동안 보았다. 드디어 주윤을 만날 마음이 든 것 같았다. 답신을 보냈다.

잠이 오지 않아 주윤은 소파 위에서 멍하니 앉아 있었다.

'내일은 가야겠지.'

텔레비전을 켜고 이전에 보던 드라마를 이어 봤다.

주윤은 범죄 드라마를 좋아했다. 범인이 잡혀 감옥에 가거나, 그 이상의 대가를 치르는 결말이 마음에 들었다. 모호하지 않은 선악의 세계가 좋았다. 믿을 수 있는 주인공이 있어서 좋았다.

이번 에피소드에서 붉은 곱슬머리를 포니테일로 질끈 묶은 형사는 여섯 살짜리 어린아이를 죽게 한 범인을 찾고 있었다. 주윤은 형사와 한마음이 되어 범인을 쫓았다.

"다은아."

주윤은 지형이 부르는 소리에 고개를 돌렸다. 지형은 주윤에게 다가와 바닥에 앉았다. 주윤은 다시 시선을 텔레비전으로 돌렸다.

지형은 리모컨을 만지작거리다가 텔레비전을 끄고는 뭔가 결심한 얼굴로 주윤을 바라보며 말했다.

"우리 결혼할까?"

주윤은 지형을 바라보다 입을 열었다.

"조건은 변한 게 없어."

지형은 고개를 끄덕였다.

"알아."

"그렇게 하겠다는 거야?"

"그래. 네가 원하는 대로 할게. 그게 무엇이든."

거짓말.

주윤은 마음속으로 중얼거렸다. 하지만 상관없었다.

지형은 주윤의 손을 꼭 잡고 다시 말했다.

"결혼하자, 다은아."

주윤은 가만히 고개를 끄덕였다.

"내가 꼭 행복하게 해 줄게."

네가 나 때문에 슬펐던 것 다 잊을 만큼 널 행복하게 해 줄게.

주윤은 가만히 지형을 바라보기만 했다. 자신은 이제 그 무엇으로도 행복해질 수 없는 사람이 되었다는 것을 지형은 여전히 모르는 것 같았다.

'우리의 끝은 결코 해피엔드가 아닐 거야, 오빠.'

지형은 주윤을 번쩍 안아 들고 침실로 들어갔다. 주윤을 침대에 눕히고, 지형은 주윤의 목덜미에 입술을 댔다. 샤워로 서늘해졌던 피부가 금세 뜨거워졌다. 이전보다 지형의 손길은 더 급하고 더 뜨거웠다.

일렁이는 쾌감 속에서 주윤은 생각했다.

난 아무에게도 미안하지 않아.

윤다은은 오래전에 죽었어요

—

잠에서 깬 주윤은 시간을 확인했다. 오전 11시. 지형은 이미 출근했을 시간이었다.

어쩐지 몸이 무겁다고 생각했는데, 이불 위에 담요가 한 장 더 덮여 있었다. 알몸인 주윤이 혹시 추울까 봐 지형이 덮어 주고 나간 것 같았다.

어젯밤, 몇 번이나 절정에 올랐는지 기억이 나지 않았다. 지형은 집요하게 주윤을 달아오르게 했다. 한 번 절정에 오르고 나면, 두 번째 절정은 그보다 더 빠르게 다가왔다. 지형은 주윤을 미치게 만들 작정인 것처럼, 매번 한계까지 밀어붙였다. 그러면서도 한없이 다정하게 어루만졌다.

여전히 어젯밤의 쾌감이 온몸에 여운을 남기고 있었다. 머리끝에서부터 발끝까지 약한 전기가 흐르는 것 같았다. 주윤은 침대에서 일어나 알몸에 가운을 걸치고 침실 밖으로 나갔다.

뜻밖에도 지형이 거실에 앉아 있었다. 주윤이 침실에서 나오는 것을 본 지형은 하던 일을 중단하고 노트북을 덮었다. 지형은 편한 티셔츠에 스웨트 팬츠 차림이었다. 머리도 대충 말렸는지 살짝 헝클어져 있었다.

"일어났어?"

"회사 안 갔어?"

"월차 냈어."

라렌느에 입사한 후, 이렇게 급작스럽게 월차를 낸 건 처음이었다. 꼭 써야 할 휴가만 썼고, 그 휴가 기간도 사실상 재택근무나 다름없었다.

주윤이 아침에 눈을 떴을 때 아무도 없으면 쓸쓸할 것 같았다. 그리고 지형 자신도 주윤의 곁을 떠나고 싶지 않았다. 조금 더 같이 있고 싶었다.

주윤과 가까워지면 갈증이 줄어들 줄 알았는데, 그 반대였다. 가까워질수록 갈증은 오히려 더 심해졌고, 더 많은 것을 원하게 됐다. 이제 지형은 다시 주윤의 모든 것을 다 원했다.

지형은 주윤 쪽으로 다가갔다.

"잘 잤어?"

지형이 손을 뻗어 안으려고 하자 주윤이 살짝 뒤로 물러났다. 지형은 머쓱해졌다.

어젯밤, 순식간에 거리감이 사라졌다고 느낀 건 착각이었다. 여전히 주윤은 편해 보이지 않았다. 어딘지 모르게 서먹한 느낌이 역력했다.

하지만 지형은 시간이 모든 것을 해결해 줄 거라고 생각했다.

"배고프지? 점심 준비할게, 씻고 나와."

주윤이 샤워를 하고 나오니 지형은 주방에서 음식을 하느라 분주했다.

평소엔 끼니를 때우는 정도의 요리밖에 하지 않았지만, 주윤에게 제대로 된 한 끼를 차려 주려니 마음과 몸, 둘 다 분주했다. 밥을 하고, 국을 끓이고, 주윤이 좋아하는 가자미를 그릴에 구웠다. 가슴이 벅차게 행복했다.

누구에게도 방해받지 않는 공간에서 주윤과 단둘이 있는 것. 그것이 지형이 오랫동안 바라던 것이었다.

머리를 말린 주윤은 거실 벽에 있는 서가를 구경했다. 주윤의 시선이 책장 가장 아래쪽으로 향했다. 앨범들이 꽂혀 있었다.

"오빠, 앨범 좀 봐도 돼?"

뭔가를 썰고 있던 지형은 건성으로 대답했다.

"어, 그래."

주윤은 앨범 중에 가장 오래돼 보이는 것 하나를 꺼내 천천히 들추어 보았다.

상을 거의 다 차리고 냉장고에서 뭔가를 꺼내려던 지형은 흠칫 놀랐다. 생각해 보니 책장엔 유품으로 가져온 문희의 앨범이 같이 꽂혀 있었다. 버릴 수가 없어서 그냥 꽂아 둔 것이었다. 지형은 그 앨범을 넘겨 보지도 않았다. 그 앨범에 혹시 젊은 시절 효관의 사진이 꽂혀 있을지도 모른다.

지형은 황급히 주윤에게 다가갔다. 다행히 주윤이 보고 있는 것은 지형의 앨범이었다. 지형은 자기도 모르게 안도의 한숨을 내쉬었다. 주윤은 지형의 어렸을 때 사진을 보고 있었다.

지형은 바지에 손의 물기를 닦은 후 주윤의 옆에 앉았다.

"오빠는 아버지를 많이 닮았나 봐."

주윤은 외삼촌 부부와 지형이 함께 찍은 가족사진을 보며 말했다.

정확히 말하자면 지형은 문희를 닮았고, 문희와 그녀의 오빠가 많이 닮았다. 지형은 외탁인 셈이었다.

그 끔찍한 남자를 닮지 않은 것이 정말 다행이었다.

증오하면서 닮는다는 말 때문에 지형은 효관을 마음껏 미워하지도 못했다. 제발 그 남자와 닮지 않게 해 달라고, 어린 시절 지형은 처절하게 신께 기도했다.

"이분은 누구야? 오빠랑 찍은 사진이 많네."

주윤이 가리킨 사람은 문희였다. 지형의 심장이 빨리 뛰었다. 지형은 마음을 굳게 먹고 입을 열었다.

"이분은 내 친모야."

친모라는 말에 주윤은 좀 놀란 얼굴을 하며 지형을 바라보았다.

"친모?"

"나를 낳아 주신 분."

"그럼 이분들은……."

"외삼촌하고 외숙모. 어머니가 결혼하지 않고 나를 낳았거든. 어머니는 몇 년 전에 돌아가셨어. 암으로."

주윤은 문희의 사진에서 눈을 떼지 않았다. 한참 후 주윤이 물었다.

"그럼 친부는?"

"몰라."

지형의 심장이 또다시 불규칙하게 뛰었다. 둔탁한 심장 박동이 귀에 들리는 듯한 착각이 들었다. 주윤이 모른다는 것을 알면서도 매번 거짓말을 할 때면 미치도록 괴롭고 겁이 났다.

그렇지만 거짓말이라는 건 그런 것이었다. 하나의 거짓말로 끝나는 일은 없었다.

"살아 있는지 죽었는지 그것도 몰라."

지형은 몰랐다. 거짓말은 원래 쓸데없이 길다는 것을. 진실을 말할 때와 달리 거짓말을 할 때 장황하기 마련이었고, 묻지도 않은 것을 덧붙이기 마련이었다.

"그쪽에서 오빠를 찾거나 그러지 않았어? 그래도 핏줄인데……."

"응."

"찾고 싶진 않아?"

"별로. 앞으로도 찾을 일 없을 거야."

"그래."

주윤은 시선을 앨범으로 돌렸다.

"그만 보고 밥 먹자. 재미도 없잖아."

지형이 앨범을 덮으려고 하자, 주윤이 앨범을 자기 쪽으로 끌어당기며 물었다.

"내 사진 혹시 버렸어?"

"아, 아냐. 내가 네 사진을 왜 버려."

지형은 황급히 주윤의 사진만 꽂아 둔 앨범을 꺼냈다.

"여기 있어, 네 사진."

주윤은 앨범을 넘겨 보다가 물었다.

"이거 나 주면 안 돼?"

"응?"

"나, 사진이라고 할 만한 게 하나도 없어."

지형은 주윤이 입양되기 전의 사진은 없지만, 그 이후 사진들은 당연히 있을 거라고 생각했다.

주윤은 앨범을 만지작거리며 말했다.

"내 사진 찍어 줄 만큼 한가한 사람들이 아니었고, 사진을 찍을 만한 시간을 같이 보낸 적도 없고……."

지형은 놀란 티를 안 내려고 애를 썼다. 믿어지지 않았지만, 그 두 사람이 주윤에게 한 짓을 생각한다면 있을 수 없는 일은 아니었다.

"한 회장님은 내 사진이 외부에 돌아다니는 것을 끔찍하게 싫어했어. 내가 이주윤이라는 이름으로 사는 것을 싫어했거든. 내가 자기 딸의 인생을 훔쳤다고 생각했어."

라렌느의 상속녀이자 문화재단의 이사장이면서도 주윤은 그 흔한 프로필 사진 하나 포털 사이트에 올라가 있지 않았다. 지형은 그게 이런 이유 때문일 줄은 꿈에도 몰랐다.

주윤 정도의 배경을 지닌 사람은 회사 홍보실을 통해 개인 정보가 조심스럽게 언론에 드러나기 마련이었지만, 주윤에 대해서는 출신 학교조차 한 회장 생전에는 노출되지 않았다. 주윤에게 호기심을 가진 언론과의 인터뷰에서 한 회장은 자신의 양녀가 외부로부터 과도한 관심을 받는 것을 원치 않고, 평범한 사람들처럼 얼굴이 알려지지 않을 권리를 누리길 바란다고 단호하게 말했다.

"줄게. 너 가져."

"고마워."

주윤에게 앨범을 건네려던 지형은 다시 앨범을 펼쳐서 제일 좋아하는 사진 한 장을 꺼냈다. 놀이공원에서 찍은 스티커 사진이었다. 그것만은 자신이 간직하고 싶었다. 지형은 지갑에 사진을 넣었다.

식사를 마칠 때쯤 지형은 주윤에게 물었다.

"나랑 오후에 같이 어디 좀 나갈래?"

"어디 가는데?"

"어머니 모신 곳에 너랑 인사를 가고 싶어."

주윤은 금방 대답할 수 없었다.

"식 올리기 전에 어머니께 널 보여 드리고 싶어."

주윤은 잠시 눈을 내리깔고 식탁을 바라보다가 고개를 끄덕였다.

주윤이 호텔에 들러 옷을 갈아입고 가야겠다고 해서 지형은 라렌느호텔로 주윤을 데려다주었다.

주윤은 호텔에 올라간 지 30분이 지나서야 주차장으로 내려왔다. 주윤은 머리를 단정하게 하나로 묶고, 수수한 검은색 치마 정장을 입고 있었다.

지형은 주윤의 손에 작은 꽃다발이 들려 있는 것을 보았다. 분홍색과 보라색 수국으로 만든 꽃다발이었다.

"처음 인사드리러 가는데 빈손으로 갈 순 없어서."

주윤이 어머니를 위해 뭔가 준비하리라고 생각하지 못했던 지형은 그 마음 씀씀이에 감동했다.

"어머니가 제일 좋아하셨던 꽃이 수국이야."

"기분 좋은 우연이네."

어머니의 무덤을 찾아가는 건 정말 오랜만이었다. 미국에서 화장한 유골을 가져와 이곳에 안치한 후, 그해 추석에 한 번 찾았던 게 전부였다. 그 이후에는 의도적이라고 할 만큼 이곳에 오지 않았다.

문희의 무덤은 외조부와 외조모, 외삼촌 부부가 묻힌 추모 공원에 있었다.

문희의 발병은 갑작스러웠고, 상태는 급속도로 악화되었다. 충격을 받을까봐 병세에 대해 아무 말도 하지 않았지만, 문희는 죽음을 예감했는지 지형에게 효관을 불러오라고 했다. 지형은 아버지와 연락하는 게 죽기보다 싫었지만, 어머니의 소원을 들어주지 않을 수 없었다.

어렵게 연락이 닿은 아버지는 올 수 없다고 말했다. 그 여자,

한혜선이 위독하다고, 그래서 한국을 떠날 수 없다고 했다. 지형은 더 이상 효관에게 연락하지 않았다.

한국으로 돌아가 가족 곁에 묻히는 것, 그것이 문희의 마지막 소원이었다.

평생 가족으로부터 도망치듯 살았으면서 어째서 마지막 안식은 그들 곁에서 하고 싶어 한 걸까?

지형은 문희를 이해할 수 없었다.

보스턴에서도 지형은 문희를 가뭄에 콩 나듯 보러 갔다. 핑계는 많았다. 그때 지형은 문희의 병원비를 버느라 하루에 서너 시간도 자지 못할 정도로 힘들게 생활했다. 몇 분이라도, 아무것도 하지 않아도 되는 시간이 있으면 눈을 뜬 채로 잠을 잘 만큼 한계에 몰린 생활을 하고 있었다.

죽기 몇 달 전, 문희는 지형에게 통장 하나를 건넸다.

"이게 뭐예요?"

"네 외할아버지가 내게 남긴 유산이야. 너 주려고 한 푼도 건드리지 않았어."

지형은 통장을 펼쳤다. 액수를 확인한 지형의 얼굴이 굳었다. 예상했던 것보다 열 배는 많은 금액이 찍혀 있었다. 지형은 외조부가 어머니에게 유산을 한 푼도 남기지 않았다고 지금껏 생각하고 있었다.

"외할아버지가 유산을 남기셨다고요? 어머니에게요?"

"손자는 너 하나니까. 해민이는 출가외인이잖아. 남의 집에 재산을 줄 순 없었겠지."

손자라.

참 끝까지 이해할 수 없는 집착이었다. 그 손자는 외조부의 기일조차 몰랐다.

이렇게 큰 유산을 받아 놓고서 지형을 키우지 않은 문희가, 외삼촌 부부의 입장에서는 정말 보기 싫었을 것 같다는 생각이 들었다. 지형의 교육비를 아까워할 이유가 그들에겐 있었다.

이 돈을 보니 지형은 더더욱 문희의 인생에 자신이 없었다는 것을 실감했다.

'그냥 내 어머니로 살 순 없었어요?'

지형은 문희에게 그렇게 묻고 싶었다.

그러나 답을 듣는다 한들 마음이 조금이라도 가벼워질 것 같진 않았다.

"그 사람에게 돈 받은 거 빚이라고 생각 안 한다. 내 인생을 이렇게 망쳤는데 그것도 안 하려고? 그 사람이 네 양육비를 댄 것도 빚 아니야. 부모가 자식을 키우는 거, 그거 당연한 거다."

당신도 부모잖아. 당신은 뭘 했는데? 어째서 이 돈이, 이렇게 큰돈이 있었으면서 이 돈으로 날 키우지 않았지?

"유산 받은 거, 왜 말 안 했어요."

문희는 한참동안 대답을 망설였다. 지형은 눈빛으로 대답을 재촉했다.

"네가 날 버릴까 봐."

지형은 아무 말도 할 수 없었다. 문희에게 이렇게 큰돈이 있는 줄 알았다면 이미 오래전에 인연을 끊었을 것이었다. 돈도 없고 건강까지 잃은 어머니를 외면할 수는 없었다.

그런데 당신은 내 인생을, 당신 인생을 덮힐 땔감으로 썼어. 어떻게 그럴 수 있어?

"너 나 원망하니?"

몰라서 묻는 말이 아니었다.

죽어 가는 사람을 원망해서 뭐 할까.

그렇지만 이젠 한계였다. 지형은 병실을 나갈 핑계를 찾았다. 문희를 보고 심한 소리를 안 할 자신이 없었다.

"꽃병 좀 씻고 올게요."

병실을 나서려는 지형의 등 뒤로 문희가 말했다.

"나 죽어도 그 애는 안 된다."

그 말에 지형은 자기도 모르게 몸을 돌려 문희를 바라보았다. 문희는 자신이 결코 실언을 하지 않았다는 것을 증명이라도 하듯 이전보다 더 또렷한 목소리로 말했다.

"그 앤 안 돼. 절대로."

혀끝까지 악에 받친 말이 치밀어 올랐지만, 지형은 이번에도 용케 참았다.

아픈 사람이야.

살 날이 얼마 남지 않은 사람이야.

평생 나를 낳은 것 때문에 낙인 찍혀 산 사람이야.

어머니로는 최악이지만 인간으로는 가여운 사람이야.

지형은 숨을 크게 들이쉬며 끓어오르는 감정을 식히려 애썼다.

"네가 그 남자의 아들인 걸 안다면, 그 아이는 아마 지금보다 더 불행해질걸. 지금은 그저 자신을 버린 남자로 생각하겠지만, 그 사실을 안다면 자신을 끔찍하게 농락한 남자라고 생각하겠지."

여생이 얼마 남지 않은 사람은 필요 이상으로 잔인해질 수 있다. 문희는 자신의 인생이 억울해서 견딜 수 없었다. 누군가에게 그 억울함을 풀어야 했다.

지형은 자물쇠를 채우듯 어금니를 꽉 깨물고 병실을 나왔다. 꽃병을 들고 화장실로 가면서 생각을 멈추기 위해 사소한 한 가지에만 집중했다.

여기는 병원이고 꽃병은 절대로 깨선 안 돼.

꽃병을 씻은 후 얼굴을 찬물로 씻자 조금 진정이 됐다.

지형은 병실로 돌아왔다. 문희는 멍하니 창밖을 바라보고 있었다. 무엇을 보나 했더니, 나뭇가지에서 달랑거리는 마른 이파리들을 보고 있었다. 마른 이파리만큼 앙상하고 초라한 문희의 뒷모습을 보자, 어쩔 수 없는 연민이 지형의 마음에서 흘러나왔다.

지형이 들어오는 소리를 들은 문희가 계속 창밖을 바라보면서 중얼거렸다.

"그 사람은 주변의 모든 것을 다 망가뜨려. 그 여자애도 아마 망가졌을 거다. 그런 사람 옆에서 정상적으로 컸을 리가 없어."

지형의 마음이 차갑게 얼어붙었다. 그럼 나는, 어디에도 뿌리내릴 수 없어 이리저리 옮겨 다니며 자라야 했던 나는 제대로 컸을 것 같냐고 물어보고 싶었다.

그의 마음이 부서지지 않고 온전할 수 있었던 건 주윤이 있었기 때문이다. 주윤과 함께 살 꿈을 꾸었기 때문이다.

주윤을 억지로 떼어 놓고 미국에 온 순간 깨달았다.

주윤이 없는 그는 철저히 이 세상에서 혼자였다. 그에게 주윤은 집이었고 돌아갈 곳이었다. 주윤이 그를 의지했듯, 그 역시 주윤을 의지했다.

"왜 하필 걔니."

문희는 탄식하듯 말했다. 그 순간 지형은 폭발했다.

"아무도, 아무도 날 원하지 않았으니까요. 다은이 말고는요."

문희가 뒤로 돌아 지형을 바라보았다.

"아무도 날 사랑하지 않았으니까요. 어머니도 아버지도요."

자신이 주윤을 준 것이 아니었다. 주윤이 자신을 준 것이었다. 지형을 붙잡은 그 작은 손이 삶의 유일한 구원이라는 것을, 지형은 그때는 몰랐다.

문희는 한참 동안 지형을 바라보았다.

"내가 널 사랑하지 않았다고?"

"어머니는 제가 끔찍하게 싫죠? 제가 아버지를 돌아오게 하지 못했으니까. 어머니한테 난 필요 없는 존재였죠. 차라리 배 속에 있을 때 죽이지 그랬어요. 그럼 나도 어머니도 더 나았을 텐데."

말라붙어 갈라진 문희의 입술이 파르르 떨렸다. 한참 후에 문희가 말했다.

"나에게 넌 배 속에 있는 순간부터 사람이었다. 시도하지 않았던 건 아니야. 하지만 할 수가 없었어. 너는 남자라 죽을 때까지 그 느낌이 어떤 건지 상상하지 못할 거다. 내 영혼이 난도질당하는 기분이었어. 그래, 널 사랑할 순 없었다. 널 사랑하진 못했지만 널 낳은 걸 후회한 적은 없었다."

문희는 힘겹게 말했다.

"약속해라. 그 아이와 다시는 얽히지 않겠다고."

지형은 대답하지 않았다.

"네가 불행해지는 걸 원치 않아."

"어머니는 평생 스스로를 불행하게 했으면서 왜 나는 그렇게 살면 안 되나요?"

"그게 부모의 마음이니까."

지형은 긴 한숨을 내쉬며 대답했다.

"그럴게요."

어차피 수없이 한 거짓말이었다. 죄책감은 산 자의 몫이었다.

문희의 진실에 대한 보답으로 지형은 거짓을 말했다.

지형의 차는 서울을 빠져나가 자유로를 타고 파주로 향했다. 주윤과 지형은 추모관 건물을 지나 묘원으로 올라갔다.

지형은 무덤 옆 꽃병에 꽃을 꽂고, 주윤의 손을 잡은 채 한동안 가만히 있었다.

비석을 바라보면서 지형은 마음속으로 중얼거렸다.

'어머니, 저 결혼합니다. 지하에서도 저와 다은이를 축복해 주시진 않겠지요. 죽는 순간까지 다은이는 안 된다고 하셨으니까요. 그렇지만 다은이 없이는 제가 살 수가 없어요. 이렇게라도

이 손 잡고 살 겁니다.'

지형은 주윤의 손을 힘주어 잡았다.

지형은 주윤을 보고 말했다.

"그럼 내려갈까?"

주윤은 가만히 고개를 끄덕였다.

두 사람은 추모관으로 돌아와 1층 한쪽에 있는 카페에서 커피를 시켰다.

"결혼에 대한 건 손 이사님 통해서 의논하면 돼."

"그래. 알았어."

지형은 망설이다가 입을 열었다.

"결혼 조건 말인데, 원하는 게 있어."

"뭘 원하는데?"

"아이를 원해. 너와 나의."

주윤의 얼굴에서 급속도로 표정이 사라졌다. 전혀 예상하지 못했다는 얼굴이었다.

지형에겐 주윤과 자신을 이어 줄 끈이, 절대로 끊어지지 않을 끈이 절실하게 필요했다. 주윤을 결코 두 번 잃어버릴 순 없었다.

나는 너와 제대로 잘 살고 싶어.

계약뿐인 결혼이 아니라 너에게 좋은 남편이 되고 싶고, 따뜻한 가정을 꾸리고 싶고, 함께 아이를 키우고 싶어.

그게 내 인생의 목표, 꼭 이루고 싶은 꿈이야.

"그게 내 유일한 조건이야. 라렌느는 필요 없어."

주윤의 입에선 아무 대답도 나오지 않았다.

호텔로 돌아오는 길, 주윤과 지형은 아무 말도 하지 않았다.

지형은 딱딱하게 굳은 주윤의 얼굴을 몇 번이고 흘깃 보다가 말 걸기를 포기했다. 말을 거는 순간 주윤이 폭발할 것 같았다.

무표정을 가장한 얼굴 아래에서 주윤의 감정이 거칠게 일렁이고 있었다. 그걸 느끼지 못할 만큼 지형은 바보가 아니었다. 아이라는 말에 주윤이 이렇게까지 민감하게 반응할 줄 몰랐다.

지형은 호텔 앞에 차를 세웠다. 호텔 직원이 조수석에 앉아 있는 주윤을 보고 화들짝 놀라 달려오다시피 했다.

"잠깐 내리시죠, 강지형 씨."

느닷없는 높임말이었다.

주윤은 차에서 내려 뒤도 돌아보지 않고 성큼성큼 호텔 안으로 들어갔다.

지형은 호텔 직원에게 차 키를 맡기고 서둘러 주윤의 뒤를 따라 호텔 로비로 들어갔다.

주윤이 쓰던 객실은 열흘 넘게 쓰지 않았지만, 평소와 다름없이 깔끔하게 정리되어 있었다. 주윤은 백과 재킷을 소파에 아무렇게나 던져두고, 신고 있던 구두를 벗은 뒤 슬리퍼로 갈아 신었다. 마치 지형이 눈에 보이지 않는다는 듯한 행동이었다.

주윤은 창가로 갔다. 그러고는 팔짱을 낀 채 호텔 중정을 내려다보았다.

지형은 어색하게 서 있을 수밖에 없었다. 자신이 주윤의 마음을 엉망으로 흔들어 놓았다는 것을 느낄 수 있었다.

한참 후, 주윤은 팔짱을 풀고 소파에 등을 기대고 앉아 다리를 꼬았다.

"앉으세요."

지형은 주춤주춤 소파로 가 주윤의 맞은편에 앉았다.

"강지형 씨가 생각하는 결혼과 제가 생각하는 결혼이 많이 다른 것 같네요. 나는 양부에게서 벗어나는 걸 원하고, 나 대신 회사 일을 잘해 줄 유능한 경영자가 필요해요. 강지형 씨는 거기에 분명히 동의했어요. 그런데 지금 보니 아닌 것 같네요."

"그렇게 할 겁니다. 다만 라렌느가 아니라 아이를 원한다는 거죠."

"아이를 원하는 이유가 뭔가요?"

"자식을 가지고 싶은 건 인간의 당연한 본능 아닙니까. 그걸 굳이 설명해야 하나요?"

"그 자식을 꼭 내가 낳을 필요는 없죠. 아이를 원한다면 밖에서 낳아 와도 괜찮아요. 원한다면 내 아이로 키워도 상관없어요."

"내 아이는 나와는 달리 법적으로 떳떳한, 엄마도 아빠도 있는 그런 출생이었으면 좋겠습니다. 평범했으면 좋겠고, 적어도 자기 출생에 대해서는 고민하지 않으면 좋겠습니다."

"그런 시시한 이유로 아이를 이 세상에 태어나게 하겠다고요?"

"시시하다니요. 그럼 세상 부부들이 다 시시한 이유로 아이를 낳습니까?"

주윤은 피식 웃었다.

"세상 부부들은 서로 평생 사랑하고, 믿고, 의지하고, 지켜 주려고 결혼을 하고 아이를 낳죠. 우리는 그런 게 아니잖아요."

"그러면 안 됩니까?"

"네?"

"그런 걸 제가 욕심내면 안 됩니까?"

"……."

"윤다은을 평생 지켜 주고 보살펴 주면 안 됩니까?"

"……."

"제가 윤다은의 좋은 남편이 되고, 따뜻한 가정을 꾸리고, 둘을 닮은 아이를 갖고 싶으면 안 되는 겁니까?"

주윤은 떨리는 목소리를 억누르기 위해 안간힘을 쓰며 말했다.

"그 말은 꼭 강지형 씨가 절 사랑한다는 말처럼 들리네요."

지형은 간결하게 대답했다.

"네. 사랑합니다."

주윤은 말문이 막혔다. 말문만 막힌 게 아니었다. 기가 막혔다. 머릿속이 텅 비었다.

정말 지독하고 잔인한 거짓말이었다.

사랑이라니. 그 말을 감히 당신이 하다니.

지형의 목소리는 조금 떨리고 있었지만 담담했다.

"한 번도 사랑한다는 말을 한 적이 없더군요. 정말 하고 싶었던 말이었는데……."

지형은 처음으로 거짓말 대신 진심을 말했다. 심장이 빠르게 뛰었지만, 마음은 편했다. 지형은 평온한 얼굴로 주윤을 응시했다.

주윤은 한참 후에 입을 열었다.

"윤다은은 죽었어요. 오래전에. 당신 앞에 있는 사람은 윤다은이 아니에요. 이주윤이지."

주윤은 몸을 일으키며 속삭이듯 말했다.

"너무 늦게 오셨네요, 강지형 씨."

지형은 주윤의 팔을 잡고 물었다.

"그럼 이주윤 곁에 있으려면 어떻게 해야 합니까?"

주윤은 대답하지 않았다.

지형은 다시 물었다.

"이주윤 곁에 있으려면 어떻게 해야 합니까?"

지형의 목소리가 너무 간절해서 주윤은 눈물이 나올 것 같았다.

"뭐든 말해요. 원하는 대로 해 줄 테니까."

뭐든?

당신 손으로 당신 아버지를 감옥에 보내는 거.

한 회장이 평생 피땀 흘려 키운 라렌느를 이효관의 아들인 당신에게 주는 거.

그게 내가 원하는 거야.

당신이 과연 이효관을 감옥에 보낼 수 있을까?

"그만 나가 주세요."

지형은 나가지 않고 주윤에게 다가가 그녀를 꽉 껴안았다.

그러고는 주윤의 귀에 속삭였다.

"그냥 이용하고 버려도 괜찮아. 그래도 돼, 다은아."

주윤은 있는 힘을 다해 지형을 밀어냈다.

"그만 돌아가 주세요."

주윤은 침실로 들어가 문을 닫았다. 그대로 침대에 누워 이불 속으로 파고들고는 눈을 꽉 감았다. 온몸에 기운이라곤 하나도 없었다.

한참 후, 문이 닫히는 소리가 났다. 지형이 나가는 소리였다.

주윤은 침대에서 괴로운 신음 소리를 내며 눈을 떴다. 협탁에 있는 시계로 시간을 확인했다. 고작 30분 정도 눈을 붙인 게 다였다.

벌써 며칠째 잠을 못 자고 있었다. 지형의 집에서 죽은 듯이 잤던 게 거짓말 같았다.

익숙한 불면, 익숙한 악몽, 익숙한 불안이 이제 더 이상 익숙하지 않았고, 더 이상 견딜 수 없을 것 같았다. 폭발 직전의 시한폭탄. 그게 주윤이었고, 그걸 어떻게 멈춰야 하는지 주윤은 알 수가 없었다.

째깍째깍. 머릿속에 있는 시계가 시끄러운 소리를 냈다.

제발 멈춰. 제발.

주윤은 침대에서 내려와 지형이 준 앨범을 펼쳤다. 그리 많진 않지만, 초등학교 시절부터 대학생 때까지의 그녀 모습이 담긴 사진이 죽 꽂혀 있었다. 한결같이 행복해 보이는 얼굴이었다. 자신이 그렇게 미소를 지었다는 것이 주윤은 믿어지지 않았다.

주윤은 침실로 위스키를 가져왔다. 침대 헤드에 몸을 기대고 위스키를 마셨다.

그 여자도 침실 문을 잠가 놓고 며칠씩 꼼짝도 하지 않고 위스키를 마셨다. 다른 사람이 아는 그 여자는 화려한 껍데기일 뿐이었다.

그 여자는 초점 없는 멍한 눈으로 어두운 침실에 웅크리고 앉아 술을 마셨다. 호박빛 액체만이 유일한 구원이라는 듯, 밤낮 가리지 않고 술을 핥듯이 마셨다. 가끔은 주윤을 옆에 앉혀 놓고 앞뒤가 맞지 않는 혼자만의 이야기를 중얼중얼 늘어놓으며 울곤 했는데, 그러다 주윤을 꽉 껴안고 입을 맞추기도 했다. 그 여자와 그 방에 있느니 차라리 효관에게 매를 맞는 게 나았다.

그때는 냄새조차 싫어했던 위스키를 주윤은 한 잔 더 마셨다. 그 여자와 똑같은 냄새를 풍기는 게 소름 끼치도록 싫었지만, 술잔을 놓을 수 없었다.

위스키를 홀짝거리면서 주윤은 이번엔 또 다른 그 여자, 지형의 생모를 생각했다. 경악하는 주윤을 보며 어쩐지 즐거워 보이는 얼굴로 생글거렸던 그 여자. 어떻게 그렇게 끔찍한 여자가 지형의 생모일까. 믿을 수 없었다.

정말 힘들게 알아냈던 지형의 집. 모든 용기를 그러모아 초인종을 눌렀고 그 여자, 문희가 나왔다.

문희는 주윤을 한눈에 알아봤다.

"윤다은 양?"

낯선 여자가 자신의 이름까지 알자 주윤은 놀랐다.

"아니면, 이주윤 양이라고 불러 줘요?"

"저를 아세요?"

"알죠. 아주 잘."

"오빠가 제 이야기를 했나요?"

"그럴 리가요. 그렇지만 잘 알고 있어요."

문희는 계속 기분 나쁘게 생글거렸다.

지형이 이야기하지 않았다면 도대체 날 어떻게 아는 걸까?

이상한 일이었다.

"그런데 집에는 무슨 일로 온 거예요?"

"오빠 보스턴 연락처 좀 알려 주세요."

"남자가 연락 끊고 잠수 타는 게 무슨 뜻인지 몰라요? 더 이상 꼴도 보기 싫다는 뜻이잖아요."

"오빠는 그럴 사람이 아니에요."

확신에 찬 주윤의 목소리가 거슬린다는 얼굴로 문희가 물었다.

"설마 우리 지형이가 아가씨를 좋아했다고 여전히 믿고 있어요? 지형이는 아가씨 조금도 좋아하지 않았어요."

"오빠가 저를 좋아하지 않았다고요?"

문희는 피식 웃음을 터뜨렸다.

"지형이는 이 세상에 여자가 아가씨 하나라도 아가씨를 좋아하지 않았을 거예요. 자신의 모든 것을 다 빼앗아 간 사람을 어떻게 좋아해요?"

"제가 뭘 빼앗아 갔다는 말씀이시죠?"

"아가씨가 지형이 것 다 빼앗아 갔잖아. 아버지도. 라렌느도."

여전히 주윤은 못 알아들었다.

아버지? 라렌느?

그게 지형과 무슨 관계인지 도무지 상상도 할 수 없었다.

문희는 혀를 차며 말했다.

"아가씨 왜 이렇게 멍청해? 지형이 친부가 아가씨 양부야."

"뭐, 뭐라고요?"

주윤의 얼굴에서 핏기가 사라졌다.

"지형이 친부가 아가씨 양부인 이효관이라고."

"거짓말……. 말도 안 돼."

"내가 왜 아가씨한테 그런 거짓말을 해요. 정 못 믿겠으면 아가씨 양부한테 가서 물어봐요. 강지형이 누구 아들인지."

문희는 은근한 표정을 지으며 주윤에게 가까이 다가가 말했다.

"한 회장, 이제 몇 년 안 남았다면서요. 피 한 방울 안 섞인 양녀한테 라렌느를 넘길 것 같아요? 애 아버지한테 넘기겠죠. 지형이 보스턴에서 몇 년 경영 공부 하고, 라렌느에 입사해서 제 아버지 뒤를 이을 거예요. 지형이는 복수하려고 아가씨 만난 거예요."

"복수라니요?"

"아가씨만 입양되지 않았다면 우리 세 식구, 한참 전에 같이 살 수 있었어요. 한 회장, 그 미친년이 아가씨를 입양하지 않았다면, 지형인 제 아버지 아들로 살 수 있었다고요."

그 집에 입양되길 바랐던 적은 단 한순간도 없었다. 그 집에 끌려간 순간부터 오직 탈출만을 꿈꿨다.

주윤은 지형이 자신을 그 집에서 탈출시켜 주리라 믿어 의심치 않았다. 주윤의 미래에는 항상 지형이 있었다. 법적인 성인이 되면 그 지긋지긋한 집을 떠나, 혜선과 효관이 절대로 찾을 수 없는 곳에서 지형과 함께 살 거라는 꿈만이 주윤을 지탱했다. 지형 역시 자신과 같은 꿈을 꾸고 있다고 믿었다.

그런데 그것은 신기루였다.

지형의 진짜 소망은 그것이 아니었다. 이효관의 진짜 아들이 되는 것이었다. 라렌느의 주인이 되는 것이었다.

"지형이 평생소원이 뭔지 알아요? 남들처럼 아버지 어머니와 함께 사는 거예요. 제 아버지가 눈 뜨고 살아 있는데 외삼촌을 아버지라고 불러야 하는 심정, 아가씨가 상상이라도 할 수 있겠어요? 피 한 방울 안 섞인 아가씨는 그 사람을 아버지라고 부르는데, 지형이는 얼굴조차 볼 수 없으니 아가씨가 얼마나 미웠겠어요. 그렇지만 아가씨 근처에 있어야 제 아버지 소식이라도 들을 수 있을 테니 아가씨를 좋아하는 척했겠죠."

문희는 주윤을 완전히 무너뜨릴 거짓말을 했다.

"지형이, 결혼 생각하는 여자 친구 있어요. 같이 보스턴에 가서 공부하고 적당한 때가 되면 결혼할 거예요."

"여자 친구요?"

"혹시 알지도 모르겠네요. 윤승혜라고, 같은 학교 다니는 친구인데. 똑똑하고 집안도 좋고 성격도 좋고. 뭐 하나 빠질 것 없는 아가씨예요."

너하고는 비교도 할 수 없다는 듯한 분위기를 풍기며 문희는 말했다.

"아가씨는 우리 지형이와 어울리지 않아요. 우리 지형이는 나 못 이겨요. 내가 자길 어떻게 낳아서 키웠는데. 그러니까 더 다치기 전에 아가씨가 포기해요."

그 달콤했던 속삭임이 그럼 다 거짓말이었던 걸까? 윤다운으로 살게 해 주겠다는 것도, 언젠가 함께 살자는 것도 다 주윤을 더 깊은 절망의 나락에 빠뜨리기 위한 사탕발림이었나?

돌아가신 부모님이 보내 주신 천사인 줄 알았는데, 사실은 주윤의 인생을 파괴하러 온 악마였다.

어째서 그날 지형이 그곳에 나타났는지 주윤은 그제야 깨달았다. 그때까지 주윤은 그날 자신이 기적을 만난 거라고 믿었다. 지형은 자기 아버지를 빼앗은 그 미운 아이가 누구인지 보러 왔던 것이다.

처음부터 거짓말이었다. 오빠가 되어 주겠다는 그 말도 거짓말이었겠지.

주윤은 그 집을 나오면서 더 무서운 진실을 깨달았다. 한 번도, 단 한 번도 지형에게 사랑한다는 고백을 들었던 적이 없었다.

주윤은 그 순간 아랫배를 손으로 감싼 채 바닥에 주저앉고 말았다. 그때 주윤은 홀몸이 아니었다.

수술실의 차가운 공기, 팔다리가 묶였을 때의 느낌이 여전히 생생했다. 깨어났을 때 두꺼운 이불을 덮고 있었지만, 몸이 와들와들 떨렸다.

"괜찮아요. 절대 죄책감 가지지 말아요. 낳는다고 다 엄마가 되는 거 아니에요. 지금은 자기 몸만 생각해요."

마취에서 깨어난 주윤의 옆에서 마흔 줄의 간호사가 안쓰러운 눈으로 그녀를 바라보며 말했다.

"언젠가 모든 게 다 준비가 되었을 때 다시 찾아올 테니 너무 슬퍼하지 말아요."

토닥토닥 어깨를 두드려 주는 그 따뜻한 손에 주윤은 울음을 터뜨렸다.

'아니요. 나는 다시는 아이를 가지지 않을 거예요. 절대로 가지지 않을 거예요.'

그 아이와 함께 윤다은도 죽었다.

주윤은 그 아이에게 윤다은을 보내 주었다. 영혼의 세계에서 윤다은이 그 아이의 영혼을 지켜 줬으면 좋겠다고 생각했다.

주윤이 자해를 하기 시작한 건 그즈음부터였다. 비명을 지르고 싶어도 비명이 나오지 않았고, 눈물을 흘리고 싶어도 눈물이 나오지 않았다. 극심한 공황 발작이 찾아오면 숨도 쉴 수 없었다. 자해를 할 때만, 겨우 죽을 것 같은 그 공포에서 벗어날 수 있었다.

'그런데 날 사랑한다고? 좋은 남편이 되어 주고 싶다고? 아이를 낳아 키우고 싶다고?'

그 모든 것을 자기가 다 짓밟아 버렸으면서.

지형이 자신을 조롱하는 것 같았다. 지형은 결코 자신을 사랑할 리 없었다. 사랑했다면 자신을 떠날 리 없었다. 그것도 보란 듯이 윤승혜, 그 여자와 함께.

바보 같다는 것을 알면서도 주윤은 그 거짓말을 믿고 싶어졌고, 그 거짓말을 믿고 싶은 자신을 갈기갈기 찢어 버리고 싶었다.

'그렇게 비참한 꼴을 당해 놓고서.'

또다시 숨을 쉴 수 없어서 주윤은 욕실로 뛰어갔다. 욕조 안에 웅크리고 앉아 몸을 덜덜 떨었다. 주윤은 잠옷 치마 속으로 손을 넣고 손바닥으로 흉터를 어루만졌다. 손바닥에 흉터가 닿자 차갑고 날카로운 통증이 생생하게 되살아났다.

'다 거짓말이야. 당신이 나를 사랑할 리 없잖아.'

수도꼭지를 돌리자 차가운 물이 주윤의 머리 위로 쏟아졌다.

'당신은 그 남자 아들 맞아. 이렇게 거짓말을 잘하는 걸 보면.'

이렇게 심장이 떨리는 거짓말을 하는 걸 보면.

강지형은 더 이상 윤다은이 사랑했던 '오빠'가 아니다. 그저 이효관의 아들일 뿐이다.

주윤은 덜덜 떨면서 대충 물을 닦고 침대에 누웠다.

'그래, 당신이 원하는 게 그거라면, 그렇게 해 주지.'

주윤은 휴대전화로 지형에게 전화를 걸었다. 한밤중인데도 지형은 금방 전화를 받았다. 주윤은 바로 본론을 이야기했다.

"결혼해."

주윤의 말을 쉽게 믿지 못하겠는지 지형은 아무 대답도 하지 않았다. 숨소리만 들렸다.

"결혼, 그거 하자고."

— 그래.

주윤과 지형은 한참 동안 서로의 숨소리만 듣고 있었다.

주윤이 입을 열었다.

"내가 갈까, 아니면 오빠가 올래?"

— 갈게. 내가 갈게.

주윤은 전화를 끊고 침대에 누웠다.

어쨌든 오늘 밤은, 푹 잘 수 있을 것 같았다.

1박 2일 출장이 잡힌 건 오랜만이었다. 부산에서 서울로 돌아오는 KTX 안에서 지형은 초조하게 시간을 확인했다. 내려간 김에 여러 일을 처리하고 올라오려다 보니 일정이 밤늦은 시간까지 이어졌다. 노트북을 켰지만, 서울이 가까워질수록 오직 주윤만 생각했다. 미칠 것 같은 갈증과 욕망으로 온몸이 지글지글 타오르는 것 같았다. 어서, 어서 빨리 널 보고 싶다. 지형은 그렇게 생각했다.

호텔 객실에 들어가자 주윤은 거실 소파에 앉아서 무언가를 읽고 있었다. 지형은 주윤이 무어라 말하기도 전에 주윤을 소파에 눕히고 입을 맞췄다.

"다은아, 아무래도 내가 미친 것 같아. 하루 종일, 1분 1초도 빠지지 않고 널 생각했어."

주윤은 웃음을 터뜨렸다.

"발정 난 사람처럼 하루 종일 네 생각만 했어. 너를 안는 생각만 했어."

누군가 자신의 머릿속을 봤다면 색정광이라고 생각했을 것이다.

주윤의 옷을 벗기는 지형의 손길은 급했다. 침실로 가는 시간조차 기다릴 수 없었다.

주윤은 그저 가만히 지형이 하는 대로 내버려 두었다. 거짓말이라도 이렇게 지형이 자신을 원하는 것이 좋았다.

지형은 주윤이 전화받는 소리에 잠이 깼다. 암막 커튼을 쳐놓아서 몇 시인지 가늠할 수 없었다. 이곳에서 회사에 출퇴근한 지 벌써 일주일이 지났다. 주윤이 오라고 하지는 않았지만, 지형은 그날 이후 매일 주윤이 묵는 호텔로 퇴근해 함께 밤을 보내고, 다음 날 새벽에 잠깐 집에 가서 옷만 갈아입고 출근하는 강행군을 계속했다.

오늘은 토요일이라서 늦잠을 잘 생각이었다.

지형이 침대에서 뒤척이는 소리를 듣고 주윤이 몸을 돌렸다. 전화기의 아랫부분을 손으로 막으며 소리 없이 입 모양으로만 말했다.

'더 자. 손 이사님이야.'

지형은 베개에 얼굴을 묻었지만 한번 깬 잠은 다시 돌아오지 않았다.

주윤은 대충 머리를 묶고 가운을 걸친 후 다시 침대로 돌아왔다.

"손 이사님이 객실로 올라오실 거야."

지형은 놀라서 퍼뜩 몸을 일으켰다.

두 사람이 침대를 같이 쓰고 있다는 건, 몇몇 호텔 직원들을 빼고 매일같이 드나드는 주윤의 연 비서와 스타일리스트팀은 몰랐고, 당연히 손 이사도 몰랐다. 지형은 카드 키로만 들어올 수 있는 스위트룸 전용 통로를 이용해서 출입했기에 직원들이나 다른 투숙객들과 마주칠 일이 없었다.

결혼 준비는 두 사람과 상관없이 빠르게 진행되고 있었다.

대부분의 일을 맡아서 하는 사람이 따로 있는 데다 지형이 결정할 일도 거의 없어, 솔직히 다른 사람 결혼을 구경하는 기분이 들 정도였다.

보통 커플이 결혼하면서 겪는 일들, 하는 일들을 하나도 하지 못해 지형은 아쉬웠다.

"손 이사님이 무슨 일로 오시는 거야?"

"이것저것. 한 30분만 참으면 돼."

"알았어."

"다음 주 월요일에 언론에 기사가 나갈 거야. 인터넷 쪽엔 더 빨리 게재될 수도 있고."

지형은 극비리에 찍었던, 전혀 자신 같지 않은 사진을 떠올렸다. 다음 주 초면 언론에 그 어색하게 웃는 사진이 실릴 것이다.

기사가 나간다니까 주윤과의 결혼이 확 실감 났다. 그동안 지형이 한 결혼 준비라고는 그저 서류를 읽고, 사인을 하고, 예복 치수를 잰 것이 전부였다.

"회사 홍보팀은 기사 나간 후에야 알게 될 거야. 핸드폰 꺼두지 마."

지형은 폭탄이라도 맞은 듯 허둥거려야 할 홍보팀 직원들을 생각하니 미안했다.

"신혼집 말인데. 아무래도 준비할 시간이 촉박해서 예전에 살던 집으로 들어갈 생각이야."

"예전 집?"

"성북동에 있는 집."

지형은 그 집에서 신혼살림을 시작하는 게 싫었지만, 주윤의 결정에 토를 달고 싶진 않았다. 주윤의 말대로 새집을 구하고 꾸미기엔 시간이 부족했다.

"참, 너한테 줄 게 있어."

침대에서 일어난 지형은 침실 한구석에 있는 서류 가방에서 벨벳 케이스를 꺼냈다.

"반지는 내가 준비하는 게 맞는 것 같아서."

크기가 다른 플래티넘 반지 두 개가 나란히 들어 있었다.

주윤이 아무 말도 하지 않자 지형은 조심스럽게 물었다.

"디자인이 별로야? 결혼반지는 평생 끼는 거니까 심플한 게 좋다고 해서 골랐는데."

"언제 산 거야?"

"산 지는 좀 됐어."

보스턴에 있을 때 카르티에 매장 앞을 지나다가 충동적으로 들어가 샀던 결혼반지였다.

한참을 망설이던 주윤이 손을 내밀었다.

지형은 주윤의 네 번째 손가락에 반지를 끼웠다. 반지는 주윤의 손가락에 딱 맞았다. 혹시 크거나 작지 않을까 마음 졸였던 지형은 안도의 한숨을 내쉬었다.

"내 것은 네가 끼워 줄래?"

주윤은 지형의 손가락에 반지를 끼워 주었다.

"잠깐만. 손 좀 내밀어 봐."

지형은 휴대전화로 두 사람의 손 사진을 찍었다.

주윤은 반지를 빼서 케이스 안에 다시 넣었다.

"손 이사님이 보고 이상하게 생각할 수 있잖아. 우린 아직 두 번밖에 안 만난 사이니까."

"그래."

지형은 아쉬운 얼굴로 대답했다.

주윤의 손에 반지가 끼워져 있는 걸 보았을 때 느낀 기쁨과 안도감은 뭐라 표현할 수 없었다.

고작 며칠이야.

지형은 그렇게 마음속으로 중얼거렸다.

이 반지를 샀던 날, 너에게 이걸 끼워 줄 날이 오리라는 건 상상도 하지 못했어. 그런데 왜 이렇게 나는 욕심쟁이가 되어 가는 걸까? 점점 더 바라는 것이 더 많아지기만 해, 다은아.

주윤이 침실 밖으로 나갔다. 얼마 후 문이 열리는 소리가 났고, 손 이사가 주윤에게 인사하는 소리가 났다. 지형은 침대에 누워서 휴대진화로 뉴스를 읽었다.

한참 뉴스를 읽던 지형은 시계를 확인했다. 30분이 훌쩍 지나 있었다. 가만히 침실에 있는 게 좀이 쑤셔서 지형은 살그머니 침대를 내려와 문에 귀를 댔다. 딱히 엿들으려던 것은 아니었다. 그저 언제쯤 나갈까, 그게 궁금해서 그런 거였다.

두 사람은 낮은 목소리로 이야기를 나누고 있었다. 그래서 문틈에 귀를 바싹 붙여야 간신히 무슨 말을 하는지 알 수 있을 정도였다.

"……그럼 말씀하신 대로 이 회장님 일은 진행하겠습니다."

지형의 심장이 세게 두근거렸다. 주윤이 한 말이 귓가에 생생했다.

"그 사람을 법정에 세우고 심판을 받게 해 준다면 라렌느를 드리죠."

도대체 뭘 어쩌려는 걸까?

"그 사람 물건, 아주 작은 거라도 보고 싶지 않아요. 성북동 집에서 그 사람 흔적 깨끗하게 지워 주세요. 다음 주 중에 정리해 주세요."

"네, 그렇게 하겠습니다."

지형은 자기도 모르게 안도의 한숨을 내쉬었다. 성북동 집에서 효관의 짐을 빼라는 이야기였다.

하긴 주윤이 효관과 한집에서 살 리는 없지.

"저, 이사장님."

"말씀하세요."

"거기에 가시는 건 이제 그만두시는 편이 좋을 것 같습니다."

거기?

지형은 미간을 찌푸렸다.

도대체 거기가 어디길래 저렇게 조심스러운 어조로 말하는 걸까?

"선전포고를 했으니 이 회장 측에서는 이사장님의 약점을 눈이 벌게서 찾고 있을 겁니다. 정신과 진료 이력이야 의료 기록은 개인 정보니 공개하는 건 불가능하고, 설사 비공식적인 루트로 터뜨린다고 해도, 이사장님이 직접 경영을 하지 않는 이상 요즘 같은 분위기에서는 오히려 별거 아닌 일로 끝날 수 있습니다. 모두가 다 아는 비밀은 아무런 힘이 없으니까요. 그렇지만……."

손 이사는 말을 쉬었다. 지형의 미간에는 더 깊은 주름이 생겼다.

"결혼 후에도 거기에 드나드는 것이 언론에 알려진다면 윤리적으로 충분히 비난받을 수 있는 일입니다. 사람들이 좋아할 자극적인 소재이기도 하고요."

지형은 답답해서 죽을 것 같았다. 도대체 윤리적으로 비난을 받을 수 있는 장소가 어디인지, 떠오르지 않았다.

"그건 제 사생활입니다. 제가 알아서 할 일이죠."

"아니요. 두 분에게 사생활은 없습니다."

손 이사는 단호하게 말했다.

"두 분 사생활 문제가 회사를 흔들 수도 있다는 것 충분히 아시지 않습니까. 여자와 남자는 같은 행동을 해도 다른 잣대로 평가받기 마련입니다. 남자에게 그런 일이 있다면 관대하게 넘어가겠지만, 여자에게 그런 일이 있으면 사회적으로 매장될 수도 있는 겁니다."

지형의 머릿속에 뭔가가 떠올랐지만 믿고 싶지 않았다.

손 이사는 주윤으로부터 확답을 받고 싶은 것 같았다.

"강지형 본부장, 상식적인 사람입니다. 이해하지도 않을 거고, 받아들이지도 않을 겁니다. 결혼 전에 깔끔하게 정리하시고, 뒷말 나오지 않게……."

주윤이 말을 끊었다.

"충분히 알아들었습니다. 다시 말씀드리지만 그건 제 사생활입니다."

정리하지 않겠다는 뜻이었다.

"그럼 그 남자분 일만이라도……."

"그만하시죠."

주윤의 목소리가 날카로웠다.

남자라는 말을 듣는 순간, 지형의 얼굴에서 핏기가 사라졌다. 이런 문제는 상상조차 한 적 없었다.

손 이사는 한풀 꺾인 목소리로 대답했다.

"알겠습니다."

"강 본부장이 무슨 생각으로 저와 결혼하는 건지 궁금하지 않습니다. 만약 그 일로 결혼을 파투 낸다면 어쩔 수 없는 일이죠. 저는 강 본부장에게 이 결혼에 대해 충분히 설명했고, 그 사람은 이런 관계에 동의한다고 했어요. 저와 강 본부장 사이에 계약 말고 뭐가 있나요? 서로 간섭하지 않기로 한 건, 그냥 한 말이 아닙니다. 계약이라고요.”

계약이라는 말에 지형은 온몸에 소름이 돋았다.

그게 그들 결혼의 본질이었다.

손 이사가 일어나는 소리가 났다.

지형은 황급히 욕실의 샤워 부스에 들어갔다. 샤워기의 버튼을 누르자 차가운 물이 소나기처럼 쏟아졌다. 시끄러운 물소리에 바깥의 소리는 전혀 들리지 않았다. 지형은 차가운 물을 맞으며 머릿속에 떠오른 이상야릇한 상상을 지우려고 애썼다.

얼마 후 주윤이 욕실로 들어와 샤워 부스의 유리 벽을 콩콩 쳤다. 지형은 물을 잠그고 샤워 부스의 문을 열었다.

“손 이사님 갔어.”

“그래.”

“밥, 나가서 먹지 않을래? 점심 예약해 뒀어.”

주윤의 목소리는 여느 때와 다를 바가 없었다.

“응. 얼른 씻고 나갈게.”

지형은 애써 웃음 지었다. 그렇지만 얼굴 근육이 굳어 버린 듯 이상한 표정밖에 지을 수 없었다.

“12시 반에 예약했어. 서둘러야겠다.”

“그래. 알았어, 다은아.”

주윤이 뭔가 말하고 싶은 얼굴로 지형을 바라보았다.

"저기, 오빠."

"응?"

"그 이름 안 불렀으면 좋겠어. 이제 사람들 앞에 나설 때가 많을 텐데, 그 이름으로 부르면 이상하게 생각할 거 아니야."

"그럼 둘이 있을 때만……."

주윤은 대답 대신 지형을 딱딱한 얼굴로 바라보았다. 절대 타협할 수 없는 분위기를 풍겼다.

지형은 그런 주윤의 모습이 낯설었다.

지금 그 앞에 서 있는 사람은 윤다은이 아니라 이주윤이었다. 그가 결혼할 사람 역시 윤다은이 아니라 이주윤이었고, 그걸 주윤은 가르쳐 주고 있었다.

그래, 내가 분명히 말했지. 윤다은이 아니라 이주윤 곁에 있겠다고.

"알았어. 그렇게 할게."

지형은 그렇게 대답하는 수밖에 없었다.

"그래. 고마워."

주윤의 얼굴이 조금 펴졌다.

"그럼 준비해. 나도 준비할게."

주윤이 욕실을 나가자 지형은 샤워기를 다시 틀었다.

'내가 어떻게 네가 날 다시 사랑해 주는 것을 바랄 수 있겠어.'

그건 너무 큰 욕심이었다.

나라는 존재 자체가 너한테는 고통일 텐데.

어떤 관계든 진실 없이는 한 걸음도 나아가지 못한다는 것을 지형은 너무 잘 알았다.

그것을 밝히지 않고서는 지형이 한 모든 말, 모든 행동은 그저 거짓일 뿐이라는 것을 잘 알았다.

그렇지만 그 말을 할 수가 없었다.

내가, 네가 그렇게 증오하는 남자의 아들이라는 것을.

차가운 물을 맞으며 지형은 생각했다.

'이렇게 가까이에서 널 사랑할 수 있는 것만으로도 충분해.'

샤워가 끝날 때쯤이 되어서야 지형은 '다른 남자'에 대한 생각을 겨우 멈출 수 있었다. 그 남자가 누군지, 무슨 일을 하는지 모르지만, 한 가지는 확실했다.

'그 남자는 나만큼 널 사랑하지 않아. 결코.'

샤워를 마치고 지형은 옷을 갈아입었다. 지형이 옷을 다 갈아입고 막 침실을 나가려고 할 때 문이 열렸다. 주윤이었다. 산뜻한 흰색 원피스를 입고, 파란색 에르메스 스카프로 허리를 묶은 주윤은 하늘에서 별이 떨어진 듯 반짝반짝 빛이 났다. 너무 예뻐서 눈물이 날 것 같았다.

지형의 시선이 주윤의 왼손 네 번째 손가락에 꽂혔다. 반지를 끼고 있었다. 자기도 모르게 지형은 웃고 말았다. 주윤이 반지를 끼어 준 것만으로도 고맙고 행복했다.

무엇이든 상관없었다. 주윤은 이제 그의 신부가 될 것이었다. 지형은 주윤을 보호해 줄 수 있는 유일한 사람이 될 것이다.

'그거면 됐어.'

가장 간절하게 바라던 것이 아닌가.

그 누구도 주윤을 건드릴 수 없게 하는 것.

이렇게 가까이에서 주윤을 보고 만지고 입 맞출 수 있는 것.

그리고, 아주 가끔은 너도 날 사랑할지 모른다는 착각에 빠질 수 있는 것.

'그러니까 난 괜찮은 거야. 괜찮은 거다.'

지형은 주윤의 왼손을 잡고 네 번째 손가락에 낀 반지에 입을 맞췄다.

"오, 오빠."

"네가 너무 예뻐서 그래. 너무 예뻐서 심장이 부서질 것 같아."

주윤의 얼굴이 붉게 달아올랐다.

주윤은 손을 빼려고 했지만, 지형은 주윤을 품에 안고 입을 맞췄다. 흠칫 놀라면서 밀어내려고 했지만, 지형의 입술이 닿자 주윤은 가만히 입맞춤을 받아들였다.

'다은아, 난 널 위해 모래 위에 성을 지을 거야. 백 번, 아니, 천 번, 만 번이라도. 너와 단 1초를 살기 위해서라도 그 성을 지을 거야.'

지형은 주윤의 손을 잡고 객실 밖으로 나갔다.

차를 타고 도착한 곳은 식당이 아니었다.

그곳은 지형도 잘 아는, 성북동에 있는 그 집이었다. 그 집이 눈에 들어오는 순간 지형은 마음의 평정을 잃었다. 주윤은 그런 지형의 모습을 힐끗 보고는 기사에게 말했다.

"오래 있진 않을 거예요. 차, 주차장에 세우지 말고 대문 앞에서 기다리세요."

"예. 알겠습니다, 이사장님."

주윤이 차에서 내리자 지형 역시 따라 내렸다. 지형은 집을 올려다보았다. 여전히 높고 컸다. 이 집에서 얼마 후 주윤과 신혼살림을 시작한다는 것이 실감 나지 않았다. 그렇지만 지금 지형에게 닥친 일은 그것이 아니었다.

"들어가자."

주윤은 지형의 손을 잡고 대문으로 걸어갔다.

주윤이 벨을 누른 후 얼마 되지 않아 검은 양복을 입고 귀에 인이어폰을 낀 경호원 셋이 달려와서 문을 열었다. 김 과장이 놀란 얼굴로 주윤을 맞았다.

"이사장님, 연락도 없이 어쩐 일이십니까?"

"별일 없죠? 이 회장님 계시죠?"

알고 왔지만, 주윤은 굳이 김 과장에게 물었다.

"네, 안에 계십니다."

주윤은 더 이상 말하지 않고 안으로 성큼성큼 걸어 들어갔다. 김 과장이 급하게 그런 주윤을 따라와서 말했다.

"이사장님, 잠시만 기다려 주십시오. 안에서 손님 맞을 준비를 해야……."

주윤이 냉랭한 눈으로 김 과장을 노려보며 말했다.

"아무리 내가 여기를 오래 비웠어도 그렇지. 여기가 내 집이라는 것을 잊으셨나 보네요."

"아, 저, 그게……."

말실수를 깨달은 김 과장의 얼굴이 사색이 됐다.

"죄송합니다. 제가 실수를 했습니다."

주윤은 무심하게 말했다.

"살림이라도 차리셨어요?"

"아, 아니요. 무슨 그런 말씀을. 그런 일은 절대로 없습니다."

주윤은 집에서 일하는 사람을 쓸데없이 괴롭히는 건 그만하기로 했다.

"후원의 다실에서 기다리죠."

주윤의 말에 직원은 살았다는 표정을 지었다.

"이 회장님께는 저만 왔다고 말해 주세요. 같이 온 사람은 제가 직접 소개하고 싶으니까요."

김 과장은 지형을 힐끗 보고 말했다.

"예, 이사장님."

김 과장이 집으로 들어가는 것을 본 주윤은 지형의 손을 잡고 다실이 있는 후원 쪽으로 천천히 걸어갔다.

"결혼식장에 저 사람 안 부를 거야. 저 사람 손 잡고 오빠한테 걸어갈 생각 추호도 없어. 그래도 얼굴은 한번 봐야 할 것 같아서."

"그래."

"이 회장 몇 번 봤지? 회사에서."

"그럼."

지형은 입술이 바싹 말랐다. 그런 지형을 보며 주윤이 말했다.

"긴장할 거 없어. 회사 상사가 아니라 인연 끊기 직전의 양부로 만나는 거니까."

지형의 손에 식은땀이 찼다. 지형은 손을 빼고 싶었지만, 주윤은 놓아줄 생각이 없는 것 같았다.

효관에게는 한밤중의 날벼락도 아니고 한낮의 날벼락이었다. 느닷없이 주윤이 들이닥쳤다는 말에 그는 처음엔 잘못 들은 줄 알았다.

어젯밤, 다음 주 중으로 집을 비워 달라는 말을 듣고 머리끝까지 화가 났다. 신혼집을 핑계로 나가 달라고는 했지만, 주윤이 원하는 것이 그가 이 집에서 쫓겨나는 것을 다른 사람에게 보이는 것임을 모르지 않았다.

효관은 이를 갈았다.

'내가 순순히 물러날 줄 알아?'

급하게 옷을 갈아입고 나오면서 그는 나지막하게 욕을 했다.

후원에 있는 다실은 원래는 온실이었다. 사방이 투명한 유리로 되어 있어 정원의 풍경을 비가 오나 눈이 오나, 어느 계절에도 바라볼 수 있었다.

효관의 눈에 두 사람이 나란히 앉아 있는 뒷모습이 보였다.

'남자?'

처음엔 손 이사와 같이 온 줄 알았다. 그런데 멀리서 봐도 남자는 손 이사보다 훨씬 젊어 보였다.

효관이 다실 문을 열고 들어가자 주윤과 지형이 의자에서 몸을 일으켜 뒤로 돌았다.

효관은 지형을 보는 순간 졸도할 만큼 놀랐다. 한 걸음도 떼지 못하고 주윤과 지형, 두 사람을 번갈아 가며 바라보기만 했다.

지형도 짧은 시간 동안 최선을 다해 마음의 준비를 했지만, 막상 효관과 마주치자 목소리가 나오지 않았다.

"저 곧 결혼합니다."

주윤은 보란 듯이 지형의 팔짱을 끼고 말했다.

"저와 결혼할 강지형 씨예요. 따로 소개하지 않아도 회장님도 잘 알고 계시겠죠? 강 본부장 능력이 워낙 출중하잖아요."

주윤은 지형을 보며 말했다.

"지형 씨도 이 회장님 잘 아시죠? 따로 소개할 필요가 없으니까 편하네요."

지형은 아무 말도 하지 못했다. 주윤의 얼굴을 볼 용기가 나지 않았다.

주윤은 아무렇지 않은 목소리로 말했다.

"이렇게라도 얼굴 보지 않으면 평생 서로 인사할 일 없을 것 같아서 왔어요. 앞으로 본다면 법정이지 않을까 싶은데요."

결코 농담이 아니었다.

효관은 주윤의 말을 이해하는 데 한참이 걸렸다. 그러니까 주윤이 결혼을 하는데 상대가 강지형이라는 것이었다.

주윤이 팔을 빼고 지형을 보며 말했다.

"인사드리세요, 강지형 씨."

멍청하게 서 있던 지형이 움찔 놀라며 인사를 했다. 지형의 얼굴은 벌겋게 달아올랐고, 목소리가 갈라져 나왔다.

"강지형이라고 합니다……."

지형은 효관을 뭐라고 불러야 할지 몰라 잠시 말을 쉬었다.

"……이 회장님."

효관도 당황하긴 마찬가지였다. 주윤이 올 줄도 몰랐고, 결혼할 사람을 데리고 올 줄은 더 몰랐다. 게다가 그 사람이 지형일 줄은 꿈에도 상상하지 못했다.

효관은 아무 말도 할 수 없었다. 손을 내밀어 악수를 청하는 것조차 잊고 멍청하게 자신에게 인사하는 아들을 바라볼 뿐이었다.

두 사람은 세상에서 가장 어색한 표정으로 서로를 바라보고 있었다. 두 사람 다 마치 고장 난 로봇처럼 보였다.

두 사람은 너무 정신이 없어서 주윤이 싸늘한 얼굴을 하고 있다는 것을 몰랐다. 그렇게 철저하게 연극을 하던 사람들인데 지금은 어떤 표정을 지어야 할지, 어떤 말을 해야 할지 몰라 당황하는 것이 재밌기조차 했다. 이런 각본은 생각한 적이 없을 테니.

'앞으로 당황할 일이 꽤 많을 거예요. 한 회장이 죽자마자 기다렸다는 듯이 라렌느에 아들을 입사시키다니. 너무 뻔한 수가 아닌가요, 아버지?'

효관은 혼외자인 지형을 아내 혜선에게 철두철미하게 숨겼다고 믿고 있을 것이다.

아닌 게 아니라, 혜선은 지형의 존재를 몰랐다. 주윤이 혜선에게 강지형에 대해 말할 때까지도.

주윤은 혜선과 효관이 애정 따윈 하나도 남아 있지 않은 부부라고, 그저 껍데기뿐인 관계라고 생각했지만, 적어도 혜선은 아니었다. 짐승처럼 울부짖던 혜선의 모습을, 주윤은 기억한다.

부부라는 건 그런 것이다. 애정 따윈 없어도 집착은 죽을 때까지 남는.

아니, 집착이 아니라 질투였다.

자신은 없는 자식을 평생 벌레만도 못하게 여긴 남편이 가지고 있는 것을. 그 남자의 아들이 누구도 부러워할 만큼 잘 자란 아들이라는 것을.

괴로워하는 혜선을 보는 것은 그리 나쁘지 않았다.

무슨 거창한 의도가 있어서 한 말은 아니었다. 그 여자를 조금이라도 괴롭게 하면 자신의 괴로움이 조금은 줄어들 것 같은, 유치한 악의에서 한 말이었다.

처음에 혜선은 주윤의 말을 믿지 않았다. 불법으로 조사한 유전자 검사지를 보는 순간까지 주윤의 말을 믿지 않았다.

혜선은 평생 효관을 자기 발밑에서 기어 다니는 벌레로 여겼다. 효관이 감히 그런 짓을 했을 거라곤 상상도 하지 못했다.

독한 위스키와 보드카를 물처럼 마시고 바닥에 널브러져 있던 그 여자를 제 발로 보러 간 건 처음이었다. 늘 지독하게 두렵고 혐오했던 그 여자가 이젠 주윤에게 아무렇지도 않은 존재가 되었다.

"엄마, 이렇게 술만 드시면 어떻게 해요."

그 여자에게 주윤이 먼저 이렇게 다정하게 말을 건 건 처음이었다. 혜선은 어리둥절한 얼굴을 했다.

주윤은 혜선을 껴안았다.

"엄마, 우리 불쌍한 엄마."

진실은 정말 말하기 힘들지만 거짓말은 참 쉽게 나왔다.

아마 지형도 그랬나 보다 하고 주윤은 생각했다.

"누가 우리 엄마를 이렇게 불쌍하게 만들었어요? 아버진 정말 나쁜 사람이에요. 엄마가 아버지한테 해 준 게 얼만데……. 어떻게 뒤에서 엄마를 속일 수 있어요?"

그 여자는 주윤을 세게 껴안고 울었다. 그 순간, 주윤은 그 여자의 죽은 딸이었다. '주윤아, 주윤아.'라고 이름을 부르며 혜선은 통곡을 했다.

혜선의 통곡이 멈추자 주윤이 말했다.

"엄마, 라렌느를 제게 주세요."

혜선의 눈에 빛이 돌아왔다.

주윤은 다시 말했다.

"절대로 그 남자한테, 그 남자의 아들한테 넘어가지 않게 할게요. 엄마를 위해 제가 라렌느를 지킬게요."

빛나는 혜선의 눈을 보면서 주윤은 자신이 이 여자에게 삶의 마지막 의욕을 불태울 목표를 주었다는 것을 깨달았다. 또 자신이 무엇을 원하는지도 깨달았다.

복수였다.

혜선과 주윤은 그때 처음으로 한배를 탔다.

주윤은 혜선이 지금 이 장면을 보지 못하는 게 아쉬울 따름이었다.

효관은 누가 봐도 어색해 보이는 얼굴로 인사를 받았다.

"아, 그래요. 강지형……, 본부장."

"아시죠?"

주윤이 끼어들었다.

"그, 그럼. 강지형 본부장을 내가 모를 리가 있나. 우리 회사의 귀한 인재지."

"그렇죠. 회장님이 물러나셔도 라렌느는 걱정하시지 않아도 돼요."

대놓고 회장 자리를 내놓으라는 말이었지만 효관의 머릿속은 계산으로 복잡했다.

손 이사 주변을 철저하게 파헤쳐 주윤의 결혼 상대가 누군지를 알아내고 있었는데, 워낙 철두철미한 손 이사라 실마리조차 찾을 수가 없었다.

그런데 지형이라니. 내 아들이라니.

헛웃음이 나왔다.

효관은 손을 내밀며 악수를 청했다.

"회사에서 보던 사람을 집에서 보니 이상하고 어색하군. 어쨌든 반가워요."

지형도 허둥거리다 효관의 손을 잡았다.

"말씀 낮추십시오."

"인사는 이쯤이면 다 했으니 이만 앉죠."

주윤이 의자에 앉자 효관과 지형도 의자에 앉았다.

직원이 다실로 들어왔다. 직원은 효관을 보며 물었다.

"식사 준비를 할까요?"

주윤이 말했다.

"식사는 됐고, 차를 준비해 주세요."

주윤은 다정하게 지형을 보며 말했다.

"어차피 여기서 뭘 먹어도 체할 거니까. 오빠, 점심은 이따 먹어도 괜찮지?"

지형은 또 움찔 놀랐다.

주윤이 이렇게 다정한 목소리로 말한 건 처음이어서, 놀란 와중에도 두근거렸다. 자신을 보는 주윤의 눈빛이 꿀이 떨어지듯 달콤했다.

"응. 괜찮아."

지형도 다정하게 대답했다.

효관은 기가 막힌다는 얼굴로 다정하게 대화하는 두 사람을 바라보았다. 연기 같진 않았다.

잠시 후, 직원이 차를 두고 나가자 주윤은 찻잔을 들어 올리며 이야기했다.

"제가 결혼할 남자에 대해 아무것도 궁금한 게 없으세요?"

효관은 주윤의 말에 눈이 파르르 떨릴 만큼 놀랐다. 지형도 놀라서 찻잔을 든 손이 떨렸다.

"아무리 피 한 방울 섞이지 않은 양딸이라고 해도 너무 무심 하시네요. 아니면 벌써 알고 계신 건가요?"

알고 있냐는 말에 효관은 펄쩍 뛰며 부인했다.

"내가 어떻게 너와 결혼할 사람을 안단 말이냐."

지나치게 펄쩍 뛰는 모양새가 지형의 눈에도 이상했다.

지형은 조마조마했다. 마치 그들이 앉아 있는 의자 밑에 폭탄이 설치되어 있어서, 뭐라 말 한마디를 잘못한 순간 펑 하고 터질 것같이 불안하기만 했다.

"요즘 제 주변을 열심히 캐고 다닌다면서요. 괜히 힘쓰지 마시라고 직접 데리고 왔어요."

주윤은 그들의 어설픈 연기가 눈에 들어오지 않는다는 듯 굴었다.

효관은 강하게 나가기로 마음먹었다.

"네가 누구랑 결혼하든 내가 무슨 상관이냐. 난 관심 없다."

주윤은 피식 웃으며 다 마신 찻잔을 잔 받침에 올렸다.

"왜 상관이 없어요. 당신이 앉아 있는 그 자리를 다 가질 사람인데."

주윤의 입에선 이제 이 회장이라는 말도 나오지 않았다.

"전에 제가 회장실 비워 달라고 말씀드렸죠? 그런데 전혀 비울 준비를 안 하시더라고요. 그래도 쫓겨나는 것보다는 물러나는 게 모양새가 좋지 않을까요?"

효관은 주윤을 노려보다가 옆에 앉은 지형의 얼굴이 하얗게 질린 것을 보고 그만뒀다. 지형은 표정 관리를 전혀 못 하고 있었다.

"저희, 결혼하면 여기서 살 겁니다. 집 비워 주세요."

주윤은 차갑게 웃으며 자리에서 일어났다.

"이제 더는 볼 일 없었으면 좋겠습니다, 이효관 회장님."

지형은 주윤의 손에 끌려가다시피 다실을 나갔다.

객실에 들어오자마자 지형은 화장실로 뛰어갔다. 변기를 붙잡고, 점심으로 먹은 것들을 모조리 다 토해 버렸다. 뒤따라 달려온 주윤이 지형의 등을 두드려 주었다.

지형의 토악질은 쉬이 끝나지 않았다. 위장 속의 것들을 다 비워 낸 후에도 계속 뭔가가 치밀어 오르는 것 같아 헛구역질을 한참 하고 나서야 화장실을 나갔다.

주윤은 지형을 소파에 편하게 눕게 하고 차가운 물수건과 물을 가져와 정성스럽게 입가를 닦아 주고, 물을 마시게 했다.

"너무 막장이어서 놀랐어?"

주윤은 다정하게 미소 지으면서 지형의 뺨을 어루만졌다.

"큰일 났네. 앞으로 더 막장일 텐데. 이 회장, 전방위로 압박해 올 거야. 볼 꼴, 못 볼 꼴 수도 없이 펼쳐질 거야. 발광하라지. 한 푼도 주지 않을 거야. 동해 바다에 돈을 버리면 버렸지."

주윤은 지형의 눈을 똑바로 보면서 물었다.

"오빠는 끝까지 내 편이지?"

지형은 고개를 끄덕였다.

"난 언제나 네 편이었어. 항상."

주윤의 표정이 흐려졌다.

"정말 그랬어? 난 전혀 몰랐는데?"

"앞으로도 그럴 거야. 맹세해. 내 미래는 오직 널 위한 거야."

주윤은 한참 동안 지형을 바라보다가 갑자기 지형의 입술을 혀로 핥았다.

"주, 주윤아."

"하도 달콤한 말을 해서, 입술에 꿀이라도 발랐나 싶어서."

지형의 얼굴이 붉게 달아올랐다.

"그런데 정말 달콤하네. 꿀보다 더 단 것 같아."

지형의 입에선 시큼한 위액 냄새가 났다. 지형도 그 냄새를
맡을 수 있었다. 그렇지만 주윤은 아랑곳하지 않고 지형에게 입
을 맞췄다. 깊은 입맞춤이었다.

주윤은 지형이 자신의 무릎을 베고 눕게 하고는 지형의 머리
카락을 부드럽게 쓰다듬었다. 따뜻하고 다정한 손길이었다. 그
토록 되찾기를 바랐던 이 손길을, 이 미소를 다시 잃으면 살 수
없을 것 같았다.

지형은 주윤의 손을 입으로 가져갔다. 손가락과 손등에 입을
맞추며 말했다.

"난 너와의 결혼에서 하나밖에 바라지 않아."

'그게 뭔데?' 하는 눈으로 주윤은 지형을 바라보았다.

"너에게 버림받지 않는 것."

주윤은 지형에게 얼굴을 숙이고 작은 목소리로 말했다.

"그 남자를 라렌느에서 쫓아내 줘. 그럼 오빠가 나를 원하는
한, 무슨 일이 있어도 버리지 않을게."

지옥에도 동반자가 필요한 법이니까.

지형은 자신에게 답이 하나밖에 없다는 것을 알았다.

지형은 답 대신 주윤의 입술에 키스했다.

독이 될지 약이 될지 모르는 마음

—

아침에 출근할 때부터 지형은 자신을 둘러싼 공기 자체가 달라졌다고 느꼈다.

주윤과 지형의 결혼 소식에 대해 주윤이 이사장으로 있는 문화재단의 홍보실에서 보도 자료를 뿌렸다. 뉴스의 전파 속도가 어마어마하게 빨랐다.

지형은 평상시처럼 일찍 출근했지만, 회사에서 그를 맞이하는 경비 직원들의 표정부터 평소와 달랐다. 그들은 잔뜩 경직된 얼굴로 그에게 인사를 했다. 그러면서도 눈은 호기심으로 반짝였다. 회사 로비에서도, 엘리베이터에서도 다들 그를 보면 흠칫 놀란 후 시선을 어디에 두어야 할지 모르겠다는 얼굴로 어색하게 딴 곳을 바라보았다.

평소처럼 미래사업본부에 제일 일찍 출근한 사람은 지형이었다. 노트북을 켠 지형은 뉴스를 확인했다.

초, 중, 고를 같은 재단의 학교에 다니면서 둘은 선후배로 알고 지냈고, 지형이 미국으로 유학을 간 후에도 꾸준히 연락을 주고받다가 지형이 라렌느에 입사한 후 사귀게 되었다. 문화재단의 홍보팀이 쓴 보도용 참고 자료가 거의 비슷하게 올라가 있었다. 자기 이야기를 남이 쓴 글로 읽으니 기분이 이상했다.

지형은 댓글들을 몇 페이지 읽어 보다가 창을 닫아 버렸다. 남의 인생에 쓸데없이 저주를 퍼붓는 사람들이 참 많았다. 주윤의 사진이 기사에 나와 있지 않은 것을 두고 '엄청 못생겼을 것'이라고 악플을 다는 사람도 꽤 있었다.

주윤의 사진을 공개하지 않은 것이 다행이었다. 사진을 공개했다면 주윤의 얼평을 하는 역겨운 글을 읽어야 했을 것이다.

'내 여자가 얼마나 예쁜지 너희들은 모를걸.'

주윤을 생각하는 것만으로도 마음 가장 깊은 곳이 푸딩처럼 말캉하게 변했다.

'볼 때마다, 만질 때마다 심장이 가루로 부서질 만큼 예뻐.'

머리카락부터 발톱까지, 하얀 솜털부터 입술의 주름까지 안 예쁜 구석이 없었다.

지형은 주윤에게 전화를 걸려다가 아직 자고 있을 것 같아서 문자로 기사를 봤다고 보냈다.

주윤에게 바로 답문자가 왔다. 단답인 걸 보니 자다가 깬 것 같았다.

주윤이 졸릴 때 보내는 문자는 무뚝뚝했고 이모티콘도 붙지 않았다. 그래서 꼭 화가 난 것처럼 보이기도 했다.

지형은 네 번째 손가락에 낀 반지를 바라보다가, 카톡 프로필을 반지 낀 두 사람의 손 사진으로 바꾸어 놓았다. 이제 이렇게 해 놓아도 괜찮았다. 세상 사람 모두가 그와 주윤이 결혼하는 것을 아니까 말이다.

유치한 줄은 알지만 자기도 모르게 웃음이 나오는 건 어쩔 수 없었다. 모든 사람에게 인정받는 사이가 된다는 건 참 좋은 일이었다.

'이래서 사람들이 결혼을 하는구나.'

이전까지 지형에게 결혼은 이해 안 되는 이벤트였고, 웨딩드레스를 입은 신부가 예쁘다는 생각을 한 적도 없었다. 결혼과 관련된 대부분의 것들이 쓸데없는 호들갑이라고 여겼다.

그렇지만 이젠 달랐다. 모두 앞에서 가장 아름다운 순간을 함께한다는 것의 의미가 무엇인지 깨달았다. 그렇게 모두 앞에서 당당한 관계가 된다는 건 가슴 벅차게 좋은 것이었다.

미래사업본부의 직원들도 출근하자마자 뭔가 말하고 싶은 얼굴로 지형을 바라보았다. 지형은 모른 척하고 일에 몰두하는 척했다.

휴대전화가 불이 났고, 미래사업본부 쪽으로도 계속 전화가 왔다.

"저, 본부장님."

"오늘 저 휴가 냈다고 하세요."

지형은 노트북에서 눈을 떼지 않고 말했다.

그의 연락처에 있는 사람들이 모두 연락을 해 대는 것 같았다. 모르는 번호로도 계속 연락이 왔다. 결국 몇 시간도 안 돼서 휴대전화의 배터리가 방전되어 버렸다.

홍보실의 문현선 실장은 어지간히 열이 받았는지 직접 지형을 데리러 미래사업본부로 내려왔다. 새벽부터 언론에 시달렸는지 눈에 핏발이 서 있었다.

"결혼 축하드려요, 강 본부장님."

현선은 한 단어 한 단어 힘주어 이를 갈듯 말했다.

"미리 귀띔해 주기가 그렇게 힘들었어요?"

"어쩌다 보니 그렇게 됐습니다."

지형은 덤덤하게 대꾸했다.

"이주윤 이사장이 재단 쪽에 언론 대응을 맡기겠다고 해서요."

"회장님과 이사장님 사이가 안 좋다는 건 압니다. 그래도 이건 아니죠."

졸지에 자기 회사 오너의 결혼 소식을 인터넷으로 확인한 무능력한 홍보실장이 돼 버려 현선은 머리끝까지 화가 났다. 알고 난 후에도 신문 기사에 난 내용 말고는 따로 답해 줄 수 있는 부분이 없어 더블로 열을 받았다.

"회장님께는 토요일에 찾아뵙고 인사드렸습니다."

회장실에서 조용한 이유를 알게 되었다. 그나마 다행이었다.

주윤이 조만간 결혼한다는 말은 들었지만, 그 상대가 평범한 회사원 강지형일 줄은 꿈에도 몰랐다. 비슷비슷한, 돈 있고 힘 있는 가문의 아들과 결혼하지 않을까 싶었는데, 주윤의 선택은

현선에게도 의외로 다가왔다.

"그렇게 안 봤는데, 강 본 굉장한 분이시네요."

현선은 오해할 수 없이 빈정거리고 있었다.

"신데렐라가 되어 보니까 어때요? 왕자님이 제정신이 아닌 게 흠이긴 하지만."

"말조심하시죠."

"세평을 말하는 거예요. 세상 사람들이 바보예요? 두 사람이 어린 시절부터 알고 지내다가 연인이 됐다는, 그런 말도 안 되는 스토리를 믿을 거라고 생각하세요? 두 사람 결혼, 서로가 무엇을 원하는지, 이보다 더 천박할 수 없을 만큼 투명하잖아요."

지형은 침착하게 대꾸했다.

"왜 아니라고 생각하는데요?"

"네?"

"저와 이주윤 이사장, 초등학생 때부터 아는 사이입니다. 어릴 때부터 알았고 대학교 때는 짧긴 했지만 사귀기도 했고요. 제가 유학 가면서 헤어지긴 했지만요."

현선은 두 사람의 교제에 대한 이야기가 두 사람이 같은 재단의 학교를 다닌 사실을 가지고 적당히 끼워 맞춘 것인 줄 알았다. 그런데 신문 기사가 사실이라니.

현선은 놀랐고 또 당황했다.

"저야말로 문 실장이 남 말 하기 좋아하는 사람인 줄 처음 알았습니다. 남의 결혼에 이러쿵저러쿵하지 마시죠. 제 아내에 대해서도 함부로 말하지 말고요. 저를 얼마나 못난 사람으로 봤으면 제 면전에서 제 아내 험담을 하시는 겁니까."

현선은 지형의 기세에 밀려 할 말을 찾지 못했다.

"문 실장은 남편분과 왜 결혼하셨어요?"

"그거야 당연히 사랑하니까 결혼했죠."

"예. 저도 그렇습니다. 문 실장이 저를 아주 대단한 사람으로 평가하시는 것 같은데, 저 그렇게 대단한 놈 못 됩니다. 결혼을 미끼로 뭘 얻기보단 내 손으로 얻는 것이 더 성격에 맞는 사람이고요. 이주윤 씨, 제가 많이 사랑하는 사람이고 그래서 결혼한 겁니다. 행복하고 싶어서요. 행복하게 해 주고 싶어서요. 믿든 안 믿든, 색안경을 끼고 보든 말든 그건 문 실장 자유고요. 그렇지만 입 밖으로 내는 말에 대해선 책임지셔야 할 겁니다."

현선은 지형의 박력에 아무 말도 하지 못했다. 겨우 '죄송합니다.'라는 사과를 했을 뿐이다.

지형은 사무실로 돌아왔다. 사무실로 돌아오는 중에 수없이 많은 사람의 시선을 받았다.

사람들의 눈빛에는 놀라움부터 질시, 혹은 분노와 실망 등 온갖 부정적인 감정들이 일렁였다. 두 사람의 결혼을 진심으로 축하해 주는 사람은 아무도 없는 것 같았다.

쉽지 않은 길이라고 생각했지만, 첫날부터 참 대단한 축하 인사를 받고 있다 싶었다.

홍보실에 다녀와 자리에 앉자마자 우 부장이 지형의 자리로 왔다.

"손 이사님이 왔다 가셨습니다. 좀 뵙자고 하시네요."

"알겠습니다."

지형은 앉을 새도 없이 손 이사를 보러 갔다.

손 이사는 웃으면서 지형을 맞이했다.

"축하한다는 말은 생략하고 일 이야기부터 하지. 사내이사 자리를 거절했다고?"

"지금처럼 미래사업본부에서 하던 일을 계속하고 싶습니다."

"이사장님은 자네가 이효관 회장을 대신해 주길 바라고 있네. 회사 지분 일부를 자네에게 넘긴 것도 그런 이유에서고."

"오너의 배우자라는 이유로 특혜를 받을 생각 없습니다. 지금 제가 그 자리에 올라간다고 해서 주윤 씨에게 도움이 되는 것도 아니고요."

오랜 생각 끝에 낸 결론이었다. 지금 이 자리가 자신이 있어야 할 자리였다.

"그렇지만 그 자리에 그냥 있으면 자네가 힘들 걸세. 사람들 눈과 입이 얼마나 무서운지 아나."

"각오하고 있습니다."

"자네 윗사람들도 대하기 껄끄러울 테고."

"그건 제가 이사가 된다고 한들 마찬가지일 겁니다."

"이사장님의 뜻은 좀 다르네. 좀 더 시간을 줄 테니 생각해 보게."

지형은 바로 거절하기가 그래서 시간을 갖자는 손 이사의 제안을 받아들였다.

"알겠습니다."

지형은 망설이다가 이 이야기는 손 이사밖에 물어볼 사람이 없을 것 같아서 입을 열었다.

"솔직하게 대답해 주십시오. 주윤 씨에게 혹시 남자가 있습니까?"

손 이사는 어떻게 알았냐는 듯 놀란 눈으로 바라보았다.

"그 일로 결혼을 깨고 그럴 생각은 없습니다. 제가 알아야 할 부분인 것 같아서요."

손 이사는 길게 한숨을 내쉬었다.

"자네가 생각하는 그런 사이는 아니네. 그건 내가 보증하네. 다만……."

손 이사는 한참 동안 적당한 말을 찾으려고 애썼다.

"꽤 오랫동안 이사장님에게 정신적인 위안이 되어 준 사람이 있네."

정신적인 위안?

몸이 아닌 마음을 나눈 사이라는 뜻이었다. 지형은 차라리 육체관계가 더 나을 것 같았다.

'마음이라니. 마음이라니.'

지형은 떨리는 손을 감추기 위해 주먹을 꽉 쥐었다.

"그런데 왜 그 사람과 결혼은 하지 않는 겁니까? 정신적인 위안이 돼 주는 사람과요."

"결혼이나 연애를 고려할 만한 관계는 아니었다고 보네."

지형은 충격을 받아 한동안 말을 못 했다. 손 이사 역시 지형의 심정이 이해가 돼서 아무 말도 하지 않았다.

"누구, 아니, 어떤 사람입니까?"

손 이사는 지형에게 가장 충격을 덜 주는 말을 고르려고 애썼지만 별 성과가 없었다. 차라리 대놓고 말하는 게 나을 것 같았다. 노골적인 게 차라리 이해가 쉬웠다.

"호스트라고 하면 이해가 쉽겠나?"

"네?"

지형의 두 눈이 커졌다. 상상했던 것보다 더 지저분했다.

평범한 사람답게 지형은 사람의 감정을 돈으로 산다는 것을 결코 이해하지 못했다. 그렇지만 주윤의 세계에서 그런 일은 흔하디흔했다. 뭐든 살 수 있는 세상에 사람이라고 못 살 이유가 없었다. 사람은 그 정도로 윤리적이거나 도덕적이지는 못한 존재였다.

"연예인 지망생들이 무명일 때 그런 일을 하는 경우가 꽤 있다네. 연예계 일만으로는 생활이 안 되니까 그런 식으로 생활비도 벌고, 용돈도 벌고, 스폰서도 구하지. 자네도 알지 모르겠군. 몇 년 사이에 유명해졌거든. 김성준이라고, 요즘 드라마에도 꽤 많이 나오는 사람이네. 라렌느의 남성 화장품 모델도 했었고."

손 이사가 김성준에 대해 안 것은 뜬금없이 주윤이 화장품 모델로 써 달라고 해서였다. 손 이사는 성준과 주윤이 그런 관계일 줄은 꿈에도 몰랐다. 주윤의 몇 안 되는 친구인 동연의 부탁이라고 해서 곧이곧대로 믿었다.

김성준. 이름은 들어 본 적 있지만 얼굴은 기억나지 않았다. 그렇지만 이름을 안 것만으로도 지형의 가슴에 묵직한 존재감으로 다가왔다.

"문제가 될 일은 없을 걸세. 그쪽도 이제 잃을 게 많은 사람이 되었으니까. 그쪽에서 먼저 이사장님과의 관계를 노출할 일은 없네."

"얼마나……."

"내가 알기엔 5, 6년은 된 걸로 아네. 더 오래됐을 수도 있고."

"……."

"괜히 물어봤다 싶은가?"

지형의 얼굴이 하얗게 질려 있었다.

"아닙니다."

"그쪽 일은 모른 척하게. 처음도 아닐 테고 마지막도 아닐 테니까."

이른바 손 이사가 말하는 '그쪽 세계 사람의 상식'이었다.

"저는 결혼을 한 이상, 시작이 좀 이상하긴 했지만 제대로 잘 살아 보고 싶습니다. 평범한 부부처럼 말입니다."

손 이사는 한동안 지형을 바라보다가 한숨을 길게 내쉬었다.

"그러지 말게."

"예?"

"제대로 살아 볼 생각, 그런 거 하지 말게. 이사장님께 정 주지 말게. 선도 넘지 말게. 자네를 위해 하는 조언일세. 내가 몇 번이나 말하지 않았나. 절대로 자네가 이해할 수 없는 세상에

사는 분이라고. 상식 자체가 달라. 그분이 원하는 건 명확하네. 자신의 법적인 보호자, 그리고 회사를 함께 지키는 동맹군. 그것 이상을 자네가 바란다면 관계는 깨질 걸세. 이사장님은 다른 사람을 구하겠지."

지형의 귓가에 손 이사에게 계약일 뿐이라고 말하는 주윤의 목소리가 울려 퍼졌다.

"자네가 이사장님에게 동정심을 가지는 것은 잘 알고 있네. 그것 때문에 결혼한 것도 알지만, 이사장님께 동정 이상의 감정은 가지지 말게."

"제가 만약 가지게 된다면요? 아니, 벌써 가지고 있다면요?"

손 이사는 놀란 얼굴을 했다.

"그럼 무슨 일이 생길까요?"

그가 지형을 주윤의 결혼 상대로 정한 가장 큰 이유는 그가 감정에 휘둘리지 않는, 이성적이고 냉정한 사람으로 보였기 때문이었다. 그런 사람이 이렇게 쉽게 사랑에 빠질 줄은 꿈에도 몰랐다.

"한쪽만 진심인 관계가 얼마나 힘든 관계인 줄 아나? 양쪽 다에게 말이야."

출구 없는 마음만큼 무서운 건 없다. 그건 언젠가 폭탄처럼 터져 버린다.

지형은 나지막한 목소리로 말했다.

"그저 잘해 주고 싶은 마음이라도 안 됩니까?"

손 이사는 아연실색했다. 그가 가장 안전하다고 생각했던 사람이 가장 불안한 사람이 돼 버린 것이다. 그것도 며칠 사이에.

손 이사는 큰일 났다 싶었다. 이래서 중매는 쉽지 않은 일이다. 사람과 사람 사이에 무엇이 생길지는 누구도 예측할 수 없으니까. 도대체 언제 지형이 주윤에 대한 감정의 핀을 뽑은 건지 알 수 없었다. 두 사람 사이에 뭔가가 생기기엔 시간이 부족해도 너무 부족했다.

첫눈에 반한, 뭐 그런 것일까? 그런 것이라면 오히려 괜찮다 싶었다. 쉽게 달아오른 건 쉽게 식기 마련이니까. 콩깍지라는 것은 언젠가 벗겨지기 마련이니까.

손 이사는 마음을 진정시키고 입을 열었다.

"이사장님은 자신을 지키고 라렌느를 지키기 위해 자네와 결혼하는 걸세. 그것 이상을 원한다면 지금이라도 결혼을 무르게."

손 이사는 단호하게 말했다.

"이사장님을 실망시킬 일은 없을 거라 믿겠네."

손 이사는 방을 나가는 지형의 뒷모습을 보며 말했다. 그러나 지형으로부터 대답은 없었다.

손 이사는 불안한 마음을 지울 수가 없었다. 긴 한숨을 내쉬었다.

그 남자, 김성준에 대한 말을 들었을 때 지형의 얼굴은 지독하게 질투하는 평범한 사내의 모습이었다.

독이 될지 약이 될지 모르는 마음이었다.

지형은 사무실로 돌아와 노트북을 마주했다. 급하게 답신해야 할 이메일을 보낸 후 인터넷 포털 사이트를 열고 한참을 노려보았다.

검색창에 김성준이라는 이름을 써넣었다가 지웠다가를 몇 번이나 반복했다. 결국 지형은 김성준을 검색하고 말았다. 전국의 수많은 김성준 중에 제일 유명한지 첫 번째로 프로필이 나왔다.

자신의 외모가 부족하다는 생각을 한 번도 해 본 적 없었지만, 연예인 옆에 자신을 두니 자기가 오징어처럼 보이는 것은 어쩔 수 없었다. 지형은 자기 꼬락서니가 너무 우습고 초라해서 더 검색하지 못하고 창을 닫아 버렸다.

그렇지만 얼마 지나지 않아 다시 창을 열고 검색을 했다. 지형은 30분 동안 김성준에게 입덕이라도 하려는 듯 수많은 이미지와 기사를 보고 읽었다. 한참 동안 노트북 화면을 봤더니 머리가 아플 정도였다.

짜증 날 정도로 김성준의 사생활은 깨끗했다. 매년 1억 원 이상을 동물 보호 단체에 기부하는 기부천사이기도 했다.

지형은 김성준의 라렌느 지면 광고 이미지 파일들을 보았다. 20대 남성을 대상으로 하는 기초 라인 전속 모델이었다. 깨끗하고 건강한 이미지를 어필하는 광고였지만, 모델이 너무 비현실적으로 잘생겨 남성의 눈으로 볼 때는 거부감이 들 정도였다. 최근 사진과 비교해도 별 차이가 없었다. 연예인이니 관리를 철저히 한 덕인 듯했다.

프로필상의 나이를 보면 주윤보다도 연하였다. 젊음과 육체적인 매력으로는 지형이 이길 상대가 아니었다.

지형은 흠을 찾으려고 매의 눈으로 김성준의 사진을 노려보았다.

"본부장님?"

우 부장의 목소리에 지형은 정신을 차렸다. 자연스럽게 우 부장은 지형이 화면에 열어 놓은 김성준의 이미지 파일들을 보았다.

"어, 김성준 씨네요?"

"아, 네."

"시라쥬 모델로 김성준 씨를 고려하고 계셨습니까?"

"조사 중이었습니다. 여성 모델들에게서 느낌이 안 와서요. 예전 광고들을 보면 아이디어가 떠오를까 싶어서 보고 있었습니다."

지형은 대충 둘러대며 노트북을 닫았다.

"하긴 여성 향수에 여성 모델을 쓰는 게 어쩌면 고정관념일 수도 있죠. 시라쥬 이미지에는 오히려 더 맞을지도 모르겠네요."

"김성준 씨 광고 반응은 어땠습니까?"

"폭발적이었죠. 그때까지는 무명이었는데 이 광고로 얼굴을 알리고 그 후 드라마 몇 편이 대박 나면서 완전 대세 배우가 됐어요."

우 부장은 '제 와이프도 김성준 씨 팬이에요.'라고 덧붙이듯 말했다.

"그런데 왜 계약은 연장하지 않았습니까? 그렇게 반응이 좋았는데?"

우 부장은 웃으면서 말했다.

"주 소비자에겐 전혀 어필하지 못했거든요. 화제를 불러일으
킨다는 점에서는 광고도 성공했고 모델도 성공했지만, 판매 실
적이 그저 그랬어요. 원래 광고와 판매가 같이 가진 않거든요.
마케팅본부에서 모델 교체를 요청해서 평범하고 친근한 이미
지의 모델로 바꾸고 나니까 판매가 늘었죠."

"그렇군요."

"시라쥬 향수 모델로는 오히려 그래서 더 어울릴지도 모르겠
습니다. 이런 남자가 정신 못 차리는 향수라면 주 고객층에게
어필하지 않겠습니까?"

절대로 이 자식한테는 광고를 맡기지 않을 거라고 다짐하면
서 지형이 화제를 돌렸다.

"그런데 무슨 일이십니까?"

우 부장은 그제야 자신이 온 목적을 기억해 냈다.

"회장실 지 비서실장이 찾아왔습니다."

"회장실이요?"

"네."

황송하게도 지 비서실장은 지형의 자리까지 직접 와서 말
했다.

"회장님께서 점심 초대를 하셨습니다. 화연에서 12시, 괜찮
으십니까?"

누가 봐도 자연스러운 초대였다. 주윤과 효관의 사이가 안

좋다는 것을 모르는 사람은 없었지만, 어쨌든 사위가 될 사람과 밥을 먹는 게 이상해 보이진 않았다.

지형으로서는 효관을 한 번은 봐야 했기에 좋은 기회였다.

그렇지만 안 된다고 하고 싶은 마음이 고개를 쳐들었다.

얼마나 보기 힘든 아버지였나. 백 번을 구걸하면 겨우 한 번 얼굴을 보여 줄까 말까 했던 아버지가 직접 만나자고 하는 것을 보니, 정말 그 의도가 천박하리만큼 투명하게 보였다.

그가 태어나서 아버지 덕을 본 건 라렌느에 입사할 때, 딱 한 번이었다.

거절하고 싶은 마음을 억누르고 지형은 입을 열었다.

"괜찮습니다."

"그럼 시간 맞춰서 차를 보내겠습니다."

"제가 오전 중에 외부에서 처리할 일이 있습니다. 바로 약속 장소로 가겠습니다."

"예, 본부장님."

지 비서실장이 사무실을 나가자 지형은 우 부장에게 업무 지시를 한 후 회사를 나왔다. 지형은 은행에 들러 일을 처리하고 식당으로 직접 차를 몰고 갔다.

식당 안으로 들어가자 낯익은 비서가 지형을 맞이했다.

"회장님께서 기다리고 계십니다."

효관이 있는 룸 문 앞에 서서 지형은 잠시 심호흡을 골랐다.

상처받지 않는 선택이란 없었다. 아버지와 주윤 중 선택을 해야 한다면, 주윤을 선택할 수밖에 없었다.

지형은 굳은 얼굴로 들어가 인사를 했다.

"앉거라."

지형은 효관 앞자리에 앉았다. 지형이 룸에 들어온 지 얼마 되지 않아 금세 음식이 두 사람 앞에 차려졌다.

"무슨 일이신가요?"

"그래도 내가 니 애빈데, 결혼 같은 중요한 일은 귀띔이라도 해 줘야 하는 것 아니냐?"

지형은 아무 말도 하지 않았다.

"어떻게 만난 거냐?"

"손 이사님 소개로 만났습니다."

인생사 아이러니의 연속이다. 두 사람을 이어 준 것이 손 이사라니. 그 꼼꼼한 사람이 뒷조사를 안 하고 지형을 주윤에게 소개시켜 줬을 리가 없다. 그런데도 효관, 자신과 지형의 관계를 못 알아낸 것이다.

효관은 아내 혜선이 전 재산을 주윤에게 남긴 이유가 혹시 지형의 존재를 눈치챘기 때문이 아닐까 고민한 적이 있었다. 기우였다. 죽은 아내의 최측근인 손 이사가 몰랐다면 혜선 역시 몰랐다는 뜻이니까.

그런데 왜 모든 재산을 철저하게 주윤에게만 상속한 걸까?

이해할 수가 없었다.

"손 이사, 그 계집애 뒤에서 회사를 집어삼킬 기회만 호시탐탐 노리는 사람이다. 어쩌면 그 계집애랑 그렇고 그런 사이인지도 모르지. 계속 곁에 두는 걸 보면."

암 재발 후 혜선이 효관에게 순순히 라렌느의 대표이사 자리를 넘긴 건 전 재산을 주윤에게 주기 위한 위장 전술이었다.

혜선이 손 이사를 일부러 자회사로 좌천시킨 후, 몰래 불러들여 주윤에게 경영 수업을 시켰다는 것을 효관은 혜선 사후에 알게 되었다.

"긴말하지 않으마. 결혼, 그만두도록 해라."

지형은 효관을 가만히 바라보기만 했다.

"네가 내 아들인 이상 이 혼사는 안 될 말이다."

"그만둘 거였다면 애초에 시작도 하지 않았겠죠."

효관은 기가 막혔다.

"토요일에 그 난리를 겪고도 결혼을 하겠다는 거냐? 네 아비를 발톱의 때만도 못하게 여기는 여자와? 그 계집애는 나를 집에서 쫓아낸 것도 모자라 회사에서도 쫓아낼 게다. 내가 40년 넘게 피땀 흘린 이 회사에서도 말이다."

지형은 꿈쩍도 하지 않았다.

"저와는 상관없는 일입니다. 아버지의 인생이니 아버지가 책임지셔야죠."

지형은 마치 남의 일을 이야기하듯 냉랭하게 대답했다.

"난 네가 내 뒤를 이으려고 라렌느에 입사한 줄 알았다."

"예전에도 말했지만 한 번도 그런 생각 해 본 적 없습니다."

"그럼 왜 라렌느에 들어온 거냐?"

"궁금해서요. 도대체 얼마나 대단한 회사길래 저와 어머니를 버렸는지 알고 싶었습니다."

"날 원망해서 이런 말도 안 되는 결혼을 하겠다는 거냐? 너와 네 어머니를 외롭게 살게 한 내게 복수하려고?"

"아버지에게 뭐 하러 복수합니까?"

"그럼 왜 그런 미친 계집애랑 결혼하겠다는 거냐? 그 계집애는 정상이 아냐. 정신병원에 있어야 할 계집애다."

"아버지가 한혜선 회장과 결혼한 것과 같은 이유입니다."

"뭐라고?"

"뭐가 말이 안 되는 결혼입니까? 라렌느를 얻는데요."

효관은 귀를 의심했다.

"이주윤 이사장이 저한테 라렌느 경영권과 지분의 절반을 주기로 했습니다. 충분히 인생을 걸 만한 베팅이죠."

"그걸 믿니? 나를 보고도 그 말을 믿어?"

"전 아버지와는 다릅니다. 아버지는 평생 머슴 노릇을 하셨지만 전 아니에요. 이미 지분 일부를 넘겨받았습니다."

효관은 젓가락을 내려놓았다. 너무 놀랐다.

그가 평생 그토록 애타게 바랐던 라렌느의 지분. 혜선은 단한 주도 그에게 주지 않았다. 그런데 주윤이 그렇게 쉽게 라렌느의 지분을 남편 될 사람에게 넘길 줄은 몰랐다. 혜선처럼 남편을 머슴 부리듯 할 것이라고 믿었다.

지분을 주다니. 지형이 어째서 주윤에게 돌아선 건지 알 것같았다. 참 대단한 미끼를 썼다 싶었다.

어차피 주윤은 경영에 손대지 않을 것이다. 지분과 경영권을 가졌다면 지형은 라렌느를 가진 것이나 다름없었다. 주윤과의 결혼으로 지형은 단숨에 효관의 지위를 뛰어넘었다. 그러니 지형은 효관에게 아쉬울 게 없었다.

"나는 너와 네 어머니, 책임질 만큼 책임졌다."

"어머니가 한 회장에게 다 폭로한다고 한 후에야 양육비와 생활비 주신 거 다 압니다."

"그건……."

지형은 허접한 변명 따윈 듣고 싶지 않아 효관의 말을 끊었다.

"어머니는 죽을 때까지 아버지를 기다리셨어요. 마지막에 손한번 잡아 주는 게 그렇게 어려우셨습니까? 평생 아버지 때문에 외롭게 사신 분입니다."

한 회장 때문에 오지 못한다는 핑계를 댔었다. 그래 놓고 유산 한 푼 못 받다니, 인과응보라는 게 있긴 있나 보다 싶었다.

"저 이제 다 압니다. 제게 더 이상 거짓말하지 마세요."

"내가 무슨 거짓말을 했다는 거냐."

"한 회장과의 사이에서 태어난 아이가 살아 있었다면 아버지는 평생 절 찾지 않으셨겠지요."

효관이 뭐라고 말하려고 했지만, 지형은 한이 서린 차가운 웃음으로 그 말을 막았다.

"도대체 저와 제 어머니는 아버지 인생에 무엇이었습니까? 왜 저한테, 어머니한테 평생 희망 고문을 하셨어요? 단 한 번도 한 회장을 떠나 저와 어머니에게 오실 생각을 않으셨잖아요."

"아니다."

"그럼 왜 주윤이를 입양하셨어요?"

"그건 한 회장이……."

효관의 거짓말에 지형은 화가 치밀어 올랐다.

내가 당신을 보호하기 위해 뭘 버려야 했는지 꿈에도 모르겠지.

"손 이사님에게 입양에 관련된 이야기 들었습니다. 죽은 아이와 닮은 아이를 골라 데려왔다면서요. 저는 그것도 모르고 아버지가 안됐다고 생각했습니다."

지형은 품에서 봉투를 꺼내 효관 쪽으로 밀었다.

효관은 의아한 얼굴로 봉투를 열었다. 수표였다.

"저한테 쓰신 양육비입니다. 어머니 생활비로 보내 주신 돈도 넣었습니다."

효관의 얼굴이 흙빛으로 변했다.

지형은 애써 담담한 얼굴로 말했다.

"제가 아버지한테 받은 건 돈뿐이더군요. 그래서 돌려 드릴 것도 돈밖에 없습니다."

"그게 무슨 소리냐. 내가 왜 너한테 준 게 돈밖에 없어."

효관은 지형의 말을 듣자마자 부인했다.

"그럼 뭘 주셨는데요?"

지형은 반문했다.

효관은 바로 대답하지 못했다.

"제가 얼마나 아버지를 그리워했는지 모르시겠죠."

"부모 자식 인연을 끊자는 거냐?"

"끊고 말고 할 게 뭐가 있을까요? 평생 아비 없는 자식으로 살았습니다. 앞으로도 그렇게 살 생각입니다."

지형은 효관을 두고 자리에서 일어나 룸을 나오면서 정말 하고 싶은 말 한마디를 던졌다.

"앞으로 다시는 주윤이한테 손댈 생각 하지 마세요. 머리카락 하나 건드리지 마세요. 저와 결혼한 이상 제 아내에게 손대는 거, 저 용납하지 않습니다."

어리둥절한 표정을 지은 것도 잠시, 효관은 경악했다.

지금 지형이 자신에게 선전포고를 한 것이다. 등골이 오싹했다. 한 번도 생각해 보지 않은 결말이었다.

"홀렸구나. 그 미친 계집애한테 홀렸어."

효관은 자리에서 일어나 지형에게 다가갔다. 그러고는 지형의 팔을 강하게 잡으며 말했다.

"그 사갈 같은 계집애한테 홀렸구나. 그 계집애는 미친년이라고."

"아무렴 아버지만 하겠습니까. 어떻게 남들 다 보는 앞에서 사람을……."

지형은 말을 잇지 못했다.

효관의 얼굴이 새하얗게 질렸다. 그날 지형도 그 자리에 있었다는 것을 기억해 냈다. 지형은 믿을 수 없다는 눈으로 자신을 보았었다.

효관은 급히 해명했다.

"그날 일은 내가 한 게 아니다. 그 미친 계집애가 날 난처하게 만들려고 자해를 한 거라고. 지가 미쳐서 날뛴 거라고! 나는 그저 따귀 몇 대를 때린 것뿐이다."

그건 순도 100퍼센트 진실이었지만 그것을 믿게 만들 수 없었다.

효관 앞에 떨어져 있던 휘어진 골프채, 엉망으로 부서진 사무실, 깨진 유리 파편 위에 피를 흘리고 쓰러진 주윤. 강렬한 이미지가 머리에 박혀 있는 지형에게 효관의 말은 아무 힘이 없었다.

"네가 말하지 않겠다면 내가 밝히겠다. 네가 누구 아들인지 말이야."

"밝히세요."

지형은 담담하게 말했다.

"저와 주윤이 혼인신고 했습니다. 저희 부부입니다. 아버지가 진실을 밝히신다면 저도 법적 조치를 취할 겁니다. 이지형이라는 이름도 나쁘지 않으니까요."

"세상 사람들이 다 손가락질할 거다."

"그 손가락이 가리키는 게 과연 저와 주윤이일까요, 아버지일까요? 저와 주윤이가 혈연도 아니고 한집에서 같이 자란 것도 아닌데 무슨 상관입니까?"

강하게 말하는 지형을 보고 효관은 말문이 막혀서 아무 말도 못 했다.

"그렇게 하신다면 저도 주윤이에게 원래 이름을 찾아줄 겁니다."

효관은 지형이 거기까지 파헤칠 줄 몰랐다.

"합법적인 입양이 아니었다는 거 압니다. 공문서 위조, 사문서 위조에 아동 납치까지, 걸 수 있는 건 다 걸 겁니다."

입양에는 절차와 시간이 필요하다. 그렇지만 당장 '아이'가 필요했던 효관은 그런 절차를 지킬 여유가 없었다. 훗날 아이의 친척들이 나타나는 귀찮은 일도 피하고 싶었다.

"윤다은, 그 아이가 왜 실종되었을까요?"

효관의 얼굴이 하얗게 질렸다.

"그 아이가 왜 실종되었는지 제가 파헤치길 원하세요? 그걸 주윤이에게 알리길 원하세요?"

두 사람은 서로를 죽일 듯이 싸늘하게 노려보았다.

"그럼 이만 일어나겠습니다."

약속 장소는 주윤 쪽에서 정했다.

수진 부부는 주윤이 보낸 차를 타고 강남 모처로 향했다. 가까운 거리였지만 미행을 걱정했는지 빙빙 돌아가서 예상했던 것보다 시간이 더 걸렸다. 큰길에서 골목으로 들어간 차는 주차장에 세워졌다.

부부를 이곳까지 데려온 남자가 운전석에서 내려 뒷문을 열어 주었다.

"가시죠."

수진과 지헌은 긴장한 티를 내지 않으려고 애쓰면서 남자의 뒤를 따라갔다. 자기도 모르게 수진은 남편의 손을 꽉 잡았다. 지헌 역시 긴장한 건 마찬가지였지만 수진의 손을 맞잡아 주었다. 남편의 체온이 느껴지자 수진은 겨우 마음을 가라앉힐 수 있었다.

수진이 소송을 결심한 건 지난해 가을 무렵이었다. 충격에서 겨우 벗어나 일상생활이 가능해지자 제일 먼저 든 생각이었다. 이대로 덮어선 절대 안 될 문제라고 생각했다.

지헌은 회의적이었다. 싸우는 과정에서 아내가 더 많이 다칠 것 같아서였다.

지헌의 예상대로 소송은 시작조차 할 수 없었다. 물적 증거가 있음에도 소송을 대리해 줄 변호사를 구하는 것부터 힘들었다. 힘들게 변호사를 구해도 한 달도 되지 않아 사건 수임을 포기했다. 누구의 입김 때문인지 말하지 않아도 알았다.

정의의 여신은 눈을 감고 있었지만, 법을 다루는 인간들의 눈은 돈과 권력을 향해 있었다.

만신창이가 된 수진에게 그 사람이 내민 건 돈 봉투였다.

너도 사실은 마음이 있었으니까 호텔로 가지 않았냐고. 액수가 모자라면 말하라고. 너 같은 여자가 한둘일 것 같냐고. 너 하나 매장하는 건 일도 아니라고.

개소리와 폭언을 기가 막히게 쏟아 냈다.

자기보다 약한 사람을 짓밟는 게 습관인 사람이었다. 그러면서 자신의 힘을 확인받고 싶어 하는 사람이었다.

그의 비서로 일한 수진은 누구보다 효관의 그런 점을 잘 파악하고 있었다. 그러나 그녀가 모른 건 자신이 바로 그 폭력의 대상이 될 수도 있다는 것이었다.

그 일로 수진의 마음은 더 단단해졌다. 절대로 그냥 놔둬선 안 되는 사람이었다.

이주윤에게서 돕고 싶다는 연락이 온 건 석 달 전의 일이었다. 처음엔 불쾌해서 이야기를 듣지도 않고 끊었다. 몇 번 거절하면 연락을 하지 않을 줄 알았지만 끈질기게 연락을 해 왔다.

강압적인 건 아니었다. 그렇지만 어떤 식으로든 계속 연락을 하겠다는 의지가 느껴졌다. 처음엔 상대할 가치가 없다고 여겼던 수진과 지현은 만나서 이야기나 들어 보자는 쪽으로 마음이 달라졌다.

남자는 주차장 한쪽에 있는 작은 건물로 들어갔다. 그런데 건물인 줄 알았던 그곳은 통로였다. 통로 끝에 있는 문을 열자 넓은 정원이 딸린 저택이 눈앞에 펼쳐졌다.

"여기가 도대체 뭐 하는 곳이죠?"

"여성 전용 회원제 클럽입니다."

클럽?

음악을 듣고 춤을 추는 그런 곳은 확실히 아닌 것 같았다.

"저쪽으로 가시면 됩니다."

남자는 뒤를 돌아 주차장 쪽으로 갔다.

눈앞에 있는 건물은 가정집으로 보이지도 않았고, 상점이나 사무실 같아 보이지도 않았다.

흰색 양복을 입은, 20대 후반 정도로 보이는 남자가 천천히 수진 부부에게 다가왔다.

수진은 남자를 보고 깜짝 놀랐다. 남자의 외모가 범상치 않았다. 사람 얼굴이 어떻게 저렇게 작을 수 있나 싶었다. 아이돌

가수나 모델 같은 분위기를 풍기는 남자였다. 잔뜩 긴장한 와중에도 남자의 잘생긴 얼굴이 눈에 들어오다니, 우습기도 했다.

도대체 여기는 뭐 하는 클럽일까?

수진은 더럭 겁이 났다.

내가 제대로 찾아온 걸까?

"11시 반에 약속하신 분이시죠?"

"그렇습니다."

"카드를 보여 주실 수 있을까요?"

수진은 주윤 쪽에서 보내온 플라스틱 카드를 지갑에서 꺼내 남자에게 줬다. 남자는 품에서 작은 기계를 꺼내 카드를 그었다. 남자는 무전기로 '손님 들어가십니다.'라고 짧게 말한 후 수진 부부 쪽으로 몸을 돌렸다.

"들어오시지요. 만나실 분은 이미 도착해서 기다리고 계십니다."

절대로 신원에 대해 묻지 않는 게 이곳의 규칙인 것 같았다.

수진과 지헌은 남자의 뒤를 따라갔다.

수진은 남편에게 작은 목소리로 물었다.

"도대체 여긴 뭐 하는 데지?"

지헌 역시 딱히 떠오르는 것이 없었다.

"고급 요정 같은 곳일까? 이목을 피해 조용히 사람을 만나고 접대하는, 그런 데?"

평범한 자신들과는 인연이 전혀 없는 곳 같았다.

"여기서 잠시 기다려 주십시오."

수진과 지헌이 소파에 앉아서 2, 3분 정도 기다렸을 때, 아까 남자와 똑같은 양복을 입은, 그 사람보다는 조금 더 나이가 들어 보이는 사람이 작은 나무함을 들고 두 사람에게 다가왔다.

"여기서는 핸드폰을 지참하실 수 없습니다. 맡겨 주시면 나가실 때 돌려 드리겠습니다."

"핸드폰은 왜요?"

"보안 때문입니다. 혹시 카메라나 녹음기도 휴대하셨으면 주십시오."

정중하면서도 단호했다. 두 사람은 휴대전화를 건넸다.

"그럼 룸으로 안내해 드리겠습니다."

두 사람은 다시 건물 밖으로 나와 뒤쪽으로 걸어갔다. 앞쪽의 정원도 꽤 컸지만, 뒤쪽은 그것보다 두세 배 넓었다. 하얀 돌을 깔아 놓은 길 끝에 작은 건물이 있었다. 아마 그곳이 남자가 말한 '룸'인 것 같았다.

룸이라고 해서 유흥업소나 퇴폐업소의 분위기를 상상했지만, 부티크 호텔의 스위트룸처럼 모던하고 세련되게 꾸며진 공간이었다.

수진 부부가 들어가자 먼저 와서 기다리고 있던 주윤이 몸을 일으켰다. 주윤은 수진에게 성큼 다가가 손을 내밀었다.

"이주윤입니다."

짧게 악수를 한 후 수진은 주윤에게 남편을 소개했다.

"이쪽은 제 남편이에요."

"임지헌이라고 합니다."

주윤은 지헌과도 악수를 했다.

수진과 지헌의 시선이 주윤 옆에 서 있는 50대 여성에게 향했다.

"이쪽은 김희숙 변호사님이십니다."

주윤 옆에 서 있던 희숙이 명함을 꺼내 수진에게 건넸다.

"김희숙입니다."

변호사가 같이 나올 줄은 알고 있었다. 하지만 국내 최고로 손꼽히는, 직장 내 성범죄 전문 변호사인 김희숙 변호사가 나올 줄은 몰랐다.

김희숙의 얼굴을 본 순간 수진은 묘한 기대감을 느꼈다. 이 주윤은 믿을 수 없지만, 자신이 알기로 김희숙은 아니었다. 적어도 이 사람이 돈에 의해 좌지우지되는 사람이 아니라는 믿음이 있었다.

"수진 씨와 단둘이 이야기를 나누고 싶은데요."

수진은 남편을 바라보며 고개를 끄덕였다. 그러고 싶다는 뜻이었다.

지헌은 방을 나가기 전 주윤과 희숙이 보든 말든 수진을 꽉 껴안고 작은 목소리로 말했다.

"난 무슨 일이 있어도 당신 편이야. 당신이 바라는 게 내가 바라는 거야."

주윤은 그런 지헌과 수진을 가만히 바라보았다. 사이가 좋은, 서로가 서로를 의지하는 부부임이 틀림없었다.

그런 내 편을 가지는 건 과연 어떤 느낌일까?

주윤은 알고 싶었다.

한때는 그런 사람을 가졌다고 생각했는데, 그건 자신이 너무 간절하게 바라서 꾸며 낸 허상이었다.

'허깨비여도 좋으니 그냥 있어 줬으면 좋았을 텐데. 그럼 원하는 건 다 줬을 텐데.'

주윤은 신물이 올라오는 것 같아 지그시 어금니를 악물었다.

희숙과 지헌이 방을 나간 후, 주윤과 수진은 소파에 마주 보고 앉았다.

"만나 주셔서 감사합니다."

"특별히 뭘 기대하고 만남을 수락한 건 아니에요. 도와주겠다는 말을 믿어서 온 것도 아니고요. 전 이주윤 씨가 어떤 사람인지 몰라요. 그렇지만 손 이사님은 알죠."

수진은 손 이사의 비서로 2년 정도 일했다.

"회사에서 유일하게 마지막까지 제 편을 들어 주셨던 분이셨기에, 한번 만나기라도 해 달라는 부탁을 거절하기 힘들었고……."

수진은 잠시 말을 쉬었다. 이 말을 할까 말까 망설였지만, 하기로 마음먹었다.

"이주윤 씨한테 동질감을 느꼈다면 믿으시겠어요?"

"저한테 동질감을요?"

"사람들은 제 말이 진실이란 걸 알면서도 믿어 주지 않았어요. 오히려 저에 대한, 유언비어에 가까운 나쁜 소문을 내는 데 앞장서더군요. 문란했다, 뭔가 의도가 있는 거 아니냐, 배후가 누구냐, 뭐 그런 소문들요……. 게다가 가족까지 가만두지 않더군요."

친정 부모에게 전화한 것도 모자라 시어머니에게 전화해서 당신 며느리가 부정을 저질렀다는 말을 했다. 혈압이 높았던 시어머니가 전화를 받고 쓰러졌을 때, 짓밟힌다는 것이 어떤 것인지 처절하게 느꼈다. 그 일을 겪은 후 수진은 절실하게 깨달았다. 방관하는 것 역시 죄였다.

주윤이 이 회장에게 학대받는 걸 알면서도 수진 역시 다른 사람들처럼 못 본 척했다. '정신적으로 문제가 있으니 그렇게까지 하겠지.'라고 강자인 이효관 회장의 입장에서 생각했다. 또 일개 비서인 자신이 뭘 할 수 있겠냐고 생각했다.

그것이 이렇게 뼈저리게 후회가 될 줄은 몰랐다. 그리고 주윤에게 미안했다. 자신이 약자의 입장이 되어 보니 그것이 얼마나 끔찍한 건지, 모르는 사람의 작은 위로가 얼마나 큰 힘이 되는지 깨달았다. 아무것도 할 수 없는 게 아니었다.

"정말 아무도, 아무도 도와주지 않았어요. 피붙이도, 친구도, 동료도……. 나 자신을 부정당한 것뿐만 아니라 내가 살아온 시간들도 부정당했죠. 남편밖에 없었어요."

수진의 목소리가 떨렸다. 그때 느꼈던 무력감과 공포가 다시 밀려오려고 해서 수진은 주먹을 꽉 쥐었다. 주윤은 그것이 어떤 느낌인지 잘 알았다.

수진은 애써 가벼운 목소리로 덧붙였다.

"그리고 정말 도움이 절실하게 필요하기도 했고요. 변호사도 구하지 못했으니까요. 도와준다고 한 사람이 이주윤 씨밖에 없었어요."

"수진 씨만 허락한다면 김 변호사님이 변호를 맡아 주시겠다고 했습니다."

"김 변호사님이요?"

"네."

너무 좋은 제안이었다. 그러나 수진은 좋은 제안에는 까다로운 조건이 따른다는 것을 아는 어른이었다.

"물론 조건이 있겠죠."

"반년만, 아니, 석 달이라도 좋으니 소송을 뒤로 미뤄 주세요."

수진의 얼굴이 급격하게 차가워졌다.

회유할지도 모른다고 생각했지만, 그렇다면 김희숙 변호사를 동행하진 않았을 것이다.

"오해하지 마세요. 소송을 반년 뒤로 미뤄 달라는 것은 조건이 아닙니다. 부탁입니다. 수락하든 수락하지 않든 제가 수진 씨를 돕는다는 건, 김 변호사님이 사건을 맡는다는 건 바뀌지 않을 겁니다."

"어째서죠?"

"6개월 안에 이효관 회장은 라렌느의 사내이사직에서 물러날 겁니다."

"회사에 손해를 끼치고 싶지 않다, 그런 건가요?"

"아닙니다. 이 회장이 라렌느 소속이면, 회사 법무팀이 그 사람을 지원할 수밖에 없습니다. 라렌느가 가진 영향력과 힘을 재판에 쓰겠죠. 자연인 이효관은 아무것도 아니지만, 라렌느 회장 이효관이 동원할 수 있는 연줄과 인맥은 어마어마합니다. 수진 씨는 이 회장의 비서였으니까 더 잘 알겠지요."

"이 회장을 쫓아내려면 그가 현직에 있을 때 이 일을 터뜨리는 게 낫지 않나요?"

"제가 바라는 건 이 회장이 저지른 죗값을 치르는 겁니다. 그자가 저지른 죄의 100분의 1도 안 되는 죗값이겠지만."

주윤은 미리 준비한 봉투를 꺼냈다.

"이게 뭔가요?"

"다른 피해자들의 증언입니다. 법정에서 수진 씨를 위해 증언을 해 주겠다고 했습니다."

수진은 너무 놀라 눈을 크게 떴다.

"그 사람이 수진 씨에게만 그런 짓을 했을 거라고 생각해요?"

수진은 고개를 가로저었다. 자기 한 사람한테만 그런 짓을 한 게 아니기 때문에 소송까지 결심한 것이었다.

"저는 수진 씨와 똑같은 것을 원해요. 우리는 목표가 똑같죠. 나쁜 사람이 감옥에 가는 것. 당한 것은 달라도 수진 씨나 저나 영혼이 부서졌다는 점에선 똑같죠. 그 사람을 법정에 세우고, 감옥에 보내는 것이 이 세상에서 살기 위한 최소한의 정의라는 것도요."

수진은 주윤이 마치 자신의 마음을 책처럼 읽는 듯한 기분이 들었다.

주윤은 자리에서 일어나 손을 내밀며 말했다.

"꼭 이기세요. 강하게 버티세요. 수진 씨는 혼자만의 싸움을 하는 게 아니에요."

수진은 고개를 끄덕이며 주윤의 손을 강하게 맞잡았다.

"그럼 자세한 이야기는 김 변호사님과 나누세요."

룸에서 나온 주윤은 진석의 사무실로 갔다. 진석은 취미인 도미노 쌓기에 한창 열중하고 있었다.

주윤은 사무실 한가운데 있는 소파에 드러누웠다. 풀썩하고 먼지가 일자 진석이 얼굴을 찡그렸다.

"미안."

주윤의 목소리가 별로였다. 진석은 반쯤 쌓은 도미노를 무너 뜨리고 상자에 블록을 담았다.

"이야기가 잘 안 됐어?"

"잘됐어."

"근데 얼굴이 왜 그 모양이야. 앓던 이라도 빠진 것처럼 시원 해해야 하는 거 아냐? 왜 나라 잃은 사람 얼굴이야?"

주윤은 대답 대신 눈을 감았다.

이효관은 아들 손에 의해 회사에서 쫓겨난다. 그리고 감옥에 간다.

오랫동안 계획했던 일이 시계처럼 착착 잘 돌아가고 있는데 내 기분은 왜 이렇게 가라앉는 걸까?

왜 이렇게 심장 근처가 지끈거리지?

"……결혼, 지금이라도 물러."

주윤은 흠칫 놀라며 몸을 일으켰다.

진석은 물을 한 잔 따라 주윤에게 건넸다.

"기분 우울한 거 결혼 때문 아니야?"

역시 물장사로 잔뼈가 굵은 사람답게 진석은 사람의 심리나 기분을 기가 막히게 꿰뚫어 보았다.

그렇지만 하나는 잘못 알고 있었다.

주윤은 결혼을 후회하는 것이 아니었다. 그 결혼이 끝나는 날을 생각하니 심장이 아팠다.

'결코 날 용서하지 못하겠지.'

주윤은 심장 위에 손바닥을 댔다.

"내가 원한 것은 심장 근처 살 1파운드……."

진석은 어리둥절한 눈으로 주윤을 바라보았다. 뜬금없이 주윤이 왜 셰익스피어의 희곡 대사를 읊조리는 건지 알 수가 없었다.

"갑자기 《베니스의 상인》은 왜?"

주윤은 여전히 눈을 감은 채로 중얼거렸다.

"피를 흘리지 않고 살 1파운드를 떼어 낼 수 있다면 좋을 텐데……."

무슨 의도로 그런 말을 하는 건지 진석은 도무지 이해가 되지 않았다.

한참 후 주윤은 소파에서 몸을 일으켰다.

"장소 빌려 줘서 고마워. 영업시간도 아닌데."

회원이 아니면 출입할 수 없는 곳인데 진석은 특별히 주윤을 위해 외부인을 들어오게 해 주었다. 이 장사에서 제일 중요한 것은 첫째도 보안, 둘째도 보안, 셋째도 보안이었다.

진석은 아무렇지 않은 듯 말했다.

"네가 여기서 쓴 돈이 얼만데. 그 정도는 서비스로 해 줄 수 있어. 뭐, 꼭 그래서만은 아니지만……."

"뭐 빌려줘?"

진석의 눈이 반짝거렸다.

진석은 아름다운 것이면 사족을 못 썼다. 그가 원하는 아름다운 것들은 다 심장이 부서질 만큼 비쌌다. 주윤은 그런 진석에게 가끔 자기 소유의 그림들을 대여해 주거나 싼값에 넘겼다. 지금 진석의 방에 걸려 있는 버크화이트의 사진들도 주윤이 진석에게 판 것이다.

"오키프. 후기 작품으로."

"그리고?"

"더 빌려줄 거야?"

"호크니 돌려주면."

"으음, 아직 더 보고 싶은데……."

진석은 주윤보다 주윤의 컬렉션을 더 빠삭하게 알고 있었다.

"클림트 수채화 몇 점 빌려줄 수 있어?"

"이따가 전화해 둘게. 직원 보내."

"점심 먹을래?"

주윤은 고개를 끄덕였다.

"간단하게 부탁해."

진석은 주방에 잠시 다녀오겠다며 사무실을 나갔다가 잠시 후 샌드위치 2인분을 가져왔다.

"같이 먹자."

샌드위치를 거의 다 먹었을 때 진석의 휴대전화가 울렸다. 전화를 받고 잠시 통화를 하던 진석이 주윤을 보고 물었다.

"성준이 전화야. 받을래?"

"응."

주윤은 손을 뻗었다.

진석은 주윤을 방에 혼자 두고 나갔다.

― 누나.

"지금 어디야?"

― 지금 런던이요. 화보 찍으러 왔어요. 좀 전에 기사 봤어요. 결혼 축하드려요.

"그래, 고마워."

― 동연이 형한테도 말 안 했어요? 형도 깜짝 놀라던데요?

"응. 어쩌다 보니 그렇게 됐어."

― 저는 누나가 동연이 형하고 결혼할 줄 알았는데요.

주윤은 웃음을 터뜨렸다.

"동연이가 거절했다고 안 그래? 동연이는 너랑 결혼하겠다던데?"

잠시 침묵이 이어졌다. 많이 놀란 것 같았다.

"동연이, 너도 알다시피 세상 가벼운 녀석이지만, 너에 대한 일은 그렇지 않아. 형식적인 결혼이라도 싫대. 자기 옆에 있을 사람은 너 하나뿐이래. 그러니까 이제 떠나지 마. 동연이 위한다는 핑계도 대지 말고."

— 누나.

"한 번은 어떻게 견뎠지만, 두 번은 정말 어떻게 될지 나도 모르겠어. 그 시간을 어떻게 견뎠는지 모르겠어."

— 안 떠나요. 아니, 못 떠나요. 죽고 싶진 않거든요.

잠시 후 성준이 분위기를 바꿀 요량인지 가벼운 어조로 말했다.

— 사진 보니까 잘생겼던데요? 누나도 얼굴 엄청 본다니까.

주윤은 작게 웃음을 터뜨렸다.

— 좋은 사람이죠?

"아마도……."

— 에이, '아마도'가 뭐예요. 그래도 좋은 사람이니까 결혼까지 하는 거잖아요.

어린 녀석이 너무 빨리 어른이 되어서 성준은 취미가 남 걱정하기였다.

"거짓말쟁이야."

놀랐는지 숨을 크게 들이쉬는 소리가 났다.

— 누, 누나.

"근데 나도 거짓말쟁이라서, 괜찮아."

농담이라고 생각했는지 성준이 웃음을 터뜨렸다.

— 무슨 거짓말을 하는데요?

"나를 사랑한대."

성준이 또다시 웃음을 터뜨렸다.

— 그럼 누나는 무슨 거짓말을 하는데?

"나는 사랑하지 않는다고 하지."

성준이 안도의 한숨을 내쉬었다.

— 뭐야. 사랑싸움한 거 나한테 중계할 거 없어요. 누나, 결혼 선물 뭐 갖고 싶어요?

"글쎄, 딱히 갖고 싶은 건 없는데?"

— 그럼 필요한 건?

"필요한 것도 없어."

— 이래서 부자가 싫다니까. 필요한 것도 없고, 갖고 싶은 것도 없고. 누나, 나 이제 전화 끊어야 해요. 결혼 다시 한번 축하해요. 그리고 갖고 싶은 거 생기면 문자 남겨요. 나 돈 많으니까 비싼 거 사 달래도 돼요.

"그래. 전화 고마워."

— 응, 누나. 바이바이.

주윤은 진석의 휴대전화를 내려놓고 자리에서 일어났다.

지형이 보고 싶었다. 이젠 보고 싶을 때 언제든 당당하게 보러 갈 수 있다.

왼손 약지에 낀 반지를 만지작거리며 주윤은 전화를 걸었다.

"차 준비해 주세요. 회사로 갈 거예요."

효관과 만나고 돌아오는 길, 지형은 만신창이가 된 기분이었다.

하지만 앞으로 해야 할 일은 더 진흙탕이었다.

'그렇지만 그래야 네 곁에 있을 수 있다면……'

지형은 깊은 한숨을 내쉬며 머리카락을 손가락으로 훑었다.

오후에는 도저히 일을 할 수 없을 것 같았다.

'급한 일만 마무리하고 집에 가서 좀 쉬어야겠다.'

사무실로 올라가는 엘리베이터를 기다리며 온종일 전화에 시달린 직원들에게 간식과 커피라도 사야겠다고 생각했다.

지형은 배달 앱을 열고 근처의 커피 배달 업체를 검색하면서 사무실에 들어갔다.

"본부장님, 오셨습니까?"

"미안합니다. 제가 좀 늦었죠."

"본부장님, 손님이 기다리고 계십니다."

지형은 자기도 모르게 짜증스럽게 되물었다.

"또 누구요?"

우 부장은 싱글싱글 웃으며 말했다.

"직접 보시는 게……."

우 부장의 말에 지형은 우 부장의 시선이 향하는 쪽으로 고개를 들었다.

주윤이 서 있었다. 어색하고 살짝 상기된 얼굴이었다.

"주, 주윤아."

너무 놀라서 회사라는 것도 잊고 이름을 부르고 말았다.

주윤은 그를 보고 살짝 미소를 지었다.

지형은 주윤 옆으로 가서 소곤거렸다.

"문자 확인 안 했어?"

"배터리가 완전히 나가 버렸어."

"그랬구나. 어쩐지."

주윤은 생긋 웃으며 말했다.

"완전히 혼이 나가 버렸네. 엄청 정신없었나 보다."

지형은 그저 웃기만 했다. 그런 두 사람을 미래사업본부 직원들은 희한한 것을 보듯 바라보았다.

"재단에 나올 일이 있어서 잠깐 들렀어. 인사는 해야 할 것 같아서."

주윤은 잠깐 어깨를 움츠렸다 펴며 말했다.

"괜히 다들 불편하게만 하는 건가?"

"아, 아냐. 그럴 리가."

지형은 사무실에 있는 직원들을 모두 불렀다. 자기도 모르게 얼굴이 붉게 상기되고 목소리가 떨렸다. 사무실 직원들은 지형 근처로 모였다.

직원들 대부분은 주윤의 얼굴을 처음 보았다. 첫인상은 다들 '소문보다는 멀쩡해 보이네.'라고 생각했다. 지형과 나란히 서 있는 주윤은 평범한 사람처럼 보였다.

주윤이 직원들에게 살짝 고개를 숙였다.

"안녕하세요, 이주윤이라고 합니다. 오늘은 강지형 본부장 와이프로 인사드리러 왔습니다."

"네, 안녕하세요."

다들 어색하게 인사를 했다. 얼굴 보기가 힘들다는 이주윤

이사장을 이렇게 만나 인사까지 받을 줄은 몰랐다.

그때 주윤의 비서가 커다란 쇼핑백 세 개를 들고 사무실 안으로 들어왔다.

"빈손으로 오기 뭐해서 커피와 케이크 좀 사 왔어요. 간식으로 드세요."

"예. 고맙습니다. 잘 먹겠습니다."

"앞으로도 저희 남편, 잘 부탁드려요."

주윤의 입에서 나온 '남편'이라는 호칭에 지형은 귀까지 새빨갛게 돼 버렸다. 주윤은 그런 지형을 힐끗 보다가 지형의 손을 살짝 잡은 채 장난스러운 어조로 한마디 덧붙였다.

"신혼이니까 집에 일찍 보내 주시고요. 다들 아시죠? 신혼 때는 좀 바쁘잖아요."

주윤의 말에 지형은 어쩔 줄 몰라 했다.

직원들은 웃음을 참기 위해 최선을 다했다. 우 부장은 혀를 잘못 깨물어 이상한 표정을 짓고 말았다.

"그럼 이만 가 볼게요."

"바래다주고 올게요."

지형은 황급히 주윤을 따라갔다.

지형이 나가자마자 미래사업본부 직원들은 모두 입을 막고 소리를 죽여 웃음을 터뜨렸다. 지형의 모습은 사랑에 빠져 넋이 나간 남자의 모습이었다. 지형에게 저런 면이 있었나 싶었다.

"커피 마시고 하지."

우 부장의 말이 떨어지자마자 다들 회의실로 들어갔다. 문을 꽉 닫은 것을 확인한 후 누가 먼저랄 것도 없이 웃음을 터뜨렸다. 한참 웃고 난 후에 쇼핑백을 열어 보았다.

"와, 이것저것 많이도 사 왔네요."

커피와 케이크뿐만 아니라 과일주스, 수프, 샌드위치에 쿠키와 마카롱까지 종류도 많고 양도 많았다.

"두 분 되게 친해 보이죠?"

말로는 표현할 수 없는 오래된 친밀감이 두 사람 사이에 흐르고 있었다.

"그러게. 짧은 기간 만난 사이 같진 않은데?"

"맞아요. 오래된 사이가 분명해요."

"근데 두 분 많이 닮았죠? 얼핏 보면 오누이처럼 보이기도 해요."

"잘 살 거야. 원래 생김새가 닮은 부부가 잘 살아."

우 부장이 덕담 비슷한 말을 했다.

"근데 본부장님 연애하시는 거 눈치챈 분 계세요?"

홍 대리의 말에 다들 고개를 가로저었다.

"도대체 연애는 언제 하셨대요?"

우 부장은 문득 회장실에서 주윤이 폭행을 당했던 그날을 떠올렸다. 회의실 문을 부수다시피 한 사람이 바로 지형이었다. 피투성이가 되어 쓰러져 있던 주윤의 모습이 아직도 생생했다.

그때는 너무 놀라서 아무 생각도 못 했지만, 오늘 결혼 발표를 듣고 보니 지형의 반응이 과했다는 느낌이 들었다. 그 일이 결혼의 계기가 되었을지도 모른다.

부서에서 유일하게 싱글인 임 대리가 말했다.

"본부장님이 연애를 하신 걸 보면……, 바빠서 연애 못 한다는 거 정말 핑계가 맞나 봐요. 어떻게 그 스케줄을 소화하면서 연애까지 하시죠?"

정 과장은 가장 현실적인 문제를 건드렸다.

"근데 우리 본부 계속 유지되는 거야?"

거기에 대해선 아무도 대답하지 못했다. 정 과장은 자신이 질문을 하고 자신이 대답을 내놓았다.

"오너 남편인데 계속 여기 있게 할 리가 없겠지? 최소한 자회사 사장이나 이사로 가시겠지? 아니면 더 위?"

"그렇지만 미사본이 곧 본부장님인데, 그렇게 쉽게 다른 곳으로 보낼까요?"

"임 대리 순진하네. 회사에 그런 게 어디 있어. 본부장님 없다고 미사본이 안 돌아갈 것 같아? 우 부장님 생각은 어때요?"

정 과장 못지않게 현실적인 우 부장도 같은 의견이었다.

"시간 문제겠지. 이사장님은 회장님을 밀어낼 생각으로 결혼을 하는 건데, 그렇다면 본부장님이 그 자리를 대신하게 되겠지. 그게 언제일지는 모르겠지만."

"와, 단숨에 그룹 회장이라니. 정말 본부장님 출세하셨네요."

"하나도 안 부러워. 재벌가 사위들의 말로를 봐. 위자료 몇 푼 받고 토사구팽되더구먼. 당장 회장님만 봐도 그렇잖아. 결국 양딸 손에 쫓겨나고."

우 부장의 시선이 날카로워지자 다들 일제히 입을 다물었다.

상사든 부하 직원이든 우 부장은 뒷말하는 것을 무척 싫어했다. 뒤에서 몰래 하더라도 말은 언젠가 주인을 찾아오기 마련이었다.

"본부장님에 대해선 입조심들 해."

우 부장은 주의를 줬다.

"오너 가족에 대해 입 잘못 털면 여러 사람 힘들어지는 거야."

홍 대리가 마카롱을 고르면서 말했다.

"본부장님은 이제 먼 사람이 되었네요. 오너 남편이라니. 정말 천상계가 돼 버리셨네요."

"원래도 가까운 분은 아니었잖아요. 매너는 좋으신데 왠지 멀게 느껴지지 않아요? 너무 깍듯하다고 할까. 사생활도 일절 오픈 안 하시잖아요. 회사 밖에서 본부장님이 어떻게 사는지 아는 사람 아무도 없을걸요. 사생활이라는 게 있긴 하세요? 주말도 없이 일만 하셨잖아요."

"그게 좋은 거야. 우리 임 대리가 아직 어려서 본부장님 같은 분이 얼마나 좋은지 모르지. 도대체 상사 사생활을 왜 알아야 하는 건데? 모르면 모를수록 땡큐지."

"자, 자. 이제 그만 일들 하지."

우 부장이 티타임을 종료했다. 이쯤에서 끊어 주는 게 자기 일이었다.

주윤은 엘리베이터의 위쪽 버튼을 눌렀다. 지형은 의아한 얼굴로 주윤을 바라보았다.

"이 회장 보고 가야 해."

지형의 표정이 순식간에 딱딱하게 굳었다.

"무슨 일로?"

"모르지. 좀 전에 손 이사님 통해서 전화가 왔어."

주윤은 내키지 않는지 살짝 어깨를 움츠렸다 폈다.

"원래 용건 말하고 부르는 사람 아니야. 같이 갈래?"

선뜻 같이 가겠다는 말이 나오지 않았다.

설마 오늘 터뜨리겠다는 건가?

입술이 바싹 말랐다. 무슨 일이 있어도 이 결혼을 막으려고 드는 그 남자가 어떻게 나올지 지형은 상상도 할 수 없었다.

주윤은 어두운 얼굴의 지형을 보고 말했다.

"오빠까지 가서 그 사람 자극할 건 없어. 험한 꼴 한 번 봤으면 충분해."

엘리베이터 문이 열렸다.

"갈게, 오빠."

엘리베이터에 타려는 주윤을 지형은 자기 쪽으로 잡아끌었다. 비틀거리던 주윤이 지형 쪽으로 쓰러지다시피 했다. 다행히 엘리베이터 안에는 사람이 없었다.

잠시 후, 엘리베이터 문이 닫히고 위로 올라갔다.

"오빠?"

"가지 마."

지형의 목소리가 떨렸다.

"그 남자한테 가지 마."

"또 때릴까 봐 그래? 걱정 마. 손 이사님 오시라고 해서 같이 길게."

"가지 마, 주윤아."

지형을 물끄러미 바라보다가 주윤은 가방에서 휴대전화를 꺼냈다. 회장 비서실로 전화를 걸어 약속을 취소했다.

"그럼 나 갈게."

"주윤아, 우리 데이트할래?"

"업무 시간 아니야?"

"땡땡이치지, 뭐. 데이트하자."

주윤은 가만히 지형을 바라보았다.

지형은 알까? 지형이 먼저 데이트를 신청한 게 처음이라는 것을.

주윤이 아무 대답도 하지 않자 지형은 다시 졸랐다.

"응? 주윤아, 우리 데이트하자."

주윤은 가만히 고개를 끄덕였다.

누가 보든 말든 상관 않고 지형은 주윤의 손을 잡고 회사를 나왔다.

그게 당신 인생이야

—

차 없이 거리를 걸어 보는 건 둘 다 오랜만이었다.

어디를 가자, 무엇을 하자는 말도 없이 두 사람은 걸었다. 늘 그랬듯이.

예전에도 딱히 뭘 하자는 약속 같은 건 하지 않았다. 만나면 여기저기 한참을 걸어 다니다가, 배가 고프면 뭔가를 사 먹고, 돌아서면 기억도 나지 않을 소소한 잡담을 나눴다.

함께 있는 것, 그것만으로 충분했고, 그것은 지금도 마찬가지였다. 거리 풍경은 변했지만 두 사람은 변하지 않았다.

두 사람은 사람들에게 휩쓸려 아무런 생각 없이 걷고 또 걸었다. 어느새 주윤과 지형은 명동까지 왔다.

대낮의 명동은 관광객들로 혼잡했다. 두 사람은 노점의 호객꾼들이 중국어와 일본어, 한국어와 영어로 외치는 소리를 들으며 걷고 걸었다.

"명동은 정말 오랜만이다. 오빠는?"

"난 회식이나 미팅 때문에 자주 왔지."

"우리 예전에 여기 자주 왔었는데. 기억나?"

"그럼 기억나지."

"너무 변해서 어디가 어딘지 잘 모르겠어. 사람 많은 거, 그 거 하나만 똑같은 거 같아. 그때는 오빠한테 물어보고 싶었던 게 참 많았는데……."

"뭘 물어보고 싶었는데?"

지형의 질문에 주윤은 그냥 미소만 지었다.

"물어봐. 물어보고 싶은 거."

"질문에도 유효기간이 있어. 이젠 궁금하지 않아."

주윤은 화제를 돌렸다.

"오빠, 나 배고파. 뭐 좀 먹자."

주윤의 말에 지형도 허기를 느꼈다.

"점심 안 먹었어?"

"간단하게 먹었어."

"그래. 나도 점심을 제대로 못 먹어서 배고프다. 우리 맛있 는 거 먹자."

명동에는 오래된 화상華商 중국집이 많았다. 지형은 그중 한 집을 가려고 생각했다.

주윤은 두리번거리다가 손으로 어느 한 곳을 가리켰다. 지형 은 의아한 얼굴을 했다.

"저길 가자고?"

거의 10년은 안 가 본 곳이었다.

"응."

"제대로 한 끼 먹는 게 낫지 않아? 저긴 좀⋯⋯."

간식이면 몰라도 식사로는 부족할 것 같았다.

"저거 먹고 싶어."

주윤은 지형의 손을 이끌고 맥도날드로 들어가서 메뉴를 찬찬히 살폈다.

"어, 이게 아직도 있네? 이건 그대로다."

여전히 장난감을 주는 그 어린이용 세트 메뉴가 있었다.

주윤의 눈이 반짝이는 것을 보니 지형은 괜히 행복해졌다. 왜 갑자기 맥도날드에 오자고 했는지 그제야 알 것 같았다.

"오빠는 빅맥 먹을래? 내가 주문할게. 오빠는 2층에 가서 자리 잡고 있어."

사람이 많아서 주문하는 데 시간이 꽤 걸릴 것 같았다.

"아냐, 내가 주문할게. 네가 자리 잡고 있어."

2층에 올라가니 자리가 거의 꽉 차서 앉을 곳이 없었다. 시간이 애매한데도 매장에는 사람이 많았다. 두리번거리던 주윤의 눈에 막 식사를 마치고 일어서려는 커플이 들어왔다. 운이 좋게도 창가 자리였다.

주윤은 창가에 앉아 거리를 내려다보았다. 낯익은 교복이 눈에 들어왔다. 주윤이 다녔던 학교의 교복이었다. 연한 하늘색 원피스에 하얀 재킷, 학생들은 호떡이라고 불렀던 갈색 베레

모. 어디를 다녀도 눈에 확 띄었다.

유명한 디자이너의 작품이라던 그 교복은 불편하고 무거운 옷이었다. 입기에 편하게 디자인했다기보다 보기에 예쁘게 디자인했기 때문이다. 그렇지만 매일 아침 저 교복을 입을 때가 주윤에게 제일 행복한 순간이었다. 학교에 가면 지형을 볼 수 있었으니까.

지형과 주윤은 학창 시절 내내 한 담장 안에 있는 성 알렉시오 재단의 학교를 다녔다.

며칠에 한 번씩 먼발치에서 얼굴이라도 보고 싶어 주윤은 늘 지형 주변을 기웃거렸다. 어쩌다 마주치기라도 하면 지형은 모르는 사람처럼 무표정한 얼굴로 주윤을 스쳐 지나갔다. 함께 있을 때와 온도 차가 너무 컸다.

'그때는 오빠한테 물어보고 싶은 게 참 많았어. 왜 학교에서는 날 그렇게 모른 척하는지, 왜 나는 오빠가 어디 사는지도 모르는지, 왜 오빠 친구들 이름도 가르쳐 주지 않는지. 왜 물어보지 않았냐고? 물어봐도 안 가르쳐 줄 것 같았고, 물어보면 날 미워할 것 같았고, 그 대답이 나를 무척 슬프게 할 것 같아서 그랬어.'

오빠가 되어 준다고 한 지형은 성실하게 약속을 지켰다. 주윤이 만나자고 했을 때, 보고 싶다고 했을 때 거절한 적이 없었다. 늘 주윤에게 다정했고 따뜻했다.

그렇지만 주윤은 언제나 지형과의 관계가 불안했다. 그때 주윤은 지형에게 사랑받는 것이 인생의 유일한 목표였다. 더 많이 매달리는 사람이 관계에 대해 더 예민하게 느끼는 법이었다.

지형이 대학에 간 후 학교에서 우연히 만날 수도 없게 되자 주윤의 마음속에서 갈증이 점점 더 심해졌다. 같이 있을 때면 지형에게 사랑받고 있는지 확인하느라 마음이 분주했다.

아무리 애를 써도 지형과 자꾸만 멀어지는 것 같아 두려워하던 그 즈음, 윤승혜를 우연히 보았다. 자신과 모든 것이 달라 보였던 사람이었다.

늘 만나는 약속 장소에 지형은 낯선 여자와 함께 서 있었다. 두 사람은 대학 이니셜이 새겨진 똑같은 후드 티를 입고 있어 커플 같아 보였다. 여자와 지형은 웃으면서 대화를 나누고 있었다. 그 모습이 주윤은 싫었다. 지형이 다른 사람에게 웃어 주는 게 싫었다.

무슨 이야기를 그렇게 열중해서 하는지 지형은 주윤이 바로 옆까지 왔는데도 계속 이야기만 하고 있었다. 무시당한 기분이었다.

"오빠."

여자는 주윤을 보고 놀란 얼굴을 했다. 여자가 지형을 보고 물었다.

"누구야?"

지형의 얼굴에 난처한 표정이 아주 짧게 스쳤다.

"아는 동생."

"그래? 오늘 만나기로 한 동생이구나. 난 남자인 줄 알았지."

보통 이런 상황에서는 두 사람을 간단히 소개시켜 주기 마련이다. 그렇지만 지형은 더 이상 아무 말도 하지 않았다. 세 사람 사이로 이색한 공기가 흘렀다.

아는 동생이라는 말이 별것 아닌 존재라는 뜻처럼 들렸다. 여자도 그렇게 느낀 것 같았다.

"그럼 갈게. 영화 보여 줘서 고마워. 내일 점심은 내가 살게."

"공짜 티켓인데, 뭐. 나야말로 영화 같이 봐 줘서 고마워."

여자가 떠나고 지형은 주윤이 아는 다정한 오빠로 돌아왔다. 마치 조금 전의 일은 없었던 것처럼 굴었다. 주윤은 더 기분이 나빴다. 도저히 웃는 얼굴로 지형을 볼 수가 없었다.

"다은아, 우리 맛있는 거 먹자."

"누구야?"

"누구?"

"아까 그 여자."

"학교 친구."

"학교 친구 누구?"

"말해 줘도 모르잖아."

"이제부터 알면 되지. 이름이 뭐야? 같은 과야?"

"알아서 뭐 하게. 별로 친한 애도 아닌걸. 그냥 우연히 시간 맞아서 영화 한 편 같이 본 게 다야."

"내가 아는 동생이야?"

"그럼 모르는 동생이니?"

지형은 농담으로 얼버무리려 했다.

그 순간 주윤은 깨달았다. 이 사람의 동생이고 싶지 않다고.

동생이라는 건 핏줄로 이어지지 않은 이상, 별것 아닌, 언제든 쉽게 지워 버릴 수 있는 존재였다.

주윤은 지형에게 그런 존재가 되고 싶지 않았다.

'그럼 나는 오빠에게 어떤 존재가 되고 싶은 걸까?'

주윤은 지형의 세상에 자기 빼곤 그 누구도 없었으면 좋겠다고 생각했다.

주윤의 얼굴이 풀어지지 않자 지형은 나지막하게 한숨을 내쉬었다.

"다은아, 우리 정말 오랜만에 봤잖아. 왜 이상한 걸로 짜증을 내."

"이상한 걸로 짜증을 낸다고?"

평소와는 기색이 많이 다르다고 느꼈는지 지형은 마음에도 없는 사과를 했다.

"오빠가 미안해. 그러니까 기분 풀고 다은이 좋아하는 간짜장 먹으러 가자."

마치 떼쓰는 아이를 달래는 듯한 지형을 보자 주윤은 사납게 소리 지르고 싶었다.

오빠가 날 없는 존재로 만들었잖아.

지형에게 자신의 존재가 불쌍한 아이에 불과하다는 것을 이미 알고 있었다. 너무 불쌍해서 잡은 그 손을 놓지 못하는 것이었다.

"뭐가 정말 이상한 건지 몰라?"

"다은아."

"난 오빠 집이 어딘지 몰라. 오빠 친구들도 몰라. 오빠 친구들도 나를 모르지. 오빠랑 내가 아는 사이라는 걸 이 세상에 아는 사람은 아무도 없어. 그런데 우리가 이상한 사이가 아니라고?"

이제 지형의 얼굴도 굳었다. 보이지만 보이지 않는 척했던 그 선을 주윤이 대놓고 밟아 버린 것이다.

주윤은 지형이 화를 내고 가 버릴 거라고 생각했다. 그렇지만 지형은 한없이 슬프고 난처한 얼굴을 하고 있었다. 정작 울고 싶은 건 자신인데 지형이 울 것 같은 얼굴을 하고 있었다.

"다은아, 그건……."

"정말 내가 오빠한텐 그냥 아는 동생이야? 겨우 그거야?"

뭔가 말하고 싶은 듯 입이 살짝 열렸지만, 지형은 입술을 꽉 깨물었다.

잠시 후 지형의 입에서 대답이 흘러나왔다.

"겨우 그거라니. 무슨 말이 그래?"

지형은 주윤에게 좀 더 다가와 다정하게 말했다.

"아는 동생이라는 말이 그랬어? 친동생도 아니고 사촌 동생도 아니니까, 그래서 그 말을 쓴 거야. 네가 나한테 아무 존재도 아니라는 뜻이 아니야."

"내가 오빠한테 어떤 존잰데?"

"지켜 주고 싶은 존재지."

"지켜 줄 이유가 없어진다면 더 이상 내 곁에 있지 않겠네?"

"다은아."

"오빠가 내 곁에 있으려면 난 죽을 때까지 불쌍해야 하네?"

"억지 부리지 마. 오늘따라 왜 그래."

여전히 오빠한테 난, 그 눈 오는 날의 불쌍한 꼬마구나.

나는 그런 거 말고 다른 존재가 되고 싶어.

그게 뭔지 모르겠지만 이런 거 말고 다른 존재가 되고 싶어.

나는 오빠 생각만 해도 끔찍할 만큼 좋아. 오빠한테도 내가 그런 존재였으면 좋겠어.

주윤의 눈에서 눈물이 흐르자 지형은 당황했다.

"다은아, 왜 그……."

지형은 뒷말을 이을 수가 없었다. 지형의 입술을 주윤이 막아 버렸기 때문이다.

주윤은 까치발을 하고 지형의 입술에 자신의 입술을 댔다. 키스보다는 박치기에 가까운 입맞춤이었다. 너무 놀랐는지 지형은 얼음처럼 굳어 버렸다.

주윤의 눈에는 놀란 사람들의 시선도 들어오지 않았다. 무어라 하는 사람들의 말소리도 들리지 않았다. 오직 지형밖에 보이지 않았다.

주윤은 지형의 입술을 아프게 꽉 깨물었다. 마치 '넌 내 거'라는 듯한 영역 표시를 했다.

"이젠 아는 동생 아니지?"

주윤은 휙 돌아서 뛰어갔다. 지형의 대답을 듣는 것이 겁이 났다.

그때의 주윤은 키스 한 번에 사랑이 시작될 거라고 믿는, 대책 없이 순진한 소녀였었다.

그 키스 이후 주윤은 지형에게 더 이상 아는 동생은 아니었으니 효과가 없었던 것도 아니었다. 그렇지만 사랑은 아니었다. 사랑으로 착각했을 뿐이다.

'나는 오빠에게 악연일까? 만나지 않았어야 했던 사람일까?'

수없이 많은, 멈출 순간이 있었다. 그렇지만 끝내 결혼까지 온 건, 주윤 자신의 의지였다.

지형이 떠났을 때 놓을 수 있었다.

지형이 누구의 아들인지 알았을 때 놓을 수 있었다.

지형이 다시 눈앞에 나타났을 때 모른 척했으면 그뿐이었다.

그렇지만 이번에도 주윤은 지형을 흔들어 자신의 손을 잡을 수밖에 없도록 몰아갔다.

'동정인가, 죄책감인가…… 아니면 둘 다?'

지형과 결혼하고 싶었다.

그게 가장 마음 깊은 곳에 있는 진심이었다.

그 진심에 닿았을 때 주윤은 깨달았다. 자신이 지금껏 지형을 기다리고 있었다는 것을.

주윤은 핸드백에 넣어 둔 휴대전화와 무선 이어폰을 꺼냈다. 휴대전화에는 얼마 전 전송된 음성 파일이 있었다. 차에서 들었던 음성 파일을 다시 재생시켰다.

— 앞으로 다시는 주윤이한테 손댈 생각 하지 마세요. 머리카락 하나 건드리지 마세요. 저와 결혼한 이상 제 아내에게 손대는 거, 저 용납하지 않습니다.

주윤은 음성 파일을 다시 앞으로 돌려 재생시켜 놓고 멍하니

지형의 목소리를 들었다.

이런 대화가 펼쳐질 줄은 정말 몰랐다. 확실한 증거를 잡기 위해 녹취를 한 것이었지만, 두 사람의 대화는 주윤이 예상한 것과는 너무 달랐다.

더러워지고 비열해진 건 주윤 혼자만이었다. 지형은 정말 주윤을 지키려고 결혼을 선택한 것이었다. 라렌느 같은 건 애초부터 지형의 눈에 들어오지 않았다.

지형은 여전했다. 여전히 좋은 사람이었다. 결코 주윤의 것이 될 수 없는 사람이었다.

주윤은 이미 오래전부터 지형의 행적을 추적하고 있었고, 정기적인 보고 역시 받고 있었다.

약이 오를 만큼 지형은 보스턴에서 잘 지내고 있었다. 주윤의 삶은 이미 망가질 대로 다 망가져 버렸는데, 지형은 학교에도 열심히 다니고 아르바이트도 하고 취업도 잘하고 윤승혜와 데이트까지 하면서 잘 지내고 있었다.

주윤은 지형이 자신을 깨끗이 잊었다고 생각했다.

지형이 자신을 속인 것과 지형이 자신을 떠난 것과 지형이 자신을 잊은 것 중 어느 것이 가장 고통스러운지 주윤은 지금도 알 수 없었다.

효관의 보이지 않는 연줄로 지형이 라렌느에 입사했을 때, 주윤은 반갑기까지 했다. 그래서 그 누구에게도, 손 이사에게도 지형의 정체에 대해 말하지 않고 두고 보기만 했다.

처음 만났을 때, 천천히 자신의 코트를 벗기고 멍 자국을 보던 지형의 모습이 생생하게 떠올랐다.

시간이 흐른 후에 더 선명하게 떠오르는 기억도 있었다.

그때 지형이 어떤 표정이었는지, 그 표정이 무슨 의미였는지 주윤은 이제야 알았다.

아마 말할 수 있었다면 지형은 이렇게 말했을 것이다. '내가 그 사람의 아들이라서 미안해.'라고.

지형도 원해서 그런 악마 같은 남자의 아들로 태어난 것은 아니었을 것이다.

그렇지만 용서할 수는 없었다. 그럴 수 없었다. 효관도 지형도, 그리고 자기 자신도.

'내가 용서해 버리면 그 아이가 너무 불쌍하잖아.'

주윤은 가만히 눈을 감았다.

그 아이가 배 속에 있다는 것을 안 순간부터 절망과 분노밖에 느끼지 못했다.

그리고 두렵고 또 두려웠다.

모든 것이 끝나고 나면, 지형은 주윤이 그를 증오했던 것만큼이나 그녀를 증오하게 될 것이다.

그녀를 증오하게 하는 것, 그것이 주윤이 그에게 줄 수 있는 전부였다.

망가진 사람은 절대로 스스로 일어설 수 없다. 주윤은 한없이 건조한 눈으로 유리창을 응시했다. 그 눈은 창 너머가 아니라 창에 비친 자신에게 멈춰 있었다.

'그날 처음 만났을 때부터 우리의 끝은 정해져 있었던 거구

나. 그게 언제일지 몰랐던 것일 뿐.'

유리창에서 시선을 돌리며 주윤은 한 가지를 더 깨달았다. 지형은 부단히 거기서 도망치고자 했다는 것을.

'도망치지 않아도 돼. 이제 내가 그 손을 놓을 거니까.'

주윤의 눈에 햄버거 쟁반을 든 지형이 들어왔다. 지형도 주윤을 발견했는지 미소를 지었다.

'그냥 라렌느가 탐나서 온 거라면 좋았을 것을.'

주윤도 지형을 보고 대답이라도 하듯 미소를 지었다.

'더 이상 미안하지 않게 해 줄게.'

한참을 기다린 후에 지형은 주문을 할 수 있었다. 성인이 어린이 세트를 주문하는 것이 영 어색했지만, 주문을 받는 아르바이트생은 태연했다.

"몇 번으로 드릴까요?"

이번 달 장난감은 영국 애니메이션의 캐릭터 인형이었다.

지형은 아크릴 케이스에 있는 장난감 중 뭘 고를까 잠시 생각했다. 제일 인기 있는 강아지 캐릭터는 이미 품절이었다. 두 번째로 인기 있어 보이는 양 캐릭터를 골랐다.

지형은 주문한 음식을 받아 들고 계단을 올라갔다.

"뭘 그렇게 들어? 음악?"

"응. 별거 아니야."

주윤은 이어폰을 뺐다.

"이거 어린이 세트에 포함된 장난감이야."

"귀엽네. 그때도 양이었는데…….”

"그랬나?"

지형은 잘 기억나지 않았다. 햄버거를 먹었던 것은 기억이 났지만 무슨 장난감이었는지는 기억하지 못했다. 주윤은 잠시 만지작거리다가 인형을 가방에 넣었다.

"먹자.”

지형은 햄버거 포장지를 벗기고 크게 한입 베어 물었다. 주윤도 지형이 먹는 모습을 잠시 보다가 자기 몫의 햄버거 포장지를 벗겼다.

햄버거를 한입 먹은 주윤이 갑자기 얼굴을 찡그렸다.

"왜 그래?"

"냄새가…….”

주윤은 햄버거를 내려놓고 냅킨을 찾았다. 지형이 황급히 냅킨을 가져다주니 입 안에 든 햄버거를 뱉어 버렸다.

"패티 냄새가 역해. 못 먹겠어.”

혹시 상했나 싶어서 지형은 주윤의 햄버거 패티 냄새를 맡았다. 별다른 냄새를 맡지 못했다. 그냥 맛있는 고기 냄새밖에는 나지 않았다.

한입 먹어 보았다. 익히 알고 있는 햄버거 맛이었다.

"나는 괜찮은 거 같은데?"

"화학 약품 냄새 같은 게 나는 거 같아. 메슥거려.”

속이 울렁거리는지 주윤은 잔뜩 불쾌한 표정으로 입을 가린 채 한동안 있었다.

"토할래?"

주윤은 고개를 가로저었다.

잠시 후, 메슥거림이 가라앉자 주윤은 포도주스를 마셨다. 그렇지만 또다시 속이 울렁거렸고, 입 안의 불쾌한 냄새가 가시지 않았다. 고기 누린내와 화학 약품 냄새가 뒤섞인 고약한 냄새였다.

기분 탓인지 위장에 뭔가가 걸린 것 같았다. 주윤은 좀 세게 가슴 부분을 쳤다. 그렇지만 애초에 먹은 것이 없으니 뭔가 내려갈 것도 없었다.

지형은 걱정스럽게 주윤을 바라보았다.

"가서 이야기하고 바꿔 올까?"

"컨디션이 안 좋은가 봐."

"다른 거 먹으러 갈까? 아니면 병원에 갈래?"

"괜찮아. 나 신경 쓰지 말고 먹어."

주윤이 햄버거를 먹지 못하자 지형은 좀 전까지 맛있게 먹었던 햄버거가 무슨 맛인지 모를 정도로 입맛이 사라져 버렸다.

"아니. 우리 나가서 다른 거 먹자."

지형은 단호하게 말하고 자리에서 일어났다.

소화가 잘되는 음식 하면 죽밖에 생각이 안 나서 죽집에 가려고 했지만 주윤이 싫다고 고개를 가로저었다.

토하거나 아프더라도 좋아하는 것을 먹는 게 나을 것 같아서 지형은 주윤을 데리고 오래된 화상 중국집에 갔다. 테이블이 몇 개 안 되는 작은 중국집이지만, 정말 음식이 맛있어서 미래사업본부의 회식이 있을 때 지형이 직원들을 데리고 몇 번 갔고, 친구를 만날 때도 자주 들르는 곳이었다.

늘 카운터에 있는 여사장이 지형을 알아보고, 단골에게만 주는 고수에 무친 오이무침을 단무지 대신 내놓았다. 고수의 향이 진해 호불호가 갈렸지만, 주윤은 맛있게 먹었다.

다행히 간짜장은 입에 맞는지 주윤이 깨끗이 한 그릇을 다 비웠다. 그제야 지형은 조금 마음이 놓였다. 역시 그 햄버거 패티가 주윤에게 안 맞았던 것 같았다. 지형은 주윤이 맛있게 먹는 걸 보고 자신이 주문한 볶음밥을 허겁지겁 먹어 치웠다.

"오빠, 뭐 하나 더 시키자. 여기 뭐 잘해?"

입맛이 있는 걸 보니 속이 아픈 건 아닌 것 같아 지형은 마음을 놓았다.

"여기 난자완스가 맛있어."

"그럼 그걸로."

"맥주도 한잔할래?"

주윤은 고개를 가로저었다. 날씨 탓에 시원한 맥주 한 잔이 생각날 것도 같은데 이상하게 술은 마시고 싶지 않았다.

"오빠만 마셔. 난 괜찮아."

"그럴까? 넌 사이다라도 마실래?"

"응."

난자완스는 금방 나왔다. 주윤은 간짜장을 한 그릇 다 먹은 후였지만 난자완스도 거의 반 정도 먹었다. 평소에는 식욕이 거의 없어 새 모이만큼도 먹지 않았지만, 오늘은 이상하리만큼 음식이 맛있었다. 좀 전에 햄버거가 역겨워서 먹지 못한 게 거짓말 같았다.

"잘 먹으니까 보기 좋다. 너 너무 말랐어."

주윤의 휴대전화가 울렸다. 지형은 안 보는 척하면서 휴대전화의 화면을 힐끗 바라보았다. 손 이사였다. 어쩔 수 없이 지형은 안도하고 말았다.

"잠깐 전화 좀 받을게."

"그래. 난 계산하고 나갈게."

주윤은 밖으로 나가 전화를 받았다.

"네, 손 이사님."

— 이 회장님과 이야기를 나눴습니다.

"그래요."

— 절대 자진 사퇴 하실 생각은 없다고 하셨습니다.

"네. 예상대로네요."

주윤은 별로 놀라지 않았다. 오히려 나가지 않겠다고 발버둥 쳐 줘서 고마웠다.

"다음 주총이 기대되네요."

주윤이 전화를 끊으려고 하는데 손 이사가 입을 열었다.

— 오늘 오전에 잠시 강 본부장을 만났습니다. 그런데 이사로 선임되는 것을 극구 사양하네요.

주윤은 대표이사 자리를 원했지만, 손 이사가 내부 반발을 이유로 난색을 표해서 이번에는 사내이사로 만족한 것이었다.

"그 건은 강 본부장에게 사양하고 말고 할 권리가 없다는 것,

아직도 모르나 보네요."

— 제가 좀 더 설득해 보겠습니다.

"다음 주총 때 선임되도록 해야 합니다."

— 이사장님.

전화를 끊으려는데 손 이사가 또 말을 걸어와 주윤은 짜증스러웠다. 지형과 함께 있는 시간은 누구에게도 방해받고 싶지 않았다.

계산을 마친 지형이 조금 떨어진 곳에서 주윤을 보고 있었다. 주윤은 지형에게 조금만 기다려 달라고 손짓을 했다. 그러자 지형은 근처에 있는 버블티 가게를 손짓했다. 주윤은 고개를 끄덕였다.

"네, 말씀하세요."

— 강 본부장이 김성준 씨에 대해 알고 있습니다.

"네?"

놀란 주윤은 잠시 할 말을 잃었다.

— 알고 계셔야 할 것 같아서요.

"강 본부장이 그걸 알고 있다는 게 중요한 게 아니라, 어떻게 알았는지가 중요하죠."

— 저도 거기까지는······.

손 이사는 잠시 말을 쉰 후 조심스럽게 물었다.

— 정보를 어떻게 얻었는지 알아볼까요?

"이 회장 쪽인가요?"

— 아뇨. 그게 아닌 건 확실합니다. 그랬다면 이렇게 조용히

강 본부장에게만 이야기할 리는 없죠.

"강 본부장이 뭐라고 해요?"

— 그걸로 결혼을 깨고 그럴 것 같진 않았습니다. 하지만……

"정리할 거예요."

손 이사는 거기에 대해 더 말하지 않았다.

— 이 회장님이 좀 이상한 말씀을 하시던데요.

"무슨 말을요?"

— 자신이 입만 열면 이사장님의 결혼은 완전히 파투가 난다고요.

주윤은 피식 웃었다.

"그 입 제발 열어 보라고 하세요. 저도 궁금하네요."

— 그런데 느낌상 뭔가 중요한 걸 쥐고 있는 것 같아서요. 자기가 입만 열면 이사장님 쪽에서 결혼 안 할 거라면서.

그 중요한 것, 이미 오래전부터 알고 있었다고 하면 이효관 당신은 어떤 얼굴을 할까?

"강 본부장에 대해서 제가 더 알아야 할 것이 있다는 건가요? 도대체 뭐를 더요?"

손 이사의 조사가 부실했던 것 아니냐는 우회적인 물음이었다.

— 아닙니다. 과거 행적이나 학력 사항, 주변인 조사까지 아무 문제 없었습니다.

"그런데 뭐가 느낌이 좋지 않다는 거죠? 근거 없이 움직이지 말라고 절 가르치신 손 이사님이 하실 말씀은 아니네요."

─ 마지막 순간엔 직감을 따르라고도 가르쳤지요.

"절박한 사람이 내뱉는 말에 이성적으로 대응할 필요는 없지요."

주윤은 두 잔의 버블티를 들고 자신을 보고 있는 지형을 보며 말했다. 손 이사는 대화를 끝낼 생각이 아직 없는 것 같았다.

─ 이성적으로 납득이 안 될 정도로 두 분의 결혼을 반대하십니다.

"납득이 안 될 정도로요?"

─ 세상 어떤 남자와 결혼해도 상관없지만, 강 본부장만은 안 된다는 그런 느낌이었습니다. 강 본부장과의 결혼만은 결사적으로 막고 싶어 하는 눈치였습니다.

주윤은 피식 웃음을 터뜨렸다.

"절 걱정해서 그러실 리는 없고, 그럼 강 본부장을 걱정해서 그러시는 겁니까? 왜요? 이 회장님이 왜 강 본부장을 걱정하죠? 무슨 사이라고?"

─ 그러게 말입니다.

손 이사도 허허 웃음을 덧붙였다.

"제가 지금 누굴 좀 만나고 있어서 이만 전화를 끊어야 할 것 같습니다."

─ 아, 네. 그럼 한 가지만 여쭙겠습니다. 강 본부장에 대해 더 조사해야 할까요?

"아닙니다. 이미 알아야 할 것은 충분히 알고 있고, 혹 당혹스러운 사실이 나온다고 해도 그걸로 결혼을 그만두진 않을 테니까 굳이 지금 알아야 할 이유는 없습니다."

— 네. 그렇게 알고 있겠습니다.

주윤이 통화를 마치는 것을 보고 지형이 다가오려고 했다. 주윤은 다시 전화를 해야 한다는 시늉을 했다. 지형은 기다리기가 좀 지루한지 어깨를 으쓱거렸다. 주윤이 미안하다는 표정을 지었다.

주윤은 효관에게 전화를 걸어 거두절미하고 바로 본론으로 들어갔다.

"손 이사님께 두 분 만난 이야기 전해 들었습니다. 제가 왜 강 본부장과 결혼하면 안 되나요? 그 이유가 도대체 뭔가요?"

주윤은 지형에게 시선을 고정한 채로 말했다.

"강 본부장, 좋은 부모님 밑에서 올바르게 잘 자란 우수한 인재고, 인성 역시 누구와 비교할 수 없을 만큼 좋은 사람입니다. 강 본부장 능력이야 이 회장님이 더 잘 아실 테고요. 그런 강 본부장한테 무슨 문제가 있어서 결혼이 안 된다는 거죠? 도대체 이 회장님이 가지고 있는 자료가 뭐길래, 입만 벙긋하면 제가 결혼을 그만둘 거라고 하시는 겁니까?"

효관은 아무 말도 하지 않았다.

"혹시 강 본부장 친모와 친부 때문에 그러시는 거라면 저 다 알고 있습니다."

— 뭐, 뭐라고?

얼마나 놀랐는지 전화기 너머로 소리가 새어 나왔다.

"다 안다고요. 이 회장님이 제게 말하려는 것."

숨소리만 들려왔다.

"저는 상관없어요."

한참 후, 효관이 낮은 목소리로 속삭였다.

― 그걸 다 알면서도 결혼하겠다는 거냐?

"그게 뭐가 문젠데요?"

― 뭐가 문제냐고?

효관의 어리둥절해하는 모습이 눈앞에 보이는 듯했다.

"입양아인 제가 사생아인 그 사람을 탓할 이유가 있을까요?"

― 뭐?

"강 본부장에게 다 들었어요. 친모가 사정이 있어 결혼하지 못하고 아이를 낳았고, 외삼촌 부부가 친자로 입양해서 키웠다고요."

효관의 숨소리에서 눈에 띄게 안도하는 티가 났다. 자신이 가진 조커가 아직 들통나지 않았다고 여기는 것 같았다.

"그게 뭐 대단한 비밀이라고 손 이사님까지 불러서 말씀하세요. 친모와 친부 모두 세상을 떠난 마당에 무슨 의미가 있나요? 찾아올 일이 있는 건도 아닌데."

― 친부가 죽었다고?

"오래전에 죽었다더군요. 잘 죽었죠. 자기 자식 가진 여자 버리고, 태어난 자식 평생 책임 안 진 사내가 얼마나 올바른 사람이겠어요? 변변치 않게 살다가 변변치 않게 죽었겠죠. 이제라도 나타나 애비 대접해 달라고 하면 골치 아프지만, 죽었으니 상관없잖아요. 안 그래요?"

주윤은 자기 할 말만 다 하고 전화를 끊어 버렸다. 속이 시원했다.

그게 이효관 당신 인생이야.

변변치 않게 살다가 변변치 않게 죽을 운명.

신이 움직이지 않으니 내가 움직일 수밖에.

전화를 끊은 주윤은 가벼운 발걸음으로 지형에게 갔다. 지형이 들고 있던 버블티를 가져가려고 하자, 지형은 그런 주윤을 만류했다.

"얼음이 다 녹아 버렸어. 새로 사 줄게."

"괜찮아. 너무 찬 거 안 좋아해."

주윤은 미지근해진 버블티를 한 모금 쭉 빨아 먹었다.

"맛있어. 딱 좋아."

"너무 싱겁지 않아?"

"아니. 좋아."

"무슨 전화를 그렇게 오래 해? 손 이사님이나 이 회장님하고 무슨 문제라도 있어?"

주윤은 아무렇지 않은 목소리로 말했다.

"이 회장이 우리 결혼을 막을 뭔가 대단한 정보를 가졌다고 하잖아. 그 이야기 좀 하느라 통화가 길어졌어."

"그게 뭔데?"

자기도 모르게 지형은 온몸에 힘이 들어갔다. 설마 이렇게 일찍 그걸 터뜨릴 거라곤 생각하지 않았다. 그 일은 효관에게 양날의 검이었고, 또 어떤 폭발력을 가질지 모르는 조커와도 같았다.

주윤은 버블티를 한 모금 마신 후, 심드렁한 어투로 말했다.

"오빠 친부……."

주윤이 채 말을 끝내기도 전에 지형은 손에서 힘이 빠져 컵을 놓쳤다. 다 마신 일회용 플라스틱 컵이 바닥에 나뒹굴었다. 심장에 전기 충격을 받은 것 같았다. 그나마 쓰러지지 않은 게 다행이었다.

"오빠, 쓰레기를 여기다 버리면 어떻게 해. 저기 휴지통 있잖아."

주윤의 말에 지형은 컵을 주워서 휴지통에 버리고 왔다. 너무 놀라서 머릿속이 잠시 공황 상태였지만 태연하게 굴려고 애썼다.

"내 친부가 뭐?"

"정확하게 말하진 않았는데, 오빠가 친부에게 버림받고 외삼촌한테 입양된 것 가지고 결혼에 트집 잡으려고 했던 거 같아."

"그래?"

애써 담담하게 대답하려고 했지만, 또다시 머릿속이 텅 빈 것 같았다. 주윤이 아직까지는 눈치채지 못한 것 같았지만 두려웠다.

거짓말이라는 건 따로 벌줄 필요가 없었다. 매 순간이 벌이었다. 거짓말은 종이로 만든 배였다. 종이로 만든 배는 물 위에서 결코 오래 버티지 못했다.

그런데 그걸 알면서도 종이로 배를 만들어 물에 띄웠다. 인간은 그렇게 어리석은 존재였다. 지형 역시 마찬가지였다.

그런 불안감과 별도로 지형의 냉정한 어느 부분은 효관이 한 행동이 무슨 뜻인지를 따졌다. 효관은 지형에게 몸 쪽으로 위협구를 던졌다. 다음에는 머리를 노리는 빈볼을 던질 것이라는 경고였다.

그렇지만 아직은 지형이 유리했다. 효관이 원하는 건 라렌느지만, 지형이 원하는 건 주윤이기 때문이다.

"이 회장님에게 오빠한테 직접 들었다고 하니까 아무 말도 못 하더라."

"그래."

"미안해. 그런데 나랑 결혼한 이상 이런 일은 각오해야 해. 라렌느에 대한 이 회장의 집착은 정말 어마어마하거든. 아마 온갖 더러운 수를 써 가면서 쉽게 물러나지 않을 거야."

"그래."

지형은 기계적으로 대답을 되풀이했다. 자신이 넋 나간 얼굴로 말하고 있다는 걸 지형은 전혀 몰랐다. 그리고 그런 자신을 주윤이 안쓰럽게 바라보고 있다는 것도 몰랐다. 주윤은 애써 모른 척하며 버블티를 한 모금 또 마셨다.

"오빠는 그 마음이 이해가 돼?"

"무슨 마음?"

"라렌느에 집착하는 이 회장의 마음."

지형은 바로 대답하지 않았다. 주윤은 지형이 대답하기 전에 덧붙여 말했다.

"어느 한순간도 자기 것이 아니었는데, 자기 것이라고 맹목적으로 믿고 그것을 위해 뭐든지 할 수 있는 그 마음이 이해가 돼?"

"……응."

"뭐?"

"이해가 돼."

어느 한순간도 자기 것이 아니었는데, 자기 것이라고 맹목적이라고 믿고 그것을 위해 뭐든지 할 수 있는 그 마음. 그게 뭔지 지형은 알았다. 그것에 '주윤'을 대입해 놓으면 너무 쉽게 이해가 됐다.

'어느 한순간도 넌 내 것이 아니었는데, 처음 만나는 순간부터 난 네가 내 것이라고, 내게 속한 사람이라고 맹목적으로 믿었어.'

효관이 라렌느에 집착하듯, 지형은 주윤에게 집착했다.

주윤은 믿을 수 없다는 눈으로 지형을 바라보았다.

지형은 그냥 솔직하게 말했다. 머리가 텅 빈 것 같아서 주윤이 듣고 싶어 하는 거짓말을 할 힘이 없었다. 마음에서 흘러나오는 말이 머리를 거치지 않고 그냥 나왔다.

"그게 사랑이잖아."

"사랑?"

"그래, 사랑."

주윤은 어이없다는 얼굴을 했다. 그렇지만 지형의 표정은 무섭도록 심각했다.

"그래서 그 사랑을 위해선 뭐든 해도 괜찮다는 거야?"

"그래."

"뭐?"

"뭐든 할 수 있으니까 사랑이고, 사랑이니까 뭐든 할 수 있는 거지. 내 것도 아닌데 그렇게 할 수 있는 게 사랑 말고 뭐가 있겠니."

"상처를 줘도? 망가뜨려도?"

지형은 주윤이 원하는 대답이 '아니.'라는 것을 알았지만 솔직하게 말했다.

"그래."

적당히 할 수 없는 게 사랑이었다.

떠나기 전의 지형이었다면, 나 혼자 상처받고, 나 혼자 다치는 것이 사랑이라고 대답했을 것이다.

그렇지만 주윤을 떠난 후 지형은 몸으로 깨달았다. 너를 다치게 해도, 너를 아프게 해도, 네 곁에 있고 싶은 마음이 사랑이라는 것을. 사랑이라는 것이 얼마나 교묘한 폭력인지도 알았다.

"오빠는 이 회장의 마음을 정말 잘 아나 보네."

주윤은 지형을 똑바로 노려보며 말했다.

"꼭 그 사람의 유전자를 물려받은 아들처럼 말이야."

"뭐?"

지형은 온몸에서 피가 다 빠져나간 듯 하얗게 질렸다.

"너 지금 무슨……."

주윤의 표정은 무시무시했다. 눈빛으로 사람을 얼어붙게 할 정도였다.

수없이 상상했던 파국의 순간이 이렇게 빨리 올 줄 몰랐다. 그런데도 지형은 묘하게 안도했다. 이제 더 이상 거짓말을 이어 가지 않아도 된다는 안도감이었다. 자신의 죄를 사람들이 오가는 대로에서, 사람들로 가득한 광장에서 큰 소리로 고백하는 죄인의 마음이 이해가 됐다. 자신을 짓누르는 가장 무거운 돌덩어리를 내려놓고 싶었다. 카드를 쌓아 집을 만들다가 쓰러질지 모른다는 압박감에 스스로 집을 무너뜨리는 사람의 마음과도 비슷했다.

주윤은 차갑게 쏘아붙였다.

"어떻게 그렇게 그 사람의 심정을 구구절절 이해하면서 사랑이라고 포장해 줘? 내가 그 사람을 어떻게 생각하는지, 그 사람이 나한테 어떻게 했는지 다 알면서. 오빠, 어떻게 그럴 수 있어?"

지형은 자신이 주윤의 말을 오해했다는 걸 깨달았다. 주윤은 그가 효관의 편을 들었다고 화를 내고 있는 것이었다.

또다시 안도했다. 들키진 않은 것이다.

지형은 자신에게 어처구니가 없었다.

"미안해."

지형의 사과에 주윤의 화가 조금 풀린 듯 보였다. 그렇지만 냉기는 여전했다. 주윤은 애꿎은 빨대를 잘근잘근 씹으며 남은 화를 삭이는 것 같았다. 바닥에 조금 남아 있던 버블티를 다 마시고 빈 컵을 휴지통에 넣은 후 주윤이 입을 열었다.

"피곤해. 나 호텔로 갈래."

"내가 차로 데려다줄게. 조금만……."

"오빠 맥주 마셨잖아. 택시 타고 갈래."

주윤은 냉랭하게 큰길 쪽으로 걸어갔다. 지형은 주윤의 손을 꽉 잡은 채로 말했다.

"차 불러 줄게. 기다려."

지형은 앱으로 차를 불렀다. 마침 근처에 있었는지 5분도 되지 않아 차가 지형과 주윤이 있는 곳에 도착했다.

"갈게."

주윤이 차에 오르자, 지형은 아무 말 없이 주윤의 옆자리에 앉았다. 자신을 노려보는 주윤에게 지형이 말했다.

"안 좋은 기분으로 헤어지고 싶지 않아. 너 기분 풀릴 때까지만 옆에 있을게."

주윤은 눈빛으로 거부했지만, 지형은 아랑곳하지 않았다.

차는 복잡한 도로에서 가다 서다를 반복했다. 차 안에서는 라디오에서 흘러나오는 클래식 음악 소리만 들렸다.

얼마 후 지형은 용기를 내서 주윤의 손을 잡았다. 주윤은 모른 척했다.

한참 후 주윤이 작은 목소리로 물었다.

"오빠도 그래?"

"뭐가?"

"상처를 주고, 망가뜨리는 게 사랑이야?"

지형은 아무 말도 하지 않고 주윤의 머리카락을 쓰다듬었다.

"나한테 상처를 주고, 날 망가뜨리고 싶어?"

"모르겠어."

그게 솔직한 심정이었다.

"그렇지만 한 가지는 확실해. 너한테 상처를 주고 망가뜨리기 전에, 내가 먼저 상처받고 망가져 있을 거라는 거."

"미안해, 그 사람 아들이라고 해서. 그건 너무 심한 말이었어."

지형은 무슨 말을 해야 할지 몰라 그저 입을 다물고 있었다. 주윤은 딱히 대답을 기대한 건 아니었는지 차창 밖을 바라보고 있었다. 주윤의 옆모습을 천천히 눈으로 그리듯이 바라보던 지형이 입을 열었다.

"주윤아, 만약에 내가 그 사람 아들이라면 넌 어쩔 거야?"

주윤은 고개를 돌리지도 않고 대답했다.

"내가 실언했다니까. 그런 건 상상도 하기 싫어."

"그냥 궁금해서 그래."

그렇지만 주윤은 대답하지 않았다.

지형은 주윤을 당겨서 자신을 바라보게 했다. 두 손으로 주윤의 두 뺨을 살며시 감쌌다.

"알고 싶어. 네가 그 사람을 얼마나 미워하는지 알고 싶어서 그래. 만약에 내가 그 사람의 아들이라면 넌 날 사랑할 수 있을까?"

주윤은 지형의 눈을 똑바로 보며 말했다.

"다시는 안 봐. 영원히. 이름조차 듣고 싶지 않을 것 같아."

지형은 숨이 멎는 듯이 고통스러웠다.

차는 라렌느호텔 앞에 섰다.

자신을 따라 내리는 지형을 보며 주윤은 잠시 의아해하는 얼굴을 했지만 아무 말도 하지 않았다.

룸에 도착하자마자 지형은 주윤의 손을 잡고 침실로 끌고 가다시피 했다. 주윤은 지형이 하는 대로 내버려 두었다.

문을 닫자, 암막 커튼이 처진 침실은 밤보다 더 어두웠다. 협탁 위에 있는 시계의 야광 숫자와 바늘 말고는 빛이 없었다.

지형은 주윤을 문에 기대게 하고, 자신의 팔과 몸으로 눌러서 움직이지 못하게 했다. 평소와는 기색이 완전히 달랐다. 난폭하기까지 했다.

"주윤아."

지형은 낮은 목소리로 주윤을 부르며 두 팔로 꽉 안았다.

"주윤아, 사랑해."

그러나 주윤은 아무 말도 하지 않았다. 대답 대신 주윤은 지형의 귀를 만지작거리다가 머리카락 사이에 손가락을 끼우고 빗처럼 쓸어내렸다. 다정하고 부드러운 손길이었다.

주윤이 자신을 사랑할지도 모른다는 착각이 들 만큼 따스했다. 주윤이 그를 사랑했던, 그 아름다운 시간으로 되돌아간 것 같았다.

"다은아."

지형은 주윤을 자기도 모르게 그 이름으로 부르고 말았다.

주윤은 지형의 얼굴에서 손을 내렸다. 지형은 주윤의 손을 잡아 다시 얼굴에 댔다. 다시 만져 달라는 뜻이었다.

잠시 가만히 있던 주윤은 지형의 얼굴을 손가락으로 쓸었다. 주윤의 손가락이 입술에 닿았을 때 지형은 다시 작은 목소리로, 그러나 주윤이 분명히 들을 수 있는 크기로 속삭였다. 사랑한다고. 주윤은 입술을 손가락으로 만지작거릴 뿐 아무 말도 하지 않았다.

지형은 주윤의 손을 잡고 집게손가락을 입 안에 넣었다. 혀 끝으로 손가락에 '사, 랑, 해'라는 글씨를 썼다. 간지러워서 그러는지, 아니면 뭔가를 느껴서 그러는지 주윤이 미소 짓고 있다는 느낌이 들었다.

지형은 두 손을 펴고, 점자를 읽는 사람처럼 손가락으로 주윤의 얼굴을 쓰다듬었다. 눈, 코, 입술 그리고 턱을 부드럽게 미끄러지듯 통과한 손가락은 주윤의 목을 마치 그물처럼 감쌌다.

이렇게 붙잡아 두고 싶어. 가둬 두고 싶어. 내게서 도망치지 못하게…….

지형의 손은 아래로 내려가 도톰하게 부푼 주윤의 가슴을 손바닥으로 누르면서 부드럽게 움켜쥐었다. 탄력 있는 살덩어리는 지형의 손에 딱 달라붙었다.

지형은 블라우스의 단추를 찾으려고 가슴 근처를 더듬거렸다. 단추가 너무 작아 어둠 속에서 풀 수가 없었다. 맨살을 만지고 싶은 욕구가 좌절당하자 짜증스러워졌다. 주윤은 그런 지형이 애 같아서 킥킥 웃고 말았다.

"내가 할게."

주윤이 블라우스 단추를 풀어 줄 줄 알았는데, 주윤의 손은 지형의 가슴으로 향했다. 주윤은 지형의 셔츠 단추를 쉽게 풀었다.

주윤의 손이 맨살에 닿자 지형은 눈을 질끈 감았다. 자신의 몸이 뿜어내는 열기에 숨이 막혔다. 주윤은 지형의 상체를 천천히 어루만지면서 아래로 내려갔다. 주윤은 지형의 가슴에 입을 맞추며 벨트를 풀고 바지를 내렸다.

주윤의 입술과 혀가 몸에 닿았다. 부드럽게 쓸기도 하고 따끔할 정도로 깨물고 빨아들이기도 하면서 지형을 흥분시켰다.

사랑하고 싶은 욕망만큼 사랑받고 싶은 욕망도 컸다. 주윤을 만지고 싶은 마음만큼이나 주윤이 만져 줬으면 하는 마음도 컸다. 지형은 이렇게 무력하게 주윤이 주는 쾌감에 취해 자신을 놓아 버리는 것에 중독될 것 같았다.

반응하는 것 말고 아무것도 하지 않는 수동적인 존재가 되는 것도 나쁘지 않았다. 나쁘지 않은 정도가 아니었다. 퇴행이 주는 쾌감이 어마어마했다. 이성은 쾌락에 방해가 될 뿐이었다.

나는 네가 주는 것 말고는 아무것도 바라지 않는, 그저 텅 빈 그릇에 불과해. 그러니 제발 나를 채워 줘. 넘쳐도 좋으니까 가득 채워 줘.

지형은 열기로 바싹 마른 입술을 침으로 적셨다. 입 안이 침으로 흥건한데도 목이 말랐다. 마음의 갈증이었다. 땀이 흐르고, 배꼽 아래에서 무언가가 스멀스멀 차오르는 것이 느껴졌다.

주윤이 드로즈에 손을 대자 지형은 아무 생각도 할 수 없었다. 주윤은 드로즈를 내렸다. 지형은 온몸에 소름이 돋았다. 주윤의 입술이 그곳에 닿는 순간 전기가 통한 듯 몸을 떨었다.

주윤은 지형의 허리를 두 팔로 감았다. 주윤이 지형을 빨아 당겼을 때, 지형은 무릎에서 힘이 빠져 헉하는 소리를 내며 휘청거렸다.

침대에서 주윤은 지형보다 더 적극적이었으며 더 과감했다. 자신이 원하는 것은 무엇이든 얻어 냈다. 지형의 몸 어느 부분에도 입 맞추기를 거부하지 않았다. 오히려 지형은 부끄러움이 많은 편이었다. 주윤에게 해 주는 건 거침없었지만, 자신이 원하는 건 거의 이야기하지 못했다.

주윤은 마치 그의 마음을 읽듯, 그가 원하는 쾌감을 주었다. 그의 미약한 이성 혹은 체면이 '안 돼.'라고 중얼거릴 때도, 주윤은 그의 본심을 그대로 느낀 듯 더 깊게 그를 빨아들였다.

예민한 부분에 이가 닿자 지형은 신음 소리를 냈다. 그게 고통 때문인지 흥분 때문인지 알 수 없었다. 주윤의 가장 부드러운 안쪽에 부딪치듯 닿았을 때 지형은 눈을 질끈 감았다.

주윤의 탐닉은 점점 더 격렬해졌다. 숨소리가 거칠었고, 지형의 흥분에 맞춰 주윤의 몸도 리드미컬하게 흔들렸다. 지형은 어찌할 바를 모르고 몸을 떨면서 주윤의 머리카락을 거칠게 쓰다듬었다. 눈가엔 눈물이 맺혔고, 등에선 땀이 흘러내렸다. 주윤 역시 마찬가지였다. 땀 때문에 주윤의 체취가 더 짙게 풍겼다.

지형은 숨을 쉴 수 없었고, 몸에 힘이 들어갔다. 절정이 코앞에 다가오자 지형은 본능적으로 몸을 빼려고 했다. 하지만 주윤은 지형이 몸을 뺄수록 더 강도를 세게 했다. 도망칠수록 절정이 더 빨라질 거라는 경고였다.

지형은 어찌할 바를 몰랐다. 죽을 것 같아 신음 소리를 내면서 말했다.

"안 돼."

그렇지만 주윤은 전혀 들어줄 생각이 없는 듯, 오히려 혀끝으로 더 큰 자극을 주었다. 짜릿한 쾌감이 온몸을 꿰뚫었다. 시원하게 쏟아 낸 뒤 편해지고 싶다는 마음이 부풀어 올랐다. 주윤이 하는 대로 굴복하고 싶었다.

그렇지만 마음과 다른 말이 입 밖으로 튀어나왔다.

"주윤아, 안 돼. 제발."

지형은 주윤의 어깨를 잡고 흔들었다. 그렇지만 주윤은 더 깊이 파고들었다. 지형의 허리를 껴안은 팔에 힘이 들어갔다. 주윤은 두 팔로 지형을 묶어 버렸다. 그 느낌이 지형은 진저리나게 좋았고, 그래서 더 흥분했다. 온몸에서 땀이 흘렀고, 그건 주윤 역시 마찬가지였다.

지형은 서서히 해체되었다. 그리고 스스로 그 해체를 재촉했다. 지형은 주윤을 자기 쪽으로 당기고 있었다. 더 깊이 삼켜지

기 위해 몸을 앞으로 내밀었다.

지형이 퍼뜩 정신을 차린 건 무언가가 흘러나오는 느낌 때문이었다. 주윤은 그것을 핥아서 타액과 섞어 삼키고 있었다. 지형은 아찔한 쾌감 속에서도 끔찍하리만큼 부끄러웠다. 동시에 주윤이 자신이 배출한 것을 삼켜 줬으면 하는 욕망이 거칠게 부풀어 올랐다. 자신의 모든 것을 주윤이 다 삼켜 줬으면, 그래서 흔적도 없이 사라져 버렸으면 좋겠다는 생각마저 들었다.

지형은 자신이 계속 '안 돼.'라고 말하고 있다는 것도 몰랐다. 계속 반복해서 입으로는 안 된다고 하면서도 어깨를 잡은 그의 손에선 힘이 빠지고 있었다. 그저 어깨에 손을 올려놓은 것과 다름없었다. 그건 해 달라는 말과 다름없었다.

더는 정말 참을 수 없을 것 같을 때, 이제 어찌 되든 상관없다고 자포자기했을 때, 주윤은 천천히 고개를 들어 지형을 바라보았다.

"정말 그만해?"

지형은 미칠 것 같았다. 아무 대답도 하지 못하고 거친 숨만 내쉬었다.

지금껏 자신의 말을 무시했으면서 왜 하필 지금 이 순간 그의 뜻을 묻는 걸까?

주윤은 지형에게서 몸을 뗐다. 지형은 몸을 덜덜 떨었다. 고통스러웠다. 제발 주윤이 어떻게든 해 줬으면 좋겠다고 생각했다. 주윤은 지형이 말하지 않으면 아무것도 해 주지 않으려는 것 같았다.

가만히 있던 주윤이 손으로 이미 한계까지 달아오른 지형을 슬쩍 어루만졌다. 지형의 의지와 상관없이 몸이 반응했다. 어둠 속이라 눈으로는 보지 못하겠지만 손으로 충분히 알아챘을 거라고 지형은 생각했다.

주윤의 손안에서 지형은 또 더 커졌고, 더 딱딱해졌다. 무언가가 허벅지로 뚝뚝 떨어지는 것 같았다. 땀도 눈물도 아니었다. 지형은 떨리는 손으로 주윤의 머리를 잡아 자기 쪽으로 끌어당겼다.

주윤의 입술이 다시 지형에게 닿았을 때 지형은 더 이상 참지 못했다.

한참 후 주윤은 몸을 일으켰다.

주윤은 지형만큼이나 땀범벅이었다. 주윤은 떨리는 팔로 지형을 안았다. 자기 체취를 묻히려는 듯 지형의 몸에 자신의 몸을 비볐다. 거친 호흡으로 지형의 체취를 빨아들였다. 지형처럼 주윤 역시 절정을 느낀 것 같았다. 떨고 있는 것은 지형만이 아니었다.

잠시 동안 두 사람은 온몸을 맞댄 채 호흡이 잔잔해지고 심장 박동도 느려지길 기다렸다. 그러면서도 지형은 쉴 새 없이 주윤의 머리카락과 어깨와 등을 만지작거렸다.

지형은 주윤의 입술을 찾았다. 주윤의 입 안에 남은 자신의 흔적을 샅샅이 혀로 헤집어 타액과 함께 삼켰다. 키스를 하면서 지형은 주윤의 블라우스를 거칠게 열어젖혔다. 단추를 하나하나 풀 인내심은 없었다. 블라우스를 바닥에 떨어뜨리고 나서, 스커트의 지퍼를 내렸다. 스커트는 소리 없이 주윤의 몸을 따라 흐르다 바닥으로 미끄러졌다.

지형은 목덜미를 핥으면서 얇은 레이스 슬립의 어깨끈을 서둘러 내렸다. 땀에 젖어 몸에 붙어 있는 슬립을 벗기는 게 성가셨다. 슬립이 우두둑 찢어지는 소리가 났지만, 지형도 주윤도 조금도 신경 쓰지 않았다.

주윤은 지형이 침대로 갈 거라고 생각했지만 예상이 틀렸다. 지형은 주윤을 벽을 보고 서게 한 후 몸을 뒤쪽에서 감싸 안았다. 같은 방향을 보며 몸을 겹친 지형은 천천히 주윤의 귓바퀴를 혀로 핥았다. 아이스스틱을 핥듯 처음엔 혀끝으로 핥다가 나중엔 이로 베어 물듯 잘근잘근 씹었다. 찌릿한 느낌이 머리끝에서 발끝까지 관통했다. 참을 수 없어 주윤은 질끈 눈을 감았다. 숨소리가 거칠어졌다. 아무리 참으려고 해도 신음 소리가 흘러나왔다.

주윤은 자신이 이성을 유지할 수 있는 시간이 얼마 남지 않았다는 것을 느꼈다. 몇 분 후면, 아니, 몇십 초 후면 지형에게 울면서 애원하게 되리라.

이번에는 주윤이 미칠 차례였다.

짧은 잠에서 깨어난 주윤은 암막 커튼을 여는 버튼을 눌렀다. 아직도 밖은 밝았다. 레이스 커튼이 붉은빛으로 물들었다.

주윤은 침대에서 내려와 물을 마셨다. 목이 말랐는지 한 잔을 한 번에 다 마셔 버렸다.

주윤은 드레스룸으로 가서 속옷을 입고 편안한 파자마를 걸친 후 침대로 돌아와 지형 옆에 누웠다. 지형은 주윤을 뒤에서 꼭 껴안았다.

"깼어?"

대답 대신 지형은 주윤의 체취를 깊게 들이마셨다. 주윤의 몸은 갓 구운 빵처럼 따뜻하고 몰랑했다. 지형은 주윤의 어깨를 이로 아프지 않게 물면서 중얼거렸다.

"또 배가 고파."

"뭐라도 시킬까?"

"그 배가 아니라 다른 배가 고파."

주윤은 웃음을 터뜨렸다.

"이렇게 해 질 때까지 널 안고 있고 싶어."

아니, 해가 뜰 때까지. 아니……, 영원히.

지형은 힘을 주어 주윤을 안았다. 두 개의 스푼처럼 두 사람은 몸을 포갰다. 주윤의 몸과 지형의 몸은 손가락 하나 들어갈 틈도 없이 밀착되었다. 그렇게 몸이 딱 붙어 있는데도 뭔가 부족하다는 듯 주윤은 지형의 손을 만지작거렸고, 지형은 주윤의 머리카락을 만지작거렸다.

"왜 돌아왔어?"

주윤의 목소리가 먼 곳에서 들리는 듯했다.

"그렇게 떠난 건 영원히 돌아오지 않겠다는 뜻 아니었어?"

지형은 주윤의 손가락을 입에 가져가 따끔하게 물었다. 잇자국이 선명하게 생길 정도의 세기였다. 주윤은 몸을 움찔했다.

"난 지독하게 이기적인 새끼니까. 떠날 때도 이기적이었고 돌아올 때도 이기적이었지."

"나 때문에 라렌느에 들어온 거야?"

"너를 보려면 그 방법밖에 없었으니까."

"근데 오빠."

"응."

"그날 왜 거기에 있었던 거야?"

"그날?"

"우리가 처음 만났던 날."

뜻밖의 질문에 지형은 대답을 찾지 못했다.

"글쎄, 무슨 일이 있었겠지? 너무 오래전이라서 잘 생각이 안 난다."

"오래전이긴 해도 난 그날 있었던 일들 하나도 잊어버리지 않았어. 내겐 너무 특별했던 날이었거든. 하늘에 있는 엄마 아빠가 천사 대신 오빠를 보내 준 거라고 생각했었어."

"천사는 무슨."

천사였다면 널 그 집에 데려다주지 않았을 거야.

"근데 오빠는 천사가 아니라 사람이잖아. 왜 거기 있었어?"

지형은 더 이상 그 이야기를 하고 싶지 않았다.

주윤은 몸을 돌려 지형을 바라보았다.

"오지 말지 그랬어."

"그게 무슨 소리야?"

"오지 말지. 보스턴에서 윤승혜랑 결혼해서 잘 살지. 그 여자, 오빠 많이 좋아하던데. 좋아하니까 거기까지 따라간 거겠지. 좋아하니까 오빠 친모 병원에도 그렇게 자주 찾아갔겠지. 아마 지금도 오빠를 많이 좋아하고 있을걸?"

"너 지금 무슨 말을……."

"오빠 친모가 누군지 알고 있었어. 오빠가 보스턴으로 떠나고 오빠 집에 갔는데 그때 만났어."

지형은 말문이 막혔다. 그때, 지형의 집에서 앨범을 볼 때 주윤은 지형의 친모 사진을 보고 누구냐고 물었었다. 주윤이 그런 연기나 거짓말을 할 수 있는 사람이라고 생각해 본 적 없었다.

주윤은 몸을 일으켜 침대에 앉고는 지형과 조금 떨어졌다. 지형에게서 시선을 돌리고 어둠을 응시하며 주윤이 말했다.

"오빠 친모가 어느 병원에 입원했는지, 무슨 진단을 받았는지, 항암 치료 효과가 어느 정도였는지, 담당 의사가 누군지, 병원비가 얼마나 나왔는지, 오빠가 무슨 아르바이트를 했는지 다 알고 있었어. 라렌느에 입사한 후에는 더 잘 알았지. 오빠가 언제 출근하고 퇴근하는지도 다 알고 있었어."

"……."

"오빠와 내가 맞선을 본 것이 우연이라고 생각해? 다 내가 의도한 거야. 내가 그렇게 만든 거라고."

지형은 혀가 굳은 듯 아무 말도 할 수 없었다.

"이유는 알 수 없었지만 언젠가 오빠가 날 떠날 사람인 거 오래전부터 알고 있었어. 오빠는 늘 이별을 준비하고 있는 사람 같았어. 매번 마지막인 것처럼 잔인할 만큼 다정하게 나를 대해 줬지."

지형은 커다란 바늘로 심장을 푹 찔린 것 같았다. 주윤이 자신의 그런 마음을 알고 있을 줄 몰랐다. 어리니까 아무것도 모를 거라고 생각했다.

언제부터인가 주윤을 만나는 순간이 행복하면서도 괴로워졌다. 그건 주윤을 향한 마음이 사랑이 돼 버린 순간부터였다.

매번 만날 때마다 이제 더는 만나지 않아야 한다고, 만나면 안 된다고 생각했지만 그렇게 할 수 없었다. 이별을 상상하는 것만으로도 숨이 막혔다. 아니, 몇 번은 더 이상 연락받지 않겠다고 결심한 적도 있었다. 그렇지만 그 결심은 한여름에 내린 눈보다 더 빨리 녹아 버렸다.

떠날 수 없는 건 주윤이 아니라 지형이었다. 매달렸던 것도 주윤이 아니라 지형이었다. 그래서 지형은 주윤이 떠나지 못하게 했고, 주윤이 매달리게 했다.

"그런데 모른 척했어."

"주윤아, 그건……."

차마 말을 이을 수가 없었다.

나에 대해 네가 아는 것이 두려웠어. 내가 누구 아들인지 아는 게 겁이 났어.

"학교에서 나 모른 척한 거, 오빠에 대해 아무것도 가르쳐 주지 않은 거, 오빠 주변 사람에게 나 소개하지 않은 거, 다 그래서라는 거 알아. 언젠가 떠날 거니까 가능한 한 날 알리고 싶지 않았고, 오빠에 대해 알려 주고 싶지 않았던 거, 알면서도 모른 척했어."

오빠는 내 세상의 전부였거든. 오빠 없는 미래를 상상조차 할 수 없었어.

그때 지형은 주윤이 생존하기 위해 없어선 안 될 존재였었다. 심해 잠수부가 의지하는 산소통 같은 것이었다.

"난 그때의 윤다은이 아니야. 오빠한테 사랑 같은 거 기대하지 않아. 윤다은은 키스 한 번으로 사랑이 시작될 거라고 믿었지만, 이주윤은 그렇지 않아. 이주윤은 사랑받을 수도 없고 사랑할 수도 없는, 그런 사람이야. 이주윤은 이효관에게 복수하는 것 말고는 인생의 목표가 없는 사람이야. 그러니까 날 사랑한다고 스스로를 속이지 마. 오빠는 날 사랑하지 않아. 이제 더 이상 거짓말하지 마. 이쯤이면 충분해."

"……왜 거짓말이라고 생각하는데?"

"동정도 사랑이라고 우기지 마. 오빠는 그저 내가 여전히 불쌍한 거라는 거, 알아."

"주윤아, 난 널 사랑해. 아주 많이."

정말 진심을 다해 말했지만 주윤에게는 전해지지 않았다. 이제 주윤에겐 그런 진심 같은 건 아무 소용이 없었다.

"동정이라니까. 제발 헷갈리지 마."

"동정 아니야."

주윤은 짧게 한숨을 내쉰 후 말했다.

"그럼 왜 내가 이 회장에게 폭행당한 후에야 찾아왔어? 왜 그제야 결혼하자고 했어? 그 전까지 오빠는 날 찾아오지도 않았고, 나와 결혼하지 않겠다고 했잖아."

"그건…….."

"날 보호할 수 있는 방법이 결혼밖에 없었으니까 그런 결론을 내린 거잖아. 다른 방법이 있었다면 분명 그 방법을 택했을 거야. 다시 말하면 오빠한테 결혼은 마지막의 마지막까지 선택하고 싶지 않았던 거란 얘기지. 그러니까 오빠는 날 사랑하는 게 아니야."

주윤의 목소리는 지극히 냉정하고 이성적이었다.

"내가 얼마나 끔찍한 사람인지 더 이야기해 줄까?"

"듣고 싶지 않아."

지형은 말을 딱 잘랐다. 그렇지만 주윤은 아랑곳하지 않았다.

"그날 회장실에서 날 그 지경으로 만든 건 이 회장이 아니야."

그날?

지형은 갸웃거리며 주윤을 바라보았다.

설마 그날을 말하는 건가?

"내가 그랬어. 그 사람을 궁지에 몰려고. 그 사람이 그날 내게 한 짓은 따귀 몇 대가 전부야. 그 지경을 만든 건 나야. 내가 그렇게 만들었어."

지형은 할 말을 잃었다.

"오빠가 그 시간에 거기 있었던 것도 다 내가 꾸민 거야."

"지금 그 이야기를 하는 이유가 뭐야?"

"도망칠 기회를 주는 거야. 결혼, 무른다고 해도 이해할게. 결혼식에 안 와도 괜찮아."

오빠, 난 멈추지 않아. 멈추지 않을 거야. 오빠가 부서지고 망가진다고 해도 난 멈출 수가 없어.

지형은 아무 말도 하지 않고 여기저기 널브러져 있던 옷을 입었다. 주윤은 아무 소리도 내지 않았고, 지형을 보지도 않았다.

문 닫히는 소리가 났다. 한참이 지나도 지형이 돌아오는 소리는 들리지 않았다. 주윤은 암막 커튼을 치는 버튼을 눌렀다.

괜찮다고, 아무렇지 않을 거라고 주윤은 스스로에게 속삭였다. 그저 지형이 없을 때로 돌아가는 것뿐이라고.

어둠 속에서 이불을 뒤집어쓴 채 주윤은 소리 없이 울다가 다시 잠이 들었다.

새벽, 주윤은 잠에서 깼다. 거울을 보지 않아도 얼굴이 엉망이라는 것은 알 수 있었다. 런던의 시간을 확인했다. 밤이긴 해도 전화를 못 할 만큼 늦은 시간은 아니었다.

주윤은 성준에게 전화를 걸었다. 세 번째 전화를 걸었을 때 전화를 받은 사람은 성준이 아니라 동연이었다.

"성준이 전화를 왜 네가 받아?"

— 성준이 지금 자.

"바꿔."

— 내일 해. 성준이 오늘 촬영 때문에 많이 힘들었어.

"촬영 때문에 힘들긴, 너 때문에 힘들지. 그새를 못 참고 런던으로 날아갔냐? 촬영 때문에 힘든 애 쉽게 내버려 두지 않고?"

주윤은 대놓고 동연의 약을 올렸다.

"아님, 나하고 성준이 사이를 질투하니?"

이번엔 동연이 코웃음을 쳤다. 주윤은 목소리에서 웃음기를 지우고 말했다.

"바꿔 줘. 지금 꼭 해야 해."

주윤의 태도가 진지한 것을 눈치챈 동연 역시 목소리에서 웃음기를 지웠다.

— 알았어. 잠깐 기다려. 바꿔 줄게.

시트가 버스럭거리는 소리가 났고 스위치를 켜는 소리, 무언가 부딪치는 소리가 연달아 났다.

— 누나?

졸음이 가득한 목소리였다. 하품을 한 후 성준이 입을 열었다.

— 무슨 일이에요?

"결혼 선물, 이제 생각이 나서."

— 말해요.

주윤은 천천히 받고 싶은 결혼 선물을 말했다. 잠시 후 침묵이 이어졌다.

— 정말 그걸 원해요?

"응."

주윤의 대답은 더 이상 반문할 수 없을 정도로 깔끔하고 단호했다.

성준은 도무지 이해할 수 없었다. 그렇지만 그 역시 그 누구에게도 이해받을 수 없던 시간이 있었고, 그 시간 동안 그의 곁을 지켜 준 사람은 연인 동연이 아니라 주윤이었다.

사람은 사랑 때문에 결합하기도 하지만 사랑 때문에 갈라지기도 했다. 사랑 때문에 상대의 모든 것을 이해할 수 있지만, 그 역도 가능했다.

가족이 없는 성준은, 아마도 진짜 가족은 그렇게 서로를 지켜 주는 걸까, 상상했었다.

성준이 길게 한숨을 내쉬었다.

— 알았어요. 서울 가서 만나요.

"그래."

성준은 전화를 끊었다. 잠이 다 달아났다.

"무슨 일이야?"

동연은 성준의 표정이 심상치 않자 어깨를 감싸 안으며 물었다.

"누나가 결혼 선물로 뭘 부탁했는데……."

"많이 비싸? 그럼 내 카드로 사. 나도 아직 결혼 선물 안 했어. 같이하자."

동연은 기분이 좋은 듯 덧붙였다.

"원래 커플은 같이하는 거야."

성준은 그저 미소 지었을 뿐이다. 동연은 미소 짓는 성준의 입가를 손가락으로 만지작거리다가 입을 맞췄다. 맥주를 한잔했는지 쌉쌀한 에일 냄새가 났다.

"형은 잘 거예요?"

"아직 좀 더 볼 게 있어. 좀 더 자. 내일 아침에 맛있는 거 먹으러 가자. 호텔 옆에 풀 브렉퍼스트 잘하는 집 있어."

동연은 성준을 침대에 눕히고 이불을 꼼꼼히 덮어 준 후 침실의 불을 껐다. 혹시 시끄러울까 봐 성준의 휴대전화도 가운 주머니에 넣은 채 나갔다.

동연은 성준을 아기처럼 돌보는 것을 무척 좋아했다. 그리고 성준은 동연에게 그렇게 세심하게 보호받는 느낌이 좋았다. 자신이 딛고 있는 땅이 단단해진 기분이었다.

동연과의 관계가 이렇게 해피엔드일 줄 성준은 상상조차 할 수 없었다. 이렇게 된 데에는 주윤의 도움이 컸다. 그래서 성준은 주윤 역시 자신처럼 행복해졌으면 좋겠다고 진심으로 바랐다.

어둠 속에 혼자 있었던 성준에게 유일하게 손을 내밀어 준 존재가 주윤이었다. 그런데 주윤은 여전히 어둠 속에 있었다. 주윤은 자신이 얼마나 빛나는 사람인지도 모르고 있었다.

성준은 마음속으로 중얼거렸다.

'도대체 왜 누나는 그렇게 행복해지는 걸 두려워하는 거예요?'

진 빚이 있으니 주윤의 부탁은 결코 거절할 수 없었다.

'왜 그렇게 조금이라도 좋은 건 다 이렇게 망쳐 버려야 하는 거죠? 사랑하지 않는다고 거짓말한다는 건……, 사랑한다는 말이잖아요.'

성준은 시트로 몸을 둘둘 감고 긴 한숨을 내쉬었다. 성준은 주윤과 결혼할 강지형이라는 남자가 어떤 사람인지 조금 궁금해졌다. 주윤이 기를 쓰고 '사랑하지 않는다.'라고 거짓말하는 그 남자가.

강지형 씨, 우리 한번 볼까요?

—

호텔방은 텅 비어 있었다.

불을 켜지 않아도, 사람이 머문 흔적이 없다는 것을 지형은 알 수 있었다. 벌써 일주일째였고, 결혼식은 모레였다. 그런데도 주윤은 머리카락 한 올 지형에게 보여 주지 않았다.

주윤은 지형에게 결혼식에 안 와도 괜찮다고 했지만, 지금 심정으로 결혼식에 나타나지 않을 사람은 주윤일 것 같았다.

헛웃음이 났다.

손에 꽉 쥐었다고 생각하는 순간, 안개처럼 흩어졌고 이슬처럼 사라졌다.

알고 있다고 생각했던 모든 것은 사실 모르는 것이었다.

지형은 재회한 이후뿐만 아니라 이전부터, 아주 오래전부터 주윤의 마음을 전혀 모르고 있었음을 절감했다. 주윤의 마음에 쓰디쓴 절망과 슬픔이 고여 한참 전부터 넘쳐흘렀다는 것을 지형은 몰랐다.

주윤은 전화도 받지 않았다. 당연히 재단에도 모습을 보이지 않았다. 평소에 얼마나 띄엄띄엄 출근을 했는지, 주윤이 일주일 가까이 나오지 않는 것을 아무도 이상하게 여기지 않았다. 그렇다고 손 이사에게 주윤의 행방을 물을 수도 없었다.

더 우스운 건, 결혼식 준비는 아무런 차질 없이 진행되고 있다는 것이었다.

몇 시간 전까지 지형은 아델린하우스에 가서 혼자 결혼식 예행연습을 하고 왔다. 결혼식을 총괄하는 호텔 담당자가 지형의 동선을 세심하게 다듬어 주었다. 여기서 몇 걸음, 이 표시가 된 곳에서 잠시 서시고, 저쪽을 보시면 됩니다. 그는 연기 지도를 하는 감독 같았고, 최고의 쇼를 준비하는 서커스단의 단장 같기도 했다.

"다시 한번 해 보죠. 여기서 두 분이 손을 잡고 천천히 걸어가시면 됩니다. 속도는 이사장님께 맞추시고요. 음악은 두 분 걷는 것에 맞춰서 연주될 거니까 걱정하지 않으셔도 됩니다."

주윤과 지형은 함께 입장하기로 되어 있었다.

"이사장은 왔다 가셨나요?"

담당자는 어색한 웃음을 지으며 대답을 피했다. 안 왔다는 뜻이었다.

지형은 덤덤하게 물었다.

"동선이 꽤 복잡한데 내일 최종 리허설 때는 오겠죠?"

담당자는 괜히 휴대전화를 꺼내 무언가를 확인하는 척했다.

지형은 고집스럽게 담당자를 노려보았다.

대답을 피할 수 없다고 여겼는지 담당자는 난처한 얼굴로 대답했다.

"오시겠죠. 아마……."

그 담당자도 연락이 안 되는 것 같았다. 지형을 보는 그의 눈빛에는 동정이 가득했다.

연회 담당으로 수없이 많은 결혼식을 준비해 봤지만 이렇게까지 신부 보기가 힘든 결혼식은 처음이었다.

지형은 어떻게 다들 이렇게 아무렇지 않은 척하는 건지, 그 방법이라도 배우고 싶었다.

결혼은 그들의 행사가 아니라, 라렌느의 행사였고, 그는 행사의 등장인물 중 하나에 불과했다.

그가 비참함을 무릅쓰고 여기까지 온 건 혹시라도 주윤을 볼 수 있을까 하는 마음이었지만, 역시나였다.

'미칠 것 같다. 도대체 어디에 있는 거니?'

지형은 베개에 얼굴을 묻었다. 시트와 베개에선 청결한 향기가 났다. 그와 주윤의 흔적 따윈 조금도 남아 있지 않았다.

결혼을 해도 이렇게 마음대로 주윤이 자신을 못 본 척할 수 있다는 현실이 끔찍했다.

'차라리 심장이 부서져 버렸으면 좋겠다.'

지형은 몸을 돌려 천장을 바라보았다.

아니, 이미 부서져 버렸던가.

지형은 휴대전화를 꺼내 주윤에게 전화를 걸었다. 신호가 끊기면 다시 전화를 걸고, 신호가 끊기면 다시 전화를 걸었다. 할 일이 주윤에게 전화를 거는 일밖에 없다는 듯 전화를 걸고 또 걸었다. 어두운 방 안, 휴대전화의 액정만이 유일하게 빛을 냈다. 그 차가운 빛이 지형이 기댈 수 있는 유일한 것이었다. 지형은 휴대전화의 배터리가 다 닳을 때까지 전화를 걸고 또 걸다가 잠이 들었다.

얼마나 잤을까. 갑자기 침실에 불이 환하게 켜져 지형은 잠이 깼다.

"어머, 계셨네요."

귀에 익은 목소리에 지형은 침대에서 몸을 일으켰다. 주윤의 개인 비서인 연 비서였다.

"쉬고 계시는데 방해해서 죄송합니다."

지형은 침대에서 내려와 연 비서 앞에 섰다.

"무슨 일인가요?"

아직까진 남에게 태연한 척할 수 있는 기운이 남아 있었다.

"강 본부장님 개인 짐이 내일 집에 들어갈 건데요. 짐 옮길 직원을 몇 시쯤 보내 드릴까요?"

지형은 무언가 확인하듯 룸을 살폈다. 그러고 보니 주윤의 개인 물품 몇 개가 보이지 않았다.

"이사장 짐은 들어갔습니까?"

"네. 오늘 아침에 정리했습니다."

"이사장이 직접이요?"

무슨 말도 안 되는 소리를 하냐는 눈으로 연 비서는 대답했다.

"아니요. 직원들이 정리했습니다."

"지금 이사장 어디 있습니까?"

"이사장님 허락 없이는 알려 드릴 수 없습니다."

"뭐라고요?"

지형은 기가 찼다.

"연 비서, 나는 이주윤 씨 남편입니다. 그런데 내게 행방도 알려 줄 수 없다는 게 말이 됩니까?"

"이사장님께서 허락하지 않으셨습니다."

"그럼 지금 내 앞에서 전화 통화라도 해요. 연 비서 전화는 받을 테니까."

"제 전화도 받진 않으세요. 그리고 저도 이사장님이 지금 어디 계신지 모릅니다."

"비서가 돼서 모시는 분이 어디 있는지도 모릅니까?"

"그런 일 드물지 않습니다. 아시는지 모르겠지만 이사장님은 워낙 내키는 대로 행동하시는 분이라 며칠씩 연락이 안 되는 일도 적지 않았고……."

갑자기 그 이름이 지형의 머릿속에 떠올랐다.

"그럼 김성준 씨 전화번호라도 대요."

지형의 입에서 김성준이라는 이름이 나오자 연 비서의 표정이 바뀌었다. 평정을 잃은 것을 드러내듯 수첩을 쥐고 있는 손에 힘이 들어갔다.

연 비서는 떨리는 목소리로 대답했다.

"무슨 말씀을 하시는지 저는 잘 모르겠습니다."

"김성준 씨 아시잖아요."

"강 본부장님, 저는 이주윤 이사장님의 비서입니다."

네 비서가 아니라는 뜻이었다.

말투와 태도는 공손하기 그지없었지만, 완벽하게 주윤의 법적 남편인 자신을 무시했다.

남편에게 아내의 행방조차 알려 주지 않는다. 그게 이 결혼에서 지형의 위치였다.

지형은 물러서지 않았다.

"김성준 씨에게 저한테 전화하라고 하세요. 아니면 내일 최종 리허설은 고사하고 모레 결혼식에 저 안 갑니다. 이주윤 이사장이 바라는 게 그거라면 여기서 이 결혼 미련 없이 끝내 버리죠."

지형으로선 쓸 수 있는 카드를 다 쓸 수밖에 없었다.

지형의 입에서 결혼을 끝내겠다는 말이 나오자 연 비서의 동공이 지진이라도 일어난 듯 흔들렸다.

지형의 반응이 심상치 않았다. 한다면 할 사람처럼 보여 겁이 났다.

엄밀히 말하면 주윤이 지형에게 연락하지 않는 것에 연 비서의 책임은 하나도 없었다. 그건 두 사람의 문제지 일개 비서인 그녀가 개입할 문제가 아니었다.

"본부장님, 이사장님은 정말 제 전화도 받지 않으세요."

연 비서는 읍소 작전으로 나가기로 했다.

그렇지만 지형은 단호했다.

"그럼 김성준 씨 연락처라도 주시든지요."

손 이사에게 비상용으로 받아 둔 김성준의 연락번호가 있긴 했다. 하지만 그 번호를 지형에게 넘긴다면 주윤은 그녀를 해고할 것이다.

"내일 짐 가져가는 거 없던 일로 합시다."

"본부장님."

지형은 아무 미련이 없다는 듯 침실을 나섰다. 연 비서가 몇 번이나 지형을 불렀지만 아랑곳하지 않고, 전용 카드로만 열리는 엘리베이터를 타고 아래로 내려갔다.

지하 주차장에 내려오니 연 비서가 지형의 차 앞에서 기다리고 있었다. 뛰어왔는지 숨을 헐떡이고 있었고, 머리가 엉망으로 흐트러져 있었다.

"김성준 씨 번호는 드릴 수 없어요. 그건 제가 알지 못하는 걸로 되어 있는 정보입니다."

지형은 연 비서를 빤히 노려보았다. 겨우 그 말을 하려고 지형을 쫓아 내려온 건 아닐 것이다.

"그렇지만 김성준 씨와 연락하는 건 제가 해 드릴 수 있을 것 같습니다."

"어떻게요?"

"김성준 씨와 아는 분이 있는데, 부탁드려 보겠습니다."

그게 연 비서가 할 수 있는 최선이라는 것을 지형은 알았다.

"지금 내가 보는 앞에서 전화해요."

연 비서는 진석에게 전화를 걸었다.

"사장님, 긴급 상황이에요. 김성준 씨와 통화 가능할까요?"

연 비서가 잠시 통화를 하겠다는 신호를 하고는 지형에게서 몇 발짝 멀어졌다.

말소리가 들리지 않게 입을 가리고 통화를 하던 연 비서가 지형을 보며 말했다.

"본부장님 전화번호 알려 드려도 될까요?"

지형은 고개를 끄덕였다.

전화를 끊고 연 비서가 지형에게 말했다.

"일단 김성준 씨하고 통화를 해 봐야 해서 확답은 못 하지만, 오늘 안에 통화할 수 있게 최선을 다해 주겠답니다."

"그래야 할 겁니다. 저는 딱 오늘까지만 기다릴 거니까요."

지형은 냉랭하게 대꾸하고 차를 탔다. 지형은 연 비서에게 눈길 한 번 주지 않고 주차장을 빠져나왔다. 지형은 성준의 매끈한 얼굴을 떠올렸다. 지형이 모르는 주윤의 시간을 알고 있는 사람이었다. 기분이 뭣 같았다.

집으로 돌아간 지형은 휴대전화를 충전기에 올려두고 소파에 등을 기댔다.

시간은 천천히 흘러갔다. 혹시라도 벨 소리를 듣지 못할까 봐 지형은 텔레비전도 켜지 않았다.

계속 휴대전화에 신경을 집중하고 있다가 어느 순간 팽팽하게 당겨진 줄이 끊어지듯 지형은 자기도 모르게 잠이 들었다. 벨 소리에 화들짝 놀라 잠에서 깬 지형은 액정을 확인했다. 모르는 번호였다.

지형은 김성준의 전화임을 직감하고 잠시 호흡을 가다듬은 후 전화를 받았다.

— 강지형 씨 핸드폰인가요?

"그렇습니다."

— 김성준입니다. 무슨 일로 저와 통화를 원하시는가요?

전화로 들은 목소리는 확실히 어려 보였다. 불쾌감이 가득한 목소리였다.

"주윤이 어디에 있는지 알고 있습니까?"

— 제가 그걸 강지형 씨에게 말씀드릴 이유는 없죠. 누나가 말하지 않은 걸 왜 제가 말할 거라고 생각하시나요? 난 당신에 대해 아무것도 모르는데?

친근하게 주윤을 누나라고 하는 그 목소리에 지형은 살의가 끓어올랐다. 지형은 애써 그 살의를 억눌렀다.

"저는 그저 주윤이가 잘 있는지 알고 싶을 뿐입니다."

— 예, 누난 잘 있습니다. 그럼 전화 이만 끊어도 되죠?

지형은 황급히 말을 이었다.

"주윤이한테 전해 주세요. 그래도 괜찮다고."

— 네?

"그거면 될 겁니다. 그것만 전해 주세요. 과거에 무슨 일이 있었고 앞으로 무슨 일이 있더라도 난 괜찮을 거라고. 그렇게 전해 주세요."

지형은 잠시 머뭇거리다가 덧붙였다.

"이 결혼에서 제가 기대하는 건 이주윤이 내 옆에 있는 것, 그 이상도 그 이하도 아니라고. 그것 말고는 아무것도 욕심내지 않을 거라고 전해 주세요. 내 마음은 달라진 것도, 달라질 것도 없다고요."

성준은 아무 말 없이 지형의 말을 듣고만 있다가 지형의 침묵이 5초 정도 이어지자 입을 열었다.

— 그것만 전하면 되겠습니까?

"기다리겠다고 전해 주세요. 이제부터는 제가 기다리겠다고."

전화가 끊겼다. 지형은 탈진해서 소파에 드러누웠다. 기절하듯 잠이 들었다.

얼마나 시간이 흘렀을까. 휴대전화 벨 소리를 들었다. 지형은 겨우 눈을 뜨고 휴대전화의 액정을 확인했다. 좀 전에 봤던 번호였다.

화들짝 놀라 몸을 일으켰다. 잠도 순식간에 깨 버렸다. 혹시 주윤일지 모른다. 두근거리는 심장을 겨우 진정시키며 통화 버튼을 눌렀다.

"여보세요?"

아까 들었던 남자의 목소리가 전화기에서 흘러나왔다.

— 강지형 씨, 우리 한번 볼까요?

잠시 후, 지형이 대답했다.

"좋죠."

— 어디가 편하세요?

"저보다 얼굴이 알려진 김성준 씨가 편한 장소가 낫지 않겠어요?"

— 그럼 제가 주소를 이 번호로 보내죠. 도착하시면 제게 전화 주세요.

"알겠습니다."

성준은 주윤이 자고 있는 방으로 들어갔다. 무드등 하나가 흐릿하게 켜진 침실에서 주윤은 이불에 얼굴까지 푹 파묻고 마치 태아처럼 몸을 웅크린 채 깊은 잠에 빠져 있었다.

"누나, 편하게 자요."

주윤이 눈을 뜨고 몸을 일으켰다.

"목말라."

성준은 주윤에게 물을 가져다주었다. 주윤은 물을 다 마시고 다시 침대에 누웠다.

"배 안 고파요?"

주윤은 고개를 저었다.

"속이 안 좋아. 식욕도 없고."

"하루 종일 침대에 누워 잠만 자니까 식욕이 없고, 아무것도 안 먹으니까 속이 안 좋죠. 누나, 웨딩드레스 때문에 다이어트 하는 거예요?"

"웨딩드레스?"

주윤은 킥킥 웃음을 터뜨렸다.

"그래, 맞다. 나 결혼이 언제지?"

"내일모레요."

"동연이랑 꼭 같이 와. 세상 못 볼 구경거리가 있을 테니까."

"무슨 구경이요?"

"결혼식에 신랑이 안 나타나는, 돈 주고도 못 볼 구경거리가 있을 거야."

"신랑이 왜 안 나타나요?"

주윤은 대답하지 않았다.

"그럼 결혼 안 하는 거예요?"

"이미 결혼은 했어. 식에만 안 오는 거야."

"그럼 식을 취소해야죠. 신랑이 안 오는 결혼식을 왜 해요?"

"망치려면 모두가 보는 앞에서 망쳐야지."

주윤은 걱정스러운 기색이 역력한 성준을 보며 말했다.

"성준아, 우리나라 법은 말이야, 결혼은 쉽지만 이혼은 어려워. 결혼은 신고만 해도 되지만, 이혼은 재판을 해야 하거든."

주윤은 그것이 참 우스웠다.

그 반대가 되어야 하는 것 아닌가? 결혼은 정말 어렵게 하고, 이혼을 쉽게 해야 하지 않나?

애초에 자격 없는 사람들이 너무 쉽게 결혼하게 했기에, 지옥 같은 결혼 생활에서 벗어나려면 너무 많은 시간과 돈, 에너지가 필요했다.

"혼인신고 했으니까 식은 올리든 말든 상관없어."

"누나 망신은 어쩌고요."

"나한테 망신당할 뭔가가 남았나? 대외적인 내 이미지에서 뭔가 지킬 게 더 있어? 나한테 남편은 딱 그 정도면 돼. 서류에 찍힌 이름 석 자. 결혼식에 참석하지 않았다면, 나중에 혼인 파탄의 책임을 물어서 쉽게 이혼 사유에 참작할 수 있겠지.”

더 이상 이유를 물을 마음이 생기지 않아 성준은 그냥 입을 다물었다.

심신이 불안정한 주윤을 여러 번 곁에서 지켜봤지만 이렇게 바닥까지 무너진 모습을 보는 건 처음이었다. 그 원인은 좀 전에 통화한 강지형, 그 남자인 게 분명했다.

“그 사람 나쁜 사람이에요? 누나한테 나쁜 짓을 하려고 해요? 그래서 지금 숨어 있는 거예요?”

“응, 나쁜 사람이야. 근데 내가 더 나쁜 사람이야. 이제 정말 뭐가 뭔지 모르겠어. 모든 게 다 엉켜 버렸어. 내 눈앞에 나타나지 말지. 그랬다면, 그랬다면…….”

단 하루라도 좋으니, 오빠하고 부부로 살고 싶다는 그런 헛된 욕망이 생기지 않았을 텐데.

지형이 눈앞에 나타난 순간, 정말 거짓말처럼 어쩌면 자신의 인생이 제대로 돌아갈지도 모른다는 망상을 품었다.

갑자기 주윤이 입을 틀어막고 화장실로 뛰어갔다.

“누나!”

성준은 깜짝 놀라서 주윤을 뒤따라갔다.

주윤은 좀 전에 마신 물을 토했다. 몇 번 토악질을 했지만 나오는 것이 없었다.

“정말 안 좋은 거 아니에요? 어떻게 물을 토해요? 병원 가서 링거라도 맞아요.”

"됐어. 졸려서 그래."

"졸려서 토하는 사람이 어디 있어요. 누나 계속 자는 것도 이상해요. 불면증만 병 아니에요. 폭면증도 병이라고요."

"아픈 거 아니야."

주윤은 침대로 가서 다시 눈을 감고 몸을 작게 웅크렸다.

성준은 이불을 덮어 주고 마치 아기를 달래듯 토닥토닥 두드려 주는 것 말고는 해 줄 수 있는 것이 없었다.

'누나, 도대체 무엇으로부터 숨는 건데요?'

주윤은 결혼식까지 아무도 자신을 찾지 못하게 숨겨 달라고 했다. 그게 주윤이 부탁한 결혼 선물이었다.

그리고 초췌한 얼굴로 찾아온 주윤은 성준의 집에 틀어박혀 꼼짝도 하지 않았다.

"누나, 그 남자한테 전화가 왔어요."

주윤은 감고 있던 눈을 번쩍 떴다. 한참 후, 주윤이 작은 목소리로 물었다.

"뭐래?"

그 이야기를 어떻게 전해야 할지 성준은 조금 고민하다가 말했다.

"괜찮다고요. 옆에만 있어 달라고요. 그리고 기다리겠다고요."

그 정도면 충분히 지형의 뜻을 전한 것 같았다.

주윤은 한참 동안 눈을 깜빡이다가, 의미를 알 수 없는 한숨을 내쉬었다.

"제발 기다리지 말라고 해. 그 사람이 나온다면 결혼식에 내가 안 가."

"누나."

"여기서 끝내자고 해. 여기서……, 끝내야 해."

"왜요?"

주윤은 성준의 질문에 대답하지 않았다.

"정말 그렇게 말해요?"

주윤은 성준을 잠시 보다가 이불을 덮어썼다. 더 이상 말하기 싫다는 뜻이었다.

성준은 주윤의 모습을 보다가 조용히 문을 닫고 방에서 나왔다.

드레스룸에 들어간 성준은 지형에게 만나자는 전화를 한 후, 옷을 갈아입었다. 처음 만나는 자리니까 너무 편한 옷차림은 그럴 것 같아서 깔끔한 수트를 골랐다. 넥타이는 매기 싫어서 만다린 칼라 셔츠를 골랐다. 머리에 젤을 발라 단정하게 스타일링한 후 비즈니스로 사람을 만날 때 쓰는 우디 계열의 향수 중 제일 가벼운 것으로 골라 뿌렸다. 만나는 사람에 따라 향수를 다르게 뿌리는 건 성준의 오래된 버릇이었다.

휴대전화를 챙겨서 드레스룸을 나가니 언제 왔는지 동연이 자기 집인 양 냉장고에서 맥주를 꺼내 마시고 있었다.

"너도 한잔할래?"

식탁 위에는 동연이 사 온 음식이 담긴 종이 쇼핑백이 쌓여 있었다.

성준은 쇼핑백에 들어 있는 음식들을 냉장고에 차곡차곡 넣었다.

"오늘 못 온다고 했잖아요?"

"급하게 다 끝냈어. 남은 건 여기서 하려고."

동연은 못마땅한 표정을 애써 숨겼다.

동연은 성준이 깔끔하게 옷을 차려입은 걸 알면서도 일부러 거칠게 꽉 껴안고 머리카락을 흐트러뜨렸다. 동연은 주윤과 성준을 나눠 갖는 기분이라 티 내지 않았지만, 마음이 상해 있었다.

동연은 자신의 독점욕이 상대를 미치게 만든다는 것을 알기에 참고 또 참았다. 그래서 독점욕이 좌절당하는 짜증을 소심하게 드러냈다.

성준이 10분은 넘게 만졌던 머리는 보기 싫게 헝클어졌다. 어차피 잘 보일 사람도 아니기에 성준은 그냥 손으로 대충 머리카락을 매만졌다. 그래도 동연의 눈에는 세상에서 제일 아름답고 멋져 보였다. 또 머리를 헝클어뜨리려고 해서 성준은 뒤로 물러났다.

"약속 있어? 이렇게 늦게?"

"갑자기 생겼어요. 지금 나가 봐야 해요."

"태워 줄게. 같이 가자."

조금이라도 더 성준과 같이 있고 싶었다.

"아뇨. 괜찮아요. 형은 누나 좀 지켜보고 있어 줄래요? 안 그래도 혼자 두고 가기 뭐했는데 잘됐어요."

"누구 만나? 내 차 타고 가. 성 기사 아직 안 보냈어. 약속이라면 어차피 술 마시고 대리 불러야 하잖아."

"언제 끝날 줄 알고요. 성 기사님도 퇴근해야죠. 그리고 술 마시지 않을 거라 괜찮아요."

동연의 얼굴이 굳었다. 누굴 만나는지 이야기해 주지 않았다.

"누구 만나는 거야?"

"……갔다 와서 이야기할게요."

동연은 뭐라고 짜증을 내려다가 깊게 숨을 한번 쉬는 것으로 용케 참았다.

이야기하지 않는다는 게 아니라 갔다 와서 이야기한다고 했다.

동연은 성준이 자기가 모르는 곳에서 모르는 사람을 만나는 것을 병적으로 싫어했다. 비밀은 더 싫어했다. 그래도 지금은 많이 나아진 것이다. 예전에는 분리 불안이 심한 강아지와 같아서 성준의 미팅 장소까지 몰래 따라왔었다.

그렇지만 그 모든 게 다 성준이 자초한 것이었고, 또 동연이 감수하기로 한 것이었다.

평온할 때는 드러나지 않는 그들 사랑의 짙은 그늘이자, 결코 아물지 않을 상처이자, 아무리 긴 시간이 흘러도 남아 있을 흉터였다.

동연은 화제를 돌렸다.

"주윤이는?"

"자요."

동연은 시간을 확인했다.

"밤 10시도 안 됐는데? 수면제 먹었어?"

성준은 고개를 가로저으며 말했다.

"그냥 자는 거예요. 저녁도 안 먹고 계속 자요."

"낮에도 잔다며?"

성준은 고개를 끄덕였다.

"병원 가 봐야 하는 거 아니야?"

"누나 병원 끔찍하게 싫어하는 거 알잖아요. 그런데 걱정이 되긴 해요. 아깐 물 마시고 토했어요."

동연은 얼굴을 찡그렸다. 아무것도 안 먹은 사람이 토하는 건 별로 좋은 징조가 아니었다.

"병원에 가자. 벌써 일주일째 저러잖아. 몸이 아픈 거든 정신이 아픈 거든 전문가 도움이 필요해."

성준과 달리 동연은 결단이 빨랐고 행동도 빨랐다. 침실에 들어간 동연은 주윤을 일으켜 세웠다.

"끌려갈래, 아니면 네 발로 갈래? 너 지금 병원 안 가면 강지형 씨한테 데리러 오라고 할 거야."

동연은 단호했다.

확실히 성준의 말보다 동연의 말은 효과가 있었다. 주윤이 비틀거리며 침대에서 몸을 일으켰다. 동연은 주윤을 거실로 끌고 가다시피 했다.

"성준아, 얘 입힐 옷 좀 가져와."

성준은 드레스룸으로 가서 위에 걸칠 만한 카디건을 가지고 나왔다.

밝은 불빛 아래에서 보니 주윤의 얼굴은 더 형편없었다. 핏기라곤 하나도 없어 그냥 봐도 병자 같았다. 얼굴이 하얗다 못해 푸르스름했다.

갑자기 주윤이 얼굴을 찡그리며 바닥에 주저앉았다.

"너 괜찮아?"

"동연아, 너 아는 형이 P병원 응급실에 있다고 했지?"

"응? 어."

"산부인과 응급으로 부탁해."

산부인과라는 말에 동연은 물론 성준까지 당황했다. 침착한 건 주윤뿐이었다.

"하혈하고 있다고 이야기해 줘."

"너 설마……."

동연과 성준은 매우 놀랐다. 하혈이라는 말에 떠오르는 단어는 임신, 유산이었다.

"부탁해. 빨리 가야 할 것 같아."

"알았어."

동연은 재빨리 상황을 정리했다.

"주윤이는 내가 데려갈게, 너는 만날 사람 만나. 내가 문자로 상황 알려 줄 테니."

"알았어요."

성준은 주윤이 동연의 차를 타고 병원으로 가는 모습을 본 후에야 자기 차에 올랐다.

성준의 차가 주차장을 빠져나왔을 때 휴대전화가 울렸다.

— 강지형입니다. 지금 목적지에 도착했습니다.

어디서 출발하는지 몰랐지만, 지형은 성준의 예상보다 훨씬 더 일찍 도착했다.

밤이라 차가 막히지 않은 것도 있었겠지만, 정말 미친 듯이 속도를 내서 온 것 같았다.

— 혹시 여기가 김성준 씨 자택입니까?

외양이 평범한 주택이라 그렇게 생각할 수도 있겠다 싶었다. 성준의 기획사는 동연이 투자를 한 1인 기획사라, 소속 연예인이 성준 하나뿐이고, 딸린 직원도 열 명 정도라 큰 사무실이 필요가 없었다. 그래서 자택 근처의 작은 주택을 사무실로 쓰고 있었다.

"기획사 사무실입니다."

— 아, 그렇군요. 주택가에 있어서 전혀 몰랐습니다.

"사무실에서 뵙는 게 제일 좋을 것 같아서요."

공적인 공간에서 만나는 게 좋을 것 같아 성준은 사무실로 약속 장소를 정했다.

얼굴이 알려진 사람으로 사는 이상 언제 어떻게 노출될지 모르고, 노출된 결과가 언제 자신을 위협하는 카드로 날아올지 모르기 때문에 성준은 모든 일에 누구나 납득할 수 있는 변명거리를 만들어 두는 버릇이 있었다. 혹, 나중에 지형과 만난 것을 누군가가 문제 삼는다면, 사무실에서 '업무상' 만났다고 하면 그뿐이었다. 화장품 회사 사람이니 광고 모델 건으로 만났다고 하면 될 것 같았다.

"주차장에 차 대시고 건물 안으로 들어오시면 됩니다."

성준은 건물로 들어오는 비밀번호와 보안 해제 번호를 알려주었다.

"네. 그럼 기다리겠습니다."

성준은 전화를 끊고 차의 속도를 높였다.

이제 나도 갈 곳이 없어

—

전화로 들은 목소리는 듣기 좋은 저음이었다. 목소리와 말을 하는 방식으로 느낀 강지형은 단단하고 차분한 사람 같았다.

성준은 주윤의 결혼이 오직 비즈니스의 한 방식이라고만 생각했다. 그래서 딱히 주윤의 결혼 상대에 대해서도 관심이 없었다. 그저 나쁜 사람만 아니었으면 좋겠다고 바랐을 뿐이다.

강지형이 자신과 통화하기를 바란다는 메시지를 받았을 때 성준은 별로 놀라지 않았다. 언젠가 그런 일이 있을 거라는 것을 예감했다.

신분 상승, 권력, 막강한 재력을 원해서 결혼하는 사람일 테니, 당연히 주윤의 주변에 대해서도 철저하게 조사했을 테고, 비밀이 없는 세상이니 성준과 주윤의 관계에 대해 알게 되는 것도 시간문제였다.

어떻게 자신을 알게 되었는지는 알 수 없지만, 대외적으로 주윤과 자신의 관계는 어떻게 포장해도 드러내면 안 되는 관계로 보일 수밖에 없었다.

그렇다고 만날 필요까지는 없었다. 평소의 성준이었다면 전화번호도 알려 주지 않았을 것이다. 이런 일은 자신이 아니라 주윤이 처리하거나, 아니면 라렌느 쪽에서 처리할 일이었다. 하지만 주윤을 저 지경으로 만든 강지형이라는 존재가 호기심을 자극해서 전화번호를 알려 주었고, 통화를 한 후에는 그의 반응에 호기심이 더 커졌다.

결혼식을 코앞에 두고 법적 아내가 정부와 함께 있다는 것을 안 사내치고는 목소리가 지나치게 평온했다. 드디어 주윤의 행방을 알았다는 안도감까지 느껴졌다. 그가 관심 있는 것은 성준이 아니었다. 주윤이었다.

주윤의 반응도 묘했다. 강지형의 기다리겠다는 말을 전할 때 주윤의 눈빛은, 성준이 한 번도 본 적 없는 그런 눈빛이었다. 적어도 계열사 사장을 뽑듯 뽑은 남편은 아닌 것 같았다.

그가 아는 주윤은 감정이라는 것이 바닥난 사람처럼 보였다. 그 무엇에도 놀라지 않고 기뻐하지 않고 또 슬퍼하지도 않았다. 자기 자신을 보호하기 위해 모든 감정을 봉인하고, 무엇도 느끼지 않기 위해 마음을 두꺼운 철판으로 덮어 버린 사람 같았다. 주윤에게 남아 있는 감정은 오직 '분노'뿐이었다.

어떤 폭풍이 인생을 통과해 갔기에 저렇게 메말라 버렸을까 궁금하기까지 했다.

성준은 가볍게 한숨을 내쉬며 붉은 신호에 차를 멈췄다.

병원에서 가장 대접을 못 받는 사람은 자살에 실패한 사람이었다. 누구도 입 밖으로 험한 말을 내진 않았지만, 무표정한 얼굴과 차갑고 기계적인 손길에서 그것을 느낄 수 있었다. 절실하게 살고 싶어 하는 사람을 살리기에도 힘이 부치는 그곳에서 스스로 죽음을 선택하고, 그것도 제대로 하지 못해 산 사람들을 힘들게 하고, 살기 위해 발버둥 치는 사람들을 위해 써야 하는 자원을 쓰게 하는 사람은 푸대접을 받아도 쌌다.

처음에 성준은 병실에 주윤이 있는지도 몰랐다. 어떻게 자신이 그곳에 오게 되었는지도 기억나지 않았다. 처방받은 수면제를 석 달간 모았고, 그것을 단숨에 털어 넣은 것이 마지막 기억이었다.

다시 깨어나 의식을 찾기까지 고통스러운 과정이 있었을 것 같지만 아무 기억이 없었다. 가장 고통스러운 것은 여전히 살아 있다는 것이었다.

성준을 살린 건 주윤이었다.

기억은 없었지만, 의식을 잃기 직전에 성준이 주윤에게 전화를 걸었다고 했다. 질문에 제대로 대답도 못 하는 성준을 보고 뭔가를 직감한 주윤이 달려오지 않았다면, 배우도 아닌 배우 지망생 김성준은 인터넷 뉴스의 한 줄짜리 기사로 인생을 마감했을 것이다.

이상했다. 왜 동연이 아니라 주윤에게 전화를 걸었을까? 자신이 죽기 직전 누군가와 통화하고 싶다면 그건 분명 동연일 거라고 생각했었다.

성준의 손을 잡은 주윤의 손은 기묘하리만큼 부드럽고 따뜻했다. 그를 보는 눈빛도 따뜻했다.

"왜 살렸어요?"

자신이 생각해도 어이없는 투정이었다.

"나도 시도해 봤어."

주윤은 덤덤한 목소리로 말했다.

"나만 없어지면 될 것 같아서. 죽어 버리면 고통도 사라질 것 같아서. 근데 아니야. 그러니까 살아. 내가 도와줄게."

주윤은 손에 힘을 주어서 잡았다.

"살아야 할 이유가 정말 하나도 없니? 더럽고 천하고 시시하고 나쁜 거라도 상관없어."

한참 후에 성준은 주윤에게 물었다.

"누나는 뭐였는데요?"

"복수."

주윤은 짧게 대답했다.

주차장에 도착해 차에서 막 내리려고 하는데 휴대전화가 울렸다. 동연이었다.

— 네, 형. 누나는 어때요?

"지금 링거 맞고 있어. 조금만 늦게 왔으면 큰일 날 뻔했어."

동연은 길게 한숨을 내쉬었다.

— 누나 아이 가진 거 맞죠?

"그래."

동연의 작은 웃음소리가 들렸다.

"남편도 아닌데 초음파 같이 봤어. 아이 심장 소리도 들었고."

— 와아.

"정말 신기하더라. 어떻게 그런 소리를 내지?"

동연의 목소리에는 깊은 감동이 어려 있었다.

그 이상한 기분은 말로 설명할 수가 없었다. 소리를 듣는 순간 압도되는 기분이었다.

쿵쾅쿵쾅. 눈에 잘 보이지도 않는 조그만 심장이 저렇게 큰 소리를 내면서 뛰고 있다는 것이 믿기지 않았다.

동연은 어째서 많은 사람이 태아의 심장 소리를 듣는 순간 태아를 인간으로 느끼는지 알 것 같았다. 자기도 모르게 동연은 주윤의 손을 꽉 잡았다. 눈시울이 뜨거워졌다. 주윤 역시 아이의 심장 소리를 듣자 눈에 눈물이 고였다.

두 사람의 관계를 모르는 의사는 임신을 확인하는 신혼부부로 여겼을 것이다.

— 나도 듣고 싶어요.

"내가 찍어 놨지. 영상 보내 줄게."

— 누나는 알았던 거 같죠?

"마지막 생리 날짜까지 의사한테 정확하게 말하는 거 봐선 임신인 거 알았던 거 같아. 내일 오전에 검사할 게 몇 가지 있어서 여기 계속 있어 줘야 할 거 같아."

— 네. 그렇게 해요, 형.

전화를 끊었다. 성준은 뜻밖의 기쁜 소식에 소리 내어 크게 웃고 싶었다. 친조카가 생긴 것처럼 기뻤다.

주차장에 도착한 성준은 건물 안으로 들어갔다. 응접실 문을 열자 지형이 몸을 일으켰다. 성준을 보고 놀란 것도 잠시, 지형은 성큼성큼 성준에게 다가와 손을 내밀었다.

"강지형입니다."

성준은 지형의 눈을 똑바로 보며 손을 맞잡았다.

"김성준입니다."

성준의 손을 잡은 지형의 손에 힘이 들어갔다. 성준도 지지 않고 힘을 줬다. 사내들의 바보 같은 힘자랑이 10초 이상 이어졌다.

"앉으시죠. 마실 건 뭐로 드릴까요?"

"물이면 됩니다."

성준은 냉장고에서 생수 두 병을 꺼내 왔다.

"혹시 해서 드리는 말씀인데, 이 응접실엔 CCTV가 있습니다."

성준은 손으로 CCTV가 있는 곳을 가리켰다.

"소리는 녹음되지 않으니까 말씀은 마음껏 하셔도 됩니다."

지형은 천장에 붙어 있는 CCTV를 바라보다가 다시 시선을 성준에게 옮겼다.

"이런 일이 꽤 많은가 봐요?"

"남에게 맞고 다닐 짓은 하고 다니지 않습니다. 물론 맞고 다니지도 않고요."

호리호리해 보이는 것은 겉모습뿐이었다. 다양한 역할을 소화하기 위해 성준은 액션스쿨에 다니면서 여러 무술을 배워서 선수와 붙어도 호각으로 싸웠다.

"뭐든 물어보세요. 저는 별로 숨길 게 없습니다."

물병을 만지작거리고 있던 지형이 피식 웃음을 터뜨렸다.

"뭘 물어야 할지, 뭘 해야 할지 도무지 모르겠군요."

성준은 의아하다는 얼굴을 했다.

"저와 이사장님의 관계가 궁금해서 전화하신 것 아닌가요?"

"처음에 김성준 씨 이야기를 들었을 때는 그랬는데, 이젠 별로 궁금하지 않습니다. 처음에 그 사실을 우연히 들었을 때는 정말 놀랐고 화도 났고 당황도 했지만……, 내게 무슨 자격이 있을까 싶더군요."

성준은 아무런 감정을 담지 않은 메마른 목소리로 말했다.

"법적인 남편이시니까 법적인 자격이 있겠지요."

지형은 씁쓸한 미소를 지었다.

"법적인 자격이라. 그렇죠. 법적인 자격이 아직은 있죠."

아직은이라는 말을 내뱉을 때의 지형은 한없이 어둡고 쓸쓸해 보였다.

"주윤이와는 앞으로도 계속 만날 건가요?"

"네. 이사장님이 절 필요로 하는 한 제 쪽에서 거절하는 일은 없을 겁니다."

성준은 바로 덧붙였다.

"저와 이사장님 사이에 뭔가 감정이 있는 건 사실이지만, 그건 남녀 간의 감정은 결코 아닙니다. 친한 동생, 편한 동생, 그런 관계에 더 가깝죠. 서로 걱정해 주는 사이예요."

"저도 주윤이와 처음에는 오빠 동생으로 시작했죠. 그렇지만 제가 주윤이를 동생으로 보는 시간이 그리 길지 않았습니다."

"지금은 누나 동생이어도, 언젠가는 누나가 저를 남자로 보거나, 제가 누나를 여자로 볼 날이 올 거다, 그걸 말씀하고 싶으신 건가요?"

지형은 눈으로 대답했다. '네, 그래요.'라고.

성준은 피식 웃고는 입을 열었다.

"저는 게이입니다."

지형은 놀라서 눈만 크게 떴다.

"그러니까 이사장님이 아니라, 강지형 씨를 유혹할 확률이 더 높은 거죠."

물론 전적으로 농담이었다. 동연이 들었다면 적어도 6개월은 화를 낼 농담이었다.

"저와 이사장님의 관계는 남녀 사이가 아니었고, 앞으로도 그렇게 될 가능성이 제로입니다. 저는 두 분 사이가 저 때문에 벌어지는 것은 원하지 않아요. 이사장님은 제가 강지형 씨 만나는 것을 모릅니다."

"모른다고요?"

"알았다면 제게 거짓말을 부탁하셨을 거예요. 저와 이사장님이 오래된 연인 사이고, 강지형 씨는 그저 회사 때문에 결혼하는 것이라고요. 한마디로 강지형 씨는 아무것도 아니라고 말하도록 했겠죠. 강지형 씨가 이사장님을 증오하게 만들도록요."

"왜죠?"

"그래야 결혼이 끝날 테니까요. 이사장님은 두려운 것 같아요. 강지형 씨가 이사장님을 사랑하지 않았다면 이사장님은 강지형 씨 곁에 있었을 거예요. 이사장님은 지금껏 강지형 씨가 라렌느가 탐나서 결혼하는 거라고 믿고 싶었는데, 그게 더 이상 안 되니까 도망쳐 버린 거죠. 이사장님이 전하라고 했어요. 강지형 씨가 결혼식에 온다면, 이사장님이 가지 않을 거라고요."

지형의 얼굴에서 핏기가 사라졌다. 왜 내가 사랑하는 게 도망치는 이유가 되는 거지?

"내게 사랑받기도 싫을 만큼 날 증오하는 겁니까?"

"아뇨, 그 반대겠죠. 강지형 씨의 사랑을 받으면 행복해지니까 그게 싫은 거겠죠."

"행복해지기가 싫다니요?"

"글쎄요. 거기까진 제가 알 수 없지요. 누구나 타인에게 보여 주지 않는 마음의 방이 몇 개 정도는 있는 거니까요."

결혼 발표 후 들었던 주윤의 전화 목소리를 떠올렸다. 애써 감추려고 했지만 행복한 목소리가 분명했다.

그래서 성준은 안심했다. 이제 누나는 괜찮아질 거라고, 정말 좋은 사람을 만난 거라고.

"제가 감히 강지형 씨에게 한마디 해도 될까요?"

그러라는 뜻으로 지형은 고개를 끄덕였다.

"이사장님께 뭐든 솔직하게 말하세요. 감정이든 과거의 사정이든. 진실하라는 겁니다. 자기 자신에게. 또 상대에게."

심장을 송곳으로 찔린 듯 지형은 놀랐다.

성준은 지형이 지나치게 놀라는 것 같아서 기분이 이상했다.

"일반론을 말씀드리는 겁니다. 제가 볼 때 이사장님도 강지형 씨도 서로 솔직하지 않은 것 같아요."

"솔직하지 않다니요?"

"진심을 다 밝히지 않은 것 같아서요. 그러니까 도망치는 거겠죠. 이사장님도, 강지형 씨도요."

성준은 망설이다가 말했다.

"이사장님이 그랬어요. 강지형 씨는 사랑한다고 거짓말을 하고, 자신은 사랑하지 않는다고 거짓말을 한다고요."

자기도 모르게 지형은 말을 더듬고 말았다.

"내, 내가 사랑한다고 거짓말을 한다고요?"

"이사장님은 강지형 씨의 사랑이 거짓말이어야 하는 이유가 있을 테죠. 그게 뭔지 저는 모르겠지만, 아마 강지형 씨는 아시지 않을까요?"

그렇지만 지형은 전혀 모르겠다는 얼굴이었다.

성준은 한 가지를 확신할 수 있었다. 강지형은 이주윤을 아주 깊이 사랑하고 있었다. 이 사람이 주윤을 구할 수 있을까? 시도해 볼 가치는 있을 것 같았다.

"두 사람이 더 이상 도망치지 못할 이유가 생긴 건 아시나요? 강지형 씨가 얼마 후에 아빠가 될 예정이거든요."

한동안 지형은 성준의 말을 이해하지 못해 멍한 얼굴을 했다.

아빠라니? 그게 무슨 말이지?

한참 후에야 지형은 주윤이 아이를 가졌다는 것을 깨달았다.

"주윤이가 임신했다는 말입니까?"

성준은 천연덕스럽게 응수했다.

"임신할 다른 여성분이 따로 계신 게 아니라면요."

그럴 리가 없지 않냐는 듯 지형의 눈빛이 사나워졌다. 그렇지만 곧 지형의 눈빛은 애틋할 정도로 부드럽게 변했다.

"볼래요?"

성준은 동연이 보내 준 파일을 열었다. 초음파 화면과 심장 소리가 녹음된 영상이었다.

쿵쾅쿵쾅하는 소리가 휴대전화에서 흘러나왔다. 지형은 마치 휴대전화 속으로 빨려 들어갈 듯 영상을 들었다.

"지금 주윤이 어디 있습니까?"

"병원에 있습니다."

지형은 다급하게 물었다.

"왜요? 어디가 안 좋은 건가요?"

성준이 소파에서 몸을 일으켰다.

"같이 가시죠."

병원에서의 시간은 너무 느리게 갔다. 한참 전에 시계를 보았는데 겨우 2분이 흘렀을 뿐이다.

노트북에 코를 박고 있던 동연이 주윤이 뒤척이는 소리에 고개를 들었다.

"성준이 집에서는 밤이고 낮이고 자더니, 왜 여기서는 못 자?"

"그러게. 잠이 안 와. 너는 그만 들어가. 혼자 있을 수 있어."

"품앗이야."

동연이 노트북을 덮으며 말했다.

"아플 때 곁에 있어 줄 사람이 적어도 성준이 말고 한 사람은 더 있어야 내가 잘 살았다고 생각할 수 있지 않겠어?"

"성준이 말고는 나밖에 없다니, 거참 가여운 인생이네."

"그러게, 참 가여운 인생이지."

병실의 차가운 형광등 불빛 밑에서 주윤의 얼굴은 더 창백해 보였다.

"강지형, 도대체 뭐냐?"

동연은 단도직입적으로 물었다.

"손 이사가 뽑은 신랑감하고 결혼하는 것 같지는 않은데. 도대체 무슨 인연이냐?"

주윤은 대답하지 않았다.

"임신은 언제 알았어?"

동연은 자신이 주윤과 두 번이나 응급실을 거쳐 산부인과에 오게 될 줄은 몰랐다.

주윤은 대답하지 않았다.

그때와 증상이 똑같아서 혹시나 했다.

임신테스트기의 붉은 두 줄을 보는 순간, 머릿속이 텅 비었다.

그 아이를 잃고 다시는 아이는 가지지 않겠다고 결심했다.

지형과 욕망에 휩쓸려 잠자리를 한 게 아니었다. 지형을 결혼이라는 막다른 골목으로 몰기 위해 유혹했다.

임신이 될 거라곤 생각하지 않았다. 피임도 생각하지 않았다.

생리가 불규칙했고, 난소에도 문제가 있어 자연 임신은 힘들 거라고 의사가 진단했기 때문이다.

"어쨌든 잘된 일이잖아. 후계는 있어야 하니까. 결혼이나 회사나."

자식이 있다면 주윤도 조금은 변할 수 있을지 모른다.

동연은 지극히 건조한 어조로 덧붙였다.

"강지형을 원하는 거라면 더 잘됐지. 자식이 있는 한 네게서 평생 벗어나지 못할 테니까."

"바라지만 바라지 않아."

"넌 뭐가 그렇게 복잡하니? 바라지만 바라지 않는다니?"

동연은 가볍게 한숨을 내쉰 후 말했다.

"그래도 아이가 생긴 건 기쁜 일이야. 네가 느끼는 감정을 아이도 느끼고 있을 거야. 그러니 지금은 그냥 기뻐해."

"기뻐할 수 없어. 그 아이한테 미안해서 말이야."

"이주윤, 그 무슨 바보 같은 소리야. 아이가 죽은 건 네 탓이 아니야. 넌 끝까지 지키려고 했고, 낳으려고 했어."

아이가 사산되었을 때 세상을 잃은 듯 비통해했던 주윤을 동연은 똑똑히 기억한다.

"그 아이가 생겼을 때 난 조금도 기쁘지 않았어. 그러니까 기뻐할 수 없어."

"그 아이에게 미안해야 할 사람은 그 아이의 아빠야. 네가 아니라."

동연은 그때 일을 생각하자 화가 치밀어 올랐다. 제 아이를 가진 여자를 두고 외국으로 튄 새끼. 남자 망신을 혼자 다 시킨 새끼였다.

"아이 아빠가 누구야? 도대체 어디서 뭐 하는 새끼야?"

한참 후에 주윤의 입에서 대답이 흘러나왔다.

"강지형."

"뭐?"

"강지형이야."

동연은 뭔가로 머리를 얻어맞은 것 같았다.

"너 지금 무슨 소리를 하는 거야? 그 아이의 아빠가……."

"그 사람은 몰라. 앞으로도 영원히 말하지 않을 거고. 너도 비밀 지켜."

"왜 말하지 않겠다는 건데?"

"모르고 당해야 더 아플 테니까."

동연은 아연실색했다.

"너 설마 강지형한테 복수하려고 하는 거야?"

"그래."

"하아."

동연은 자기도 모르게 소리를 내고 말았다. 한 길 사람 속은 이토록 복잡했다.

"그래서 도대체 어떻게 복수를 하겠다는 건데?"

아무리 생각해도 지형이 주윤과 결혼하는 것은 복수 같아 보이지 않았다. 이 결혼에서 지형은 너무나 많은 것을 얻었다. 이젠 아이까지 생겼으니 미래를 보장받은 셈이다.

“나를 잃는 것.”

“뭐?”

“그 사람은 나를 원해. 그러니까 나를 잃게 할 거야. 나도 그를 잃었으니 공평하지 않아?”

“이주윤, 그러면 적어도 피임은 확실히 했어야지. 아이는 도대체 무슨 죄야?”

주윤은 고개를 숙였다. 임신은 뜻밖의 일인 것 같았다. 동연은 주제넘은 소리라는 것을 알면서도 입을 열었다.

“그래도 다시 너한테 왔잖아. 그걸 봐서 용서해 주면 안 돼?”

‘너를 위해 용서해.’라는 말을 동연은 삼켰다.

주윤은 담담한 어조로 물었다.

“너는 성준이 용서했니?”

정곡을 찔린 동연은 대답하지 못했다.

사랑하는 것과 용서하는 것은 별개의 문제였다. 그렇지만 사랑하면서도 증오할 수 있었고, 증오하면서도 사랑할 수 있었다.

“그럼 용서하지 말고 옆에서 죽을 때까지 괴롭혀. 나처럼.”

주윤은 대답하지 않았다.

“어쩌면 말이야. 그때 그 아이가 널 다시 찾아온 건지도 몰라.”

“뭐?”

주윤이 놀란 얼굴을 했다. 그 아이가 다시 날 찾아왔다고?

“그렇게 생각하고 그 아이를 위해서 강지형한테 아빠 노릇을 시키라고.”

한참 후 주윤이 대답했다.

"너무 늦었어. 모든 게 다……."

동연은 불안한 눈으로 주윤을 바라보았다.

병실 전화가 울렸다. 동연이 전화를 받은 후 주윤을 보며 말했다.

"지금 강지형 씨가 밑에 와 있다는데?"

"뭐?"

"어떻게 해? 돌아가라고 해?"

"도대체 여긴 어떻게 알고……."

"성준이가……."

"성준이?"

"성준이가 강지형 씨를 만났대. 지금 밑에 같이 있어."

주윤의 얼굴이 굳었다.

"강지형 씨가 너하고 성준이 사이를 좀 오해했던 것 같아."

동연은 일단 전화를 끊었다.

한참 후 주윤이 입을 열었다.

"올라오라고 해. 그리고 자리 좀 피해 줘."

"알았어."

"아, 아니다. 그냥 가."

"가라고?"

"그래, 가. 성준이 데리고."

동연은 주윤과 지형이 긴 이야기를 나눌 수도 있겠다 싶어서 그렇게 하겠다고 고개를 끄덕였다.

동연이 밖으로 나가고 얼마 후 지형이 상기된 얼굴로 주윤의 병실에 들어왔다.

주윤은 가만히 지형을 바라보았다. 지형은 정말 한 번도 본 적 없는 이상한 표정을 짓고 있었다. 웃는 것 같기도 했고 우는 것 같기도 했다. 아니, 그 둘 다 같기도 했다.

지형은 성큼성큼 주윤에게 다가와서 와락 껴안았다. 몸이 부서질 것같이 세게 껴안았다. 그렇지만 주윤은 세차게 지형을 밀어 냈다.

"미, 미안. 내가 너무 세게 안았지."

주윤은 메마른 목소리로 물었다.

"기뻐?"

"그걸 말이라고 해? 기쁘지. 너와 나의 아이가 생겼는데……."

이 얼굴을 그때 볼 수 있었다면 얼마나 좋았을까?

"누가 이 아이한테 위해를 가한다면, 오빠는 어떻게 할 거야? 그 사람을 용서할 수 있어?"

"어떻게 그런 걸 용서할 수 있어? 절대로 가만두지 않아."

"그렇지? 절대로 용서할 수 없지?"

"그래."

주윤은 고개를 돌려 창을 바라보았다.

지형은 창에 비친 주윤의 모습을 바라보았다. 지형은 주윤의 침묵이 불안하기만 했다. 주윤은 기쁜 것 같지 않았다.

"넌 기쁘지 않니?"

주윤은 몸을 돌려 지형을 보며 말했다.

"내가 왜 기뻐? 원하지도 않는 아이를 덜컥 임신했는데?"

"원하지 않아?"

"그래. 원하지 않아."

지형은 그것이 주윤의 진심이라는 것을 의심할 수가 없었다.

"내 아이라서?"

지형은 떨리는 목소리로 물었다.

"그래. 오빠의 아이라서 원하지 않아. 그렇지만 이미 생긴 아이를 어쩌겠어. 오빠가 원한다면 낳아는 줄게."

주윤은 지형의 손을 잡아 자기 배에 가져다 댔다. 지형이 흠칫 놀라며 손을 빼려고 했지만 주윤은 힘을 주어서 떼지 못하게 했다.

"그렇지만 이 아이는 내 아이가 아니야. 오직 강지형, 당신 아이야."

주윤은 지형의 손을 놓았다. 그렇지만 지형은 손을 떼지 않았다.

이 몸 안에 지형과 주윤의 아이가 있다. 지형은 주윤의 마음을 저미는 칼날 같은 말에도 무어라 말할 수 없는 희망이 샘솟았다. 꼭 주윤과 함께 행복해지고 싶었다. 배 속의 아이는 지형에게 주윤과 함께 할 미래의 시간을 의미했다.

"그렇게 내가 미운데 왜 나와 결혼하려고 했던 거야?"

아무리 생각해도 그건 미워하는 사람에게 할 일 같진 않았다.

"내가 밉다면서도 넌 내게 너무 많은 것을 주잖아. 처음엔 라렌느, 이제는 아이까지 말이야."

"그 두 가지 다 내겐 아무 의미가 없는 거니까."

"그럼 왜 도망가도 된다고 한 건데?"

주윤은 대답하지 못했다.

"난 네 말 하나도 안 믿어. 넌 나처럼 거짓말쟁이니까."

주윤은 여전히 아무 말도 하지 못했다.

"난 아무 데도 안 가."

지형은 주윤을 안았다. 주윤이 벗어나려고 하자 지형은 팔에 힘을 줬다.

"너도 아무 데도 못 가."

주윤은 지형의 체취를 들이마시면서 생각했다.

지금 내가 있는 곳이 천국일까, 아니면 지옥일까?

주윤의 귓가에 지형의 목소리가 들렸다.

"밀어내려면 밀어내고 도망치려면 도망쳐 봐. 나는 무슨 수를 써서라도 널 잡을 테니."

지형은 중얼거렸다.

"이제 나도 갈 곳이 없어. 너밖에."

그리고 너도 나밖에 갈 곳이 없게 할 거야. 그때처럼 말이야.

주윤은 있는 힘을 다해 지형을 밀어 냈다. 지형은 다시 주윤을 안고 싶었지만, 혹시 아이에게 안 좋을까 봐 시도조차 할 수 없었다.

"주윤아, 난 널 위해 뭐든 할 수 있어."

지형은 주윤을 똑바로 보며 말했다.

"네가 원하는 대로 사내이사가 될게."

그것만으로는 충분하지 않다는 듯 주윤이 그를 바라보았다.

"이효관 회장, 네 뜻대로 회사에서 나가게 할게."

지형은 주윤을 다시 안았다.

이번에는 밀어 내지 않았다.

다음 날, 주윤은 결혼식 최종 리허설에 나타났다.

나는 우리를 사랑해

—

　모든 일정을 미뤄 두고 이든은 서울행 비행기를 탔다.

　맨디의 예정일은 아직 여유가 있었지만, 혹시 아이들이 빨리 나올 수도 있어서 이든은 서울행을 망설였다. 하지만 맨디가 그의 등을 떠밀었다. 이든이 강지형을 자연스럽게 만날 좋은 기회를 놓치게 하긴 싫었다.

　드디어 강지형을 만난다.

　다은을 찾는 일은 그렇게 힘들었지만, 강지형은 어이없을 만큼 쉽게 찾았다. 제발 이자가 아주 작은 정보라도 좋으니 다은에 대해 뭔가를 알려 주길 이든은 세상 모든 신에게 빌었다.

　비행 중에 잠이 오지 않자 이든은 제현이 보내온 강지형에 대한 보고서를 읽고 또 읽었다.

　공항에는 제현이 마중 나와 있었다.

"맨디는? 같이 오는 줄 알았는데?"

"예정일이 얼마 안 남았어."

"아, 그렇구나. 언젠데?"

"일주일 뒤."

"그럼 너 여기 오면 안 되는 거 아니야?"

현호의 탄생을 보지 못했던 이든은 무슨 일이 있어도 이번 출산 때는 맨디와 함께하려고 모든 일을 뒤로 미뤄 두었다. 그렇지만 다은의 일만은 예외였다.

"맨디 부모님이 와 계셔."

"그럼 결혼식 참석만 하고 바로 돌아가야겠구나."

"응. 내일 저녁 비행기로 갈 거야."

이든은 제현이 모는 차를 타고 호텔로 향했다. 차는 인천공항을 빠져나가 고속도로로 접어들었다.

"눈 좀 붙여. 차 엄청 밀릴 거야. 하필 퇴근 시간에 걸려서."

"하나도 안 졸려."

"비행기에서 잤어?"

이든은 아니면서도 그렇다고 대답을 했다.

"정말 너한테 너무 고맙다. 일면식도 없는 사람 결혼 초대장까지 구하게 하다니."

제현은 그저 웃음으로 대답을 대신했다. 이든이 초대장을 원하면 라렌느에서는 분명히 보내 줄 것이었지만, 어디까지나 이번 일은 개인적으로 남에게 알리지 않고 처리해야 했다. 극도로 선별된 인원만 초대받은 비공개 행사라서 초대장 구하는 게 쉽지 않았다. 제현은 자신의 인맥을 총동원해 겨우 두 명 분의 초대장을 구할 수 있었다.

"어떻게 구한 거야?"

"장인어른의 친구분이 라렌느의 광고 대행을 맡은 회사 대표시거든. 우리는 그분과 같이 초대받은 거로 되어 있어. 그분한테는 네가 모국인 한국에서 비즈니스를 하려고 한다고 했어. 피로연 파티 때 참석해서 자연스럽게 사람들을 소개받고 싶어한다고. 다들 너하고 연줄을 만들고 싶어 하니 그건 별문제가 아닌데…….."

제현은 잠시 이든을 힐끗 본 후 계속해서 말을 이었다.

"그분 손자가 뉴욕대에 다니고 있는데, 방학 때 너희 회사에서 소셜 네트워크 마케팅과 홍보 쪽 인턴 경력을 쌓고 싶다고…….."

이런 식의 거래를 이든은 좋아하지 않았다. 자신이 밑바닥부터 시작해서 돈 좀 있고 백이 있다는 이유로 무임승차하는 금수저들을 무척 싫어했고, 한 번도 그런 요구를 받아 준 적이 없었다.

그렇지만 이번엔 원칙을 굽힐 수밖에 없었다. 그에게 다은은 원칙 위의 존재였다.

"레주메 보내라고 해."

제현은 안도의 한숨을 내쉬었다.

"미안하다."

"드문 일도 아닌걸."

유력 가문의 자제들을 인턴으로 고용해 인맥을 두텁게 하는 것은 업계에서 흔한 일이었다. 다만 이든이 하지 않았을 뿐이다.

이든은 화제를 강지형으로 돌렸다.

"네가 볼 때 강지형은 어떤 사람 같아?"

"나쁘지 않아."

"주변 평판은?"

"좋아. 겉으로는 흠잡을 데가 없는 사람이야."

"이런 말 하면 네가 웃을지도 모르지만, 왠지 예감이 좋아."

이든은 다은에 대한 아주 작은 실마리를 찾을 때마다 이렇게 말했었다.

이든은 화제를 돌렸다.

"결혼 상대는 어떤 사람이야? 거의 정보가 없던데."

강지형과 결혼할 사람이 누구인지 궁금해져서 구글링을 해봤지만, 깜짝 놀랄 만큼 정보가 없었다.

"학교도 어디 나왔는지 모르겠고, 찾을 수 있는 정보는 오직 입양아라는 것밖에 없던데?"

"워낙 사생활을 공개 안 해서 알려진 게 없어. 공식적으로 사람들 앞에 처음 등장했던 게 모친 장례식장이었으니까. 라렌느를 상속받은 후에도 공식 석상에는 거의 얼굴을 드러내지 않아서 회사에서도 얼굴을 아는 사람이 거의 없어. 문화재단 이사장이라는 직함을 가지고 있기는 한데, 실질적으로 하는 일은 없어. 얼굴마담도 안 하니까."

"그렇다는 건 강지형의 경영 능력을 높이 샀다는 건가?"

"미래 가치를 높게 봤겠지. 지금까진 일 잘하는 사람으로 알려져 있긴 해. 그렇지만 그건 두고 봐야 할 문제지. 일개 프로젝트를 성공시키는 것과 수많은 브랜드를 거느린 공룡 같은 라렌느를 경영하는 건, 능력의 규모 자체가 다른 일이니까. 다들 실수하기만을 기다리겠지. 유리 구두를 신고 달리는 건 쉬운 일이 아니야. 재벌가의 사위라고 다들 부러워하지만, 실상은 여왕벌을 모시는 일벌 아니면 짝짓기 후에 쓸모없어지는 수벌에 불과하잖아."

이든은 피식 웃으면서 말했다.

"강지형은 일벌인가?"

"그렇지. 일벌이라 다행이지. 수벌은 결혼비행 후에 죽어 버리잖아."

"능력도 있는 사람이 왜 그런 결혼을 할까?"

"능력이 있으니까 하지."

"그게 무슨 말이야?"

"이주윤은 경영을 못 해. 강지형은 이 결혼으로 라렌느를 통째로 얻는 거라고."

"왜 경영을 못 해?"

"문제가 많거든. 소문으로는 최악의 결혼 상대야. 비슷한 수준의 사람과 결혼하지 못해서 회사 직원과 결혼하는 것이라는 게 맞을 거야."

"도대체 어떻길래?"

제현은 이 말을 해야 할지 말아야 할지 망설였다. 수준 낮은 가십을 수군대는 사람 같아서였다. 그렇지만 이든이 강지형이 어떤 사람인지 알려면 결혼 상대인 이주윤이 어떤 사람인지 알 필요가 있었다.

"이주윤 이사장이 입양아라고 했잖아."

"응."

"양부모와 사이가 안 좋았나 봐. 나도 누구한테 들은 이야긴데……."

제현은 뜸을 들었다.

"얼마 전에 회사에서 양부인 이효관 회장이 이주윤을 실신할 때까지 마구 폭행했대."

"뭐?"

이든은 정말 너무 놀랐다.

제현이 한 모든 말들은 그의 상식으로는 절대 있어서는 안 되는 일이었다.

"이주윤이 의식불명에 피투성이가 돼서 병원으로 실려 갔대. 회사에서 사람들 다 보는 앞에서 그런 짓을 했으니, 안 볼 때는 어땠겠어. 지금 이주윤은 성인인데도 그렇게 일방적으로 폭력에 당했는데, 어린아이였을 때는 어땠겠어."

이든은 놀라서 벌린 입을 다물지 못했다.

제현 역시 아이를 키우는 아버지 입장이라 마음이 좋지 않았다.

"이주윤 이사장이 어릴 때부터 양부모에게 학대를 당했다는 소문이 파다해. 이주윤을 언론에 공개하는 걸 극도로 꺼렸던 게 그 때문이라는 말도 있어. 10대 때부터 정신병원을 자주 들락거렸나 봐. 요즘도 외부 행사에 모습을 드러내지 않는다는데, 불안정한 정신 상태 때문이 아닐까 싶어. 라렌느에선 이주윤을 시한폭탄이라고 부른대."

이든의 표정이 심각해졌다.

"더 끔찍한 건 말이야. 죽은 한 회장 친딸 이름이 이주윤이야. 죽은 아이와 똑같은 나이의 아이를 입양해서 똑같은 이름을 붙여 준 이유가 뭐겠어? 이주윤이 그들에게 어떤 존재인지 그거 하나로 충분히 알 것 같지 않아?"

"그 사람, 이주윤."

"응."

"우리 다은이랑 같은 나이던데."

"그래?"

제현은 거기까지 생각하지 못했다.

한 번도 보지 않았던 이주윤과 여동생 다은이 자꾸 겹쳐졌다. 이든은 진심으로 마음이 아팠다.

"다은이 생각해?"

이든이 아무 말 없이 앞만 응시하고 있자 제현이 물었다.

"우리 다은이도 그런 끔찍한 집에 입양되었으면 어쩌지? 너무 늦은 게 아닌지 걱정이 돼."

"이든, 살아 있는 한 너무 늦은 때는 없어."

그러나 제현의 말은 이든에게 어떤 위로도 되지 못했다.

호텔에 도착할 때까지 이든은 아무 말도 하지 않았다. 그러나 얼굴에 무거운 마음이 고스란히 드러났다.

제현은 괜히 이주윤에 대해 이야기했다고 후회했다.

최종 리허설을 마친 날, 지형과 주윤은 아델린하우스에서 머물렀다. 결혼식 당일에 이동 없이 편하게 결혼식 준비를 하기 위해서였다.

리허설은 밤 9시가 되어서야 끝났다. 작은 것 하나하나도 지형과 주윤이 직접 점검하고 컨펌을 해 줘야 했다.

지형은 물 말고는 아무것도 입에 대지 못하는 주윤이 안쓰러워 미칠 것 같았다. 뭐든 먹을 수 있는 게 있다면 그게 어디에 있든 구해 오고 싶었다. 토하는 입덧이 끝나면 먹는 입덧이 온다던데, 빨리 그 먹는 입덧이 왔으면 좋겠다고 생각했다.

리허설을 마친 주윤은 피곤하다는 말만 남기고 방으로 들어가 나오지 않았다.

지형은 호텔에 부탁해 주윤이 먹을 만한 것을 가져왔다. 우유, 요거트, 과일, 주스……. 일단 머릿속에 떠오르는 것은 다 준비해 달라고 했다.

멍하니 침대에 누워 있던 주윤은 지형이 들어오는 것을 보고 몸을 일으켰다.

"이게 다 뭐야?"

"뭐라도 먹어야 할 것 같아서."

지형의 눈에는 주윤이 곧 쓰러질 것같이 창백해 보였다.

시도도 안 할 것 같았지만 주윤은 지형이 가져온 것을 다 한

입 이상은 먹었다. 수액으로 버티는 것도 한계가 있었다. 뭐든 먹어야 했지만, 도무지 입에 맞는 게 없었다.

우유와 요거트는 비렸고, 과일들은 풋내 때문에 삼킬 수가 없었다. 입덧을 하면 새콤달콤한 것이 당긴다던데 주윤은 신 것만 봐도 신물이 올라왔다. 속이 뒤집히면 세상도 뒤집혔다.

가져온 것 중 주윤이 먹을 게 없자 지형은 실망했다.

"오빠, 수박은 없어?"

"수박?"

"수박주스가 먹고 싶어."

그 말을 듣는 순간, 지형은 '아, 이게 바로 친구들이 말하던 그것이구나.' 했다. 임신한 아내가 먹고 싶은 것을 구하기 위한 친구들의 무용담을 들었을 때, 지형은 설마 그럴까 반신반의했었다.

"정말 꿈에도 상상하지 못한 게 툭 튀어나와. 우리 마누라는 순두부를 싫어했거든. 그 촉감이 싫다나? 그런데 갑자기 순두부가, 그것도 강릉 초당 순두부가 먹고 싶다는 거야. 갓 만든 따끈한 것으로. 다음 날, 월차 내고 같이 갔지."

한겨울에 복숭아를 구하러 뛰어다니고, 한밤중에 속초로 오징어순대를 사러 간 정도는 고생 축에도 끼지 못했다.

"우리 와이프는 영국 여행 중에 먹었던 무슨 잼을 찾는데, 아주 돌아 버리는 줄 알았다. 박사 학위 논문 1차 디펜스할 때도 그것보단 덜 치열했던 거 같다."

정답은 루바브잼이었다. 과일잼인 줄 알고 찾았으니 정답이 쉽게 나올 리가 만무했다.

"그래도 있는 걸 구해 달라면 다행이지. 도대체 10년 전에 문을 닫은 빵집의 밤식빵이랑, 어디로 이전했는지도 모르는 중국집의 쟁반짜장을 원하면 어쩌라는 거냐. 자기도 못 구한다는 걸 아니까 뭐라고는 못 하고 한밤중에 불 꺼진 거실에서 소리도 안 내고 펑펑 우는데……. 내 평생 그것보다 무서운 건 못 본 것 같아. 샤이닝은 그거에 비하면 텔레토비 수준이야."

다들 '두 번은 못 해.'라고 몸서리를 치면서도 눈이 반짝반짝 빛났던 것도 기억했다. 해낸 자의 자부심이었다.

수박주스라.

생각보다 난이도가 낮았다. 24시간 마트가 지형의 든든한 지원군이었다.

"기다려. 오빠가 한 시간 안에 구해 올게."

지형은 장담한 대로 한 시간도 안 돼서 수박주스를 가져왔다.

마트에 가서 수박을 사서 호텔 주방에서 갈아 달라고 해서 가져온 것이다. 수박 한 통을 다 갈았는지 주스가 유리 저그 세 개에 가득 담겨 있었다.

지형은 컵에 주스를 조금 따라 주윤에게 주었다.

친구들이 덧붙였던 이야기가 있었다. '죽을 만큼 먹고 싶다고 해서 죽을 고생을 해서 가져왔더니, 냄새도 못 맡고 토하더라.'였다.

"먹을 수 있겠어?"

지형은 잔뜩 긴장해서 물었다.

수박주스를 한 모금 마시더니 주윤이 말했다.

"응. 맛있어."

맛있다는 말에 긴장이 풀리고 웃음이 나왔다.

"그래도 다행이다. 먹을 수 있는 게 있어서."

주윤은 수박주스를 두 잔이나 마셨다. 지형은 남은 주스를 냉장고에 넣었다.

"내일도 준비해 줄게."

주윤이 잘 먹는 모습을 보자 지형은 숨통이 조금 트이는 것 같았다. 이렇게 주윤에게 뭔가 해 줄 수 있는 게 있어서 행복했다.

"뭐든 말해. 오빠가 무슨 수를 써서라도 가져올게."

"오늘 한 번으로 족해. 다음엔 연 비서에게 부탁할게."

"그걸 왜 연 비서에게 부탁해?"

"그게 연 비서 일이야. 24시간 내가 원하는 것은 뭐든 해 주기 위해 1년에 연봉을 7천만 원이나 받아 간다고. 이런 신혼부부 놀이는 한 번으로 족해. 오빠가 할 일은 라렌느 경영이야. 나한테 한밤중에 수박주스를 가져다주는 게 아니라."

"나는 너와 우리 아이를 돌보고 싶은 것뿐이야."

"오빠가 나와 오빠의 아이를 돌보고 싶다면 라렌느부터 지켜. 라렌느 경영이 그렇게 만만해 보여? 잘나가는 기업의 최고경영자도 매 순간 생존을 고민해. 앞으로 오빠 어깨에 몇 사람의 생계가 달려 있는지만 생각해. 내가 오빠를 남편으로 선택한 가장 큰 이유가 오빠의 능력이야. 이 회장을 밀어내려면 이 회장보다 더 뛰어나야 한다고. 지금까지 오빠가 보여 준 성과는 본부장급에서나 칭찬할 만한 거지, 최고 경영자급은 아니야. 이제부터 오빠는 매 순간 능력을 의심당하고 또 의심당할 거야. 그리고 내가 가장 오빠를 의심할 거라고. 오빠의 능력과 실적이 기준에 미치지 못하면 우리 결혼도 거기서 끝날 거야."

주윤의 말은 놀랍도록 현실적이었다. 지형은 주윤의 다른 모습을 보는 듯했다.

"갈 곳이 나밖에 없다면 라렌느 경영에 미친 듯이 몰두하는 게 좋을 거야."

말을 마친 주윤은 침대에 몸을 눕혔다.

"피곤해. 자고 싶어. 이만 나가 줘."

"잠들 때까지 있어 줄게."

"필요 없어."

주윤이 자신을 완강하게 거부하자 지형은 더 이상 방에 있을 수 없었다.

지형이 나가고 한참 후 주윤은 몸을 일으켜 냉장고에 들어 있는 수박주스를 꺼냈다.

이 밤에 어디서 수박을 사 왔을까?

지형의 몸에선 땀 냄새가 났다. 분명 차를 타고 다녀왔을 텐데. 조금이라도 더 빨리 주윤에게 수박주스를 주고 싶어서 걷지 않고 뛰어서 온 것 같았다.

주윤은 울지 않으려고 애쓰며 수박주스를 천천히 마셨다. 그렇지만 울음이 터져 나왔다. 결국 주윤은 침대에 얼굴을 묻고 소리 내지 않고 한참을 울었다.

자꾸만 그때 기억이 나서 하루에도 몇 번씩 마음의 평정이 무너졌다.

몸에 아로새겨진 기억은 정말 잊으려야 잊을 수가 없었다.

그때는, 입덧 같은 것도 하지 않았다. 두려워서 아무것도 느끼지 못했다. 그다음에 밀려온 감정은 수치스러움이었다.

분명 지형은 좋은 아빠가 되어 줄 것이다. 그게 이 아이에게 주윤이 해 줄 수 있는 유일한 선물이었다. 주윤은 마음속으로 수없이 중얼거렸다. 미안하다고.

입 안에서 여전히 달콤한 수박의 맛이 났다.

주윤은 생각했다.

행복을 맛으로 표현한다면 아마 이런 맛이겠지.

결혼식 날은 맑았지만 덥지는 않았다. 거기에 바람도 적당히 시원하게 불어 가든파티를 하기 좋은 날씨였다.

주윤은 달콤한 향기에 잠이 깼다. 장미 향기였다.

눈을 뜨니 침대 옆 협탁 위에 색색의 장미가 빽빽하게 꽂힌 화병이 놓인 것이 보였다. 주윤은 몸을 일으켰다. 장미는 협탁 위에만 있는 것이 아니었다. 침실 여기저기에 화병이 놓여 있었다. 침실이 마치 장미화원이 된 듯했다.

주윤은 카드를 꺼냈다. 종이를 오려서 만든 카드였다. 삼각 지붕의 집 안에서 남자와 여자가 껴안고 있고, 그 주위를 아기 천사들이 감싸고 있었다. 지형이 손수 만든 카드였다. 지형은 페이퍼 커팅 아티스트에게 도안을 의뢰한 후 자기 손으로 자르고 오리고 파냈다.

주윤은 카드를 읽었다.

'나는 우리를 사랑해.'

참 좋은 말이었다. 너를 사랑하는 게 아니라 우리를 사랑한다는 말이.

주윤은 그것이 바로 결혼이라고 생각했다.

그 어떤 고백보다 달콤하고 따뜻했다. 마음의 위안이 되고 용기가 돼 주는 말이었다.

너무 늦게 오지만 않았다면 말이야.

주윤은 노크 소리에 정신을 차렸다.

"들어와요."

연 비서는 눈앞에 펼쳐진 장미 꽃밭에 놀란 얼굴을 했다.

"이게 다 뭐예요? 강 본부장님 선물이에요?"

주윤은 고개를 끄덕이며 말했다.

"자고 있을 때 두고 갔나 봐요."

"어머, 예뻐라."

신선한 장미가 내뿜는 향기는 그 어떤 향수와도 비교할 수 없었다.

장미 향기로 잠을 깨우다니. 강 본부장이 이렇게 로맨틱한 구석이 있을 줄 꿈에도 몰랐다.

물론 돈도 많이 있어야 할 수 있는 일이지만.

"이거 강 본부장님이 꼭 드시게 하라고 하셔서요."

연 비서는 가져온 수박주스를 주윤에게 건넸다. 매일 꼭 챙겨 달라고 어젯밤 신신당부를 해서 아침에 호텔 주방에 부탁해서 만든 주스였다.

"혹시 드시고 싶은 것 있으면 주방에 부탁할게요."

"아뇨. 다른 건 도저히 넘어가질 않아요."

"강 본부장님이 의사와 간호사를 대기시켜 놓으라고 하셨습니다. 오늘 날씨가 꽤 더워서 탈진하실 수도 있다고요."

주윤은 어이가 없어서 웃음이 터졌다. 걱정이 지나쳤다.

연 비서는 우담바라가 핀 것을 보는 것처럼 놀랐다. 주윤이 소리 내서 웃는 것을 보는 건 처음인 것 같았다.

"와이프가 임신하면 다들 그래요?"

"강 본부장님이 조금 심하신 거죠. 그렇지만 얼마나 기쁘고 좋으면 그러시겠어요."

"그런가요? 기쁜가요?"

"네?"

"전 별로 안 기쁜데요."

연 비서는 어떤 표정을 지어야 할지 알 수가 없었다.

"연 비서님은 기쁘기만 하셨어요?"

한참 후에 연 비서가 입을 열었다.

"아뇨. 기쁘기만 하진 않았어요."

"남자들이 부럽네요. 그저 기뻐할 수만 있어서요."

연 비서는 주윤의 말에 동의했다. 처음으로 연 비서는 주윤에게 동질감 비슷한 것을 느꼈다.

주윤이 유리컵을 탁자에 내려놓자 기다리기라도 한 것처럼 연 비서의 전화가 울렸다.

"스타일리스트팀이 기다리고 있습니다."

"들어오라고 해요."

얼마 후, 주윤을 신부로 만들어 줄 스타일리스트팀이 들어왔다.

세 시간에 걸친 메이크업과 헤어가 드디어 끝났다.

"다 끝났습니다. 이사장님, 어떠세요? 마음에 드세요?"

주윤은 메이크업을 마친 자신의 얼굴을 바라보았다.

염색하지 않은 검은 머리카락을 자연스럽게 늘어뜨렸고, 메이크업은 마치 화장을 안 한 듯한 투명한 느낌을 살렸다. 거울에 비친 주윤은 열 살은 어려 보였다. 메이크업 담당자가 무슨 마법이라도 부린 것 같았다.

"너무 예쁜데요."

뭔가 잘못된 것 아니냐는 말투였다.

"네?"

수많은 사람의 웨딩 메이크업을 했지만 이런 이상한 반응은 처음이었다.

주윤이 메이크업에 뭔가 반응을 보인 것도 처음이어서 담당자는 '예쁘다니 좋다는 거겠지.'라고 마음 편하게 해석했다.

낯설면서도 낯익은 여자가 거울 속에 있었다. 되고 싶었지만 될 수 없었던 그 여자였다.

주윤은 타인을 보는 듯한 눈으로 거울 속의 자신을 응시했다. 거울 속에서 광채를 뿜는 듯한 여자는 행복해 보였다. 그러니 저 모습이 자신일 리 없다.

메이크업 담당자가 입을 열었다.

"올리비아 핫세라는 배우를 아세요?"

주윤은 고개를 저었다. 영화에 관심이 없어서 전혀 들어 본 적 없는 배우였다.

"하긴 이사장님이 아시기엔 너무 옛날 배우이긴 하네요. 그 배우가 〈로미오와 줄리엣〉이라는 영화에서 줄리엣 역을 맡았는데, 지금 보니까 그 영화 속 모습이 이사장님과 많이 닮았어요."

"그런가요?"

주윤은 여전히 별로 관심이 없었다. 메이크업 담당자는 주윤의 미지근한 반응이 잘 모르는 배우라서 그런가 보다 생각했다.

"그런데 결혼할 신부에게 줄리엣을 닮았다고 하는 건, 별로 좋은 말은 아닌 것 같네요."

배우와 영화는 몰라도 셰익스피어는 알았다.

자신의 실언을 깨달은 메이크업 담당자는 당황해서 얼굴이 붉어졌다. 생각해 보니, 로미오와 줄리엣은 비극적인 결말을 맞은 연인이 아닌가.

"수고하셨어요."

주윤은 평소처럼 무미건조하게 말한 후 자리에서 일어났다. 오랫동안 앉아 있었더니 허리가 아팠다.

주윤은 수박주스를 한 잔 따라서 빨대로 마시면서 창가로 걸어가 밖을 바라보았다. 일찍 도착한 손님들이 보였다. 드레스

코드인 블루에 맞춰 푸른색 옷이나 푸른색 장신구를 한 손님들은 샴페인잔이나 음료수잔을 들고 인사를 하고 이야기를 나누고 있었다. 아델린하우스 건물의 침묵과 달리 정원에는 흥겨운 웃음소리가 넘쳐났다.

주윤은 손님들을 살폈다. 아는 얼굴은 하나도 없었다. 아직 성준과 동연은 오지 않은 것 같았다.

'오빠도 나도 참 외로운 사람이네.'

서류상의 부모가 있었고, 혈연상의 부모가 있었다. 그렇지만 그들 중 아무도 이 결혼식에 초대받지 못했다.

뭔가 소동이 벌어졌는지 손 이사가 뛰어가고 있었다. 손 이사가 뛰어갈 정도면 큰일이라는 뜻이었다. 최대한 조용히 식을 마치길 바라던 주윤은 미간을 찌푸렸다.

연 비서가 다가왔다.

"이제 드레스로 갈아입으셔야 해요."

주윤은 창에서 시선을 돌려 전신 거울 앞으로 걸어갔다. 거울 옆 행거에는 오늘 주윤이 입을 세 벌의 드레스가 걸려 있었다. 한 벌은 웨딩드레스였고, 두 벌은 애프터파티 드레스였다.

주윤의 웨딩드레스는 엠파이어 라인의 심플한 드레스였다.

민정은 주윤의 목에서 어깨, 팔로 떨어지는 곡선이 예쁘다고 생각했고, 그 부분을 과하지 않게 드러낼 수 있는 드레스를 고르기 위해 고심했다. 야외에서 가든파티 식으로 결혼식이 진행될 예정이어서 편안하게 움직일 수 있어야 한다는 조건도 만족해야 했다.

주윤을 드레스로 갈아입힌 후 옷을 체크했다. 민정은 자연스럽게 늘어뜨린 주윤의 검은 머리카락 위에 베일을 씌웠다. 드레스보다 더 어렵게 공들여 고른 베일이었다.

드레스가 미니멀하고 내추럴한 스타일이어서 그것과 균형을 맞추기 위해 베일은 장미가 수놓아진 화려한 스타일로 골랐다. 베일 너머로 은은하게 보이는 주윤의 목과 팔이 상아로 만든 조각 같았다.

민정은 다이아몬드와 루비로 만든 머리 장식으로 베일의 양옆을 고정했다.

"이제 끝났습니다."

민정은 자기도 모르게 만족스러운 미소가 나왔다. 머릿속에서 상상했던 그 모습이 거울에 비치고 있었다. 민정은 주윤의 얼굴을 보고 깜짝 놀랐다. 거울 속의 주윤이 살짝 미소 짓고 있었기 때문이다.

주윤은 거울에 비친 민정의 눈을 보면서 말했다.

"마음에 드네요. 수고하셨어요."

민정은 뜻밖의 칭찬에 얼굴이 붉어졌다. 이 목석같은 여자도 결혼식을 앞두고 마음이 설레긴 하는구나 싶었다.

연 비서가 말했다.

"이사장님, 이제 슬슬 일어나셔야 할 것 같습니다."

"그러죠."

"그럼 강지형 본부장님께도 연락드리겠습니다."

연 비서가 막 지형을 담당한 직원에게 전화를 걸려고 할 때였다. 손 이사가 노크도 없이 신부 대기실에 급한 발걸음으로 들어왔다. 손 이사의 얼굴에는 난처한 기색이 역력했다.

"무슨 일인가요?"

"이 회장님이 오셨습니다."

손 이사가 당황해서 달려간 게 이 일 때문이구나 싶었다.

"준비한 대로 의전 가동하면 되잖아요."

초대하지는 않았지만 자리 준비를 비롯해 맞을 준비는 다 해둔 상태였다.

"이사장님을 단둘이 봬야겠다고 해서요."

"저를요?"

"꼭 하실 말이 있답니다. 그것도 결혼식 전에."

"쫓겨나기 싫으면 하객 테이블 앞쪽에 얌전히 계시라고 전해 주세요."

주윤의 목소리에는 찬바람이 불었다.

손 이사는 더 곤란한 얼굴을 했다. 결혼식장에서 신부 아버지가 쫓겨나는 것을 사람들이 보게 할 순 없었다. 어째서 혼주석이 없냐고 묻는 사람들에게 '신랑의 부모님이 고인이셔서 그렇게 했다.'라고 둘러대고 있는 중이었다.

손 이사 역시 효관이 결혼식에 오지 않을 거라고는 생각하지 않았다. 결혼식에 불참한다면 주윤과의 불화설이 기정사실이 되는 것이었다. 주윤 역시 타격을 받겠지만, 효관이 받을 타격이 더 컸다.

그렇지만 이렇게 꼭 단둘이 만나야겠다고 고집을 부릴 줄은 몰랐다. 손 이사 선에서 막을 수 없어서 주윤에게 달려온 것이다.

결혼식에 소동이 벌어지는 것은 주윤도 손 이사도 바라지 않았다.

"이번 결혼식은 이사장님께 정말 중요한 행사입니다. 보는 눈이 있으니, 이 회장님도 큰 소동은 피우지 못하실 겁니다."

이번 결혼식은 대외적으로 라렌느의 이주윤이 멀쩡한 사람이라는 것을 보여 주는 중요한 쇼였다.

"결혼식 전에 아버지와 딸 단둘의 오붓한 시간을 바라시는 건 아닐 테고. 정말 끝까지 사람을 힘들게 하는 분이네요. 들어오라고 하세요."

"알겠습니다."

"강지형 씨에게는 알리지 말고요. 결혼식 전에 괜히 머리 복잡하게 만들고 싶진 않으니까요."

주윤의 생각에 손 이사도 동의했다. 나가려던 손 이사가 입을 열었다. 이 정도 사안은 주윤에게 보고하는 게 맞는 것 같았다. 효관의 등장만큼 큰일은 아니었지만, 이 역시 예상하지 못한 일이라는 것은 마찬가지였다.

"혹시 유어블루버드의 이든 메이어라는 분을 아세요?"

전혀 예상하지 못한 곳에서 이든 메이어의 이름이 나오자 주윤은 살짝 당황했다. 그렇지만 주윤은 침착하게 대답했다.

"유어블루버드는 알죠. 이든 메이어는 거기 창업자이자 CEO 아닌가요?"

"그분이 결혼식에 오셨더군요."

"뭐라고요?"

주윤은 놀라서 눈을 크게 떴다.

"그 사람이 왜 여길 와요? 초대장을 보냈나요?"

"아뇨. 몇 번이나 확인했지만 초대장을 보낸 적은 없습니다. 라렌느 광고 대행사 대표분과 동행해서 왔더군요."

"라렌느의 광고 대행사 대표요?"

주윤은 얼굴을 찌푸렸다. 효관 쪽 사람이었다.

손 이사도 그게 마음에 걸렸다.

"언론 쪽에 알아봤는데 아는 이가 없더군요. 비밀리에 입국한 것 같습니다."

비밀리에 한국에 입국해서 아무런 인연도 없는 라렌느 이주 윤의 결혼식에 얼굴을 들이밀었다? 그것도 라렌느의 광고 대행사 대표와 동행해서?

손 이사는 안 그래도 결혼식 당일에 처리할 일이 한가득인데, 결코 푸대접할 수 없는 거물 불청객 때문에 패닉이 온 상태였다.

"어떻게 대응해야 할까요?"

"그쪽에서 비밀리에 입국한 거니까 우리 쪽에서도 모른 척해주지요. 누구와 접촉하는지는 눈여겨봐 주세요. 그렇다고 너무 가까이 다가가서 눈치채게 하진 말고요."

"네."

손 이사가 나간 후 주윤은 민정을 보며 말했다.

"혹시 양복 포켓에 꽂을 코르사주를 구할 수 있을까요?"

"예. 아마 있을 겁니다. 가져오라고 할까요?"

"네. 부탁드릴게요."

스타일리스트팀과 연 비서가 대기실을 나갔다.

주윤은 수박주스를 마시며 마음을 진정시키려고 애썼다.

이든 메이어. 한국 이름은 윤명진. 윤다은의 오빠.

그 사람이 자신의 결혼식에 왔다는 것이 믿어지지 않았다.

'뭔가 알고 온 건가? 아니면 정말 말도 안 되는 우연인가?'

양부가 사실을 밝혔을 리는 없고, 뒷조사로 자신을 찾아내는 것은 불가능했다.

수박주스를 다 마신 주윤은 다시 창가로 갔다. 좀 전보다 더 많은 사람이 파티장을 채우고 있었다. 사람들의 모습을 유심히 보던 주윤은 저 멀리 어떤 남자와 대화를 나누는 이든 메이어를 알아보았다. 사진으로 봤을 때보다 키가 크고 이목구비도 더 또렷해 보였다.

주윤은 한참 동안 이든 메이어의 얼굴을 바라보았다. 아무런 감정도 생기지 않았다. 파티장에 있는 수많은 낯선 사람 중 하나였다. 어릴 적 얼굴도 기억나지 않는, 이제 그저 이름으로만 알고 있는 낯선 사람이었다.

'저 사람은 과연 나를 알아볼까?'

문득 궁금해졌다.

효관이 딱딱하게 굳은 얼굴로 대기실에 들어왔다.

"앉으세요."

주윤은 자신의 맞은편 의자를 권했다. 드레스와 베일 때문에 자리에서 일어나는 것이 불편해 주윤은 굳이 몸을 일으키진 않았다.

"시간 많이 못 내드려요. 곧 나가 봐야 하거든요. 하실 말씀이 뭔가요? 시간 낭비는 아니었으면 좋겠네요."

"강지형 본부장 말이다."

"네."

"강지형 본부장의 친부가 누군지 알고 있느냐?"

"그때도 말씀드렸잖아요. 죽은 사람 궁금하지 않다고요."

"죽지 않았다. 두 눈 시퍼렇게 뜨고 살아 있어."

"그래서요?"

주윤은 덤덤하게 대꾸했다.

"강 본부장이 너한테 거짓말을 한 거다. 강 본부장 친부는 살아 있어."

"강 본부장의 친부가 살아 있다는 게 왜 중요한데요?"

"거짓말을 했으니까."

"누구나 거짓말을 해요. 이 회장님은 살면서 한 번도 거짓말을 안 하셨어요? 오죽했으면 죽었다고 했을까요."

주윤은 효관을 똑바로 바라보며 말했다.

"한 번도 아비 구실 한 적이 없다던데, 그런 아비를 죽었다고 해서 누가 뭐라 그럴까요?"

효관의 이마에 핏줄이 솟았다. 지형이 자신을 이렇게 철저히 부정하는 것에 분노가 치밀어 올랐다.

도대체 지형이 자신에 대해 어떻게 말했길래 주윤이 자신의 존재를 이렇게 하찮게 여기는 걸까?

"하고 싶은 말씀, 다 하셨으면 그만 가 보시지요. 괜한 걸음을 하셨네요. 제가 알아야 할 것은 이미 다 알고 있습니다."

"알고 있다고?"

주윤은 눈빛으로 대답을 대신했다.

도대체 속내를 알 수 없는 묘한 눈빛이었다.

"넌 정말 네 어미를 닮았구나."

평생을 살아도 한 길은커녕 한 치도 알 수 없었던 그 여자, 한혜선의 눈빛이었다.

"낳은 정보다는 기른 정이라고 하지 않았나요?"

효관은 떠보는 질문을 던졌다.

"그래, 누구냐? 강 본부장의 친부가."

주윤은 미소를 지으며 대꾸했다.

"그걸 왜 저한테 물어보세요?"

주윤은 마치 효관을 놀리듯 말했다.

"아시는 걸 저한테 굳이 물어보실 건 없지요."

효관은 혼란스러웠다. 주윤의 속내를 아무리 해도 알 수가 없었다.

주윤이 갑자기 헛구역질을 하면서 손바닥으로 입을 막았다.

"잠시만요."

주윤이 소파에서 몸을 일으켜 화장실로 갔다. 토하는 소리가 효관의 귀에 들렸다.

잠시 후, 주윤은 핸드 타월로 입을 닦으며 나왔다. 그러다가 다시 뒤로 돌아 화장실로 들어갔다. 토하는 소리가 아까보다 더 크게 났다.

변기 물 내리는 소리가 나고, 주윤이 창백한 얼굴로 화장실을 나왔다.

"아이를 가진 거냐?"

주윤은 딱히 부인할 생각은 없었다.

"네."

누구의 아이인지는 물을 필요가 없었다.

효관은 망연자실했다. 자신은 그렇게 원해도 얻을 수 없었던 것을 지형은 너무도 쉽게 얻었다. 라렌느도 그리고 지위를 단단하게 해 줄 아이도. 그 아이가 죽지 않았다면 지금 라렌느를 소유한 건, 자신의 피 한 방울 섞이지 않은 주윤이 아니라 자신이었을 것이다. 핏줄에 대한 애정보다 질투와 탐욕이 앞섰다.

아이라.

효관의 머리가 빠르게 돌아갔다.

이미 아이가 생긴 이상 결혼을 깨뜨리는 건 어리석은 일이었다. 결혼을 깨도 아이가 있는 한 지형과 주윤의 연결은 견고했다.

효관은 한동안 자신이 아는 그 비밀을 그대로 간직하기로 마음먹었다.

마치 대화를 그만 끝내라는 듯 문 두드리는 소리가 났다.

"들어오세요."

민정이었다.

"이사장님, 코르사주 가져왔습니다."

주윤은 몸을 일으켰다.

"그래도 신부 아버진데 코르사주라도 하나 꽂으셔야죠."

주윤은 효관에게 다가가 양복 포켓에 장미 코르사주를 꽂으며 작은 목소리로 말했다.

"이 아이의 털끝 하나라도 건드린다면 그 자리에서 당신을 죽여 버릴 거야."

효관은 움찔 놀라 몸을 뒤로 뺐다. 주윤은 그때와 똑같은 눈빛으로 효관을 바라보고 있었다. 악에 받친 눈빛이었다.

또 무슨 미친 짓을 해 자신에게 누명을 뒤집어씌울 수도 있겠다 싶어, 효관은 재빨리 몸을 일으켜 문 쪽으로 걸어갔다. 결혼식 날 신부인 딸에게 손을 댔다는 소문이 돌면 효관은 사회에서 매장당할 수도 있었다. 주윤은 그러고도 남을 사람이었다. 그를 망가뜨리는 게 인생의 목표 같아 보였다. 그리고 이젠 그러고도 남을 힘이 있었다.

그런 효관을 주윤은 한껏 비웃는 얼굴로 보고 있었다.

문 앞에서 효관은 주윤 쪽을 향해 몸을 돌려 말했다.

"그런데 강 본부장은 네가 이번 임신이 처음이 아니라는 건 알고 있겠지?"

그로서는 회심의 일격이었다. 효관은 그 일격이 효과가 있다고 착각했다. 주윤의 얼굴에서 핏기가 사라졌고, 몸이 떨리는 것이 보였기 때문이다.

"그때 이야기를 꺼내도 당신을 가만두지 않아."

효관은 주윤의 치명적인 약점을 드디어 잡았다고 생각했다. 주윤이 왜 분노하는지, 그는 죽었다 깨어나도 모를 것이다. 효관은 승리의 미소를 지으며 대기실 밖으로 나갔다.

효관이 나간 후 주윤은 소파에 쓰러지듯 주저앉았다. 온 힘을 다해 냉정해지려고 애썼다.

복수는 차갑게 식혀 먹는 음식이라고 했다.

'그날이 오면, 당신이 죽게 만든 그 아이가 누구의 아이인지 알려 주겠어. 그때도 지금처럼 웃을 수 있을지, 두고 보자고.'

아무리 애를 써도 몸의 떨림을 멈출 수 없었다.

그날도 혜선과 싸운 효관은 주윤의 방에 와서 뭔가 구실을 찾았다.

흠칫 놀라며 뭔가를 서랍에 감추는 것을 본 효관은 집요하게 그걸 내놓으라고 했다. 주윤이 결사적으로 그걸 숨기자 억지로 힘으로 서랍을 열어 기어이 그것을 꺼냈다.

초음파 사진들이었다.

그 사진이 무엇을 의미하는지는 남자인 효관도 알았다.

효관은 주윤의 얼굴을 고개가 돌아갈 정도로 손바닥으로 세게 쳤다. 그걸로 성이 풀리지 않았는지 주윤의 어깨를 밀어 바닥에 쓰러뜨리고 발길질을 했다.

정신없는 매질 속에서도 주윤은 아이가 다쳐서는 안 된다는 것만 생각했다. 고통을 느낄 겨를이 없었다.

한 번도 들어 보지 못했던 온갖 더러운 말들이 주윤에게 쏟아졌다. 혜선의 폭언과는 또 다른 차원의 것이었다.

주윤은 온 힘을 다해 배를 보호했지만, 효관은 주윤의 배를 집요하게 걷어찼다. 발길질을 하다가 바닥에 죽은 듯이 널브러진 주윤을 일으켜 다시 따귀를 때리고 머리채를 잡아 흔들었다.

주윤은 어금니를 사리물었다. 그렇지만 온몸이 덜덜 떨리는 것을 참을 수가 없었다.

잠시 후 신부 대기실 문이 열리고 지형이 들어왔다. 지형은 드레스를 차려입은 주윤을 보고 처음엔 넋이 나가 아무 말도 하지 못하고 그저 바라보기만 했다. 그러다 주윤의 얼굴이 창백한 것을 보고 놀라서 다가왔다.

"주윤아, 어디 안 좋아?"

눈에도 눈물이 고여 있었다.

"별것 아냐. 토해서 그래."

"수박주스도 토해?"

"수박주스 때문에 토한 거 아니야."

"그럼?"

"이 회장이 다녀갔어."

지형의 얼굴이 굳었다.

"안 좋은 말이라도 했어?"

"설마 좋은 말을 했겠어?"

주윤은 정말 힘들어 보였다.

"뭐라고 그랬는데?"

"더러운 말 다시 입에 올리기 싫어."

결혼식이고 뭐고 다 그만두고 주윤을 편히 쉬게 해 주고 싶었다.

　지형은 주윤의 손을 두 손으로 잡았다. 손이 얼음처럼 차가웠다. 자신의 체온으로 따뜻하게 해 주고 싶었지만 주윤은 금방 손을 뺐다.

　"이제 그만 나가자."

　주윤이 소파에서 일어났다. 지형은 문 쪽으로 걸어가려는 주윤을 못 가게 하고 한참 동안 주윤을 가만히 바라보기만 했다.

　"뭘 그렇게 봐?"

　"예뻐서."

　이렇게 예쁜 주윤의 모습을 보는 것만으로도 이 결혼식은 충분히 가치가 있었다.

　주윤의 눈에 눈물이 맺혔다. 눈에 고인 눈물은 뺨을 타고 흘러내려 방울이 되어 떨어졌다.

　"주윤아."

　"난 예쁘지 않아. 난 끔찍해."

　지형은 손수건으로 주윤의 눈물을 살짝 닦아 주고 입을 맞췄다.

　"넌 예뻐."

　또다시 주윤의 눈에 눈물이 고였다.

　"나중에 우리 아이가 지금 모습을 꼭 봤으면 좋겠어. 엄마가 얼마나 예쁜 신부였는지 보여 주고 싶어."

　지형은 상상만으로도 좋은지 미소를 지었다.

　"나중에 꼬맹이가 결혼식 사진을 보고 자기는 어디 있냐고 묻겠지? 여기 있었다고 말해 주자."

지형은 주윤의 배 위에 살짝 손을 대며 말했다. 주윤은 흠칫 놀라며 지형의 손을 뿌리쳤다.

어색한 침묵이 흘렀다. 주윤의 반응이 지나치게 날카로웠다.

누군가의 손길에 이토록 공격적으로 반응하는 이유를 지형은 금세 알아챘다. 평소에는 이렇게까지 날카롭게 반응하지 않았는데 이 회장을 만난 직후여서 그런 것 같았다.

지형의 마음은 지옥 같았다. 자신에게 가장 소중한 사람을 가장 괴롭힌 사람이 자신의 아버지라는 것이 견딜 수가 없었다.

도대체 이 회장이 뭐라고 했길래 주윤이 이렇게 안 좋은 얼굴인 걸까?

지형의 얼굴이 흙빛인 것을 보자 주윤 역시 마음이 무겁게 가라앉았다. 무언가 지형이 듣고 싶어 하는 말을 해 주고 싶었다.

사랑한다는 말을 할 수 없었다. 그래서 주윤은 대신 다른 말을 선택했다.

"오빠, 나와 결혼해 줘서 고마워."

뜻밖의 주윤의 말에 지형은 놀란 얼굴을 했다.

지형 역시 미소 지으며 대답했다.

"나야말로 고마워. 나와 결혼해 줘서."

거기까지만 말했더라면 참 좋았을 것이다. 그러나 주윤은 다시 입을 열었다.

"나는 오빠를 사랑하지 않아. 사랑할 수 없어. 그건 내가 할 수 없는 일이야. 그 대신 라렌느를, 이 아이를 오빠에게 줄게."

지형의 얼굴이 창백해졌다. 꿈처럼 아름답고 행복한 순간에 쩍 하고 금이 갔다. 지형은 애써 마음을 진정시켰다. 내가 더 노력하면 돼. 내가 네 몫까지 더 사랑하면 돼. 그러면 너도 언젠가는 분명 내게 다시 마음을 열어 줄 거야.

"주윤아."

지형이 뭔가를 말하려고 할 때 문을 두드리는 소리가 났다.

"이제 가자, 오빠."

주윤은 아무렇지 않은 얼굴로 문을 향해 걸어갔다.

두 사람은 유리창으로 쏟아지는 햇빛을 맞으며 복도를 걸었다. 주윤이 지형보다 한 발짝 앞서서 걸었다.

지형과 주윤은 붉은 카펫이 깔린 1층으로 내려가는 메인 계단 앞에 섰다. 연분홍색 드레스를 입은 주윤의 들러리가 뒤쪽에 서서 베일을 두 손으로 잡았다.

주윤은 지형을 바라보며 입을 열었다.

"오빠, 손 잡아 줘."

지형은 눈이 부셔서 살짝 눈을 찌푸렸다. 그가 꿈꾸었던 사랑스럽고 행복한, 조금은 수줍어하는 주윤이 그를 바라보고 있었다.

지형은 주윤에게 손을 내밀었고 주윤은 그 손을 잡았다.

두 사람은 천천히 계단 아래로 걸어 내려갔다.

두 사람이 아델린하우스에서 나오자 하객들의 호기심 어린 시선이 쏟아졌다.

주윤과 지형은 하얀 카펫을 깔아 놓은 버진로드를 천천히 걸어갔고, 하객들의 박수가 쏟아졌다.

주윤은 지형을 보고 살짝 미소 지었다.

지형은 그 미소에 화답하듯 주윤의 손을 더 세게 잡았다. 이거면, 이렇게 주윤의 손을 잡은 것으로 충분했다. 사랑이든 계약이든 조건이든 이제 주윤은 분명 그의 것이었다.

"어휴, 땀 좀 봐요. 많이 힘드셨죠."

주윤은 가볍게 고개를 끄덕였다. 어서 무거운 드레스를 벗고 쉬고 싶은 마음뿐이었다. 바람이 시원하게 불긴 했지만, 햇볕이 꽤 뜨거웠다. 드레스를 벗은 주윤은 가운을 걸치고 소파에 편하게 기댔다.

연 비서가 수박주스를 가지고 왔다. 주윤이 막 수박주스를 다 마셨을 때 방문을 두드리는 소리가 났다. 손 이사였다.

"이든 메이어가 왜 왔는지 알아봤습니다. 한국에서 사업을 하려고 하는데 자연스럽게 사람들과 인사를 나누려고 왔다고 하더군요."

주윤의 결혼식은 대한민국 정재계의 인사들이 모두 모이는 장소였다. 상류층의 결혼식에서는 하객들은 보안상의 이로 사진을 찍지 못하게 되어 있었다. 비공개로 치러지는 결혼식이어서 사진이 외부로 공개되는 것을 막기 위함도 있었다. 전속 포토그래퍼가 사전에 찍기로 한 사진들만 찍었다. 비밀리에 사람을 만나기에 이만큼 좋은 곳도 찾기 힘들었다.

'정말 머리 좋은 사람이네.'

주윤의 입가에 차가운 미소가 어렸다 사라졌다.

주윤은 지형의 손을 잡고 버진로드를 걸어갈 때 이든 메이어를 힐끗 바라보았다. 이든의 눈은 주윤이 아니라 지형에게 고정되어 있었다.

손 이사의 말이 맞는 것 같았다. 이든 메이어가 여기 온 건, 지독한 우연의 일치였다.

'당신은 또 나를 이용하는구나. 하긴 당신에게 난 이미 없는 사람이겠지. 그러니까 누구에게도 말하지 않고, 찾지도 않는 거겠지.'

주윤은 윤명진, 이든 메이어에 대한 거의 모든 언론 기사를 읽었다. 그 기사 어디에도 여동생 다은의 존재는 없었다. 기사만으로 보면 사고로 가족을 다 잃고 메이어가에 입양된 것처럼 보였다. 언론 기사 속에서 윤명진은 많이 행복해 보였다. 어떠한 그늘도 없는 완벽한 미소를 짓고 있었다.

그가 빛이라면 주윤은 그늘이었다. 그는 지독하게 운이 좋았고, 주윤은 지독하게 운이 나빴다.

손 이사가 입을 열었다.

"애프터파티 때 이든 메이어를 소개해 드릴까요?"

도둑손님이긴 했지만 이든 메이어는 누구라도 결혼식에 초대하고 싶은 거물이었다. SNS를 통한 마케팅과 홍보가 활발한 지금, 유어블루버드의 이든 메이어와 알고 지내는 건 사업상 엄청난 이득이었다. 손 이사는 라렌느가 그 이익을 취할 자격이 있다고 생각했다.

"그러죠."

주윤은 선선히 대답했지만 만날 생각은 전혀 없었다. 주윤으로서는 불쾌하기만 한 우연이었다.

손 이사가 나가고 주윤은 연 비서를 불렀다.

"강 본부장 좀 저한테 오라고 하세요."

연 비서가 나간 후 주윤은 생각했다.

'너는 당신의 인생에, 당신의 행복에 이용당하고 싶지 않아.'

얼마 후 지형이 방으로 들어왔다. 지형은 가운 차림으로 소파에 누워 차가운 수건을 이마에 얹고 있는 주윤을 보고 놀란 얼굴을 했다. 주윤은 힘든 표정으로 몸을 일으켰다.

"어디 안 좋아?"

"생각했던 것보다 더 덥네. 속이 안 좋아. 토할 것 같은데 먹은 게 없으니까 토하지도 못하고……."

주윤은 탈진한 것 같았다. 며칠 동안 제대로 먹지도 못했으니 더 힘들었을 것 같았다.

"애프터파티는 오빠 혼자 가면 안 될까? 무리하면 할 수 있을 것 같은데, 컨디션이 더 떨어지면 안 될 것 같아서."

"그럼. 나 혼자도 괜찮아. 오늘 충분히 무리했어. 어서 집에 가서 쉬어."

"고마워. 그럼 오빠한테 부탁할게."

지형이 방을 나갔다. 주윤은 연 비서에게 집에 갈 준비를 하라고 한 후 편한 옷으로 갈아입었다.

어지럽고 토할 것 같긴 했지만 애프터파티에 참석하지 못할 정도는 아니었다.

애프터파티에 주윤이 참석하지 않으면 분명 뒷말이 나올 것이다. 결혼식부터 불화가 있는 것 아니냐고 입방아를 찧어 댈 게 뻔했다. 그렇지만 이든 메이어를 만나고 싶지 않았다.

'당신이 날 버리고 입양을 갔을 때 우리 인연은 끝난 거야.'

애프터파티는 아델린하우스 1층에서 열릴 예정이었다.

파티 시작까지 아직 시간이 있어 이든과 제현은 아델린하우스의 정원을 천천히 걸으며 이야기를 나눴다. 힐끔거리는 시선이 느껴졌다.

얼굴이 알려진 사람으로 사는 건 피곤한 일이었다. 다들 어떻게 말을 붙일까 고민하는 것이 눈에 훤히 보일 정도였다. 제현은 귀찮은 일에 휘말리고 싶지 않아 뭔가 급한 일이라도 있는 듯 이든의 팔을 끌고 빠른 걸음으로 후원 쪽으로 걸어갔다. 다행히 후원에는 사람이 없었다.

1년에 양복 입을 일이 많아야 사흘인 이든은 벤치에 앉자마자 넥타이를 헐겁게 했다.

사람이 많은 것도 질색이었고, 모르는 사람 사이에 있는 것도 질색이었다. 소셜 네트워크 서비스를 창업했지만, 이든은 사람을 만나는 것도 사람과 연결되는 것도 그다지 좋아하지 않았다.

인간관계도 넓지 않았다. 가족과 자신이 진심으로 믿는 소수의 사람들과의 관계를 깊게 가졌다. 이든 곁에 있는 사람들은 대부분 10년 이상 된 오랜 인연이었다.

자리에 앉자마자 이든은 맨디에게 전화를 걸었다.

— 별일 없어. 의사가 그러는데, 예정일을 넘길지도 모르겠대.

"현호는?"

— 잘 놀고 있어. 제이슨도 알리시아랑 같이 휴가 받아서 왔어. 놀아 줄 사람이 많아서 현호가 아주 신났어. 덕분에 나도 편하고. 강지형은 만났어?

"아직. 결혼식이 좀 전에 끝났어. 근데 맨디, 혹시 결혼식 하고 싶어?"

— 뭐?

이든의 갑작스러운 질문에 맨디는 웃었다. 잠시 후 맨디는 웃음기를 지우고 입을 열었다.

— 응. 언젠가 했으면 좋겠다고 생각해.

맨디는 하고 싶었구나.

이든은 딱히 형식적인 식에 관심이 없었다. 함께 살면서 맨디가 결혼식 이야기를 꺼내지 않아서 이든은 맨디도 자신처럼 형식적인 부분에는 별 관심이 없다고 여겼다.

"그랬구나. 난 몰랐어. 하고 싶으면 말하지 그랬어."

— 나도 처음에는 식이 무슨 의미가 있나 싶었는데, 엄마 아빠가 많이 아쉬워하시더라고.

"그러셨어?"

— 나이가 들수록 친척과 친구들이 좋은 일로 모이는 일이 별로 없잖아. 인생에는 기쁜 일보다 슬픈 일이 더 많으니까. 근데 결혼식은 가족과 친구가 제일 좋은 일로 모이는 거니까. 결혼식은 나와 당신에게만 의미가 있는 게 아니라, 부모님이랑 친척, 친구들에게도 의미가 있는 거더라고.

"그럼 아이가 태어나면 할까? 평생 기억에 남을 만큼 멋진 결혼식을 하자."

— 지금은 하고 싶지 않아.

"그럼 언제 하고 싶어?"

이든은 맨디가 바라는 거라면 뭐든지 다 해 주고 싶었다.

맨디가 달에서 결혼식을 하고 싶다고 하면 이든은 그렇게 해 줄 생각이었다.

— 다은 씨를 찾으면 그때 온 가족과 친구와 우리 아이들과 함께 결혼식을 하고 싶어. 다은 씨는 당신 삶의 중요한 순간들을 지금까지 다 놓쳤잖아. 그러니 우리 결혼식만큼은 꼭 참석했으면 좋겠어. 언제가 되든 말이야.

이든은 맨디가 이런 생각을 하고 있는 줄은 꿈에도 몰랐다.

— 그러니까 내가 웨딩드레스 입고 있는 걸 보고 싶다면 다은 씨를 빨리 찾으라고.

"응, 그렇게. 꼭 찾을게."

이든은 전화를 끊었다. 맨디와 이야기를 하자 마음이 가벼워졌다.

"맨디는 괜찮대?"

"예정일을 넘길지도 모르겠대."

"다행이네."

이든이 이번 출산을 얼마나 고대하는지 아는 제현은 정말 다행이라고 생각했다.

"그럼 좀 더 있을래?"

"아니, 밤 비행기로 갈 거야."

"그건 그렇고, 신부가 생각보다 멀쩡해서 깜짝 놀랐어."

그동안 루머로 들어 왔던 이주윤의 모습은 금치산자에 가까웠다. 그렇지만 결혼식장에서 본 주윤은 아름답고 행복한 신부로 보였다.

주례가 없는 대신 저명인사들의 축사가 길게 이어졌는데, 지루한 축사 중간중간 제현은 신랑 신부를 바라보았다.

신랑과 신부는 손을 꼭 잡은 채로 가끔 귓속말을 하기도 했고, 서로 바라보면서 살짝 미소를 짓기도 했다. 행복해 보였다.

조건에 맞춰 결혼하는 부부로는 보이지 않았다. 서로를 보는 눈빛에, 서로를 만지는 손끝에 부드럽고 따뜻한 사랑이 어려 있었다.

"신부가 참 예쁘더라."

제현은 놀랐다. 이든이 맨디 말고 다른 여자에게 예쁘다는 말을 하는 것은 처음 들었다.

"그게 다 화장의 힘이라니까. 아마 나중에 다른 곳에서 마주쳐도 못 알아볼걸."

그렇지만 여전히 이든은 감동이 사라지지 않았다.

신랑과 신부가 두 손을 꼭 잡고 버진로드를 천천히 걸어가는 모습을 보고 있을 때 가슴이 두근거리고 눈시울이 뜨거워졌다.

"신부가 그 배우를 많이 닮은 거 같아. 〈로미오와 줄리엣〉의……."

"클레어 데인즈?"

"아니, 훨씬 전에 나온 영화야. 줄리엣 역을 맡았던 배우 이름이 뭐였더라? 성이 특이했는데……."

훨씬 전이라면 제현이 태어나기 전에 개봉했던 영화를 말하는 것이었다.

"올리비아 핫세?"

"맞아. 올리비아 핫세."

"어떻게 그렇게 옛날 배우 이름을 알아?"

"엄마가 그 배우를 많이 닮았다고 아빠가 말해서 알고 있었어. 엄마 사진 볼래?"

이든은 늘 지갑에 넣고 다니는 사진을 꺼냈다. 강릉 경포대에서 찍었던 마지막 가족사진이었다.

"그러게. 정말 많이 닮으셨다. 특히 눈이랑 이마가 말이야."

검은 생머리에 커다란 두 눈. 순수해 보이면서도 장난기가 넘치는 표정으로 두 아이의 손을 꼭 쥐고 있었다. 생기 있는 표정과 앳된 하얀 얼굴 때문에 두 아이의 엄마라고는 생각되지 않을 정도로 어려 보였다. 이든의 아버지도 서글서글한 인상의 미남이었다.

이 가족에게 몇 달 후에 그런 끔찍한 일이 생길 줄 누가 알았을까?

손에 쥐고 있다고 생각했던 행복이 그렇게 쉽게 연기처럼 사라질 줄 누가 알았을까?

"네 삼촌이라는 사람이 계속 연락을 하는데, 지금처럼 처리하면 되지?"

"어."

이든은 별 관심 없이 대꾸했다.

삼촌은 이든과 다은의 유일한 친척이었다. 자신은 고아원을 보내도 되니까 제발 다은이라도 맡아 달라고 애원했지만 냉랭하게 거절했었다. 그래 놓고 이든이 큰 성공을 거두니까 염치도 없이 친척입네, 핏줄입네 하는 게 역겨웠다. 뻔뻔함은 악의만큼이나 한계가 없었다.

"정말 선은 대단한 사람이네. 친구의 아들이라는 이유로 입양했으니."

"정말 그렇게 생각해. 아버지에게는 어떻게 그 은혜를 갚아야 할지 모르겠어."

입양을 선이 독단으로 결정한 거라 처음엔 삐걱거렸지만, 선의 가족들은 결국 이든을 가족으로 받아들였다.

제현의 휴대전화가 울렸다. 전화를 받은 후 제현이 말했다.

"회율이가 들어오래. 가자."

이든은 제현의 뒤를 따라 아델린하우스로 들어갔다.

"어, 여기."

회율이 제현과 이든을 발견하고 손을 들었다.

회율은 제현과는 대학 동창이었고, 지형과는 고등학교 동창이었다. 회율과 지형은 고등학교 3년 동안 토론반에서 같이 활동한 사이였고, 결혼식에 초대장을 받을 만큼 친분이 있었다.

제현은 회율과 같은 로펌에서 주니어 변호사로 3년 동안 같이 근무하기도 해서 꽤 친분이 있었다.

회율과 이든은 짧게 인사를 했다.

오늘 목적이 무엇인지 알았기에 눈치가 빠른 회율은 바로 본론으로 들어갔다.

"저기 강지형 씨가 있네요. 소개해 드리죠."

지형은 주인공답게 사람들에게 둘러싸여 있었다.

회율을 발견한 지형이 미소를 지으면서 오라고 손짓을 했다.

"와이프는 어디 있어?"

회율은 주위를 두리번거리며 물었다.

"피곤해서 쉬고 있어."

"하긴 결혼식이 꽤 길었지."

"와 줘서 고맙다."

"강지형 어디로 튈지 모르는 건 여전하네. 축하한다. 승혜도 왔는데, 식만 보고 갔어. 축하한다는 말, 너한테 꼭 전해 달라고 했어."

"왜 식만 보고 가?"

"승혜 아버님이 많이 안 좋으셔서. 식만 보고 바로 병원으로 갔어."

"안 좋으시다면?"

"마음의 준비를 해야 할 것 같아. 의식이 없으시대. 아버님이 연명 치료는 하지 말라고 생전에 말씀하셨고……."

결혼 준비 때문에 바빠서 승혜와 연락을 못 하는 사이 큰일이 있었던 것 같았다.

"너한테 소개할 사람이 있는데, 지금 시간 괜찮아?"

"누구?"

"유어블루버드의 이든 메이어."

지형은 손 이사로부터 이든이 왔다는 보고를 들었기에 크게 놀라지는 않았다.

"인맥 화려한데? 유어블루버드의 이든 메이어와 아는 사이였냐?"

"대학 동기가 이든 메이어의 한국 법적 대리인이야. 만나 봐서 안 좋을 거 없잖아."

제현과 이든은 지형이 있는 곳으로 자연스럽게 다가갔다.

회율은 지형에게 두 사람을 소개했다. 이든은 지형에게 손을 내밀었다.

"이든 메이어입니다."

"강지형입니다."

회율과 제현은 잠깐 할 이야기가 있다며 자연스럽게 자리를 피해 줬다.

"초대도 하지 않았는데 제가 결혼식에 와서 의아하셨지요?"

솔직히 그랬지만, 지형은 유어블루버드의 이든 메이어를 최대한 배려해서 말했다.

"한국에선 잔치와 장례에는 불청객이 없습니다. 축하해 주고 슬퍼해 주는 사람이 많으면 많을수록 좋은 거니까요."

"저는 개인적으로 강지형 씨를 만나기 위해서 온 겁니다."

"저를요?"

지형은 의아한 눈으로 이든을 바라보았다. 개인적이라는 말을 굳이 덧붙인 것을 보니 비즈니스 미팅은 아니라는 뜻이었다.

"조용한 장소에서 이야기하고 싶은데, 제게 시간 좀 내주시겠습니까?"

"그러죠."

지형은 이든을 브렉퍼스트룸으로 안내했다.

"멋진 정원이군요."

이든은 프렌치도어 너머로 보이는 장미정원을 보면서 의례적인 칭찬을 했다.

"그러게요. 멋진 정원이네요."

기대했던 의례적인 대답이 아니어서 이든은 조금 당황했다.

"정원 이야기를 하시려는 건 아닐 테고요. 만약 그렇다면 전 그리 좋은 대화 상대는 아닐 겁니다. 저는 정원도 장미도 거의 아는 게 없거든요."

말끝에 농담이라는 것을 강조하려는 듯 지형은 웃음을 덧붙였고, 이든도 그 웃음에 이끌려 의례적인 웃음을 터뜨렸다.

지형은 우회적으로 불청객인 이든에 대한 불편한 심경을 털어놓았다. 편한 상대도 아니고 만만한 상대도 아님을 보여 주는 것이기도 했다. 이든 메이어와 인맥을 맺고 싶어 안달 내는 사람이 아니라는 뜻이기도 했다.

이든은 지형의 불쾌감을 이해했다. 세상에서 제일 중요한 날, 뜻밖의 불청객인 자신 때문에 지형은 쓰지 않아도 될 신경을 썼을 것이다.

"일단 사과부터 드리겠습니다. 강지형 씨에 대해 이것저것 알아봤습니다."

지형은 미간을 살짝 찌푸렸다.

"제 뒷조사를 하셨다는 겁니까?"

"네."

"왜죠?"

"제가 찾고 있는 사람이 강지형 씨인 것 같아서요."

"저를요?"

"제가 사람들에게 알려진 사람이다 보니 다른 사람들 눈을 피해 강지형 씨와 만날 기회를 만들기가 참 어렵더군요. 강지형 씨가 저와의 만남에 응해 줄 것 같지도 않고요. 그래서 부득이하게 결혼식에 찾아왔습니다. 아까도 말씀드렸지만 저는 개인적인 이유로 강지형 씨를 만나러 온 것입니다."

지형은 더더욱 이해가 안 된다는 얼굴을 했다.

"몇 가지 물어보고 싶은 게 있는데요. 괜찮으시겠습니까?"

"물어보세요. 대답할 수 있는 거라면 대답해 드리지요."

"어렸을 때 우이동에 사신 게 맞습니까?"

"예, 그렇습니다. 초등학교 졸업할 때까지 거기 살았습니다."

"성 알렉시오 재단의 초등학교를 다니셨고요."

"그렇습니다."

이 정도는 뒷조사라고 할 만한 것도 아니었다. 조금만 마음 먹으면 얼마든지 알 수 있는, 어느 정도 공개된 정보였기 때문이다.

"한빛 어린이 보호소라고 혹시 들어 본 적 있으세요?"

지형은 고개를 갸웃했다.

한빛 어린이 보호소?

이든은 쪽지를 꺼내 지형에게 내밀었다.

"혹시 이 쪽지 기억에 없으신가요?"

보호소 로고가 찍힌 누렇게 바랜 메모지를 보는 순간, 지형은 주운을 만났던 그 크리스마스이브의 차가운 공기가 코끝을 스치는 듯했다.

"이 쪽지를 추적했더니 당신이 나오더군요."

지형은 믿을 수 없다는 얼굴을 했다. 이 쪽지를 다시 보게 될 줄 꿈에도 몰랐다.

"이 쪽지, 강지형 씨가 쓰신 게 아닙니까?"

지형은 한참 동안 쪽지를 본 후에 입을 열었다.

"제가 쓴 게 맞습니다."

"제 한국 이름이 윤명진입니다."

지형은 진심으로 큰 충격을 받았다.

그 쪽지가 윤명진을 진짜로 이곳까지 불러온 것이다.

"강지형 씨, 우리가 아는 사이였던가요? 보호소 보호사분에게 제 친구라고 했다던데요."

"아뇨. 아닙니다."

이든은 긴장이 역력한 얼굴로 물었다.

"그런데 왜 저를 찾아오셔서 이런 쪽지를 남기신 거죠? 강지형 씨는 누나 한 분 말고는 형제가 없으시더군요. 사촌도 없고요. 그럼 여기 쪽지에 쓴 여동생은 누구입니까?"

"……윤명진 씨의 여동생입니다."

"그럼 그날 같이 있던 여자아이가 다은이였단 말씀입니까?"

"네, 그렇습니다. 윤명진 씨 여동생과 함께 거길 갔습니다. 윤명진 씨를 찾으려고요."

이든은 급하게 지갑에 넣은 가족사진을 꺼내 지형에게 건넸다.

"이 얼굴을 잘 봐 주세요. 이 여자아이가 맞습니까?"

너무 잘 아는 얼굴이 그 사진 속에 있었다. 그렇지만 그가 만났을 때와는 표정이 달랐다. 주윤은 건강하고 행복해 보이는 얼굴로 웃고 있었다.

그 집에 들어가기 전 주윤은 이렇게 밝게 웃는, 반짝이는 두 눈을 가진 소녀였었다. 지형은 눈시울이 뜨거워졌다. 자기도 모르게 눈물이 고였다.

"네, 맞습니다."

지형의 목소리가 떨렸다. 이렇게 예쁘고 사랑스러운 아이를 한 회장과 이 회장이 망가뜨렸다.

"혹시 다은이가 지금 어디 있는지 아십니까?"

이든은 성급하게 질문을 던졌다.

"아뇨, 그건 모릅니다. 저도 그날 하루 만난 것이 답니다. 이름도 윤명진 씨가 말해서 기억이 난 겁니다. 지금까지 전 이런 쪽지를 썼다는 것도 기억하지 못했는걸요."

이든은 지형의 거짓말을 의심하지 않았다. 너무 오래된 일이었다. 지형이 쪽지를 보고 기억해 준 것만으로도 다행이라고 여겼다.

"다은이에 대해서 기억하는 게 있다면 말씀해 주실 수 있으십니까?"

지형은 마른 입술을 침으로 축였다.

"별 도움이 안 될지도 모르겠습니다. 너무 오래전의 일이라서요."

"아주 작은 거라도 좋습니다."

이든의 눈빛은 간절했다.

"다은이와는 어떻게 만나신 거죠?"

"그날은 크리스마스이브였어요. 전날 밤부터 눈이 왔던 거로 기억합니다. 그 아이, 그러니까 다은이가 눈밭에 넘어져 있었어요. 자전거를 피하려다 넘어졌어요. 일으켜 세워 주고 다친 데가 없는지 살폈어요. 그리고……."

지형은 기억을 더듬는 척했다.

"보호자도 없이 혼자 있는 게 이상해서 집에 데려다주겠다고 했더니 오빠에게 데려다 달라고 했어요. 로켓 목걸이에 넣은 쪽지를 보여 줬어요. 거기에 보호소 주소가 적혀 있었죠. 제가 도와주지 않으면 혼자라도 갈 것 같았고, 혹시 나쁜 일을 당할지도 몰라서 함께 갔어요."

제현의 추리가 맞았다. 다은이 로켓 안에 넣어 둔 쪽지로 자신을 찾으러 온 것이었다.

"그런데 윤명진 씨는 거기 없었죠. 미국으로 입양됐다고 들었습니다. 그 이야기를 듣고 많이 울었습니다. 세상이 끝난 것처럼."

그래서 내가 그 아이의 오빠가 되겠다고 했다. 당신이 아니라 내가 윤다은의 오빠라고.

"어린 마음에도 정말 그 아이가 가여웠습니다. 할 수 있다면 뭔가를 해 주고 싶다는 생각이 들 만큼요. 그래서 쪽지를 남겼습니다. 제가 그때 그 아이를 위해 할 수 있는 건 그것밖에 없었어요."

이든은 누가 자신의 가슴을 찢고 심장을 꺼내 짓밟은 듯 마음이 아팠다.

"어디에 있는지 알려 달라고 했는데, 개인 정보여서 알려 주지 않았던 것 같아요. 제가 알려 달라고 떼를 쓰니까, 보호소에 계신 선생님이 그쪽에 연락해서 제 번호와 주소를 알려 주겠다고 했어요. 그래서 썼던 쪽지입니다. 여동생이라고 쓰면 그쪽이 알아챌 거라고 생각했거든요. 그런데 연락은 오지 않았죠.

지금 생각해 보니 참 아이다운 허술한 아이디어였네요."

이든은 미약하나마 변명을 하지 않을 수 없었다.

"저는 받지 못했습니다. 얼마 전에 이런 쪽지가 있다는 것을 알게 됐죠."

"그랬군요. 그렇지만 그때 이 쪽지를 전해 받았다고 해도 어린아이가 무엇을 할 수 있었을까요?"

지형은 짐짓 충분히 이해한다는 표정을 지으며 말했다.

이든은 이 쪽지를 전달하는 것을 잊어버린 누군가를 마음속으로 저주했다. 그렇지만 가장 저주하는 건 자기 자신이었다.

이 쪽지가 제때 왔다 한들, 과연 자신이 다은을 데리러 올 수 있었을까?

이든에게 말한 적은 없었지만, 션은 처음부터 아이 한 명만 입양할 생각이었다. 아이 둘을 동시에 입양하는 건 쉽지 않은 일이었다.

만약 션이 다은을 먼저 찾았다면 미국으로 입양된 건 다은이었고 한국에 남은 건 자기 자신이었을 것이다. 그래서 더 다은에게 죄책감을 느꼈다. 하나밖에 없는 구명조끼를 자기가 입었다는 죄책감이었다.

만약 션이 그때 진실을 말했더라면 자신은 미국행을 포기했을까?

아니었다. 그래서 어른인 션은 아이인 이든을 위해, 이든의 마음을 편하게 해 주려고 그런 거짓 약속을 한 것이다.

"그때 일을 더 이야기해 주시겠습니까?"

이든은 다은에 대한 이야기를 더 듣고 싶었다. 지형은 천천히 입을 열었다.

"배가 고픈 것 같아서 햄버거를 사 줬어요. 그리고 집에 데려다줬습니다."

"집이요? 보호시설이 아니라?"

"네. 가정집이었습니다. 그 집에서 몰래 나온 것 같았어요."

"그 집이 어딘지, 혹시 기억나시나요?"

"너무 오래전 기억이라……."

"다은이를 데려줬다는 집이 우이동 근처인가요?"

"아뇨. 그때 저는 친척 집에 있었어요. 집안에 우환이 있어서 부모님이 절 돌볼 상황이 아니었거든요."

"거기가 어딘지 기억나십니까?"

지형은 미간을 찌푸리며 생각하는 척했다.

"강북 어딘가였다고 생각하는데……. 언덕 위에 집이 있었어요. 오르막을 올라갔던 기억이 나네요. 집은 꽤 크고 번듯해 보였어요. 대문도 컸고 마당도 넓어 보였고요. 동네가 무척 조용했던 기억이 나요. 제가 살던 동네와는 분위기가 사뭇 달랐죠. 집들이 다 컸어요. 부자들이 사는 동네구나 싶었죠."

"혹시 어른들은 보지 못했나요?"

"아뇨. 못 봤어요."

"아이가 없어졌는데 돌아갔을 때 아무 일도 없었습니까?"

"지금 생각해 보니 이상하긴 하네요. 어린아이가 반나절 가까이 사라졌는데 말이죠. 그런데 그냥 집에 들어갔던 거로 기억해요. 대문이 열려 있었거든요. 저는 들어가는 것을 보고 잠깐 있다가 돌아갔고요."

이든이 지형에게 알아낼 수 있는 것은 거기까지였다.

이든은 다은이 어느 집에 입양된 것 같다고 추측했다. 그런데 왜 다은이가 실종된 것으로 되어 있는 건지 이해할 수가 없었다.

이든은 눈앞의 남자가 그 비밀을 알고 있을 줄은 꿈에도 몰랐다.

"별로 도움이 못 돼서 죄송합니다."

"제 개인 연락처입니다. 혹시 뭔가 더 기억나는 게 있으면 알려 주세요."

그날, 이 사람이 다은이 곁에 있어서 정말 다행이었다. 혼자울지 않아서 다행이었다. 눈물을 닦아 줄 누군가가 있어서 정말 다행이었다.

"고맙습니다."

오랜 시간이 지난 후에도 다은에 대해 뭔가를 기억하고 있는 것만으로도 고마웠다.

"저……."

지형이 나가려는 이든을 붙잡았다.

"이번엔 제가 뭘 물어봐도 되겠습니까? 개인적으로 궁금한 것들을요."

"예, 괜찮습니다."

"거기서 행복하셨습니까? 낯선 환경에, 언어도 그렇고 적응하기 힘드셨을 텐데요."

"저보다 가족들이 더 힘들었죠. 아버지는 당신이 할 수 있는 한 최고의 것을 제게 주셨어요."

"다행이군요. 좋은 양아버지를 만나서요."

"네. 행운이라고 생각합니다. 저희 아버지는 정말 대단하신 분이에요. 가족을 지키기 위해선 뭐든지 할 수 있는 강한 분이 시죠. 아버지의 뒷받침과 희생이 없었다면 지금의 저도 없었고, 유어블루버드도 없었을 겁니다."

이든이 얼마나 양아버지를 좋아하고 존경하는지가 지형에게 전해졌다.

어쩌면 주윤의 것일 수도 있었던 행운이었다.

주윤은 여기서 그렇게 슬프고 힘들었는데 이든은 그곳에서 많이 행복했던 것 같았다.

존경받는 한인 사업가인 아버지, 의사인 어머니, 첼리스트인 누나, 변호사인 형. 거기에 결혼해서 아들 하나를 둔 이든의 인생은 누구나 부러워할 만한 그런 것이었다. 그런 이든에게 여동생 하나가 빠진다고 해서 그렇게 큰 상실은 아닌 것 같았다.

이든은 지형만큼 절실하지 않았다.

"아까 보여 주신 그 사진, 제가 핸드폰 카메라로 찍어 둬도 될까요? 사진을 보고 있으면 혹시라도 뭐가 더 떠오를지도 모르니까요."

이든은 왜 자신이 그 생각을 못 했을까 싶었다. 기억은 매개가 있을수록 더 잘 떠오르기 마련이었다.

"그래 주시면 제가 더 감사하지요."

지형은 사진을 휴대전화의 카메라로 찍었다.

지형은 가벼운 목소리로 입을 열었다.

"이제 파티장으로 돌아가야 할 것 같습니다."

자리를 너무 오래 비운 것 같았다. 파티의 주인공인 지형을 찾는 사람이 한둘이 아니었을 것이다.

"시간 내주셔서 감사합니다."

"여동생분 꼭 찾길 바랄게요."

"네. 꼭 찾을 겁니다. 제가 다른 건 몰라도 끈질긴 건 누구한 테도 지지 않거든요."

문득 이든은 가장 가까운 사람에게만 한 이야기를 지형에게 하고 싶어졌다.

"제가 SNS 사업을 시작한 이유가 다은이 때문이에요. 다은이를 찾고 싶어서, 연결되고 싶어서."

"그런데 왜 유어블루버드라고 이름을 지으셨어요?"

수없이 많이 들어 본 질문이었다.

"파랑새는 행운의 상징이니까요."

"동화 속 파랑새는 아주 가까이에, 그것도 자기 집 거실 새장에 있었죠."

"네?"

"아이들은 그 파랑새를 새장에서 꺼내 날려 주었죠."

지형은 '그럼.'이라고 가볍게 묵례를 한 후 브렉퍼스트 룸의 문을 열고 나갔다.

파랑새는 아주 가까이에 있었다고? 아이들은 애써 찾은 그 파랑새를 날려 주었다고?

무슨 동화가 그런 내용이지?

이든은 그저 흔한 상징으로 갖다 썼을 뿐이었다.

이든은 무슨 의미로 그런 이야기를 한 건지 물어보고 싶었다. 어떻게 들으면 의미심장하고, 또 어떻게 들으면 자신의 재치를 뽐내는 것 이상도 이하도 아닌 이야기였다.

지형이 나가고 얼마 되지 않아 제현이 들어왔다. 제현은 기대에 찬 눈으로 이든을 보며 물었다.

"그 강지형이 맞아?"

대화를 나눈 시간이 예상보다 길었다는 사실에 제현은 뭔가 좋은 소식을 기대하는 것 같았다.

이든은 제현의 질문에 대답하는 대신 자신이 궁금한 것부터 물었다.

"제현아, 너 《파랑새》라는 동화를 알아?"

"응? 알지. 원작은 연극인데, 우리나라에서는 동화로 각색되어서 많이 읽혔어."

제현은 어리둥절했지만 대답을 했다.

"그 이야기 결말이 아이들이 파랑새를 자기 집에서 발견하는 거야?"

"응. 굉장히 유명한 이야기잖아. 행복은 바로 곁에 있다는 교훈을 알려 주는 이야기."

"아이들이 그 파랑새를 풀어 줘?"

제현은 고개를 갸웃했다.

결말이 그랬나?

제현이 아는 건 그토록 찾아 헤맸던 파랑새가 집에 있었다는 것뿐이었다.

"그건 잘 모르겠는데? 그런데 왜 갑자기 파랑새는 물어봐?"

"강지형이 이야기했어. 유어블루버드 이야기를 하다가……."

아, 파랑새라서 동화 이야기를 한 거구나.

독특한 사람 같았다. 그렇지만 제현이 궁금한 건 그게 아니었다.

"그런 이야기 말고 다은 씨 이야기는 좀 했어? 강지형이 우리가 찾는 그 강지형이 맞아?"

"응. 자기가 그 쪽지를 썼대."

제현의 입에서 '세상에.'라는 말이 튀어나왔다. 어떻게 이런 일이 있을 수 있을까 싶었다.

"강지형이 다은 씨를 봤어?"

"응."

제현은 놀라서 눈을 크게 떴다. 10년 가까이 찾았지만 윤다은을 실제로 본 사람을 만난 건 처음이었다.

"우리가 한 추측이 어느 정도 맞는 것 같아. 그날, 강지형과 함께 온 여자아이가 다은이였어. 다은이가 강지형에게 내가 있는 어린이 보호소에 데려다 달라고 해서 같이 갔대."

"다은 씨와 관계는 어떻게 되는 거야? 혹시 자기가 아는 집에 다은 씨가 입양된 거야?"

이든은 고개를 가로저으며 말했다.

"그건 아니야. 강지형도 그날 딱 한 번 다은이를 만난 것 같아. 길에서 우연히 만났어."

이든은 지형과 나눴던 이야기를 제현에게 간략하게 설명했다.

"다은이는 실종된 게 아니라 입양된 것 같아. 강지형 말로는 강북 어딘가에 꽤 부자로 보이는 집에 다은이가 살고 있었대. 자식이 없는 부부가 다은이를 입양한 게 아닐까?"

"지금 언뜻 드는 생각인데 말이야. 혹시 친딸로 키우려고 실종으로 꾸민 걸까?"

"친딸로?"

"입양했다는 사실을 알리고 싶지 않아서 말이야."

이든도 좀 생각을 해 보다가 고개를 저었다.

"그건 갓난아이나 아주 어린 아이에게나 할 법한 일이잖아. 다은이는 여섯 살이었어. 친부모가 누군지 분명히 아는 나이잖아."

"다은 씨가 아니라 주변 사람들을 속이기 위해서 그럴 수 있어. 그때만 해도 공개 입양이 드물었어. 입양아에 대한 편견도 지금보다는 강했고. 이든, 일단 나가자. 좀 쉰 후에 우리 다시 생각하자."

"그래."

이든과 제현은 바로 차를 타고 호텔로 돌아왔다. 호텔로 돌아오는 차 안에서 이든과 제현은 지형이 말한 그 동네에 대해 추리를 계속했다.

"강북이고, 언덕 위에 큰 집이 많은 곳이라면, 성북동일까?"

서울 지리에 대해 잘 모르는 이든은 구글맵을 켰다.

"그런데 그런 동네일수록 집안 사정이 거의 밖으로 새지 않아서 말이야. 입들이 다들 무거울 텐데 어떻게 정보를 얻어야 할지 감이 안 잡힌다."

제현은 깊은 한숨을 내쉬었다.

"그래도 여섯 살 아이가 갑자기 나타났으니 기억하고 있는 사람이 분명 있을 거야."

"입양 사실을 숨기고 싶었다면 아이를 입양하고 이사를 하지 않았을까?"

"그렇다면 강지형이 다은이를 데려다준 그 집에서 이사를 했을까? 아니면 이사를 온 직후였을까?"

"아마도 이사를 온 직후가 아니었을까? 아이가 없어져도 몰랐고, 대문도 열려 있었다는 것을 보면 아마도 이사하느라 정신이 없어서 그랬을 수도 있잖아."

이든과 제현은 다은의 행방에 대해 열띤 추리를 주고받았다.

"그래도 좀 안심이 된다. 입양이 되었다는 건, 보호자가 있었다는 거잖아."

이든의 가장 끔찍한 악몽이 다은이 혼자 길거리를 헤매다가 죽는 것이었다. 경제적으로 안정된 양부모가 있어서 보호받고 자랐다면 분명 교육도 받았을 것이고, 지금은 어디선가 평범한 생활인으로 잘살고 있을 가능성이 컸다.

"이든, 어쩌면 다은 씨 쪽에서 널 찾고 있을 가능성도 있어."

그럴 수도 있었다. 다은은 분명 자신을 기억하고 있을 것이고, 그랬다면 다은도 자신을 분명 찾을 것 같았다. 지금까지 이든은 다은이 자신을 찾을 가능성은 고려하지 않았다.

"친가족을 찾는 입양아 단체에 문의해 봐야겠어."

"그래. 그래야겠다."

이든은 피곤한 기색이 역력했지만 두 눈이 반짝였다.

이든은 몰랐다. 오늘 그 앞에 있던 막다른 골목의 벽은 종이로 된 가짜 벽이라는 것을.

그의 앞에 다은이 스쳐 지나갔고, 조금만 손을 뻗었다면 그토록 찾고 싶었던 여동생을 붙잡을 수 있었다는 것도 몰랐다.

파랑새는 눈앞에 있었다.

강지형, 진짜 내 것

―

파티장으로 돌아가려던 지형은 누군가 부르는 목소리에 뒤를 돌아보았다. 승혜였다.

"식만 보고 갔다고 들었는데?"

"그러려고 했는데, 그래도 얼굴 보고 축하는 해야 할 것 같아서 다시 왔어."

승혜는 어깨를 으쓱했다.

"정말 먼 사람이 됐네. 얼굴 보고 축하하기가 이렇게 힘들 줄은 몰랐어."

승혜는 일반적인 결혼식처럼 결혼식 전에 신랑에게 인사할 수 있는 시간이 있을 줄 알았다. 그렇지만 마치 지형과 자신 사이에 커다란 강이 있는 듯, 그저 보는 것만이 허락되었다.

앞으로 더 많은 것이 달라질 것임을 승혜도 지형도 느꼈다.

"아버님 이야기는 회율이한테 들었어."

"그 영감은 정말!"

자기도 모르게 승혜는 목소리를 높였다.

"안 아플 때는 그렇게 뻔질나게 불러 대더니, 왜 쓰러지고 나서는 연락을 안 한대?"

자기도 모르게 화를 터뜨리던 승혜는 이곳이 결혼식장이라는 것을 떠올렸다.

"회사엔 휴가를 낸 거야?"

"장기 휴가를 받긴 했는데. 모르겠어, 다시 돌아갈 건지는."

"그래. 마음 추스를 시간도 있어야지."

"미안. 좋은 날 우울한 이야기를 해서."

"무서워서 그러셨을 거야."

"뭐?"

"아버님, 무서워서 그러셨을 거라고."

승혜의 속눈썹이 떨렸다. 떨림은 속눈썹에서 입술, 어깨, 팔, 손으로 이어졌고, 기어이 눈물 몇 방울을 떨어뜨려 뺨을 타고 흐르게 만들었다.

"그리고 네가 얼마나 무서워할지도 아셨기에 말씀하지 못하셨을 거야."

지형의 말이 맞았다. 마음의 준비를 수없이 했다고 여겼지만, 아니었다.

아버지가 진짜 세상을 떠나실 수도 있겠다고 실감한 순간, 엄청난 공포가 승혜를 덮쳤다. 그건 상상하거나 준비할 수 있는 것이 아니었다.

지형은 승혜의 등을 토닥였다. 승혜는 울지 않으려고 애썼다. 그렇지만 진심으로 위로해 주는 누군가를 만나자 그동안 참았던 눈물이 고장 난 수도꼭지처럼 흘러나왔다.

지형은 사람들 시선은 아랑곳하지 않고 승혜를 데리고 아델린하우스 밖으로 나갔다. 정원 구석에 있는 작은 벤치에 두 사람이 앉았다.

"의식이 없으시다고?"

승혜는 살짝 얼굴을 찌푸렸다.

"회율이 걔는 어째 그때나 지금이나 똑같이 입이 가볍니."

"가망이 없는 거야?"

"호흡기 제거했어. 그게 아버지 뜻이라서."

"그래, 그러셨구나."

그렇다면 죽음을 기다리는 중이라는 뜻이었다.

지형은 힘내라는 뜻으로 승혜의 손을 꽉 잡았다.

"일주일이 될지 한 달이 될지 알 수 없어. 그렇지만 마지막까지 지켜 드리고 싶어."

"나도 도울 일 있으면 도울게. 뭐든 이야기해."

"고마워."

승혜는 애써 얼굴을 밝게 했다.

"물어보고 싶은 게 있어."

식장을 빠져나갔다가 다시 아델린하우스로 돌아온 이유가 바로 이것을 물어보기 위해서였다.

"이주윤이 윤다은이니? 아니, 윤다은이 이주윤인가?"

지형의 얼굴이 굳었다. 승혜는 지형의 대답을 듣지 않아도 됐다.

"세상에, 맞구나."

승혜는 어이가 없었고, 동시에 혼란스러웠다.

왜 이주윤은 자신을 윤다은이라고 한 걸까?

처음에 지형이 라렌느의 오너인 이주윤이라는 여자와 결혼할 거라는 기사를 읽었을 때 승혜는 그 기사를 믿을 수가 없었다. 그렇게 짧은 시간 동안 결혼을 결정했다는 것이 믿기지 않았다. 그래서 아버지 곁을 지키는 와중에 굳이 결혼식에 온 것이다. 도대체 지형과 결혼하는 이주윤이라는 여자가 누군지 보고 싶었다.

지형을 아는 승혜의 친구들은 지형이 출세에 눈이 멀었다고, 최고로 비싼 사다리를 거머쥐었다고 빈정거렸지만 승혜의 생각은 달랐다. 단지 돈과 권력이 갖고 싶어서 라렌느의 오너와 결혼하는 것 같진 않았다. 승혜가 아는 지형이라면 실력으로 꼭대기에 올랐을 것이고, 지형은 그럴 만한 능력이 있었다. 그것도 넘치게 말이다.

지형과 3년간 같은 회사에서 근무했던 승혜는 지형의 업무 능력에 혀를 내두를 때가 많았다. 보통 사람은 집중력과 끈기가 동시에 있기 어려운데, 지형은 그 두 가지를 모두 가졌다.

결혼 기사를 읽었을 때보다 웨딩드레스를 입은 신부를 봤을 때 승혜는 더 놀랐다.

"네가 라렌느를 꼭 가져야 하는 이유가 윤다은 때문이었어?"

"그래."

지형은 부정하지 않았다.

지형이 왜 라렌느에 그렇게 이해할 수 없는 집착을 했는지, 왜 그렇게까지 꼭대기에 오르고 싶어 했는지 이해가 됐다. 그 정상에 윤다은이 있었기 때문이다.

"지독하다 강지형. 너 정말 지독해."

헛웃음이 나왔다.

여전히 의문은 남았다.

왜 가장 가까운 친구에게조차 다은의 존재를 숨긴 걸까?

그렇게 버려 놓고 다시 찾는 건 또 무슨 마음일까?

지형은 승혜가 한 번도 들어 보지 못한 메마른 목소리로 말했다.

"알아. 나 지독한 놈인 거."

"다은 씨가 널 용서했니?"

"아니."

"그럼 왜 너랑 결혼한 거야?"

"날 사랑하진 않지만 필요하긴 하니까."

'필요'라는 말이 승혜의 마음이 아프게 파고들었다. 강지형이 라렌느의 톱이 되어야 하는 이유를 드디어 알았기 때문이다.

"이렇게까지 할 거면서 그때 왜 떠난 거야?"

그건 아무리 친한 친구 승혜라도 말할 수 없는 것이었다.

한참 후에 승혜가 입을 열었다.

"결혼, 축하해야 하니?"

"축하해 줘. 내가 평생 바랐던 일이야."

"그래, 그럼 축하할게."

그렇게 승혜의 짝사랑은 끝이 났다.

승혜는 아버지의 병원으로 차를 몰고 가면서 생각했다.

숨긴 남자와 숨겨진 여자, 과연 누가 더 불행했을까?

만약 자신이 연인에게 그런 취급을 받는다면 어떤 기분이었을까?

그런 취급을 받으면서도 떠날 수 없었다면 어떤 기분이었을까?

그리고 그렇게 버텼는데 무가치한 존재인 양 버려졌다면?

그런 식으로 버려진 여자가 자신을 버린 남자를 용서할 수 있을까?

답을 알 것도 같았고 모를 것도 같았다.

승혜는 결혼식 내내 뚫어져라 바라보았던 주윤의 얼굴을 떠올렸다. 엷은 미소를 띠고 있었지만, 마냥 행복해 보이진 않았다. 행복해 보이기도 했지만, 공허한 슬픔이 느껴지기도 했다.

'강지형, 유다은은 널 용서한 것 같지 않아.'

손 이사가 파티장 입구에서 지형을 기다리고 있었다. 그는 혼자가 아니었다.

40대 후반으로 보이는, 은테 안경을 쓴 깔끔한 인상의 남자가 손 이사 곁에 서 있었다. 지형은 그를 라렌느호텔의 총지배인이라고 생각했다. 호텔리어라고 생각했을 정도로 멀리서 봐도 풍기는 분위기와 자세가 남달랐다.

손 이사가 지형에게 다가왔다.

"이제 오시는군요."

지형은 손 이사의 높임말에 화들짝 놀랐다. 그렇지만 손 이사는 아무렇지 않은 얼굴이었다. 오너의 남편이 되었으니 그에 걸맞은 대우를 하는 게 손 이사의 상식이었다.

손 이사는 목소리를 낮춰서 물었다.

"이든 메이어와는 잘 만나셨습니까?"

"예, 잘 만났습니다. 특별한 건 없었고 그냥 인사만 나눴습니다."

그런 것치고는 독대한 시간이 꽤 길었다는 느낌이었지만 손 이사는 더 이상 묻지 않았다. 이제 지형은 부하 직원이 아니었다. 손 이사는 뒤에 서 있는 원국에게 눈짓을 했다. 원국이 지형에게 다가와 가볍게 고개를 숙였다.

"앞으로 본부장님을 도울 임원국 비서입니다."

"처음 뵙겠습니다. 임원국입니다."

임 비서는 손 이사가 적극 추천한 인물이었다.

앞으로 지형을 가장 가까이에서 보필하면서 상류층의 매너에 대해 전반적으로 가르쳐줄 선생이기도 했다. 오직 지형만을 위해 일할 사람이기에, 임 비서는 회사 소속이 아니었다.

"앞으로 잘 부탁드립니다."

지형은 손을 내밀었다. 지형의 손을 적당한 세기로 잡으며 임 비서가 입을 열었다.

"잘 부탁드립니다. 결혼식 전에 인사드릴 예정이었는데, 비행기가 연착해서요. 늦어서 죄송합니다."

"싱가포르에서 바로 오시는 겁니까?"

"네. 그쪽 일을 마무리하자마자 비행기를 탔습니다."

임 비서가 직전에 개인 비서로 모신 라우 회장은 싱가포르에 있는 부동산 개발 회사의 대표였다. 임 비서는 호텔리어로 시작해 한국과 중국, 싱가포르, 말레이시아의 여러 재력가 가문에서 일하면서 경력과 인맥을 쌓았다. 라렌느가 앞으로 중국을 비롯한 아시아 시장을 적극적으로 공략할 계획이어서 손 이사가 특별히 공들여 모시다시피 데려온 인재였다.

"그럼 들어가시지요."

지형은 손 이사의 안내를 받아 파티장 안으로 들어갔다. 임 비서는 자연스럽게 지형의 뒤를 그림자처럼 따라갔다.

애프터파티가 끝났을 때는 자정에 가까운 시간이었다.

"댁으로 모시겠습니다."

지형은 임 비서가 모는 차를 타고 집으로 갔다.

임 비서는 애프터파티에서 놀라울 정도로 활약을 했다. 임 비서가 곁에 없었다면 지형은 애프터파티에서 자신에게 밀려드는 수많은 사람에게 빠져 익사했을 수도 있었다.

어째서 임 비서가 무리를 해서 오늘 꼭 오려고 했는지 지형은 파티장에 다시 들어간 후에야 깨달았다. 임 비서가 없었다면 지형은 오늘 사람들 입에 오르내릴 만한 실수를 적어도 서너 번은 했을 것이다.

자신이 주윤이 살고 있는 세계를 만만히 보았다는 것을 뼈저리게 깨달았다.

그저 일을 잘하고 성과를 내면 그 꼭대기에 언젠가 도착할 수 있을 줄 알았다. 그런데 그럴 가능성은 없었다. 그건 기차로 하늘을 날겠다는 것과 다름없었다.

손 이사가 말한 '절대 이해하려고 하지 말라.'라는 말이 무슨 뜻인지도 뼈저리게 깨달았다.

수많은 사람과 인사를 했고, 명함을 받았고, 골프와 오찬, 만찬을 제의받았고, 특별한 소모임에 초대받았다. 출세를 은밀히 비웃는 사람도 있었고, 대놓고 부러워하는 사람도 있었다. 오늘 결혼한 새신랑에게 노골적으로 잠자리를 유혹하는 이름도 기억나지 않는 여자도 있었다.

라렌느 상속녀와 결혼한 강지형에게 세상은 참으로 기이하리만큼 친절했다. 이것은 효관이 바라던 것이었다. 지형은 아버지를 더더욱 이해할 수 없었다.

'고작 이것 때문에 나를 버린 건가?'

지형은 지금 주윤의 배 속에서 무럭무럭 자라고 있는 아이를 떠올렸다. 그 무엇과도 바꿀 수 없는 두 존재였다.

보이지 않는 짐이 어깨를 무겁게 짓눌렀다. 주윤과 아이를 위해서라면 충분히 짊어질 수 있는 짐이었다.

지형은 임 비서에게 말을 건넸다.

"업무 파악 속도가 대단하시군요."

오늘이 첫날인데도, 임 비서는 조금도 당황하지 않고 지형을 보좌했다. 마치 몇십 년 동안 지형 곁에 있었던 것처럼 자연스럽게 일을 처리했다.

"과찬이십니다."

"임 비서님은 아는 분이 굉장히 많으시더군요."

제일 먼저 놀란 것은 임 비서의 암기력이었다. 임 비서는 그 파티장에 온 거의 모든 사람을 다 알고 있는 듯했다. 단순히 이름과 직함만 아는 것이 아니라 거쳐 온 경력과 가족 사항 같은 개인적인 부분까지 상세히 알고 있었다.

임 비서가 아니었다면, 멍청하게 그쪽에서 자기소개를 할 때까지 기다려야 했을 것이다. 그 모습이 파티에 참석한 이들에게 어떻게 비칠지는 너무나도 뻔했다.

"강 본부장님 인맥도 상당하시더군요. 극비리에 한국에 들어온 이든 메이어가 결혼식장에 와서 강 본부장님과 독대를 했다는 말이 돌던데, 제가 알아야 할 부분이 있을까요? 본부장님과 이든 메이어는 어떤 접점도 없는 것으로 알고 있는데요. 유어블루버드가 라렌느와 업무적인 접촉이 있었다는 얘기도 듣지 못했습니다. 내일 제 전화기에선 불이 날 겁니다."

지형은 놀란 얼굴을 했다.

그런 지형의 마음을 알았는지 임 비서가 말했다.

"다들 안 보는 듯하면서도 다 보고 있고, 기억하고 있습니다. 다들 집으로 돌아가는 길에 열심히 이든 메이어와 강지형이 단둘이서 무엇을 이야기했는지를 추측하고 있겠지요. 제 말이 거짓말 같으면 내일 라렌느의 주가를 확인해 보세요. 분명 조금 올라 있을 겁니다. 은밀히 라렌느의 주식을 구입했을 테니까요. 이든 메이어가 한국에 거액의 투자를 하고 싶어 한다는 건 공공연히 알려진 것이니까요."

이든 메이어와 라렌느의 차기 회장감으로 점쳐지는 강지형이 비밀리에 만났다. 그것만으로도 라렌느의 주식을 살 이유가 생기는 것이었다.

고급 정보는 그렇게 돌았다. 철저하게 그들만의 작은 사회에서 정보가 유통되었고, 그중 일부 정보들이 의도적으로 외부로 유출되었다.

"이 이야기가 언론에서 언급될 것 같습니까?"

지형은 이든과의 만남이 외부에 알려지는 것을 가급적 피하고 싶었다.

"아뇨. 이든 메이어와 강지형이 비밀리에 만났다는 그런 고급 정보를 쉽게 언론에 제보하진 않을 겁니다. 강 본부장님은 이 일을 어디까지 노출하시길 원하십니까? 생각하시는 수위대로 언론 대응 전략을 짜겠습니다."

"하나부터 열까지 모든 것이 노출되지 않기를 바랍니다."

"함구하라는 명이시군요."

"네."

"알겠습니다. 두 분이 어떤 목적으로 만났는지 제가 알아도 되겠습니까?"

"업무는 아닙니다. 회사에 관련된 것도 아닙니다."

그 말은 개인적인 만남이라는 뜻이었다.

"부탁이 있습니다."

"말씀하십시오."

"이든 메이어에 대한 보고서를 받고 싶습니다."

지형은 이든 메이어가 윤다은의 친오빠라는 것을 확신했다. 적어도 돈 때문에 이든 메이어가 여동생을 찾고 있는 것이 아니라는 것도 확신했다. 그렇지만 지형은 확실히 해 두고 싶었다. 이든이 정말 주윤의 친오빠인지.

이든이 진짜 무슨 이유로 다은을 찾고 있는지 그 속내를 파악해야 했다. 단순히 혈육의 정이 그리워서 동생을 찾는다는 건 텔레비전 프로그램에나 나올 법한 사연이었다.

지형은 이든 메이어가 입양아라는 것은 알고 있었지만, 그에게 여동생이 있다는 것은 몰랐다. 지금까지 존재 자체를 숨겨 온 친여동생이었다. 그런데 왜 갑자기 찾는 걸까? 그렇게 그리워했다면 좀 더 일찍 찾았어야 하는 게 아닐까? 지형은 이든의 의도가 의심스럽기만 했다.

임 비서가 룸미러로 지형을 보며 물었다.

"어느 선까지 원하십니까?"

"가능한 한 자세한 보고를 원합니다."

지형은 망설이다가 덧붙였다.

"입양되기 전의 일까지, 그러니까 한국에 있었을 때의 일까지 자세히 알고 싶습니다. 그리고 제가 이든 메이어에 대해 알아보고 있다는 것을 누구도 몰랐으면 좋겠습니다."

까다롭고 어려운 주문이었지만, 임 비서는 자신의 고용주에게 절대 '노.'라고 말한 적이 없었다.

"알겠습니다."

어느덧 지형의 차는 성북동 집 근처에 도착했다.

"여기서 세워 주세요. 걸어가고 싶습니다."

차를 세운 임 비서는 몸을 뒤로 돌린 후 입을 열었다.

"드릴 말씀이 있습니다."

"네."

"당분간은 제가 출퇴근 운전을 맡겠습니다."

지형은 한동안 미래사업본부 본부장으로 업무를 계속할 예정이었기에, 두 사람이 만나서 이야기를 나눌 수 있는 시간이 절대적으로 부족했다. 그래서 단둘이 있을 수 있는 출퇴근 시간을 활용하겠다는 뜻이었다. 지형은 누군가가, 그것도 자신보다 나이가 많은 이가 모는 차를 타는 것이 불편했고, 자신에게 깍듯이 높임말을 쓰는 것도 불편했다. 그렇지만 이 역시 감수해야 하는 일이었다.

"그렇게 하시지요."

임 비서는 운전석에서 내려 뒷문을 열어 주었다. 지형은 누군가가 열어 주는 차 문도 어색했다.

"그럼 내일 뵙겠습니다."

임 비서는 깍듯하게 인사를 했다.

지형은 임 비서의 차가 보이지 않을 때까지 서 있다가 천천히 발걸음을 옮겼다.

저 멀리 그 집의 담이 하얗게 반짝였다. 여전히 지형에겐 높고 견고해 보이는 담이었다. 그렇지만 지금 지형의 머릿속에 있는 건 그것이 아니었다.

윤명진. 윤다은의 진짜 오빠가 나타났다.

거대한 파도가 자신에게 밀려오는 듯했다.

애프터파티 때는 사람들을 만나느라 윤명진에 대한 생각을 할 겨를이 없었다. 그렇지만 이렇게 혼자 있게 되자 그 남자 생각이 머릿속을 떠나지 않았다.

'넌 버리고 떠났잖아. 그때 넘어진 다은이를 일으켜 준 것도 나고, 울고 있던 그 아이를 달랜 것도 나야. 네가 없는 동안 다은이 곁에 있었던 건 나라고. 다은이는 내 전부야. 너한테 다은이는 전부가 아니잖아. 그렇게 버려 놓고, 그렇게 그 아이를 슬프게 해 놓고 이제 와서 뻔뻔하게 찾아? 그 아이가 가장 널 필요로 할 때 넌 미국에 가서 행복하게 살았잖아. 다은이한테 넌 필요 없어. 내가 있으니까. 내가 다은이를 지킬 거니까.'

지형은 마음속으로 눈앞에 없는 이든에게 하고 싶었던 말을 토해 냈다.

지형은 한참 동안 대문을 바라보다가 고개를 돌려 주위를 두리번거렸다.

'그게 아직도 있나?'

거기에 그것이 여전히 있었다.

지형의 입에서 자기도 모르게 '하.' 하는 소리가 나왔다.

여전히 그 자리에 그것이 있었다. 지형의 발걸음이 자기도 모르게 그곳으로 향했다.

그날 울어서 퉁퉁 부은 얼굴로 두 사람은 눈이 얼어붙어 미끄러운 오르막길을 함께 올라갔다. 주윤은 한 손에는 지형의 손을, 다른 손에는 패스트푸드점에서 받은 장난감 양 인형을 꼭 쥐고 있었다.

그 대문이 나타나지 않길 얼마나 바랐을까.

그렇지만 야속하게도 그 대문이 나타났다.

"언제 날 또 만나러 올 거야?"

"그건 약속하기가 힘들어. 그렇지만 약속할게. 널 볼 수 있도록 노력할 거야."

눈빛으로 '거짓말.'이라고 말하는 것 같았다.

"약속해. 널 꼭 다시 보러 올게. 네가 날 볼 수 없어도 올게."

지형은 주변을 돌아보았다. 아침에 지형의 몸을 숨겨 주었던 초록색 의류 수거함이 보였다. 지형은 문득 괜찮아 보이는 생각이 떠올랐다.

"네 방은 어디쯤에 있어?"

주윤은 손가락으로 자기 방 창문을 가리켰다. 저 방 창문에 서라면 분명 이 의류 수거함이 보일 것 같았다.

"여기서 기다리면 네 방에서 날 볼 수 있겠지? 보지 못했더라도 내가 다녀갔다는 표시를 해 둘게."

"어떻게?"

"내가 이 의류함 지붕에다가 이 그림을 그려 놓을게."

지형은 눈이 덮인 땅바닥에 스마일 그림을 그렸다.

"이 그림이 보이면 내가 왔다 간 거야. 어쩌다 운이 좋으면 얼굴도 볼 수 있겠지? 여기 오면 꼭 네 방 창문을 볼게. 나를 보면 손을 흔들어 줘. 나도 손을 흔들게."

주윤은 고개를 끄덕이며 오른손을 내밀었다. 작은 새끼손가락이 애처로웠다. 지형은 새끼손가락을 거는 것 대신 두 팔로 꽉 안아 줬다. 또다시 울음이 터지려고 하는지 주윤의 몸이 떨렸다. 슬픔 때문인지 두려움 때문인지, 아니면 그 둘 다 때문인지 지형은 알 수 없었다.

"넌 혼자가 아니야. 내가 있어."

품 속에서 가만히 고개를 끄덕이는 게 느껴졌다.

"자, 어서 들어가."

주윤은 정말 내키지 않는 걸음으로 대문을 향해 걸어갔다. 검은 대문을 살며시 밀자 대문이 열렸다.

대문 안으로 들어가기 전 주윤은 몸을 돌려 지형을 바라보았다. 두 눈에 눈물이 그렁그렁했다. 제발 날 여기서 데려가 달라고 말하는 듯한 눈으로 주윤은 지형을 바라보았다. 그렇지만 지형은 고작 초등학생에 불과했다. 그 무엇도 할 수 없는 나이였다.

지형 역시 눈물이 터져 나올 것 같았다. 그렇지만 애써 미소 지었다. 괜찮을 거라고 낙관하는 것 말고는 지형이 할 수 있는 일이 없었다.

오늘은 크리스마스이브고 내일은 크리스마스니까, 적어도

때리진 않을 거라고, 그렇게 믿는 수밖에 없었다.

저 집은 결코 지형이 들어갈 수 없는 곳이었다.

대문이 닫혔다. 주윤이 안에 들어가고도 지형은 발걸음이 떨어지지 않았다. 고작 몇 시간밖에 함께 있지 않았는데, 이 작은 여자아이가 지형의 마음을 빈틈없이 꽉 채웠다.

지형은 의류함 앞에 서서 한참 동안 불 꺼진 주윤의 방을 바라보았다.

주윤이 어서 오라고 작고 하얀 손을 흔드는 환영이 보이는 듯했다.

드디어 여기까지 왔구나.

다은아, 드디어 내가 여기에 왔어.

지형은 자신을 위해서 한 번도 열리지 않았던 대문을 향해 걸어갔다. 지형의 발걸음은 점점 더 빨라졌다.

대문 앞에 선 지형은 당당하게 벨을 눌렀다.

이곳은 이제 아버지의 집이 아니었다. 지형의 집이었다.

달려오는 발소리가 들리더니 문이 열렸다. 저번에 주윤과 함께 방문했을 때 맞이해 준 김 과장이 지형을 맞이했다. 김 과장은 허리를 숙여 인사를 했다.

"본부장님 도착하셨습니다. 본채로 올라가실 테니까 준비하세요."

무전기로 본채와 연락을 한 김 과장은 지형을 보며 말했다.

"그럼 잠시만 기다리십시오."

얼마 후, 깔끔한 회색 원피스를 입은 40대 후반의 여성이 계단을 내려왔다.

"처음 뵙겠습니다, 본부장님. 본채 관리를 맡은 정희정 실장입니다."

"처음 뵙겠습니다. 앞으로 잘 부탁드립니다."

"저야말로 잘 부탁드립니다."

지형은 김 과장에게 가볍게 눈인사를 한 후, 정 실장의 뒤를 따라갔다.

지난번에 왔을 때는 너무 당황해서 집을 제대로 둘러볼 여유도 없었다. 이제야 건물과 정원이 눈에 들어왔다. 정원은 작은 공원처럼 넓고 잘 꾸며져 있었다.

정원을 둘러보던 지형의 눈에 한구석에 쌓아 둔 집기들과 물건을 담은 박스들이 들어왔다.

"저건 뭐죠?"

"이 회장님 짐입니다. 내일 아침에 싣고 나갈 예정입니다."

"꼭 저렇게 밖에 둬야 하나요?"

정 실장은 난처한 목소리로 말했다.

"이사장님이 이 회장님 물건은 하나라도 집에 두지 말라고 하셔서요."

정 실장은 지형의 눈치를 보며 덧붙였다.

"집 밖에 두라는 거, 겨우겨우 사정해서 집 안에 둔 겁니다. 이 이야긴 이사장님께 하지 마세요. 언급하시는 것만으로도 상당히 언짢아하실 테니까요."

이 집에 처음 온 사람이자 결혼 첫날밤을 맞을 지형을 배려한 정 실장의 말이었다.

"제가 이 집에 온 지 겨우 일주일이라 업무 파악이 아직 완벽하지 않습니다. 스태프들도 마찬가지고요."

"이전에 일하시던 분들은 어쩌고요? 설마 모두 그만두셨습니까?"

"이사장님 지시로 본채에서 일하던 사람들은 모두 다른 곳으로 갔습니다. 갑작스럽게 인사 조치가 되는 바람에 인수인계가 완벽하지 않아서 며칠 업무 처리가 매끄럽지 않을 겁니다. 집 정리도 아직 다 끝나지 않아서 며칠 동안은 불편하실 겁니다."

정 실장은 지형에게 양해를 구했다.

지형에겐 어차피 이 집에서 처음 생활하는 거라 특별히 더 불편할 것이 있을 것 같진 않았다.

"들어가시지요."

정 실장은 본채 문을 열었다.

"집을 안내해 드리겠습니다."

지형은 자기 집인데도 누구의 안내를 받고 들어가는 것이 좀 우습다고 생각했다. 그렇지만 안내가 필요한 건 사실이었다. 안내를 받지 않고서는 어디가 어딘지 도저히 알 수 없을 만큼 집이 컸다.

가끔 지형은 아버지와 주윤이 사는 이 집이 어떻게 생겼을까 상상해 본 적이 있었다. 저택에 대한 지형의 상상력은 어렸을 때는 만화나 영화에서 본 게 대부분이어서, 제대로 상상조차 할 수 없었다. 그저 부자라니까 멋지고 화려하지 않을까 피상적으로 상상했을 뿐이었다.

아버지가 살았던 집은 지형이 상상했던 것보다 더 넓고 컸다. 가구가 놓인 흔적과 그림이 걸렸던 흔적만 덩그러니 남아 있어 이삿짐이 빠진 집처럼 보였다.

주윤은 1층에 있는 모든 가구와 물건들을 다 내보내고, 인테리어도 새롭게 하라고 지시했다. 디자인은 아무래도 괜찮았다. 두 사람의 흔적만 없으면 상관없었다.

그런 지형의 눈치를 보면서 정 실장이 말했다.

"일주일 후면 주문한 가구도 들어올 거고, 인테리어도 마무리될 예정입니다."

1층은 대부분의 방이 비어 있어 정 실장이 말하는 것으로 그 용도를 짐작할 수 있을 뿐이었다.

웅장한 1층의 분위기와 달리 2층은 외부인이 들어올 수 없는, 폐쇄적인 느낌이 들 정도로 내밀한 공간이었다.

"2층은 예전부터 이사장님이 쓰시던 곳이라 달리 손을 대진 않았습니다."

거침없이 문을 열고 보여 줬던 1층과 달리, 정 실장은 2층에 올라오자 발걸음도 조심스러워졌고, 목소리도 작아졌다.

복도에 선 채로 정 실장이 입을 열었다.

"이쪽이 이사장님이 쓰실 공간이고요, 저쪽이 본부장님이 쓰실 공간입니다."

복도를 사이에 두고 방이 양쪽으로 있었는데, 오른쪽이 주윤의 공간이었고 왼쪽이 지형의 공간이었다. 부부가 다른 공간에서 생활한다는 게 지형의 눈에는 이상했지만 정 실장은 전혀 이상하게 보는 것 같지 않았다. 당연하다는 듯한 얼굴이었다.

"댁에서 가져오신 옷들은 다 정리가 되었습니다. 필요한 게 있으시면 별채에 있는 메이드룸으로 전화하시면 됩니다. 24시간 근무 중이니 언제든 전화하시면 됩니다."

"이사장은요?"

"주무시고 계십니다."

"뭐라도 좀 먹었습니까?"

"수박주스와 오이샌드위치를 조금 드셨습니다."

그래도 뭐라도 먹었다니 다행이었다.

"그럼 편히 주무십시오. 내일 아침에 뵙겠습니다."

정 실장은 깍듯하게 허리를 굽히는 인사를 했다.

정 실장이 계단으로 내려가 본채 밖으로 나가자 지형은 겨우 한숨을 돌렸다.

낯선 사람이 있는 공간은 아무리 애를 써도 집이라는 생각이 들지 않았다.

지형은 방문을 열고 안으로 들어갔다.

침실은 깔끔하게 정리되어 있었다. 침실과 연결된 드레스룸과 파우더룸, 욕실에는 지형이 이전에 쓰던 물건들과 옷들로 채워져 있었다. 침대 옆 협탁에는 지형을 위해 여러 전화번호들이 적힌 메모가 올려져 있었다.

이전 집에서 쓰던 물건들이 있음에도 방이 너무 낯설었다.

어딘가에서 찬바람이 부는 듯했다.

썰렁한 방은 지형에게 그들 결혼이 어떤 것인지를 말해 주는 것 같았다. 결혼 첫날밤이라고 해서 뭔가 특별한 걸 기대한 건 아니었지만, 이렇게 썰렁한 침실에서 혼자 잠을 자게 될 줄은 몰랐다.

주윤이 보고 싶었다. 지형은 주윤의 방으로 가 조심스럽게 노크를 했다.

'자나?'

방 안에서 아무런 인기척이 나지 않아서 지형은 방문을 소리 나지 않게 열었다. 방 안에는 주윤이 없었다. 침대에서 잠을 잔 흔적이 있었지만, 꽤 오래전에 침대에서 내려왔는지 시트가 차가웠다.

'어디 있는 거지?'

지형은 주윤의 침실과 연결된 방문을 열었다.

불이 꺼진 방 창문 앞에서 주윤이 숄로 몸을 감싼 채 앉아 있었다. 대리석으로 만든 조각처럼 주윤은 꼼짝도 하지 않았다. 지형은 눈을 깜빡거렸다. 주윤이 환영처럼 흐릿하게 보였다. 사라져 버릴 것 같아 겁이 났다.

"주윤아."

창밖을 보고 있던 주윤은 고개를 돌려 지형을 보았다.

주윤은 믿을 수 없다는 듯한 눈으로 한참 동안 지형을 바라보았다.

"정말 왔네."

지형은 주윤의 말이 우스워서 웃음소리를 냈다.

"그럼 내가 여기로 오지 어디로 가."

그렇지만 주윤의 얼굴은 진지했다. 웃음기가 없는 얼굴로 몸을 일으키고 지형의 얼굴에 손을 댔다.

"정말 오빠가 여기에 왔네."

어둠에 익숙해지자 방이 지형의 눈에 들어왔다. 어린 여자아이가 쓸 법할 방이었다.

레이스 커튼이 달린 작은 침대, 어린이용 안락의자와 책상, 의자, 책꽂이, 정교한 공예품으로 보이는 커다란 돌하우스와 인형 같은 장난감 등이 눈에 들어왔다. 물건들은 시간이 흘렀다는 것이 느껴질 만큼 낡고 바래 있었다.

그렇지만 뭔가 이상했다. 자연스럽지가 않았다.

아이의 방은 아이가 자라면서 자연스럽게 바뀌기 마련이다. 그런데 이 방은 마치 시간이 멈춘 것 같았다. 게다가 모든 것이 지나칠 정도로 깔끔하게 정리되어 있었다.

"여기는 누구 방이야?"

"이주윤의 방."

주윤이 말하는 '이주윤의 방'이 누구를 가리키는지 지형은 알았다.

죽은 아이의 방이었다.

이 집에서 이주윤은 결코 죽은 적이 없었다.

여섯 살 여자아이의 망령은 여전히 이 집을 떠돌고 있었다.

지형은 불을 켰다. 주윤은 눈이 부신지 잠시 얼굴을 찡그렸다.

불을 켜고 보니 이 방은 한층 더 기괴했다.

지형은 그냥 빨리 이 방에서 나가고 싶었다. 그렇지만 주윤은 나갈 생각이 없어 보였다.

지형의 발에 뭔가가 차였다. 자세히 보니 나무 기차들이 주르륵 놓여 있었다. 지형은 쓰러진 기차를 제대로 세워 놓았다. 그런데 기차 중 하나가 부서져 있었다. 그 기차에는 검붉은 얼룩이 있었다. 아무리 봐도 핏자국 같았다.

"주윤아, 이거⋯⋯."

주윤은 대답하지 않고 나무 기차들을 원래 자리에 올려놓았다. 혜선이 여전히 살아 있는 것처럼 주윤은 마치 손도 대지 않았던 것처럼 기차를 똑같이 올려놓았다.

주윤이 이 장난감에 끌린 것은 방에 있는 장난감 중에 제일 소박하고 볼품없어 보였기 때문이다. 이전 이 방 주인이 많이 가지고 놀았는지 손때가 묻어 있었다. 기차들은 색깔도 모양도 제각각이었다. 손에 닿는 촉감이 부드럽고 따뜻했다.

이건 가지고 놀아도 되겠지 싶어서 주윤은 기차놀이를 했다. 놀이에 너무 열중해서 혜선이 방에 들어왔다는 것도 몰랐다.

혜선은 화를 내며 장난감 기차를 주윤에게 집어 던졌다.

"나쁜 년, 네가 뭔데 내 딸 장난감을 가지고 놀아. 기생충 같은 년!"

혜선은 주윤의 어깨를 잡고 마구 흔들었다. 그럴수록 주윤은 무서워서 더더욱 혜선을 볼 수 없었다. 주윤이 자신을 보지 않자, 나무 장난감 기차로 주윤의 머리를 때렸다.

정신을 잃은 주윤은 병원으로 실려 갔고, 깨어났을 때 주윤은 학대의 심증을 가지고 자신에게 유도 질문을 하는 의사에게 거짓말을 했다.

"아니요. 제가 잘못해서 넘어졌어요. 제가 잘못한 거예요."

"그럼 목에 있는 멍은?"

주윤은 멍한 눈으로 의사를 바라보았다. 주윤은 혜선이 자기 목을 졸랐다는 것도 기억하지 못했다. 한참 뒤에 주윤은 입을 열었다.

"엄마가 보고 싶어요."

주윤은 그 말을 하고 조개처럼 입을 꼭 닫았다. 진실을 말한들 아무도 도와주지 않을 것이었다.

하얗게 질려 나타난 혜선에게 주윤은 용서를 빌었다.

"엄마, 잘못했어요. 넘어져서 미안해요."

혜선이 바라는 모습대로 주윤은 연기했다.

혜선은 펑펑 울면서 주윤을 안았다.

"괜찮아. 네가 크게 안 다쳤으니까 됐어."

그게 얼마나 이상한 대화였는지, 주윤과 혜선만 몰랐다.

그건 다친 아이가 할 말이 아니었고, 다친 아이를 둔 엄마가 할 말이 아니었다.

혜선의 품에 안겨 주윤은 멍하니 그녀의 블라우스에 튄 핏방울을 바라보았다.

혜선과 효관은 깜짝 놀랄 만큼 비싼 선물들을 아무 이유 없이 사 줬다. 사람들에게 보여 주기 위한 연극이었다. 주윤은 그들이 원하는 대로 연기를 했다. 서프라이즈 선물을 받고 기뻐하는 딸의 모습을 모두에게 보여 주었다. 몇 초, 아니, 몇 분 동안 그들이 정상적인 가족임을 타인에게 보여 주기 위한, 효관과 혜선이 얼마나 너그러운 양부모인지 보여 주기 위한 연극이었다. 그렇지만 세 사람의 눈은 결코 웃지 않았다. 슬프고도 잔인한 연극이었다.

이주윤일 때는 억지로 이 장난감들을 가지고 놀아야 했고, 윤다은일 때는 감히 이주윤의 물건을 만졌다는 이유로 효관과 혜선에게 맞았다.

주윤은 이 집에서 자신의 것이 하나도 없다는 것을 처절하게 깨우쳤다.

"다른 건 몰라도 이건 여기에 있어야 할 것들 같아서. 이것까지 버리면 정말 내가 이주윤의 모든 것을 빼앗은 것 같아서 버리지 못하겠어."

"그게 무슨 말도 안 되는 소리야. 네가 뭘 빼앗았어?"

"터무니없는 소리 같지? 근데 터무니없는 소리도 한 번 듣고, 두 번 듣고, 세 번 듣고, 1년을 듣고, 5년을 듣고, 10년을 듣다 보면 그게 진실처럼 들려. 아이들은 살아남기 위해서는 어른의 말을 믿어야 하니까. 아니, 믿는 척이라도 해야 하니까."

주윤은 사방을 멍한 눈으로 훑어보았다.

"이 집엔 내 것이라곤 하나도 없었어. 숨을 쉴 때도 나는 빚을 지는 기분으로 숨을 쉬었어. 살아 있는 게 너무 싫었어. 그냥 인형이었으면 좋았을걸. 저 돌하우스에 사는 인형들이 부러웠어."

돌하우스에 사는 인형들은 모두 행복해 보였다. 얼굴에는 미소를 띠고 두 볼은 발그레했다.

"인형은 먹지도 않고, 자지도 않고, 숨을 쉬지도 않고, 뭔가를 배울 필요도 없잖아."

주윤을 안은 지형의 팔에 힘이 들어갔다.

"⋯⋯인형은 맞아도 아프지 않잖아."

눈시울이 뜨거워졌다. 그때 너를 이렇게 안아 줄 수 있었으면 좋았을 텐데.

"이 방, 없애 버리자."

지형은 이 방의 모든 게 꼴도 보기 싫었다. 숨이 막힐 것같이 싫었다. 아니, 이 집의 모든 게 싫었다.

지형은 깨달았다. 이 집에 들어온 건 주윤을 데리고 나가기 위해서였다.

"주윤아, 이 집에서 나가자. 안 좋은 기억밖에 없는데 여기 살 이유가 뭐가 있어?"

주윤은 창 쪽으로 몸을 돌렸다.

"그래도 난 이 방을 꽤 좋아했어."

주윤은 손가락을 들어 창밖을 가리켰다. 지형은 주윤이 가리키는 곳을 바라보았다. 그 손가락 끝에는 초록색 의류함이 보였다. 이 방이 주윤이 그때 가리켰던 그 방이었다는 것을 지형은 깨달았다.

"정말 오빠가 와 줄 줄 몰랐어. 오빠도 다른 사람들처럼 거짓말을 한 거라고 생각했거든."

그러나 초록색 의류함에 분필로 그린 스마일을 보는 순간, 주윤은 자신만이 볼 수 있는 하얀 눈이 내린 것처럼 기뻤다. 행복했다. 이 집에 오고 처음으로 진심으로 웃었고, 진심으로 울었다.

그 순간부터 주윤은 지형을 절대적으로 믿었다. 주윤에게 지형은 신이었다.

"꼭 데리러 온다고 해 놓고 안 데리러 왔어."

잠시 지형은 주윤이 무엇을 말하는지 이해하지 못했다.

주윤은 걸고 있던 로켓 목걸이를 만지작거렸다.

친오빠가 준 것이어서 몸에 지니고 있는 건 아니었다. 지형과의 추억이 있는 물건이기에 지니고 있는 것이었다.

"엄마 아빠 대신 지켜 준다고 해 놓고 떠나 버렸어."

지형은 주윤이 윤명진, 그 남자 이야기를 하고 있다는 것을 깨달았다.

"친오빠, 원망하니?"

주윤은 한참 후에 대답했다.

"아니. 원망도 기대도 안 해. 이제 나는 아이가 아니잖아. 더 이상 누군가가 날 구해 줄 거라는 생각 같은 거 안 해."

주윤의 말에는 아무런 감정도 담겨 있지 않았다.

"그래도 친오빠인데 한 번이라도 만나고 싶지 않아?"

마음과 전혀 다른 소리가 입 밖으로 나왔다.

주윤은 지형을 가만히 바라보았다. 자신을 바라보는 주윤의 눈동자가 너무 맑고 커서 지형은 자신의 마음이 그 눈동자에 남김없이 비치는 것 같아 괴로웠다.

"아니."

한참 후에 주윤의 입에서 지형이 바라는 대답이 나왔다.

바라는 대답이 나왔지만 지형은 한 번 더 물었다.

"그래도 유일한 가족인데……."

"가족이 뭔데?"

지형도 대답할 수 없는 질문이었다.

가족이 뭘까?

핏줄들로부터 한결같이 외면당하고 냉대당하고 이용당하고 버려졌다.

사랑받지도 못했고, 의지하지도 못했다.

기억이 있는 순간, 지형은 늘 혼자였다. 모든 문제를 혼자서 해결해야 했다. 그를 도와줄 어른은 없었다. 외삼촌 부부와 외사촌 누나에게 그는 군식구였고, 어머니는 늘 다른 곳을 바라보고 있었다. 그리고 아버지라는 사람은 그를 끝없이 실망시켰다.

그게 가족이라면, 차라리 없는 게 나은 존재였다.

"만약에 그 사람이 널 찾고 있다면?"

"왜? 왜 날 찾아?"

"가족이잖아."

주윤은 묘한 얼굴을 했다. 그렇지만 곧 이전의 아무렇지도 않은 얼굴로 돌아갔다.

"난 잘 모르겠어. 가족이라는 게 뭔지. 그게 어떤 느낌인지 말이야.”

“그래도 친부모님하고 살았던 기억이 있잖아.”

“없어. 아무것도.”

“뭐?”

“옛날엔 그래도 뭔가 떠오르기도 했는데 이젠 단편적인 것도 기억나지 않아. 부모님 이름도 기억나지 않아.”

기억은 바닷가 모래사장에 써 놓은 글씨 같았다. 계속해서 덧그리지 않으면, 끊임없이 밀려오는 파도에 의해 지워지고 사라졌다.

기억은 집이었다. 그 집에 사는 사람들이 모두 사라지면 기억의 집은 폐가가 되어 무너졌다.

지형의 눈에서 눈물이 흘렀다. 어쩌면 주윤 인생에 제일 좋은 기억일 수 있었을 텐데, 그것을 잃어버리다니 안타까웠다.

지형의 눈물을 물끄러미 보다가 주윤이 입을 열었다.

“내가 가여워서 우는 거야?”

“미안해서 그래.”

“뭐가 미안한데?”

“너무 늦게 와서.”

그래, 맞아. 오빠가 너무 늦게 왔어.

그때라면, 오빠가 그 사람 아들이었어도 난 상관없었을 거야.

그 아이가 그 사람 손자였어도 상관없었을 거야.

그만큼 오빠를 사랑했으니까. 그렇지만 이젠 안 돼.

“넌 이제 남편도 있고 아이도 있어.”

지형은 주윤의 손을 꽉 쥐었다.

"이제 넌 가족이 있어. 내가 다 할게. 내가 다⋯⋯."

주윤은 그런 지형을 가만히 바라보았다.

이제 드디어 이 집에 내 것이 하나 생겼다.

강지형, 바로 당신. 진짜 내 것.

아주 잠깐 동안이겠지만.

주윤은 지형이 꽉 잡은 손을 놓았다. 그 언젠가가 오면 이렇게 손을 놓을 수 있기를. 정말 그렇게 되길 간절히 바랐다.

그렇지만 지형은 다시 주윤의 손을 잡고 자기 품으로 끌어당겨 안았다. 마치 주윤의 마음속 소리를 들은 듯, 지형의 손에는 힘이 잔뜩 들어가 있었다.

지형은 주윤에게 입을 맞추면서 주윤의 속옷 속으로 손을 넣으려고 하자 주윤은 지형의 손을 잡았다.

"아, 안 돼? 아이한테 안 좋은가?"

"과격하지만 않으면 괜찮대."

그 말을 허락으로 듣고 지형은 주윤의 목덜미에 입술을 댔다. 주윤의 살갗은 여름 새벽 공기처럼 서늘했다. 주윤은 살짝 몸을 비틀고 지형이 무안하지 않을 정도의 힘으로 지형을 손바닥으로 밀었다.

"여기에서는 좀."

그제야 지형은 주윤이 원하는 것을 알아챘다. 지형은 주윤을 두 팔로 조심스럽게 안아 올렸다.

주윤의 침실로 간 지형은 침대 위에 주윤을 내려놓았다.

지형은 주윤의 몸을 누르지 않으려고 노력하면서 입을 맞췄다. 느긋하고 부드럽게 입을 맞추려고 했지만 불가능했다. 두 사람 다 숨 쉬는 것도 잊을 만큼 절박하게 서로의 입술과 숨결과 점막과 유연하면서도 탄력 있는 혀를 탐했다. 누가 더 격렬한지 승부라도 하는 것 같았다. 탁구공을 주고받는 랠리를 하듯 강하게 서로를 몰아붙였다.

입을 맞추면서 지형은 주윤의 가슴을 어루만졌다. 어떻게 만져 주면 좋아하는지 지형은 너무 잘 알고 있었다. 천천히 손바닥으로 가슴 전체를 주무르면, 주윤의 몸이 점점 뜨거워지는 것이 느껴졌다.

가슴의 끝부분을 비틀고 아프지 않게 꼬집을 때마다 주윤은 지형의 혀를 아플 정도로 세게 깨물었다. 지형의 혀가 입 안을 휘저을 때마다 아래가 저릿저릿했고, 자기도 모르게 힘을 줬다. 지형이 들어온 것처럼 질이 경련했다.

입술을 뗀 두 사람은 어깨를 들썩이며 거칠게 숨을 몰아쉬었다. 주윤의 입 안에 매끄럽고 투명한 타액이 고여 있었다. 지형은 주윤의 아래 역시 입 안처럼 촉촉하게 뜨거워졌을 거라고 생각하고 팬티 속으로 손을 넣었다. 주윤은 지형이 옷을 벗기기 쉽게 몸을 움직였다.

지형은 주윤의 다리를 벌리고 몸의 중심에 얼굴을 박았다. 주윤은 눈을 질끈 감았고, 몸을 떨었다. 지형은 처음에는 혀끝으로만 감질나게 할짝거리다가 점점 더 커지는 주윤의 신음 소리와 울먹임에 맞추어 강도를 세게 했다. 소리를 지르며 주윤은 몸을 뒤틀었다. 서서히 이성이 엷어지는 것이 느껴졌다. 그건 지형 역시 마찬가지였다. 눈앞에 있는 주윤을 탐하는 것 말고는 아무것도 생각할 수 없었다. 온몸의 감각이 주윤에게만 향했다. 허리를 뒤로 빼는 주윤을 지형이 강한 힘으로 잡았다. 더 이상 참을 수 없을 것 같은 마지막 순간 주윤은 지형의 어깨에 손톱을 박았다.

손톱이 살을 파고드는 고통이 격렬한 애무처럼 느껴졌다. 몸을 나눌 때는 고통도 쾌락이 되었다.

주윤의 온몸에 힘이 들어갔다. 숨 쉬는 것도 잊은 듯 지형을 멍하니 바라보고 있던 주윤의 입에서 거친 숨소리가 흘러나왔다. 힘이 쭉 빠진 주윤은 물에 떨어진 잉크 방울처럼 흐트러졌다.

지형은 주윤의 눈에서 시선을 떼지 않으면서 눈가에 고인 눈물을 닦아 주고, 땀 때문에 얼굴과 몸에 붙은 머리카락을 하나씩 떼어 냈다. 조금씩 이성이 돌아오자 혼자만 절정에 오른 것이 어쩐지 부끄러웠다. 그 이성을 잃은 모습을 지형이 봤다고 생각하니 또다시 몸에 화끈하게 열이 올랐다.

"보지 마."

주윤은 손으로 얼굴을 가렸다.

"왜?"

"미운 얼굴일 거 같아."

지형은 억지로 주윤의 손바닥을 떼고 얼굴을 빤히 바라보았다.

"도대체 어떻게 하면 네가 미워 보일 수 있을까?"

멍청해 보일 정도로 바보 같은 말인데 지형은 무서울 정도로 진지했다.

"주윤아, 넌 내가 지겹지 않니? 서른이 훨씬 넘어서도 너밖에 없는 내가, 너 아니면 안 되는 내가 지겹지 않아?"

주윤은 아무 말도 하지 않았다. 한참 후 지형이 다시 입을 열었다.

"주윤아, 내가 널 동정한다고 생각하니?"

주윤은 고개를 끄덕였다.

"왜?"

"한 번도 사랑한다고 말한 적 없으니까. 시작은 항상 나였으니까."

키스도, 섹스도, 데이트도……. 오빠는 항상 내게 끌려왔었지. 그래도 끌려와 줘서 고마웠다.

한참 후 지형의 목소리가 들려왔다.

"한 번도 사랑한다고 말하지 않았던 건, 사랑이라는 말로는 부족해서였어. 나에게 넌, 말로는 결코 표현할 수 없는 그런 존재야."

주윤은 살짝 미소 지으며 말했다.

"참 예쁜 말을 하네. 오빠도 이런 낯간지러운 달달한 말을 할 줄 아는 사람이었어?"

"네가 원하면 매일이라도 해 줄게."

"너무 애쓰지 마."

지금 했던 모든 말을 쓰레기통에 던져 버리고 싶을 때가 올 테니까 말이야.

"아니, 애쓰고 싶어. 널 두 번은 잃어버리고 싶지 않으니까. 이 세상에서 날 사랑해 준 사람은 너 하나뿐이었어. 낳은 사람도, 기른 사람도 날 사랑하지 않았어. 너 없는 동안, 단 한순간도 행복하지 않았다면 네 마음이 조금 나아질 것 같니?"

"조금은 나아질 것 같은데?"

주윤은 웃으며 대꾸했지만, 마음으로 웃는 건 아니었다. 그지옥 같은 시간은 무엇으로도 상쇄되지 않을 것이었고, 오롯이 주윤만이 감당해야 한다.

"딱 한 달이었어. 너 없이 그럭저럭 살 수 있는 시간은. 주윤아, 난 정말 너하고 잘 살고 싶어. 행복하고 싶어."

지형은 힘을 주어 주윤을 껴안았다.

주윤은 숨이 막힐 정도였지만 아무 말도 하지 않았다.

지형이 팔에서 힘을 빼자 주윤은 조용한 목소리로 물었다.

"오빠, 나한테 숨기는 거 없어?"

"뭐?"

"있다면 지금 말해. 무슨 일이든 용서해 줄게. 뭐든 괜찮아."

지형의 몸에 힘이 들어갔다. 맞닿은 몸 사이로 차가운 물기가 느껴졌다. 지형이 흘리는 땀이었다.

꽤 긴 시간이 흘렀는데도 지형은 아무 말도 하지 못했다. 침묵을 견디다 못한 주윤이 입을 열었다.

"미국에 숨겨 둔 애가 있다든가, 만나던 여자가 있었는데 아직 정리가 안 됐다든가, 음, 치질이나 치핵이 있다든가. 뭐든 괜찮아. 용서할 수 없는 일이라면 그냥 잊어버릴게. 잊어버리는 게 힘들다면 잊어버린 처라도 할게. 잊어버린 척도 할 수 없다면……."

주윤은 잠시 말을 끊었다.

"그냥 견딜게."

주윤을 안은 팔에 힘이 들어갔다. 지형의 심장이 견딜 수 없을 만큼 빠르게 뛰었다. 뭔가 아는 것 같기도 하고, 전혀 모르는 것 같기도 했다.

"결혼은 새로운 출발이잖아. 오빠가 솔직하게 말해 준다면 없던 일로 하고 새로 시작하고 싶어. 마음에 걸리는 걸 계속 등에 지고 달리고 싶진 않으니까. 이제 우린 둘이 아니라 셋이잖아."

지형은 여전히 아무 말도 하지 않았다. 그렇지만 머리는 어지러울 정도로 빠르게 돌아가고 있었고, 마음에서는 두 개의 생각이 피 튀기는 싸움을 벌였다.

말하고 싶다는 마음과 말하면 절대 안 된다는 마음이 시소처럼 오르락내리락했다.

주윤에게 거짓말을 하는 건 정말 지긋지긋하다 못해 넌덜머리가 났다.

"있잖아, 주윤아……."

"응."

뭔가 말하려고 한 순간 지형은 머릿속이 텅 비는 것 같았다. 그때 지형의 머릿속에 얼마 전 주윤이 했던 말이 떠올랐다.

"다시는 안 봐. 영원히. 이름조차 듣고 싶지 않을 것 같아."

지형이 주윤에게 한 거짓말은 결코 용서할 수 있는 거짓말이 아니었다.

게다가 이젠 주윤의 배 속에 아이가 있었다. 주윤에게 진실을 말하면 주윤은 아마 평생 그 아이를 자신에게 보여 주지 않을 것 같았다.

'주윤아, 미안해. 내가 더 잘할게.'

지형은 마음의 결정을 했다.

주윤은 조용히 그 싸움이 결과를 기다렸다. 한참 후 지형이 침을 삼키는 소리가 들려왔다.

주윤은 그 소리만으로 지형이 또 거짓말을 할 것임을 예감했다. 침을 삼키면서 진실 역시 삼켜 버린 것이다. 또다시 밀어 넣은 그 진실을 언젠가 주윤은 토하게 할 생각이었다. 토하지 않으면 지형은 결국 망가져 버릴 것이다.

지형은 애써 아무렇지 않은 목소리로 말했다.

"그런 거 없는 것 같은데?"

"그래?"

"응."

"그럼 됐어."

주윤은 산뜻하게 이야기를 마무리했다.

지형은 자신이 주윤에게 용서받을 수 있는 마지막 기회를 놓쳤다는 것을 몰랐다.

'당신은 아마 평생 모르겠지. 내가 당신을 얼마나 사랑했는지. 얼마나 사랑하고 있는지…….'

주윤은 서글펐다.

"너는 있니?"

지형이 작고 떨리는 목소리로 주윤에게 물었다. 껍질을 벗은 소라게처럼 연약하기 그지없는 그 목소리가 주윤의 마음을 떨리게 했다. 가여우면서도 사랑스러웠다.

눈앞에서 자신을 기만하는데도 그 모습이 사랑스럽다니.

주윤은 깨달았다.

이 남자가 무슨 짓을 해도 자신은 용서했을 거라고.

주윤 곁을 떠나는 것 말고는 거의 모든 것을 용서하고 무시하고 이해했을 것 같았다.

그러니 이젠 주윤이 떠나는 것이었다. 지형이 그녀를 떠날 수 없게 하는 방법은 그것 하나밖에 없었다.

"당연히 있지. 비밀 없는 사람이 어디 있어? 안 그래?"

"뭔데?"

"오빠도 말 안 했으니까 나도 말 안 할래. 그래야 공평하잖아."

또다시 주윤은 작은 웃음을 덧붙였다.

지형은 어색한 웃음을 터뜨렸다.

도대체 언제까지 속일 수 있다고 생각하는데?

진실은 오르막길이었지만 거짓말은 내리막길이었다.

그러나 무슨 상관일까.

주윤의 세계에서 진실이 중요했던 적은 단 한 순간도 없었다. 진실이든 거짓이든 지형만 옆에 있으면 됐다.

"오빠."

"응?"

"손 이사가 그러는데 이든 메이어랑 만났다며?"

지형은 심장이 또다시 쿵쾅거렸다. 주윤이 그 일에 대해 물을 거라곤 예상하지 못해 거짓말을 미리 준비하지 못했다.

"응, 만났어. 잠깐이지만."

"무슨 일이래?"

"그건 잘 모르겠어. 그냥 의례적인 인사만 했어."

"그래?"

지형의 부실한 대답에 주윤은 수긍하는 눈치였다. 주윤은 더 묻지 않았다.

지형은 조심스럽게 주윤의 표정을 살폈다. 이든 메이어에 딱히 관심이 있어 보이지 않았다. 그저 결혼식에 갑작스럽게 나타난 손님에 대한 관심 그 이상도 그 이하도 아닌 것 같았다.

"한 가지만 약속해 줄래?"

"뭐?"

주윤은 지형의 손을 자신의 배에 댔다.

"우리 아이 무슨 일이 있어도 지켜 줘."

"그런 당연한 소리를 왜 해?"

"약속해 줘."

주윤의 목소리가 절실했다.

지형은 진지한 목소리로 말했다.

"약속할게."

"나쁜 사람이 우리 아이에게 해를 끼치지 못하게 해 줘. 행복하게 웃을 수 있는 아이로 지켜 줘. 아이가 성인이 될 때까지, 아니, 결혼해서 아이를 낳을 때까지 절대 죽으면 안 돼."

지형은 주윤이 여섯 살에 죽은 친부모를 떠올리고 있는 것 같다고 생각했다. 어린 나이에 부모를 잃고, 오빠마저 잃은 주윤을 생각하자 지형은 마음이 또다시 부서질 듯 아팠다.

우리 아이는 절대로 그렇게 되게 하지 않을 거라고 지형은 굳게 다짐했다.

"이 세상 모든 행복이 매일매일 신문처럼 배달되게 할게."

안심이 되는지 주윤이 웃었다. 지형은 주윤이 웃어 기뻤다.

주윤은 지형의 몸 위로 올라가 허벅지에 걸터앉은 후 키스를 했다. 좀 전에 지형이 주윤을 기분 좋게 해 줬던 것처럼 해 주고 싶었다. 주윤은 지형의 작은 유두를 핥았다.

못 참겠다는 신음 소리가 지형의 입에서 가늘게 튀어나왔다. 지형의 커다란 손이 주윤의 머리카락을 쓰다듬다가 주윤의 가슴을 아플 정도로 세게 쥐고 주물렀다. 좀 전에 극도로 흥분했던 것이 다 가라앉지 않아 금세 둘 다 또다시 달아올랐다.

지형은 주윤을 끌어당겨 입을 맞췄다. 주윤의 몸 안에 남아 있던 미끈한 액체가 지형의 몸에 흘러내렸다. 지형은 그 기묘한 느낌에 몸서리를 쳤다. 좀 전 주윤이 느꼈던 흥분이 고스란히 전염되는 느낌이었다. 주윤이 흥분하면서 흐느끼고 몸을 흔들던 모습이 머릿속에 떠오르자 더 이상 참을 수 없었다.

"지금 넣을까?"

지형은 안달이 난 목소리로 물었다. 주윤은 아무 말도 하지 않고 지형의 작은 유두를 세게 깨물듯이 빨아 당겼다. 지형은 더 미칠 것 같았다.

주윤은 얼굴을 들고 지형을 바라보았다. 주윤은 지형과 달리 느긋해 보였다. 사랑스럽다는 듯 자신을 보는 주윤의 얼굴이 더 사랑스러웠다. 지형은 주윤의 얼굴을 끌어당겨 입을 맞췄다.

주윤이 몸에서 내려왔다. 지형은 옆으로 누운 주윤을 뒤에서 꼭 안고 서서히 안으로 들어갔다. 급한 마음과 달리 몸짓은 느렸다. 혹시라도 주윤과 아이에게 안 좋을까 봐 마음껏 몸을 움직일 수가 없었다.

느린 몸짓이 나쁜 것은 아니었다. 천천히 쾌감이 스며들었고, 주윤이 어떻게 반응하는지도 세밀하게 느낄 수 있어 좋았다. 주윤의 몸에 손가락 하나 들어갈 틈도 없이 자신의 몸을 밀착했다. 자유로운 손으로는 주윤의 몸을 천천히 만졌다.

머리카락과 얼굴, 입술, 흥분해서 평소보다 부풀어 오른 가슴, 딱딱한 유두, 편편한 배와 배꼽, 무성한 음모. 지형은 지도를 그리는 사람처럼 주윤의 몸을 탐색했다.

주윤의 숨소리가 가빠졌다. 고통스러운 아픔 때문인 건지 짜릿한 쾌감 때문인 건지 알 수 없는 신음 소리가 흘러나왔다.

지형의 입에서도 역시 신음 소리가 흘러나왔다.

부드러운 파도가 두 사람에게 동시에 밀려들어 왔다.

지형이 잠이 들었는지 나지막하게 코 고는 소리가 들렸다. 주윤은 한참 동안 지형의 코 고는 소리를 들었다. 지형의 몸이 차가웠다. 이불을 덮어 주려고 주윤은 몸을 일으켰다.

바닥에 떨어진 이불을 주워서 지형의 몸에 덮어 준 후, 주윤은 지형의 얼굴을 가만히 바라보았다.

"거짓말쟁이……."

자기도 모르게 생각이 말이 되어 나오고 말았다.

"응?"

반쯤 잠에 빠진 지형은 주윤의 말을 제대로 못 들었는지 되물었다. 목소리에 졸음이 가득했다.

주윤은 짐짓 잠에 취한 목소리로 말했다.

"목말라. 나 물 마시러 간다고."

"그래. 얼른 갔다 와."

지형은 잠에 취한 목소리로 중얼거렸다.

침실을 나온 주윤은 지하실로 내려갔다. 지하실에 만든 패닉룸에 들어가 주윤은 문을 잠갔다. 이곳은 본채에서 일하는 사람도 모르는 비밀 공간이었다.

주윤은 자신의 지문만으로만 열리는 금고를 열어 추적되지 않는 휴대전화를 꺼냈다. 주윤은 손 이사에게 전화를 걸었다.

손 이사는 자정이 넘은 시간이었음에도 금방 전화를 받았다.

— 네, 이사장님.

"검찰 쪽에 이효관 회장 자료 넘기세요. 대표이사 자리에서 물러나면 바로 수사 시작될 수 있게요."

— 그렇게 하겠습니다.

주윤은 증거자료가 보관된 은행 금고의 비밀번호를 손 이사에게 알려 주고 전화를 끊었다.

40년 동안 효관이 라렌느에서 저지른 횡령, 배임, 뇌물, 주가 조작, 탈세 등 중범죄의 증거가 고스란히 들어 있는 서류들이었다. 범죄의 반 이상은 혜선의 묵인과 지시 아래 저지른 일이었지만, 주윤이 알 바는 아니었다.

혜선과 효관은 공생관계였다. 그들 부부가 평생을 증오하면서도 서로를 놓지 못한 건 필요해서였다. 혜선은 자신을 대신해 뒷거래를 해 줄 사람이 필요했고, 정말 치밀하게 효관을 평생 써먹었다. 그러나 그 역시 주윤이 알 바는 아니었다.

"1년 안에 라렌느의 경영권과 소유권을 비롯해서 제가 상속받은 모든 재산을 강지형 씨에게 넘길 겁니다. 준비해 주세요."

─ 단서 조항은요?

"없습니다."

─ 이사장님과 강지형 씨 사이에 태어날 아이에 대한 조항도요?

"네."

무거운 침묵이 이어졌다. 한마디로 아무 조건 없이 전 재산을 지형에게 넘기겠다는 뜻이었다. 손 이사로서는 전혀 예상하지 못한 결론이었다.

─ 이사장님.

"한 번도 제 것이라고 생각해 본 적 없어요. 강지형 씨는 책임감이 강한 사람이니 분명 라렌느를 잘 키울 겁니다. 손 이사님이 끝까지 잘 도와주세요."

한참 후 손 이사가 입을 열었다.

— 떠나실 겁니까?

"네."

— 처음부터 이럴 작정이셨습니까?

"네."

두 사람은 서로의 무거운 숨소리만 들을 수 있었다.

— 이렇게까지 할 필요는 없지 않습니까. 강지형 본부장 좋은 사람입니다. 이사장님도 행복해질 수 있으세요.

"아뇨. 없어요. 그럼 이만 전화 끊겠습니다."

주윤은 전화를 끊고 패닉 룸을 나와 침실로 올라갔다.

주윤이 침대에 몸을 눕히자 지형이 중얼거렸다.

"하도 안 와서 내가 내려가려고 했어."

주윤은 지형의 품에 파고들어 깊게 심호흡을 했다.

지형의 몸에서 잠의 냄새가 풍겨 나왔다. 땀에 젖은 따뜻한 담요 냄새와 비슷한 냄새였다. 행복의 냄새였고 평온의 냄새였으며 일상의 냄새였다.

지형은 주윤을 뒤에서 꽉 껴안았다.

"이러고 있으니까 너하고 내가 꼭 한 몸 같아."

지형이 중얼거렸다.

"이렇게 딱 붙어서 안 떨어졌으면 좋겠어."

지형은 주윤의 머리카락에 얼굴을 묻었다. 지형의 입술이 목덜미에 닿는 것이 느껴졌다. 주윤은 간지러워서 몸을 살짝 움츠렸다.

주윤을 품에 안고 지형은 또 깊은 잠에 빠져들었다.

주윤은 눈을 감았다.

'거짓말의 시작은 오빠가 했으니까 끝은 내가 낼게. 그게 공평하니까.'

주윤은 가느다랗게 한숨을 내쉬었다. 행복해도 한숨이 나왔다. 나른하고 부드러운 숨소리가 가슴 깊은 곳에서 조용히 흐르는 강처럼 흘러내렸다.

이 집에서 강지형과 나란히 한이불을 덮고 누운 것만으로도, 주윤은 복수를 거의 다 한 기분마저 들었다. 어떠한 일이 있어도 이 집에 강지형을 들이고 싶지 않았던 혜선에게 이만한 복수가 또 있을까 싶었다. 그리고 효관에게도…….

'절대로 난 단 한순간도 행복하지 못할 거라고 했죠? 그 누구에게도 사랑받지 못할 거라고 했죠?'

적어도 지금 이 순간, 주윤은 행복했고 사랑받고 있었다.

배 속의 아이는 건강했고, 지형은 바로 옆에서 편한 숨소리를 내고 자고 있었다.

'우리는 당신들보다 훨씬 나은 사람이에요.'

어쩌면 이 집에 있을지도 모를 혜선과 효관의 망령에게 주윤은 마음속으로 말했다.

오늘 밤은 이 집에서 처음으로 편하게 잘 수 있을 것 같았다. 강지형이 한지붕 아래에 있으니까.

강지형은 적어도 아직 주윤의 것이었다. 주윤은 두 팔로 강지형의 목을 감고 잠을 청했다.

너는 아무것도 몰라. 그렇지?

—

　몇 달 동안 라렌느는 매일매일 다음 날 무슨 일이 벌어질지 모르는 폭풍우가 몰아치는 것 같았다.

　주주총회 때 격론 끝에 강지형 대표이사 선임이라는 큰 산을 넘었고, 그러자 마치 기다렸다는 듯 전 대표인 이효관의 비리에 대한 검찰 수사가 시작됐다. 그 뒤를 이어 고강도의 세무조사까지 이어졌다.

　새롭게 라렌느의 대표이사가 된 강지형은 자리에 앉자마자 뼈를 깎는 듯한 구조 조정과 이전의 비리와는 선을 긋는 투명한 경영을 약속했다.

　세대교체라는 말이 너무 온화할 만큼, 회사 요직에 있던 이효관 라인의 사람들이 추풍낙엽처럼 회사를 떠났다. 그들이 진행하던 프로젝트도 사업성이 있는 극소수만이 살아남았다.

로비를 지나가던 지형은 잠시 발걸음을 멈추고 24시간 뉴스를 보여 주는 커다란 모니터 화면을 응시했다. 다섯 번째 밤샘 조사를 마치고 귀가하는 효관에 대한 기사였다. 화면에 비친 효관의 모습은 몇 달 사이 10년은 늙어 버린 듯 보였다. 지난 정권의 실세에게 뇌물을 준 혐의로 조사받고 가는 길이었다.

대부분의 혐의가 인정되어서 구속을 면치 못할 거라는 게 다수 의견이었다. 배임과 횡령으로 회사에 큰 손해를 끼쳤기에 라렌느로서도 효관을 감쌀 이유가 없었다. 라렌느가 효관과 절연했다는 소문이 돌면서, 변호사 선임조차 쉽지 않다는 이야기가 지형의 귀에 들어왔다.

이 모든 일 뒤에 주윤이 있었다. 주윤은 자신이 말한 대로 효관을 진짜 감옥에 보낼 생각이었고, 지형은 주윤을 멈출 수 없다는 것을 알았다.

지형을 태운 차는 공덕동의 레지던스 호텔 앞에 섰다. 이곳이 효관의 숙소였다.

리셉션에서 효관의 이름을 말하자 직원이 직접 효관의 객실로 안내했다. 객실 문을 두드렸지만 아무 반응이 없었다. 직원은 불안한 얼굴로, 아까보다 좀 더 **빠르고** 세게 객실 문을 두드렸다. 효관의 사정을 알고 있다 보니 혹시 불미스러운 일이 벌어진 건 아닐까 걱정하는 눈치였다. 그만큼 효관은 벼랑에 몰려 있었다.

지형은 다시금 마음을 다잡았다. 저 남자에게 동정을 베푸는 건 주윤을 배반하는 일이었다.

얼마 후, 가운 차림의 효관이 객실 문을 열었다. 욕실에서 씻던 중인 것 같았다.

"들어오너라."

지형은 직원에게 눈인사를 한 후 객실로 들어갔다. 객실 안은 지형의 예상보다 더 깔끔하게 정돈되어 있었다. 서류가 산처럼 쌓여 있는 탁자 위에 테이크아웃용 종이 커피잔 두 개가 놓여 있었다.

효관의 눈은 핏발이 서 있었다. 구속이 코앞인 데다, 어젯밤 밤샘 조사로 거의 잠을 자지 못해 예민하고 초조해 보였다.

"앉아라."

지형은 효관 앞에 앉았다.

"식사는 하셨어요?"

"내가 지금 밥이 입으로 들어갈 것 같니?"

효관은 분노를 터뜨렸다.

"기업 하면서 이 정도 뒷거래도 안 한 사람이 어디 있겠냐. 다른 대기업들은 안 그랬을 것 같아?"

"그건 제가 아니라 검사와 판사한테 하실 말씀인 것 같습니다."

지형은 차갑게 선을 그었다. 그런 식으로 선을 긋지 않으면 괴로워서 견딜 수 없었다.

지형이 효관을 몰아내기 위해 자료를 검찰에 넘겼다는 소문이 돌았고, 다들 그것을 기정사실로 여겼다. 기업의 헤게모니 싸움에서 우위를 점하기 위해 흔히 하는 일이었다. 부모 자식

사이에도 하는 일이니, 피 한 방울 안 섞인 양녀의 남편과 양부 사이에 충분히 벌어질 수 있는 일이었다. 놀랍게도 효관을 깔끔하게 몰아낸 지형의 능력에 대해 찬사 비슷한 소리까지 나오고 있었다. 이 바닥에서는 악랄함이 곧 명성이었다.

"다 그 계집애가 뒤에서 꾸민 일이지. 하나부터 열까지. 정말 끔찍한 계집애야."

효관은 끔찍했다. 자신이 얕봤던 상대에게 짓밟히는 것이 더 처절했다.

지형은 부정도 긍정도 하지 않았다. 지형은 자신이 어떤 조건을 수락하고 주윤과 결혼했는지 효관이 안다면 그가 큰 충격을 받을 것이라 생각했다. 지형이 하고 있는 건 묵인이었지만, 사실상 동의이기도 했다. 실제로 손을 쓰는 건 아니지만, 지형은 스스로에게 비겁한 변명을 허락할 생각이 없었다.

효관은 지형에게 매달리는 것 말고 다른 방법이 없었다.

"언제까지 모른 척할 거냐. 너도 나도 그 계집애가 쓴 시나리오의 등장인물밖에 되지 않아. 내가 버려진 것처럼 너 역시 버려질 게다. 나보다 더 비참하게. 그 계집애는 널 이용하는 거야. 한혜선 그 여자가 자기 손 더럽히기 싫은 일에 날 이용했던 것처럼 그 계집애는 라렌느를 손에 넣으려고 널 이용하는 거다. 네가 날 도와야 한다. 그래야 나도 널 도울 수 있어. 지금 이렇게 토사구팽 되는 날 보고도 아무 생각이 없는 거냐."

효관의 읍소는 별 효과가 없었다. 지형의 눈빛은 차갑기만 했다. 그를 도울 생각이 전혀 없어 보였다.

효관은 갑자기 자리에서 벌떡 일어나더니 미니 바로 가서 위스키를 한 잔 따라 단숨에 마셨다. 알코올의 힘이라도 빌리지 않으면 숨도 쉬지 못할 것 같았다. 아무리 발버둥 쳐도 감옥을 피할 방법이 없었다.

"그 계집애가 왜 너와 결혼했는지 이제는 깨달아야지! 나처럼 알몸으로 쫓겨난 뒤에야 정신을 차릴 거니!"

"말 함부로 하지 마세요. 그 계집애라니요."

효관은 헛웃음을 지었다. 당장 감옥에 갈지도 모르는 아비 걱정보다 제 아내를 계집애라고 말하는 데 아들은 더 화를 내고 있었다.

지형은 차가운 목소리로 말했다.

"그리고 언제 당신이 내 걱정을 해 줬다고 그러십니까."

"넌 내 아들이다. 아무리 네가 도망치려고 해도 넌 내 아들이라고!"

효관은 악을 썼다. 그래도 분이 풀리지 않는지 들고 있던 온 더록스 잔을 바닥에 집어 던졌다. 잔은 두꺼운 카펫 위에서 뒹굴었다. 그렇지만 지형은 눈 하나 깜짝 하지 않고 효관을 바라보았다. 자신의 끔찍한 몰락에도 표정 하나 변하지 않는 지형을 보는 건, 자신을 철저하게 무시하고 외면하는 아들을 보는 건 또 다른 지옥이었다.

"지금 저한테 이러실 시간에 차라리 주윤이한테 용서를 비시지요."

"용서? 그 계집애한테?"

효관은 기가 막혔다.

"아버지의 양심을 위해 드리는 말입니다. 도대체 주윤이에게 무슨 짓을 하신 겁니까? 도대체 무슨 짓을 하셨길래 주윤이가 이렇게까지 아버지를 절벽으로 모는 건가요?"

협상의 여지라고는 조금도 없이 주윤은 칼을 휘두르고 있었다. 효관은 자신이 죽을 때까지 주윤이 공격을 멈추지 않을 거라는 섬뜩한 생각을 했다. 과연 내가 감옥에 가는 것이 끝일까?

처음엔 대표이사 자리에서 물러나는 것이 끝이라고 생각했다. 그렇지만 대표이사 자리에서 물러나자마자 검찰 수사가 시작되었다. 수사가 끝나고 기소가 되면 감옥에 가는 것을 피할 수 없다. 그렇지만 효관은 주윤이 거기서 멈출 거라고 생각하지 않았다. 근거는 없지만, 주윤은 멈추지 않을 것 같았다. 친아들인 지형을 빼앗기고, 라렌느의 회장 자리까지 빼앗긴 자신에게 뭘 더 빼앗으려는 거지?

효관은 가해자답게 상상력이 부족했다.

효관의 뇌리에 배를 감싸 쥐고 피를 흘리던 주윤의 모습이 떠올랐다. 효관은 고개를 내저었다. 그럴 리 없었다.

혜선, 그 여자가 꾸민 짓이리라.

아무리 생각해도 주윤은 이 모든 일을 꾸며 낼 만큼 똑똑하지 않았다. 불과 몇 년 전만 해도 주윤은 정신병원을 백화점처럼 드나들면서 약을 먹지 않으면 일상생활이 불가능했다.

이 모든 일의 주동자는 혜선이었다. 살아 있을 때는 그가 필요했기에 침묵했지만, 죽고 나서 그 멍청한 계집애의 손을 빌려 자신에게 복수하는 것이다. 그 여자는 그러고도 남았다.

"그 계집에가 아니야. 한혜선, 그 여자다. 그 여자가 나한테 복수를 하는 거야."

지형은 자리에서 일어났다. 더 이상 효관과 할 이야기가 없었다.

"그만 돌아가겠습니다. 제가 해 드릴 일은 없습니다. 죄가 있으면 죗값을 받으셔야지요."

"여기서 끝일 것 같니?"

지형은 문 쪽으로 가다가 몸을 돌려 효관을 바라보았다.

"그 계집애는 내가 죽을 때까지 멈추지 않을 거다. 이번 일이 끝나면 또 무슨 일이 터질 거야. 네가 날 보호해 주지 않으면 난 죽을 수밖에 없어. 제발 그 계집애를 멈추라고."

죽을 때까지 감옥에서 살고 싶진 않았다.

"내겐 너밖에 없다. 날 도와줄 사람은 너밖에 없다고."

"제가 도울 수 없다는 것은 아버지가 더 잘 알고 계시잖아요. 전 이미 선택을 했습니다. 제 가족은 이주윤 한 사람뿐입니다."

지형은 한마디도 더 붙일 수 없을 만큼 단호했다.

효관은 일어나서 지형에게 다가가 팔을 꽉 쥐었다.

"네가 날 버리는 건 날 죽이는 것과 똑같아. 내가 죽으면 다 네 책임이다."

"억지 부리지 마세요."

효관의 눈이 기분 나쁘게 반짝였다.

"구할 수 있는데도 구하지 않았으니 네가 날 죽인 거라고!"

"그만하세요."

지형은 효관의 팔을 뿌리쳤다. 그렇지만 효관은 다시 지형의 팔을 세게 잡았다.

"너는 네가 그 계집애를 잘 알고 있다고 생각하지? 넌 아무것도 몰라."

그렇지만 지형은 아랑곳하지 않고 다시 팔을 뿌리쳤다. 그리고 문을 향해 성큼성큼 걸어갔다.

"그 계집애한테 네가 모르는 아이가 있으면 어쩔 거냐?"

지형의 발걸음이 멈췄다.

"뭐라고요?"

너무 뜻밖의 말이어서 지형은 어이가 없었다.

"그 계집애한테 남자가 있고, 그 남자와의 사이에 아이가 있다면 어쩔 거냐는 말이다."

드디어 지형이 관심을 보이자 효관의 눈이 비열하게 반짝였다.

"넌 나보다 더 비참하게 버려질 거다. 지금 날 도와주지 않으면 널 도와줄 사람은 아무도 없어."

도와주지 않으면 말하지 않겠다는 뜻이었다. 지형은 효관에게 실망했다. 지금 이 순간에도 그는 거래를 시도하고 있는 것이다.

"그래서요?"

"뭐?"

"제 아내에 대해 함부로 말하지 마세요. 전 아버지가 어떤 사람인지 모릅니다. 그렇지만 주윤이는 알아요."

효관은 기가 막힌다는 얼굴을 했다.

"넌 내 아들이다. 그런데 날 모른다고?"

"그럼 아버지는 절 아세요? 제가 진짜 뭘 원하는지 아세요?"

두 남자는 서로를 차갑게 노려보았다.

"후회할 게다."

"아뇨. 전 후회할 일 없습니다."

"뭐라고?"

"당신도 후회하지 않는데 내가 왜 후회합니까?"

효관은 지형이 자신을 '당신'이라고 지칭하자 움찔했다.

"당신은 나와 내 어머니를 버린 것을 평생 후회하지 않았는데, 내가 왜 후회합니까? 내가 뭘 후회해야 하는데요? 내 인생목표가 뭔지 아세요? 절대로 당신같이 안 사는 겁니다. 난 내아내를 지키고 내 자식을 지킵니다. 내 사람을 다치게 하면 응분의 대가를 치러야 할 겁니다. 그게 당신이라도."

"그 계집애가 네 편일 것 같니? 널 지켜줄 것 같아?"

"상관없습니다. 제가 주윤이 편이니까요."

"네가 누구 아들인지 그 계집애가 알게 되어도?"

지형의 표정이 처음으로 어두워졌다. 효관은 지형의 약점을 드디어 잡은 기분이었다.

"네가 날 돕지 않으면 그 계집애를 찾아가 말하는 수밖에. 배속 아이의 할아버지를 감옥에 보내진 않겠지. 안 그러냐?"

지형은 아무 말도 할 수 없었다. 그저 효관을 노려보는 수밖에 없었다.

"아니, 외할아버지인가?"

효관은 빈정거렸다.

"3류 잡지에서 아주 좋아할 이야기지. 내가 터트리기 전에 네가 잘 설득해. 그럼, 너도 나도, 라렌느도 좋지 않겠냐."

지형의 얼굴이 창백해졌다. 그저 효관을 똑바로 노려보는 것 말고는 할 수 있는 일이 없었다. 한참 후 지형은 입을 열었다.

"당신이 제 아버지로 남고 싶다면 그 짓만은 하지 않은 게 나을 겁니다."

무슨 정신으로 엘리베이터를 타고 내려왔는지 지형은 기억하지 못했다.

'설마, 다 말할까?'

할 것 같기도 했고, 하지 않을 것 같기도 했다. 심장이 쿵쾅거렸고, 귀에서 윙윙거리는 소리가 났다.

'너를 다시 잃는다면 나는 과연 살 수 있을까?'

상상하고 싶지도 않았다.

문을 열어 주려던 김 기사가 놀란 얼굴을 했다.

"회장님, 괜찮으신가요?"

김 기사가 걱정할 정도로 지형의 얼굴이 창백했다.

막 차를 타려고 하는데 지형의 휴대전화가 울렸다. 주윤이었다.

지형은 차 옆에 서서 전화를 받았다.

"응, 주윤아."

— 재단 일로 잠깐 나왔어. 오빠 자리에 있으면 얼굴 보고 가려고.

주윤의 목소리를 듣자 거짓말처럼 괜찮아졌다. 온몸의 피가 다시 도는 기분이었다.

"30분만 기다려 줄 수 있어?"

— 밖에 있어?

"응. 지금 회사로 돌아가는 길이야."

— 알았어. 그럼 기다릴게. 근데 이건 먼저 말해야겠다. 오전에 병원에 다녀왔거든. 선생님이 드디어 아이 성별을 말해 줬어. 여자아이래.

주윤의 목소리에 웃음과 행복이 가득했다.

지형은 주윤처럼 웃음이 나오면서도 어쩐지 눈물이 나올 것 같았다.

주윤이 배 속의 아이가 딸이었으면 좋겠다고 해서, 지형 역시 은근히 딸이면 좋겠다고 바라던 터였다.

"그럼 이름은 유진이로 결정되는 건가?"

여자아이면 이름을 주윤이 짓고, 남자아이면 이름을 지형이 지어서 붙여 주기로 했다.

— 응. 강유진. 우리 아이 이름이야.

"주윤아, 나 빨리 들어갈 테니까 기다리고 있어."

— 응, 오빠. 빨리 와. 기다리고 있을게.

지형은 전화를 끊었다.

"김 기사님, 빨리 좀 가 주세요."

"급한 일이라도 생기셨습니까?"

"네. 제 인생에서 제일 중요한 사람들이 저를 기다리고 있거든요."

지형은 웃음을 참지 못했다. 지금 이 순간 자신보다 더 행복한 사람은 없을 거라고 믿었다.

지형과의 전화를 끊고 비서가 가져온 차를 거의 다 마셨을 즈음, 손 이사가 급한 발걸음으로 주윤에게 다가왔다.

"죄송합니다."

"아니에요. 제 일 때문에 늦어진 건데요."

"안으로 들어가시죠."

주윤은 몸을 일으켰다. 이제 누가 봐도 임신했다는 티가 날 만큼 배가 불렀다.

"재단에는 무슨 일로 나가셨습니까?"

"화랑에서 그림을 가지고 왔어요."

"몇 점 구입하셨습니까?"

"네, 제프 다니엘스라는 작가의 바다 컬렉션이에요."

그림에 조예가 깊은 손 이사도 처음 듣는 이름이었다. 혜선은 20세기 초반의 아르누보 작품들을 좋아했지만, 본인의 취향과 상관없이 신인들의 작품을 많이 구입했다. 투자가 목적이 아니라 후원이 목적이었기 때문이다.

그렇지만 주윤은 자신이 좋아서 신인 작가들의 작품을 많이 구입했다.

"베를린을 거점으로 작업을 하는 아티스트인데, 푸른색을 쓰는 감각이 독특해요. 내년 뉴아티스트 기획전의 메인 아티스트로 할까 생각 중이에요."

밖으로 알려진 것과 달리 주윤은 재단 일을 꽤 열심히 하는 편이었다. 그림을 비롯한 예술품 구입은 주윤이 동물 보호 단체 후원과 함께 열정을 가지고 있는 부분이었다. 그림을 고르는 주윤의 안목은 30년 넘게 이 바닥에서 일한 아트 딜러들이 놀랄 만큼 높았다. 좁은 미술계에서는 라렌느문화재단이 구입한 아티스트들은 10년 안에 그림값이 열 배는 오른다는 소문이 돌았다.

손 이사는 주윤의 날카로운 감식안이 죽은 한 회장을 똑 닮았다고 생각했지만, 그 말을 입 밖으로 내진 않았다. 확실히 사업에 대한 감각만큼 예술에 대한 감각도 한 회장에게 물려받은 것 같았다. 혜선이 공들여 수집한 컬렉션들을 평범한 사람이 달력 그림 보듯 자랐으니, 감각을 물려받는 것은 당연한 일이었다.

경영자로도 혜선의 능력은 탁월했다. 라렌느가 한국의 화장품 회사가 아니라 세계를 상대로 화장품을 파는 기업이 된 건 혜선의 능력이었다. 전 세계 화장품 시장 점유율 1%가 혜선의 목표였고, 그것을 끝내 성취했다. 주윤 역시 혜선 밑에서 독하게 트레이닝을 받으면서 시장의 흐름을 읽는 안목을 배웠다. 손 이사가 이끌고 있다고 생각하는 미래사업본부의 사업들은 다 주윤의 결재를 받아 진행된 것들이었다. 혜선처럼 전면에 나서서 회사를 경영해도 괜찮을 거라고 손 이사는 생각했지만, 주윤은 늘 선을 그었다.

부모 자식은 증오하면서 닮는다는 말은, 양모와 양녀 사이에서도 통하는 말인 것 같았다.

혜선이 주윤을 사랑할 수 있었다면 혜선의 인생은 구원받고 용서받을 수 있었을 것이다. 그렇지만 혜선은 살아 있는 아이를 사랑할 수 없는 사람이었다. 혜선은 부모가 자식을 무조건적으로 사랑한다는 것을 이해하지 못했다. 자신이 어머니에게 조건적인 사랑만을 받아서 제 자식도 그렇게 사랑했다.

혜선의 사랑을 받으려면 모든 것이 완벽해야 했다. 그렇지만 그 아이는 평범한 아이였다. 혜선의 눈으로 볼 땐 사랑받을 자격이 없는 아이였다. 그 아이는 그 무엇도 뛰어나지 못했으니까. 그 아이는 죽어서야 혜선의 사랑을 받을 수 있었다. 정말 끔찍하고 가슴 아픈 일이었다.

비서가 들어와서 잠깐 대화가 끊겼다. 손 이사 앞에 물잔을 두고 비서가 나가자 두 사람은 다시 대화를 이어 갔다.

"보기 좋으십니다."

"그래요?"

확실히 결혼 후 주윤은 밝아졌고 편해졌다.

회사 안에서 부는 폭풍은 주윤에게 전혀 닿지 않는 듯 주윤은 평온해 보였다. 지형과의 사이는 원만해 보였고, 배 속의 아이도 건강하게 잘 자라고 있었다. 어쩌면 주윤은 혜선이 평생 바랐지만 가질 수 없었던 것들을 모두 가질 수 있을 것 같았다.

그런데 왜 이런 말도 안 되는 결정을 하는 건지 손 이사는 이해할 수 없었다.

"서류는 다 준비되었나요?"

손 이사는 시간을 확인했다.

"10분 후에 정병모 변호사가 가져오기로 했습니다."

"그렇군요."

주윤은 평온한 표정이었다.

"이사장님, 여전히 생각이 바뀌지 않으셨습니까?"

"한 회장님이 돌아가시기 전부터 생각한 거였어요. 한 회장님과 이 회장이 일군 재산은 동전 하나도 가지지 않겠다고요."

"돈으로라도 보상받고 싶은 생각은 없으셨습니까?"

주윤은 고개를 저으며 말했다.

"돈으로 보상받을 수 있는 상처는 없어요."

"강 회장님은 좋은 분입니다. 이 회장님이 감옥에 가는 것보다, 그분하고 보란 듯이 행복하게 잘사는 게 가장 큰 복수가 아닐까요?"

손 이사는 주윤을 말리고 싶었다. 행복이 코앞에 있는데 왜 그것을 잡으려 하지 않는 건지 이해할 수 없었다.

"이제 이사장님은 어린아이가 아니에요. 자본주의 사회에서 부는 곧 힘이라는 것은 잘 알고 계시잖아요. 보란 듯이 그분들의 돈으로 행복해지실 생각은 안 해 보셨습니까?"

"강지형 씨도 제 복수의 등장인물이었다면요?"

"네?"

"강지형 씨가 라렌느를 물려받는 게 제 복수의 결말이에요."

손 이사는 이해할 수 없다는 얼굴을 했다.

"강지형 씨의 친부가 이효관 회장입니다. 이 회장이 한 회장님과 결혼하기 전에 사귀었던 분이 낳은 아들이에요."

손 이사는 한동안 눈만 깜빡거렸다. 주윤의 말이 이해되지 않아서였다.

"워낙 철저한 사람이라 한 회장님도 죽기 얼마 전에야 강지형 씨의 존재를 알았어요. 한 회장님은 평생 라렌느가 이효관 회장의 혼외자에게 넘어가는 것을 두려워하셨죠."

손 이사는 경악했다. 한 회장이 왜 주윤에게 라렌느를 넘겼는지, 왜 이 회장에게 10원 한 장 남기지 않았는지 이제 이해가 되었다.

한 회장에게 라렌느는 자기 자신보다 더 소중한 존재였다. 혜선에게는 라렌느가 남편이었고 자식이었다.

경영 전공도 하지 않은, 사람들 앞에 얼굴도 공개하지 않고 숨겨서 키워 온 양녀에게 라렌느를 송두리째 물려주리라고는, 최측근인 손 이사조차 전혀 예상하지 못했다.

이 복수극에서 지형이 맡은 역할이 무엇인지 손 이사는 깨달았다. 한 회장과 이 회장에 대한 복수를 하기 위해 지형은 꼭 필요한 존재였다. 주윤의 계획은 한 회장의 모든 것이라고 할 수 있는 라렌느를 지형의 손에 넘기는 것, 지형의 손으로 이 회장을 라렌느에서 쫓아내는 것이었다.

"한 회장님에게 강지형 씨 존재를 알린 게 바로 저예요."

"저도 모르고 한 회장님도 모르는 것을 어떻게 아셨습니까?"

주윤은 그저 미소를 지었다. 지형과 주윤 사이의 길고 질긴 인연은 그들만 알면 됐다.

"그럼 처음부터 다 알고 그렇게 일을 꾸미신 겁니까?"

"아무리 제가 계획을 세운다고 해도, 강지형 씨를 우리 회사에 입사시킬 수도 없는 거고, 억지로 결혼을 할 수도 없는 거죠. 라렌느에 들어온 것도, 저와 결혼을 한 것도 다 강지형 씨의 선택이었어요. 제가 모든 것을 다 말하진 않았지만, 그렇다고 거짓말을 한 건 없어요. 저와 결혼해 준다면, 이효관을 감옥에 넣어 준다면 라렌느를 주겠다고 했고, 저는 이제 그 약속을 지키려는 것뿐이에요."

"강지형 회장은 도대체 왜 라렌느에 입사한 겁니까?"

"글쎄요. 강지형 씨 의도는 모르지만, 이 회장의 의도는 너무 빤하죠. 저를 꼭두각시로 만들어 놓고 똑똑한 아들을 통해 그룹 경영을 할 생각이었겠죠. 너무 영리한 양반이라, 강지형 씨를 자기 라인에 두지도 않고, 오히려 반대파인 손 이사님 쪽 일을 하게 했고요. 그렇지만 이 회장은 저를 모르는 것만큼 아들도 모르고 있었죠. 아들이 자신을 얼마나 증오하는지를요. 하긴 이 회장은 늘 상상력이 부족했죠."

"그럼 강지형 씨도 이 복수에 동의했다는 겁니까?"

"아뇨, 그 사람은 몰라요. 아무것도 몰라요. 그 사람은 날 자기 아버지로부터 보호하기 위해 결혼한 거예요. 자기 아버지가 날 학대한 것에 죄책감을 가지고 있는 것 같아요. 강지형 씨는 내가 모든 것을 처음부터 다 알고 있었다는 것도, 내가 자기를 어떻게 이용하고 있는지도 몰라요. 라렌느는 보상인 셈이죠. 원치 않았던 더러운 일에 몸을 담근 대가이거나요. 라렌느의 미래를 위해서도 꽤 괜찮은 선택이었다고 자부하는데요. 친아들에게 라렌느를 물려주고 싶어 한 이 회장도 만족할 결말 같지 않나요?"

"좀 전에 이사장님이 말씀하시지 않았습니까. 돈으로 보상할 수 있는 상처는 없다고."

"그렇다고 전혀 도움이 안 되는 건 아니지요."

"강지형 씨가 이효관 회장 편으로 돌아설 가능성은 고려하지 않으신 겁니까?"

"감옥에 있는 사람이 뭘 어쩌겠어요? 제가 살아 있는 한 그 사람은 감옥에서 못 나와요."

주윤의 목소리는 칼날처럼 날카로웠고 또 차가웠다.

"이 회장은 절대로 내 아이의 머리카락 한 올도 못 건드려요. 내 아이와 같은 공기에서 숨 쉬지 못하게 할 거예요."

주윤을 때린 그 손으로, 아이를 죽게 만든 그 손으로 유진을 만진다는 생각을 하는 것만으로도 주윤은 분노가 화산처럼 폭발할 것 같았다.

"제가 감옥에 보내는 거로 만족하는 건 그 사람이 강지형 씨 아버지이기 때문이에요. 그 사람이 내게 했던 대로 정신병원 폐쇄 병동에 가두지 않는 것을 감사하게 생각해야 할 거예요."

"나중에 강지형 회장이 모든 것을 알게 되면 큰 충격을 받을 겁니다."

사랑하는 사람에게 이용당하고 기만당했다는 것보다 더 큰
상처는 없다.

"거짓말은 강지형 씨가 먼저 시작했어요. 나는 속아 준 것뿐
이고요."

주윤은 부푼 배에 손을 얹으며 말했다.

"아이가 있잖아요. 나에 대한 증오보단 아이에 대한 애정이
더 클 테니, 괜찮을 거예요. 이 아이가 강지형 씨를 지켜 줄 거
예요."

손 이사는 뭔가를 깨닫고 놀란 얼굴을 했다.

주윤은 지형을 깊이 사랑하고 있었다.

"그리고 손 이사님도 곁에 있을 테고요."

"이사장님."

"끝까지 그 사람이 누구 아들인지 모른 척해 주세요. 손 이사
님은 제가 아는 어른 중에서 유일하게 믿고 의지할 수 있는 좋
은 분이시니까요."

손 이사는 심장 한구석에 찡한 아픔을 느꼈다.

노크 소리가 났다.

정 변호사였다. 그렇게 두 사람의 대화는 끝났다.

주윤은 정 변호사와 손 이사의 입회하에 지형에게 재산을 증
여하는 서류에 하나씩 사인했다. 두툼한 파일 두 개 분량의 서
류에 일일이 사인을 하다 보니 30분이 넘게 걸렸다.

"수고하셨습니다. 앞으로도 잘 부탁드리겠습니다."

주윤은 정 변호사와 악수를 하고 손 이사를 보며 말했다.

"그럼 두 분께서 하실 말씀이 있을 테니, 저는 먼저 나가겠습니다."

주윤은 홀가분한 기분으로 복도를 걸었다.

단 한 번도 라렌느가 자신의 것이라고 생각해 본 적 없었다. 주윤에게 라렌느는 머리와 어깨를 짜부라질 정도로 세게 누르는 돌덩어리였다.

이제 끝이 보였다.

주윤의 인생에서 이렇게 모든 일이 매끄럽게 흘러갔던 적이 있던가? 마치 신이 '이번에는 네 소원을 내가 확실하게 들어주마.'라고 말하는 듯했다. 소원이라는 것은 참 이상했다. 소원이 이루어질 즈음에는 그것이 진짜 소원 같지 않아 보인다.

지형 곁에서 앞으로 몇 달이나 더 같이 있을 수 있는지 날짜를 세어 보려던 주윤은 휴대전화가 울리는 소리에 흠칫 놀랐다. 지형이 건 전화였다.

— 주윤아, 미안.

"무슨 일이 생겼어?"

— 응. 약속이 있어서. 손님이 30분 일찍 도착해서 지금 기다리고 있대.

지형의 목소리에는 곤란함이 묻어 나왔다. 별로 만나고 싶지 않은 손님인 것 같았다.

"그럼 어쩔 수 없지. 집에서 봐, 오빠."

— 운전 직접 하고 왔니?

"응."

― 기사님이 운전하는 차 타면 안 돼?

"운전하는 게 너무 좋아. 좀만 더 혼자 다닐게."

혼자 운전해서 마음대로 돌아다닐 수 있는 자유를 주윤은 결혼 후에야 겨우 누릴 수 있었다. 감시하는 눈 없이 어디를 돌아다니는 것이 정말 좋고 편했다.

지형은 장롱면허인 주윤의 운전 실력을 못 미더워했지만, 주윤의 고집에 질 수밖에 없었다.

지형은 걱정스러운 목소리로 그러라고 말할 수밖에 없었다.

전화를 끊은 주윤은 엘리베이터를 타고 주차장이 있는 지하층의 버튼을 눌렀다. 호들갑스러운 대접이 싫어서, 결혼 후에도 일반 방문객으로 회사를 방문했다. 접수대의 직원들이 주윤의 얼굴을 몰라서 가능한 일이었다.

주윤은 시동을 걸고 천천히 차를 움직였다. 코너를 돌아 출구로 향하다가 주윤은 주차를 하려고 움직이는 차를 보았다. 주차하는 동안 잠시 기다리기 위해 브레이크를 깊게 밟으려는 순간 갑자기 눈앞이 핑 돌았다. 빈혈 증세였다. 주윤은 브레이크를 밟지 못하고 그대로 직진해 주차하는 차를 박았다. 부딪치는 소리가 컸고, 몸이 흔들릴 정도로 충격이 있었다. 주윤은 어지러워서 핸들을 잡은 채로 고개를 숙이고 있었다.

잠시 후, 한 여자가 놀란 얼굴로 주윤의 차창을 세게 두드렸다. 주윤이 부딪친 차의 운전자였다.

"저기요! 정신 차리세요!"

주윤은 겨우 고개를 들었다.

여자는 주윤의 부푼 배를 보고 더 놀란 얼굴을 했다. 여자는 주윤에게 차창을 내리라고 손짓했다.

주윤은 겨우 정신을 차리고 차창을 내렸다. 여전히 눈앞이 빙빙 돌았다.

"괜찮으세요?"

"빈혈 때문에……. 갑자기 어지러워서요."

"911, 아니다, 119에 연락할까요?"

"아, 아뇨. 괜찮아요. 저, 남편한테 전화해도 될까요? 남편이 이 건물에서 일하거든요."

주윤은 부딪친 차를 힐끗 바라보았다.

"차는 걱정 말아요. 119에 연락하지 않아도 괜찮아요?"

"네, 괜찮을 것 같아요."

"일단 차에서 내리시는 게 어때요?"

주윤은 차에서 내렸다. 비틀거리는 주윤을 여자가 부축해서 주차장 한쪽에 있는 벤치에 앉혔다. 주윤은 지형에게 전화를 걸었다. 지형이 내려오길 기다리며 두 사람은 한동안 나란히 앉아 있었다.

여자는 걱정스러운 눈으로 주윤의 상태를 살폈다. 여차하면 119에 연락을 하려고 휴대전화를 손에 꼭 쥐고 있었다. 주윤은 생판 남인 자신을 걱정하는 여자의 마음이 고마웠다. 난생처음 받아 보는 타인의 따뜻한 호의였다.

얼마 후, 하얗게 질린 지형이 주차장으로 내려왔다.

"주윤아, 괜찮아? 무슨 일이야?"

"빈혈 때문에 갑자기 어지러워서 그래."

지형은 옆에 서 있던 여자에게 시선이 닿았다. 그제야 주윤을 도와주고, 주윤 때문에 차 사고가 난 사람에게 사과도 하고 고마움도 표해야 한다는 것을 깨달았다.

"죄송합니다. 그리고 어떻게 감사해야 할지⋯⋯."

"아니에요. 누구나 다 그렇게 했을 텐데요, 뭐."

지형은 명함을 건넸다.

"혹시라도 몸에 이상이 있으시다거나, 차 관련해서 비용 청구할 것이 생기면 알려 주세요."

여자는 지형이 준 명함을 한참 동안 바라보다 지갑에 넣었다.

"연락처를 받을 수 있을까요?"

지형은 사고 뒤처리와 주윤을 도와준 것에 대한 사례를 확실하게 하고 싶었다.

"한국엔 잠시 다니러 온 거라서요. 그리고 특별히 아픈 곳도 없고, 차는 렌터카라 보험 처리 하면 될 것 같은데요. 청구할 것이 생기면 제가 이 명함에 있는 번호로 연락드리겠습니다."

"그래도 혹시 모르니까, 서로 연락처를 아는 게 좋을 것 같은데요."

잠시 생각을 하던 여자는 가방에서 작은 수첩을 꺼내 이름과 연락처를 써서 지형에게 건넸다.

"지금 묵고 있는 곳의 연락처입니다."

"라렌느호텔에 묵고 계십니까?"

"네."

여자는 가야 할 곳이 있다며 차를 몰고 사라졌다.

지형은 여자가 주차장을 떠나는 것을 보자마자 임 비서에게 전화를 걸어 라렌느호텔에 묵고 있는 맨디 고라는 투숙객에게 사례가 될 만한 적당한 선물을 보내라고 지시했다.

주윤은 집에 가겠다고 했지만, 지형은 단호했다. 지형은 주윤을 병원에 데려가서 검사받게 했다. 주윤의 예상대로 빈혈 말고는 특별히 문제 될 것은 없었다.

지형은 걱정이 되어서 평소보다 일찍 퇴근했다. 주윤의 식사를 챙기고 침대에 눕는 것을 본 후에 지형은 일을 하기 위해 서재로 갔다. 주차장에서 부딪친 거라 별일 없었지만, 만약 차가 속도를 내서 달리는 도로에서 그런 일이 있었다면 정말 아찔한 일이 벌어질 뻔했다. 당연한 일이지만, 지형은 주윤에게 차 키를 달라고 했다. 주윤은 아쉬워하며 지형에게 차 키를 주었다.

서재로 가서 한창 일을 하고 있는데 문이 열렸다. 잠옷 차림에 베개를 안고 있는 주윤이었다.

"어디 안 좋아?"

"오빠가 옆에 없으니까 잠이 안 와. 나 여기 있으면 안 돼?"

지형은 웃음이 나올 것 같았다. 어리광을 부리는 주윤이 너무나 귀엽고 사랑스러웠다.

"들어와."

주윤은 지형의 책상 맞은편에 있는 소파에 베개를 놓고 누웠다. 지형은 담요를 가져와 주윤을 덮어 주었다.

"나 보다가 졸리면 자."

한참 노트북을 보다가 고개를 드니 주윤은 어느새 잠들어 있었다.

지형은 주윤에게 다가가 소파 근처의 바닥에 앉았다. 주윤은 아기처럼 새근새근 잠을 자고 있었다. 주윤은 편안해 보였고, 또 행복해 보였다.

어떻게 찾은 행복인데. 결코 빼앗길 수 없었다.

'결코 들키지 않아.'

무슨 일이 있어도 주윤은 몰라야 했다.

양심의 가책 같은 건 느끼지도 못할 정도로 지형은 절박했다.

지형은 자기도 모르게 주먹을 꽉 쥐었다. 언제까지고, 숨길 수 있을 때까지 숨길 생각이었다.

주윤을 위해서라면, 아이를 위해서라면 못 할 일이 없었다.

이든 메이어에 대한 조사를 하던 임 비서는 지형에게 라렌느의 자금이 극비리에 이든 메이어의 양부인 션 메이어에게 흘러간 적이 있다는 보고를 했다. 지형은 그것과 관련해 자세히 조사하라고 했다.

'왜 한 회장은 비밀리에 이든 메이어의 양부를 도운 거지?'

아무리 생각해도 이해할 수 없었다. 측근인 손 이사도 모르는 일이었다.

이해할 수 없는 건 그것 하나가 아니었다. 션 메이어는 한 회장이 주윤의 양모인 것을 몰랐을까? 그럴 리는 없을 것 같았다.

두 사람의 연결고리는 주윤밖에 없었다. 그런데 왜 이든에게 알려 주지 않은 걸까? 양아들에게 말할 수 없는 더러운 '뒷거래'가 있었다고 생각할 수밖에 없었다.

'만약 주윤이 이걸 안다면 얼마나 상처받을까?'

차라리 모르는 게 나았다. 그의 거짓말을 모르는 것처럼.

지형은 휴대전화 카메라로 찍어 둔 주윤의 가족사진을 보았다.

윤영진과 최연수. 지형은 주윤이 기억하지 못하는 그들의 이름과 과거와 안타까운 사고를 알았다. 윤영진은 뛰어난 엔지니어였고, 최연수는 재능 있는 가구 디자이너였다. 그들은 대학에서 만나 연애를 했고 결혼을 했다.

지형은 그들의 사고가 실린 신문 기사를 읽었다. 트럭 운전사의 음주운전과 졸음운전 때문에 벌어진 5중 추돌 교통사고였다. 아내는 밤에 공항에 도착하는 남편을 마중하러 나갔다 돌아오는 길에 변을 당했다.

지형은 담요를 꼼꼼히 덮어 준 후 다시 책상 앞에 앉았다.

지형은 임 비서에게 전화를 걸었다.

— 네. 회장님.

한밤중임에도 임 비서는 신호음이 두 번 울리기 전에 전화를 받았다.

"이효관 전 회장 일로 부탁드릴 게 있습니다."

— 네. 말씀하십시오.

"이 전 회장의 동향, 지금보다 더 자세히 보고하세요. 동선과 만나는 사람, 재판 전략, 할 수 있다면 변호사 쪽에서 나오는 정보까지 하나도 놓치지 말고 체크해서 보고하세요."

— 검찰 쪽에서 무슨 말이 나왔습니까? 혹시 강 회장님을 끌고 들어가려고 하는 기색인가요?

"아니요. 그렇지만 수세에 몰린 건 사실이고 징역형을 피하지 못할 것 같더군요."

— 네. 저도 그렇게 들었습니다.

"그리고 무슨 일이 있어도 이주윤 이사장에게 접근하지 못하게 하세요. 이 전 회장뿐 아니라 이 전 회장 측근들까지 포함해서요."

— 그렇게 하겠습니다.

임 비서는 이유를 굳이 묻지 않았다. 막다른 골목에 몰린 효관이 주윤을 충분히 해코지할 수 있다고 생각했기 때문이었다.

지형은 전화를 끊었다. 효관이 주윤에게 접근할 수 없다고 생각하니 마음이 조금 안정되었다. 그가 누구의 아들인지 세상 사람 모두가 알아도 상관없었다. 그렇지만 주윤은 몰라야 했다.

지형이 한창 일에 몰두하고 있는데 휴대전화가 울렸다. 한밤중에 키보드 두드리는 소리만 조용하게 울리고 있어서 휴대전화 벨 소리는 더 요란스럽게 들렸다. 지형의 귀에는 마치 앰뷸런스의 사이렌이 울리는 것처럼 들렸다. 주윤도 당연히 잠에서 깼다. 지형은 미안했다. 휴대전화를 진동으로 해 둘 걸 그랬다고 후회했다.

지형은 휴대전화의 액정을 확인했다. 승혜였다. 한밤중에 울리는 전화는 대부분 불길한 소식을 전한다. 지형은 승혜의 아버지가 세상을 떠났음을 직감했다.

"승혜야."

지형의 목소리를 들은 승혜는 아무 말도 하지 못하고 울음을 터뜨렸다. 승혜가 울음 섞인 목소리로 무어라 말을 했지만, 지형은 전혀 알아들을 수 없었다.

"진정해. 내가 갈게. 입원하셨던 병원 영안실이지?"

승혜는 겨우 '응.' 하고 대답했다. 밤이라 차가 안 막힐 테니 금방 도착할 터였다. 어차피 장례는 업자들이 와서 다 해 줄 것이라 지형이 간다 한들 특별히 할 일은 없을 것이다. 하지만 승혜에겐 지금 사람이, 그것도 의지할 사람이 필요했다.

"얼마 안 걸릴 거야. 잠깐만 기다려."

지형은 전화를 끊었다.

"주윤아, 승혜 아버님이 돌아가셨어. 지금 당장 가 봐야 할 것 같아."

주윤의 입에서 뜻밖의 말이 튀어나왔다.

"가지 마, 오빠."

"뭐?"

"가지 마."

지형은 당황했다.

"다른 일도 아니고 부모님이 돌아가신 일이야. 친구라면 이 럴 때 곁에 있어 줘야지. 오래 있지 않을 거야. 가서 얼굴만 보고 올게."

"내일 아침에 가도 되잖아. 밤에 혼자 있기 싫어."

주윤은 떼를 쓰듯 말했다.

주윤을 이 집에 혼자 있게 하는 건 지형도 싫었다. 그렇지만 친구의 부친상, 그것도 승혜의 부친상이었다. 승혜 덕에 어머니의 임종을 지킬 수 있었던 지형은 마음의 빚도 있었다. 의지할 친척이나 형제도 없는 승혜는 슬픔과 당황이 뒤범벅된 목소리로 울먹였다. 무엇을 어떻게 해야 할지 몰라 패닉에 빠진 것 같기도 했다. 몇 년 전, 어머니의 죽음을 맞닥뜨린 지형이 느낀 감정을 승혜 역시 느끼고 있을 터였다.

지형은 주윤의 손을 잡고 말했다.

"오늘 꼭 가 봐야 해. 이해해 줘. 승혜에겐 지금 내가 필요해."

"나보다 더?"

"뭐?"

"그 여자는 나보다 더 오빠가 필요해?"

"주윤아, 무슨 말을 그렇게 해."

주윤은 물끄러미 지형을 바라보았다.

지형은 주윤이 가라고 해 주길 바랐다. 하지만 주윤은 입을 꼭 다물고 있었다. 아무 말도 하지 않고 있었지만, 주윤은 눈빛으로 가지 말라고 하고 있었다.

"그럼 딱 두 시간만 있다 올게."

그래도 주윤의 고개는 움직이지 않았다. 그저 지형을 빤히 바라보기만 했다. 임신을 하면 호르몬 때문에 심리 상태가 불안하다더니 주윤이 그런 건가 싶었다. 지형은 주윤의 허락을 받는 건 포기했다.

"금방 갔다 올 테니까 자고 있어."

주윤은 아무 말도 하지 않고 서재를 나갔다. 방문을 닫는 소리가 꽤 컸다.

지형은 드레스룸으로 가 서둘러 검은색 양복을 갈아입은 후 주윤의 방문을 두드렸다. 아무 대답도 들리지 않았다. 인기척은 나지 않았지만 자고 있지는 않은 것 같았다. 기분이 많이 상한 것 같았다.

지형은 문밖에서 말했다.

"그럼 다녀올게."

차를 몰고 병원으로 가면서 지형은 자신도 이해가 안 될 정도로 기분이 계속 안 좋았다.

자신을 붙잡는 주윤의 모습에 여섯 살 주윤의 모습이 겹쳐졌다.

지형은 주윤을 그 집에 다시 데려다주던 그날이 떠올랐다.

지형은 고개를 가로저었다.

'임신해서 마음이 불안해서 그런 걸 거야. 호르몬 때문에 생긴 감정 기복일 뿐이야.'

그렇지만 아무리 마음을 다잡아도 계속해서 불안했다. 주윤은 울 것 같았다. 꼭 그때처럼.

'말이 안 되더라도 주윤이 그렇게 간절히 바라면 들어주는 게 맞는 게 아닐까?'

지형은 저 멀리 보이는 도로의 유턴 표시를 보면서 갈등했다.

지형은 주윤에게 전화를 걸었다.

"주윤아, 나 지금이라도 집에 돌아갈까?"

잔뜩 졸린 목소리로 주윤이 대답했다.

— 오빠, 나 자고 있는데…….

"그래? 내가 깨웠구나. 미안해."

지형은 주윤의 목소리가 평소와 똑같아서 마음이 놓였다.

— 아냐, 내가 미안해. 쓸데없는 소릴 했어. 호르몬 때문인가봐. 별것도 아닌데 괜히 섭섭하고 그러네. 당연히 가야 하는데 내가 왜 그랬는지 몰라.

작게 하품하는 소리가 났다. 정말 자다 깬 것 같았다.

"그럼 잘 자."

— 응.

주윤은 전화를 끊었다.

주윤은 불도 켜지 않은 방에서 한동안 가만히 앉아 있다가 드레스룸으로 가 옷을 갈아입었다. 그러고는 정 실장을 불렀다. 정 실장은 한밤중의 호출에 놀라서 본채로 달려오다시피 했다.

"지금 운전할 수 있는 사람 집에 있나요?"

너무 늦은 시간이라 김 기사를 부를 순 없을 것 같았다.

"어디 가시게요?"

정 실장의 말에는 '이 밤에 도대체 어디로 가시냐.'라는 뜻이 함축되어 있었다. 하지만 주윤은 행선지를 밝히는 사람이 아니었다. 주윤은 그저 정 실장을 빤히 바라보기만 했다.

"경호팀에 전화 넣겠습니다."

급하게 기사가 필요할 때는 경호팀 직원이 운전을 하곤 했다.

"저 지금 나가는 거, 강 본부장한테는 이야기하지 마세요. 혹시 전화해서 저에 대해 물으면 자고 있다고, 그렇게 말해 주세요."

"네? 네. 알겠습니다."

"집에 안 들어올지도 몰라요. 내일 강 본부장이 저 어디 갔냐고 물으면 요가 하러 갔다고 말하세요."

주윤이 임산부를 위한 요가 수업을 열심히 듣고 있다는 건 지형도 잘 알고 있었다.

"⋯⋯네."

대답하는 정 실장의 얼굴이 어두웠다. 이렇게 대놓고 거짓말을 한다는 건, 부부 사이에 뭔가 문제가 생겼다는 뜻이다. 그렇지만 고용인의 부부 생활에 일개 직원인 그가 뭐라고 입을 댈 순 없는 일이었다.

주윤이 대문 밖으로 나오자 경호 직원이 바로 집 앞에 대 놓은 차 뒷문을 열어 주었다.

운전석에 앉은 직원이 주윤에게 물었다.

"이사장님, 어디로 모실까요?"

주윤은 바로 대답하지 못했다. 집을 나왔지만 갈 곳은 없었다. 한참 후 주윤은 말했다.

"라렌느호텔로 가 주세요."

주윤이 예전에 쓰던 방은 여전히 비어 있었고, 언제 와도 쓸 수 있도록 말끔하게 정리되어 있었다.

주윤은 침실로 들어가 침대에 몸을 눕혔다.

몇 년을 묵었지만 결코 익숙해지지 않았던 낯선 호텔방.

'결국 여기로 오고 말았네.'

울고 싶었지만 눈물이 나오지 않았다.

'알고 있었잖아. 결국은 이렇게 혼자 남게 된다는 걸.'

그렇게 만든 건 자신이었다. 지금까지의 걸었던 모든 걸음은 다 주윤의 선택이었다.

'하룻밤 더 당신이 내 곁에 있다 한들 무엇이 달라질까?'

슬프면서도 지루했다. 혼자만 결말을 알고 있는 영화를 보는 것 같았다.

주윤은 이불 속으로 파고들었다. 유진을 위해 잠을 자려고 애썼다.

이제 주윤에겐 아무것도 남은 게 없었다. 유진을 건강하게 낳을 수 있도록 최선을 다하는 것. 그것이 유일하게 주윤이 해야 할 일이었다.

〈1권 끝〉

504